महाभारत में
पितृ-वंदना

महाभारत में पितृ-वंदना

दिनकर जोशी

अनुवाद

त्रिवेदी प्रसाद शुक्ला

ज्ञान गंगा, दिल्ली

प्रकाशक : ज्ञान गंगा, 2/42 अंसारी रोड, दरियागंज, नई दिल्ली–110002
सर्वाधिकार : सुरक्षित / संस्करण : 2025 / मूल्य : तीन सौ रुपए
मुद्रक : यश प्रिंटोग्राफिक्स, नोएडा ISBN 978-93-86054-67-8

MAHABHARAT MEIN PITRI-VANDANA
by Shri Dinkar Joshi ₹ 300.00
Published by **GYAN GANGA**
2/42 Ansari Road, Daryaganj, New Delhi-110002

महाभारत का मर्म

साहित्य नामक पदार्थ को पहचानने या समझने के लिए मर्मज्ञों ने समय-समय पर अनेक मापदंड या वर्गीकरण निर्धारित किए हैं। इनमें से किसी भी मापदंड या वर्गीकरण से महाभारत नामक ग्रंथ को समझने का प्रयत्न करना दर्जी या राजगीर का मेजर-टेप लेकर हिमालय की ऊँचाई या प्रशांत महासागर की गहराई नापने जैसा हास्यास्पद काम है। महाभारत को यदि इतिहास कहें तो वह पुराण लगता है और यदि पुराण कहें तो वह राजवंशियों की कोई कथा लगता है। इसे कथा कहकर इसका मूल्यांकन करने का प्रयत्न करें तो यह नितांत काव्य लगेगा और यदि काव्य के चश्मे से इसे देखने जाएँ तो यह दर्शनशास्त्र का ग्रंथ हो, ऐसी प्रतीति होती है। उपर्युक्त प्रत्येक वर्गीकरण की यथार्थता सिद्ध करने के लिए आवश्यक शास्त्रीय प्रमाण भी इस ग्रंथ में से ही प्राप्त किया जा सकता है और उस निष्कर्ष का विरोध करने के लिए उतने ही ठोस प्रमाण भी इस ग्रंथ में तत्काल उपलब्ध हो सकते हैं। इस प्रकार, महाभारत का शास्त्रीय स्वरूप प्रथम दृष्टया भ्रामक लगता है; पर इसका सौंदर्य भी इसकी इसी विशेषता में है। मानव-रचित कलाकृति को दो बार देखें, चार बार उसका मूल्यांकन करें कि उसकी इतिश्री हो जाती है। यह कृति उसके बाद उस मर्मज्ञ के मन में कोई नया रहस्य प्रकट नहीं करती। कृति की कमनीयता भले ही स्वीकृत मापदंडों के आधार पर उच्चतम रहती हो, किंतु मर्मज्ञ की दृष्टि से एक बार उसका सूत्र हाथ लग जाए तो उसके बाद उसी मर्मज्ञ के मन में यह कृति नए सौंदर्य प्रकट करने में अपूर्ण ही सिद्ध होती है। प्राकृतिक सौंदर्य में ऐसा नहीं होता। जो सूर्योदय या समुद्री ज्वार की लहरें कल देखी थीं, परसों देखी थीं या उसके पहले भी अनेक बार देखी थीं, उन्हें आनेवाले कल या परसों पुनः-पुनः देखने में उसका वही-का-वही आनंद उसी के उसी तरह प्राप्त होता है। इतना ही नहीं, सूर्योदय या

समुद्र की तरंगें हर बार कोई-न-कोई नया रूप भी प्रकट करती हों, ऐसा लगे बिना नहीं रहता। वही पूर्व दिशा, सूर्य और उसके वही-के-वही रंग या वही-के-वही बादल होते हैं, फिर भी दूसरे या तीसरे दिन अथवा आनेवाले हर दिन का सूर्योदय बार-बार नया ही लगता है। ज्वार की लहरों में रहनेवाला पानी, वैज्ञानिक पृथक्करण करें तो, उसी के उसी तत्त्व का बना होता है, किंतु बार-बार उसका दर्शन नए-नए सौंदर्य का साक्षात्कार कराता है। मानव-रचना पर दैवी रचना का यही तो संकेत है।

महाभारत नामक यह ग्रंथ वैसे तो महर्षि कृष्ण द्वैपायन व्यास नामक एक मनुष्य की ही रचना है, पर उनकी यह रचना मानवीय सीमाओं को लाँघ गई है। विश्व साहित्य का एक भी ग्रंथ महाभारत की बराबरी करने में समर्थ नहीं है। पाश्चात्य साहित्य के महान् ग्रंथ समझे जानेवाले 'इलियड' और 'ओडिसी' इन दोनों की भी महाभारत से तुलना करें तो विस्तार की दृष्टि से अकेले महाभारत ही इनसे आठ गुना अधिक बड़ा है। जीवन की जो व्याप्ति और सर्वांगीण दर्शन महाभारत में है वह तो 'इलियड' या 'ओडिसी' के दर्शन की तुलना में आठ सौ गुना है, ऐसा कहने में तनिक भी अत्युक्ति नहीं है। मानव-रचित होने के बावजूद इस ग्रंथ में सूर्योदय या समुद्र के ज्वार जैसी दैवी रचनाओं का जो नित्य नया रूप दिखाई देता है उसके कारण ही उसके विषय में श्रेष्ठ व्यक्तियों ने चिंतन किया है। इसके बावजूद समय-समय पर इसके विषय में लिखा ही जाता रहा है और आनेवाले युगों में भी लिखा जाता रहेगा; क्योंकि इसकी प्रत्येक घटना, इसका प्रत्येक पात्र प्रत्येक वाचन के समय उस सूर्योदय या ज्वार की लहरों की तरह नए रूप, रंग और दर्शन के साथ मर्मज्ञ के समक्ष उपस्थित होते हैं। इसमें कहीं भी गोपन नहीं है, सर्वत्र अभिव्यक्ति और निरी अभिव्यक्ति है।

इसका कारण यह है कि महाभारत समग्र जीवन को सर्वांगीण स्पर्श करनेवाला ग्रंथ है। मानव जीवन रहस्यों से भरपूर है और ये रहस्य पूरी तरह से कभी उद्घाटित नहीं हो सकते। जीवन रहस्य है। उसमें जो दर्शनीय है उसकी तुलना में जो गोपित है वह हिमशिला जैसा है। उसका नौवाँ या दसवाँ भाग ही सतह पर दिखाई देता है और इसीलिए जो गोपित है उसे पाने का प्रयास ही साहित्य का शाश्वत उपादान है। महामनीषी व्यास ने अपने पात्रों या घटनाओं द्वारा जो रहस्य स्फुट किए हैं उससे कहीं अधिक नई समस्याएँ भी पैदा की हैं और स्वयं व्यास ही जब किसी समस्या का सृजन करें तो उसका निराकरण भला दूसरा कौन कर सकता है! इन समस्याओं को विषय में हम तो मात्र थोड़ा-बहुत अनुमान भर ही कर सकते हैं।

इस महाग्रंथ का आलेखन करने के पीछे उसके सर्जक के मन में क्या

उद्देश्य रहा होगा, यह भी तो एक रहस्य ही है। देखने से तो ग्रंथ के आरंभ में ही इसके सर्जक ने ग्रंथ-रचना के पीछे के अपने उद्देश्य की लंबी सूची अवश्य दी है और इस उद्देश्य की पूर्ति के लिए कुरुवंश की कथा को निमित्त बनाया हो, ऐसा लगता है। पर कुरुवंश के कुछ राजाओं या राजवंशियों के बीच हुए उनके संघर्ष की कथा मात्र ही क्या इसका उद्देश्य हो सकता है? राजपाट के लिए लड़ते राजवंशियों से इतिहास अपरिचित नहीं और ऐसे राजवंशियों ने अपना और समाज का समय-समय पर विनाश आमंत्रित किया हो, ऐसी कथाओं से भी कोई अपरिचित नहीं है। ऐसा काम तो सामान्य स्तर का कोई भी लेखक या इतिहासकार बखूबी कर सकता है। व्यास जैसे महामानव ऐसे सामान्य काम के लिए इतना बड़ा माहौल रचते होंगे भला! नहीं, यह तो मात्र घटना है, बाह्य आवरण है। मूलभूत तत्त्व यह कथा नहीं हो सकती।

'यतो धर्मः ततो जयः'—यह वाक्य महाभारत में बार-बार आता है। कभी-कभी तो यह वाक्य यह आशंका भी पैदा करता है कि महर्षि व्यास ने इस उक्ति के समर्थन में इसे सार्थक करने के लिए ही यह महाग्रंथ रचा होगा। जय मात्र सामर्थ्य से प्राप्त नहीं होती। उद्देश्य और उद्देश्य की पूर्ति के लिए प्रयोग में लाया गया माध्यम अधिक महत्त्व का है। जहाँ अधर्म हो, जहाँ अनीति हो, जहाँ अन्याय हो वहाँ चाहे जितना प्रचंड सामर्थ्य एकत्रित हुआ हो, तो भी उसकी पराजय निश्चित है—और अंतिम विजय तो सत्य की, धर्म की एवं न्याय की ही होती है और यह सत्य, धर्म व न्याय ही कृष्णत्व है। कृष्णत्व कोई नाम नहीं बल्कि सर्वोत्तम की विभावना मात्र है और इसीलिए 'यतो धर्मः ततो जयः' की दूसरी पंक्ति तत्काल याद आ जाती है—'यतो कृष्णः ततो धर्मः', जहाँ धर्म हो वहीं विजय होती है; किंतु धर्म की पूर्व शर्त कृष्णत्व है! कृष्ण-रहित धर्म प्लास्टिक के फूल जैसा है।

परंतु धर्म-विजय की यह बात भी महाभारत के पूर्ववर्ती अनेक ग्रंथों में अनेक महामानवों ने गा-बजाकर कहाँ नहीं कही है! फिर इसमें नया क्या है? उपनिषदों का दर्शन—फिर तो उनकी संख्या अठारह हो या एक सौ आठ—इस धर्म नामक सर्वोपरि तत्त्व के विषय में भरपूर विचार करता है। जीवन और मृत्यु, उत्पत्ति और संहार—इस चक्र के विषय में उपजे असंख्य प्रश्नों पर विचार करते-करते उपनिषद् के उद्गाताओं ने धर्म-तत्त्व और उसके अंतिम लक्ष्य के विषय में कई गहन बातें महाभारत काल के पूर्व ही कह दी हैं। वेद में स्थूल संघर्षों की कथाएँ हैं, उपनिषदों में उन संघर्षों का समापन है। इस प्रकार, संघर्ष और समापन की बात इसके पूर्व एक या दूसरे प्रकार से विचारी जा चुकी है, चर्चित हो चुकी है। वेदों की

रचना आर्यत्व के उदयकाल को स्पर्श करती है और इसीलिए इस उदयकाल में आर्यों ने जिस समृद्ध और सभर जीवन की कामना की है, उसकी प्रतिध्वनि उनमें सुनाई देती है। यह समृद्ध-सभर जीवन उसके सभी पहलुओं के साथ प्राप्त करने के बाद भी कोई अधूरापन तो यथावत् रहा ही है। उसके साक्षात्कार के रूप में जो चिंतन प्रकट हुआ वह उपनिषद्-यात्रा बन गया।

धर्म-विजय ही यदि महाभारत का उद्देश्य रहा होता तो महायुद्ध के अंत में विजेताओं से व्यास ने करुण क्रंदन न करवाया होता। पांडवों की विजय के साथ ही महाभारत की कथा-यात्रा समाप्त हो जाती; परंतु ऐसा नहीं हुआ। युधिष्ठिर को जिस सिंहासन की आकांक्षा थी वह उसे प्राप्त हुआ, किंतु उसकी प्राप्ति का आनंद वह खो चुका था। हजारों स्वजनों की मृत देहों पर उसने करुण विलाप किया है! पुत्र-विजय की सदैव कामना करनेवाले शठ राजा धृतराष्ट्र को लाचार तथा पांडवों का आश्रित बना दिया और विजय का अंतिम उद्घोष करनेवाले कौरव सेनापति अश्वत्थामा को डरावनी परछाईं मात्र बनाकर अमरत्व का अभिशाप उसके ललाट पर लिख दिया गया। करुण विलाप करते राजा युधिष्ठिर के मुँह से व्यास ने कहलवाया है—वही जीते जो युद्ध में मारे गए। जय और विजय दोनों अंततः एक मनोभाव ही हैं। विधि के मन से तो क्या जय, क्या पराजय! उसके लिए तो संतुलन ही महत्त्व का है। जिन्होंने युद्ध में वीरगति प्राप्त की वे भाग्यशाली थे, क्योंकि स्वजनों-आप्तजनों के स्वयं द्वारा किए संहार के अंत में अब वे व्यथा के आक्रोश से उबर गए थे। जो जीवित बच गए थे और जीवंत रहे थे उनके लिए तो शेष जीवन दहकती भट्ठी जैसा ही रहा!

और यही महाभारत का रहस्य प्रकट हुआ लगता है। महामनीषी व्यास जैसे हाथ उठाकर सतत कह रहे हों—जीवन निरर्थक है! जय और पराजय इन दोनों का कोई अर्थ नहीं! भीष्म जैसा महामानव भी शिखंडी के कारण धराशायी हो जाता है और कृष्ण जैसे लोकोत्तर पुरुष भी—पुत्र-पौत्रादि कुत्तों-बिल्लियों की भाँति परस्पर काट-खा रहे हों उस समय—कुछ नहीं कर पाते और हताश अवस्था में एक जंगली पारधी के तीर का भोग बनकर काल के वश हो जाते हैं! महाकाल ही सर्वोपरि है। मानव—फिर वह कितना ही लोकोत्तर हो—महान् हो, पर महाकाल के समक्ष वह नितांत नगण्य है। महाकाल किसी की गणना नहीं करता। जीवन तो एक अनायास प्राप्त हुई अवस्था है और अंत में तो यह अवस्था व्यर्थ है···व्यर्थ है···व्यर्थ ही है।

तत्काल प्रश्न उत्पन्न होता है—व्यर्थता की यह बात व्यास ने किस तरह कही होगी? ऐसी बात तो भारतीय संस्कृति में चार्वाक कह सकते हैं और पाश्चात्य

संस्कृति में एपिक्युरस कह सकते हैं। चार्वाक तो व्यास के भी पुरोगामी थे। तो क्या चार्वाक की इस बात को ही सही ठहराने के लिए व्यास ने इतना बड़ा प्रदर्शन किया होगा? शायद···चार्वाक की सही बात भी गलत तरीके से कही गई थी। संभव है, व्यास ने उस सही बात को सही तरह से कहने की कोशिश की हो! निस्संदेह भोग व्यर्थ है, क्षणिक है। त्याग सार्थक है और दीर्घजीवी है। चार्वाक जिस भोग की बात करते हैं, उसका तो अंदेशा भी व्यास के पास से प्राप्त नहीं होता; परंतु वह गंतव्य स्थान है—जीवन की निरर्थकता—केंद्र स्थान पर रहती है।

महाभारत की बात करें तो तत्काल उसके असंख्य पात्र आँखों के सामने उपस्थित हो जाते हैं। कृष्ण और भीष्म से लेकर ठेठ अश्वत्थामा और अभिमन्यु तक के पात्रों की एक पंक्ति माला रच उठती है। इन पात्रों में भव्यता है तो उन्हें लेकर प्रश्न भी कम नहीं हैं। चांडाल-चौकड़ी का मुख्य पात्र समझे जानेवाला दुर्योधन महायुद्ध के भीषण क्षण में सात्यकि से कहता है, "हे मित्र! हम दोनों परम सखा होने के बावजूद एक-दूसरे के घातकी शत्रु बन गए हैं। धिक्कार है हमारे क्षात्र-धर्म को! धिक्कार है हमारे अहंकार और मोह को!" ऐसी अति दुष्कर प्रामाणिकता भी प्रकट करता है। दूसरी ओर सदैव धर्मराज के रूप में प्रख्यात महात्मा युधिष्ठिर, "द्यूत खेलकर मैं कौरवों का राज्य छीन लेना चाहता था।" ऐसी आघातजनक स्वीकारोक्ति करते हैं। अकेले अपने बल पर समग्र आर्यावर्त के राजाओं को जिन्होंने परास्त किया था, ऐसे प्रचंड पराक्रमी भीष्म "समर्थ व्यक्ति जो कहे वही धर्म है।" ऐसी बात कहकर कुलवधू द्रौपदी को निर्वस्त्र किए जाने के दृश्य को असहाय होकर देखते रहे। इतना ही नहीं, युद्ध के आरंभ में आशीर्वाद माँगने आए युधिष्ठिर से स्वयं को नपुंसक और दुर्योधन के धन से पालित होने की दीनतापूर्ण बात कहते हैं। इससे बड़ी विडंबना और क्या हो सकती है! धर्म के उत्तुंग शिखर समान स्वयं कृष्ण द्रौपदी के पाँचों पुत्रों को गहरी नींद में ही अश्वत्थामा मार डालने वाला है, यह जानते हुए भी उनकी रक्षा नहीं कर सके, यह घटना कैसे समझाई जा सकती है? ऐसे-ऐसे अनेक प्रश्न महाभारत के प्रत्येक प्रमुख पात्र के आस-पास जुड़े हुए हैं।

सदैव अपार अधूरेपन के बीच ही सतत जीने के बावजूद मेरे जीवन की एक परम सौभाग्य की बात यह रही है कि साहित्य नामक तत्त्व के साथ मेरा प्रथम परिचय करानेवाले और कोई नहीं बल्कि व्यास और वाल्मीकि जैसे अति उत्तम गुरु थे। दस वर्ष की उम्र में कहीं महले पर से उतारा वाल्मीकि रामायण लगभग कुछ समझे बिना ही पूरा-का-पूरा पढ़ गया था। जिंदगी में संपूर्ण पढ़ी हुई मेरी वह प्रथम

पुस्तक थी। उसके बाद के वर्षों में अवस्था ही ऐसी थी कि पढ़ने के सिवा और कुछ हो ही नहीं सकता था और ऐसी स्थिति में रामायण के वाचन के बाद तुरंत ही एक स्वजन ने श्री नानाभाई भट्ट कृत 'महाभारत के पात्र' की पुस्तकें मेरे हाथ में रखीं। महाभारत के साथ यह मेरा प्रथम परिचय था। यह परिचय आज लगभग आधी सदी जितने अंतराल के बाद फिर एक बार नए सिरे से ताजा कर रहा हूँ तो मन में होता है—नानाभाई! आपने अनजाने ही मुझ पर कितना बड़ा उपकार किया है!

कुछ महीने पहले महाभारत के सभी पात्रों के विषय में मेरी एक धारावाहिक लेखमाला 'चित्रलेखा' साप्ताहिक पत्रिका में प्रकाशित हुई थी। महाभारत के प्रमुख बारह सभी पात्रों को इस लेखमाला में समाविष्ट किया गया था। 'महाभारत में मातृ-वंदना' शीर्षक से लिखी गई यह लेखमाला बाद में मराठी में भी अनूदित हुई। जिन पाठकों ने यह लेखमाला पढ़ी थी उन्होंने कभी-कभार जब भी अवसर मिला, सतत आग्रह किया था—जिस प्रकार (महाभारत के) सभी पात्रों के विषय में विस्तारपूर्वक लिखा, उसी भूमिका पर पात्रों और घटनाओं को समेट लेनेवाला विशद पृथक्करण पुरुष पात्रों का भी क्यों नहीं करते? यह बात मेरे मन में भी घुमड़ रही थी, पर बीच-बीच में कुछ-न-कुछ ऐसा होता गया कि आवश्यक समय और स्वस्थता दोनों आँख-मिचौनी करते रहे। यह लुका-छिपी तो हालाँकि अभी तक जारी ही है, पर इस बीच मेरे एक वरिष्ठ मित्र श्री अजित कुमार मेहता ने थोड़ा हँसते हुए और अधिक गंभीरता से कहा, ''आपके महाभारत के इन सभी पात्रों को पढ़ने के बाद अब मैं पुरुष पात्रों की राह देख रहा हूँ।'' इतना कहकर उन्होंने आगे कहा, ''मुझे सत्तर वर्ष पूरे हो गए हैं, यह याद रखिएगा।'' संकेत स्पष्ट था। अब जो करने लायक लगता था उसे पीछे धकेलने में क्या औचित्य था! पर 'पितृ-वंदना' के इस आरंभ में ही एक स्पष्टता करनी है। ये पितृ मात्र ऊँचे ही नहीं—आकाश को नाप लें, इतने ऊँचे हैं। इन्हें समझने के लिए हमें कहीं नीचे उतरना पड़े, ऐसा भी हो सकता है; किंतु इससे उनके व्यवहार में ऐसे प्रश्न हैं ही नहीं, ऐसी शाहमृगी वृत्ति ज्ञानयात्रा की बाधक है। इस वृत्ति का त्याग अपेक्षित है। जैसे लेखक से पाठक कुछ निश्चित अपेक्षाएँ रखते हैं, उसी प्रकार पाठकों से भी कुछ अपेक्षाएँ रखने का लेखक का अधिकार होता है। इस अधिकार को यदि आप स्वीकार करते हैं तो उसका उपयोग करके मैं कहता हूँ—इस सहयात्रा में सम्मिलित होने के पूर्व नितांत निर्मल चिदाकाश को साथ में रखिएगा। आभार दूरदर्शन के परदे का कि जिसने महाभारत को नए सिरे से जीवंत करके करोड़ों लोगों को उससे पुनः परिचित कराया। पर उस परदे का तो लोगों तक पहुँचाने का ही उद्‌देश्य था, इसलिए उसमें

कई जगहों पर सच्चाई के भोग पर लोकभोग्य लक्षण बलवतर रहा है। इस परदे के कथानकों को ही अंतिम मानकर या किसी बाणभट्ट द्वारा कही कथा को ही प्रमाण मानकर इस सहयात्रा में शामिल होने का लोभ छोड़ना पड़ेगा। कहीं-कहीं ऐसा भी होगा कि इसमें उल्लेखित कोई बात पाठांतरों के कारण अन्यत्र भिन्न भी हो। पर यह तो महाभारत के विविध पाठांतरों के कारण होना ही है। इसे भय के रूप में नहीं, सहज कर्म के रूप में स्वीकार करना होगा।

—दिनकर जोशी

अनुक्रम

पितामह भीष्म-१

गंगा, यमुना, नर्मदा, कावेरी, गोदावरी—ये सभी भारतवर्ष के मानचित्र में खींची गई मात्र संकेत-सूचक रेखाएँ नहीं हैं। वैसे तो इनकी पहचान नदी के रूप में कराई जा सकती है, पर वास्तव में ये हजारों वर्षों से, सैकड़ों पीढ़ियों से, करोड़ों व्यक्तियों के मन से मातृस्वरूपा हैं। उसमें भी गंगा का स्थान सबसे विशिष्ट है। इन नदियों को काका साहब कालेलकर ने 'लोकमाताओं' के रूप में परिचित कराया है। इन लोकमाताओं के विषय में उन्होंने जो निरीक्षण किए हैं उसमें गंगा के विषय में उन्होंने लिखा है कि गंगा ने दूसरा कुछ भी न किया होता और मात्र कुमार देवव्रत भीष्म को जन्म ही दिया होता तो भी वह भारतवर्ष की लोकमाता के रूप में सर्वोच्च स्थान पर ही स्थापित हुई होती। भारतवर्ष की सांस्कृतिक परंपरा में प्रथम पूर्वज के रूप में भीष्म का जो स्थान है, उसी की यह महिमा है। राम, कृष्ण, बुद्ध और महावीर—ये चार भारतीय संस्कृति के चार आधार-स्तंभ हैं, यह स्वीकार है; पर वे चारों ही मानवीय से अधिक दैवी अंशों से आवृत्त हैं। वे विशुद्ध मानव नहीं रहे—देवत्व के अंशों का भरपूर आरोपण उनमें कालांतर में हो चुका है। हजारों वर्षों के बाद भी जो पूर्णतः मानवीय रहा हो, ऐसे जो थोड़े आकाश को छूनेवाले व्यक्तित्व अपनी परंपरा में सुरक्षित हैं, उसमें देवव्रत भीष्म प्रथम स्थान पर हैं, इसमें कोई संदेह नहीं।

महाभारत में कथा नायक कौन है, ऐसा यदि कोई प्रश्न उठाए तो खासी उलझन हो सकती है। अलग-अलग विद्वान् संभवतः अलग-अलग उत्तर दें और अपने-अपने उत्तरों के समर्थन में वे भरपूर उदाहरण और तर्क भी महाभारत में से ही उद्धृत कर सकते हैं। कोई विद्वान् संभवतः यह महाग्रंथ नायक-विहीन है, ऐसा

विधान करके दूसरों की अपेक्षा अधिक ध्यान खींचने का प्रयत्न करे, ऐसा भी हो सकता है ! महाभारत में व्यक्ति नहीं, विचार ही नायक पद पर है, ऐसा भी यदि कोई कहे तो उसमें भी तर्क निकल आएगा। महाभारत, भागवत और हरिवंश तीन ऐसे ग्रंथ हैं जिनमें श्रीकृष्ण अत्यंत व्यापक स्वरूप में सर्वत्र फैले हैं। इतना ही नहीं, इन तीनों ग्रंथों की घटनाओं में कृष्ण का ही प्रत्यक्ष अथवा परोक्ष प्रभुत्व व्याप्त है। इसके बावजूद भागवत या हरिवंश की बात अलग है। ये दोनों ग्रंथ तो कृष्ण को ही केंद्र में रखकर, कृष्ण की महिमा का वर्णन करने के लिए ही, लिखे गए हैं, इसलिए इन दोनों ग्रंथों के कथा नायक कृष्ण हैं, यह निर्विवाद रूप से कहा जा सकता है; पर महाभारत के विषय में ऐसा कहा जाना संभव नहीं। महाभारत में तमाम घटनाओं पर कृष्ण का अद्भुत प्रभुत्व है, यह सही है और महाभारत के अन्य तमाम पात्र कृष्ण का केंद्रवर्ती स्थान एक या दूसरे रूप में स्वीकार करते हैं, यह भी सही है; पर इससे कृष्ण को महाभारत के कथा नायक पद पर स्थापित नहीं किया जा सकता। महाभारत की कथा जब पूरी-पूरी आकारबद्ध हो चुकी है और अब बाद की घटनाएँ तो मात्र महासंहार की पूर्व तैयारी जैसी ही रही हैं तो ठेठ द्रौपदी-स्वयंवर के समय श्रीकृष्ण पहली बार एक पात्र के रूप में दिखाई देते हैं। कथा-प्रसंगों को लक्ष्य में लेते हुए प्रवेश के समय ही उनकी आयु पचास से कम नहीं रही होगी। इसके उपरांत महायुद्ध में अठारह दिनों बाद—और विशेष रूप से उत्तरा के गर्भ को पुनरुज्जीवित करने के बाद—कृष्ण की भूमिका एकदम नगण्य हो जाती है।

भीष्म के विषय में ऐसा नहीं कहा जा सकता है। भीष्म ही महाभारत के एक ऐसे पात्र हैं, जो इस महाकाय कथानक में सबसे अधिक बार दिखाई देते हैं। इतना ही नहीं, लगभग आदि से लगभग अंत तक उनकी व्याप्ति फैली है। इससे भी आगे बढ़कर कहें तो भीष्म की वह विख्यात प्रतिज्ञा भी महाभारत को उसके अंत की ओर खींच ले जानेवाली केंद्रवर्ती घटना है। इस प्रतिज्ञा के विषय में बहुत कुछ कहा जा सकता है और जिस तरह यह प्रतिज्ञा भीष्म के तमाम अनुवर्ती व्यवहारों में प्रमुख स्थान पर है, उसमें विषाद के लिए पूरा अवकाश है, ऐसा कहा जाता है। इसके बावजूद अन्य पात्रों की तुलना में भीष्म का महाभारत में प्रमुख स्थान है, इसमें कोई संदेह नहीं। इस संदर्भ में महाभारत में नायक पद पर किसी का नाम रखना आवश्यक ही हो तो भीष्म ही इसके लिए सबसे अधिक अंक प्राप्त कर जाएँ, ऐसा संभव है।

भीष्म अर्थात् हस्तिनापुर-नरेश शांतनु और गंगा के सहजीवन की आठवीं और अंतिम संतान। शांतनु और गंगा के वैवाहिक जीवन की कथा तो बहुविदित है।

मानवीय रूप धरकर रूप-यौवना के रूप में विचरती गंगा को देखकर राजा ने कामवश होकर विवाह का प्रस्ताव रखा तो गंगा ने विवाह की पूर्व शर्त के रूप में कहा, ''राजन्! हमारे वैवाहिक जीवन में आपको मेरे व्यवहार के बारे में मुझसे कभी कोई प्रश्न नहीं करना है। जिस घड़ी आप मुझसे मेरे किसी भी आचरण के संबंध में प्रश्न करेंगे या मुझे रोकेंगे, उसी क्षण हमारे वैवाहिक जीवन का अंत हो जाएगा।'' मोहवश राजा गंगा की यह विचित्र शर्त कोई भी प्रश्न पूछे बिना तत्काल स्वीकार कर लेते हैं और इस तरह मोह व विचित्रता के सम्मिश्रण पर इस वैवाहिक जीवन का आरंभ हुआ। उस विदित कथा का पूर्वार्ध बहुत कम प्रचलित है। द्यु नामक वसु (यह वसु अर्थात् मनुष्य और देव के बीच की एक अर्धदैवी अवस्था है। वसु, यक्ष, किन्नर आदि इसी श्रेणी में आते हैं।) अपने सात साथियों के साथ मिलकर महर्षि वसिष्ठ के आश्रम में से उनकी कामधेनु गाय का अपहरण कर लेते हैं। कामधेनु के विषय में हमारे धर्मग्रंथों में अनेक कथाएँ विविध रूप में प्रचलित हैं। कल्पवृक्ष और कामधेनु ये दोनों वास्तव में मनुष्य के मन में उठती अपरंपार इच्छाओं या ऐषणाओं को मूर्तिमंत करने की जो चाहना है उसका ही रूप हैं। वसिष्ठ ने जब इस चौर्य कर्म के विषय में जाना तो इन वसुओं को उनकी अर्धदैवी अवस्था से च्युत करके मनुष्य रूप में पृथ्वी पर अवतरण करने का शाप दिया। इस शाप के कारण तेजहीन होकर वसुओं ने वसिष्ठ से प्रार्थना की तो महर्षि ने शाप तो यथावत् रखा, पर द्यु को छोड़कर शेष सात वसुओं को, जिन्होंने मैत्रीभाव से ही द्यु का इस चौर्य कर्म में साथ दिया था, मनुष्य रूप में जन्म लेते ही मुक्ति मिल जाए और पुनः स्वर्गलोक में स्थान प्राप्त कर लें—ऐसा आश्वासन दिया। पर द्यु तो मुख्य अपराधी था, इसलिए उसे तो मनुष्य रूप में आजीवन पृथ्वी पर रहकर मानवीय यातनाएँ सहन करनी ही पड़ेंगी, ऐसा विधान किया। द्यु ने महामुनि की पुनः-पुनः विनती की तो उन्होंने शाप में एक नरमाई कर दी। द्यु भले मनुष्य रूप में यातना भोगे, पर वह अपनी संतान के रूप में इस अवस्था को नहीं गुजारेगा। संतान तो पिता का ही अंश है और पिता का ही पुत्र रूप में नया रूप है। इसलिए यदि द्यु को मनुष्य रूप में संतान पैदा हो तो शाप-मुक्ति के बाद भी एक प्रकार से तो यह शाप विस्तृत होता ही कहा जाएगा न! ऐसा होने से रोकने के लिए द्यु को कोई संतान ही न हो, यह अनिवार्य था। इस तरह मनुष्य रूप में जन्म ले रहे द्यु की संतानहीनता वास्तव में उसके लिए शाप नहीं, वरदान ही थी। राजा शांतनु और गंगा की यह आठवीं संतान मात्र शाप ही नहीं, संतानहीनता के वरदान के साथ जनमी थी। जन्म के पूर्व ही इन आठों वसुओं ने स्वर्ग में गंगा के साथ जो व्यवस्था विचारी थी उसके एक भाग के

रूप में ही गंगा को शांतनु की पत्नी बनना था और उन सातों वसुओं को मनुष्य रूप में जन्म लेते ही मुक्ति देने का कार्य कर्तव्य समझकर करना था। हालाँकि कोई तर्कशास्त्री—कानून की परीक्षा में प्रथम स्थान से उत्तीर्ण हुआ कोई सफल वकील यह भी प्रश्न कर सकता है—मान लें कि आठवीं संतान को गंगा के प्रवाह में प्रवाहित करती पत्नी को शांतनु ने न रोका होता तो? तो क्या वसिष्ठ का शाप व्यर्थ जाता या गंगा अपनी पूर्व शर्त में थोड़ा संशोधन करके पुत्र को उसके पिता के पास छोड़कर चली जाती? स्मरण रहे, महाभारत में अपरंपार प्रश्न हैं और इन सभी प्रश्नों के उत्तर ढूँढ़ना दो हाथों से गिरनार पर्वत को अंक में भरने जैसा दुःसाध्य काम है। महाभारत के प्रश्नों को किसी कानून की पोथी के पृष्ठ की तरह नहीं बल्कि असीम आकाशीय विस्तार की तरह समझना चाहिए।

और इस तरह भीष्म का जन्म हुआ। अंततः राजा शांतनु ने पत्नी गंगा के साथ हुई विवाह की शर्त का उल्लंघन किया। सात-सात पुत्रों को अपनी आँखों के सामने गंगा के प्रवाह में डुबो देनेवाली पत्नी से प्रश्न पूछ सकनेवाले मोहांध राजा ने अंत में प्रश्न पूछा, हाथ पकड़ा और उन दोनों के विवाह संबंध का अंत आया। महाभारतकार ने एक बहुत ही सुंदर संकेत भी यहाँ दिया है। कथा का आरंभ ही मोह से होता है। वैवाहिक जीवन की सार्थकता पुत्र-प्राप्ति में है, यह धर्म-विभावना जानते हुए भी राजा शांतनु ने मोह के वश में होकर सात-सात पुत्रों की अपमृत्यु को होने दिया। मोह चाहे जितना प्रबल हो, पर उसका एक अपरिहार्य अंत है। यह अंत जो ला सकता है वह मोहांध हो तो भी उसका परिणाम भीष्म जैसे श्रेष्ठ पात्र में होता है। पूर्व शर्त मोह से मुक्त होने की है। पर जिसका आरंभ ही मोह से हुआ है उसकी जीवन-यात्रा सुखपूर्ण कैसे हो सकती है? चौर्य कृत्य भीष्म के जन्म का मूल कारण था और मोह इस अवतरण का निमित्त! दैवी अंश में से मनुष्य देह में पृथ्वी पर आना—यह कैसा दुष्कर दंड है! यही मानो इसका संकेत है। महाभारत में इसके बाद की होनेवाली घटनाओं में भी यह मोह सत्ता, संपत्ति, सौंदर्य : इस प्रकार अनेक तरह से जीवन में अजगर की भाँति फैला है!

आठवें पुत्र के रूप में जनमे भीष्म योजनानुसार जीवित तो रहे, पर (पति से) अलग हो गई गंगा इस पुत्र को अपने साथ ले गई। पिता के पास इस पुत्र का लालन-पालन नहीं हुआ। बालक भीष्म ने—उसका जन्म-प्रदत्त नाम देवव्रत है—शस्त्र और शास्त्र दोनों विद्याओं में अद्वितीय सिद्धि प्राप्त की और गुरु वसिष्ठ के पास से ही उन्होंने यह ज्ञान ग्रहण किया था, यह भी बहुत बड़ा सूचक है। जिस वसिष्ठ के साथ अपराध करके मानव देह धारण करने का दंड भोग रहे थे, मानव

रूप में वही राजकुमार उसी महर्षि के पास से विद्या संपादित करता है। कृत्य—फिर वह अपकृत्य हो या शाप जैसा प्रचंड कृत्य हो—यह सब महाकाल के एक अंश के रूप में ही जीवन में स्थान प्राप्त करता है। यह पूरा हो जाए, उसके बाद उसका विस्तार नहीं होता। चोरी, शाप और जन्म—यह सब हो गया। इसके बाद वसिष्ठ और देवव्रत विशुद्ध गुरु-शिष्य के संबंधों से बँध गए। जो होना था, हो गया—उसका कोई हर्ष-विषाद नहीं। वसिष्ठ के उपरांत परशुराम से भी देवव्रत ने विद्या संपादित की थी और इस तरह भीष्म परशुराम के भी शिष्य थे।

आयु का कोई निश्चित उल्लेख महाभारत में कहीं भी नहीं है; पर ऐसा सरलता से माना जा सकता है कि माता गंगा ने जब देवव्रत को उसके पिता शांतनु को वापस सौंपा, उस समय देवव्रत की आयु सोलह वर्ष के आस-पास रही होगी। शस्त्र एवं शास्त्रों में प्रवीण करने के बाद पिता ने इस पुत्र को युवराज पद पर प्रस्थापित भी कर दिया है, इसलिए उसकी आयु सहज ही सोलह या उससे एक-दो वर्ष अधिक रही हो, यह तर्कसंगत है। इसके बाद पूरे चार वर्ष बीत गए, ऐसी स्पष्टता महाभारत में है। इसका अर्थ यह हुआ कि अब कुमार देवव्रत—हस्तिनापुर का भावी नरेश युवराज—लगभग बीस-बाईस वर्ष का हो गया है और पिता शांतनु की आयु सहज ही साठ वर्ष पार कर गई हो या पार करने के समीप हो, यह संभव है।

जिस आयु में राजा को वानप्रस्थ स्वीकार कर सब तज देना चाहिए उस आयु में फिर एक बार वह मोहवश हुआ। युवा पुत्र के विवाह के लिए जिसका हाथ माँगा जाए, उस आयु की कन्या मत्स्यगंधा के लिए राजा के मन में यह मोह उत्पन्न हुआ। कन्या भी उसके समकक्ष परिवार की नहीं थी। मच्छीमारी का व्यवसाय करनेवाले समुदाय के एक मुखिया निषादराज की वह पुत्री थी। फिर एक बार विवेक पर मोह की विजय हुई और राजा ने इस युवा कन्या की उसके पिता से माँग की। व्यवसाय से मछुआरा और वर्ण में भले ही वह पिछड़ा समझा जानेवाला निषाद रहा हो, पर मत्स्यगंधा का यह पिता अत्यंत व्यवहार-कुशल है। राजा मोहवश है और इस समय वह कोई भी शर्त स्वीकार कर लेगा, इस विश्वास के साथ उसने इस माँग को स्वीकार करने के बदले में राजा से वचन माँगा कि भविष्य में राजा के पद पर मत्स्यगंधा के पुत्र को ही बैठाया जाए। राजा भले समर्थ था—चक्रवर्ती था, पर महाभारतकालीन समाज-रचना की जो छवि यहाँ प्रकट होती है, वह मुग्ध कर देनेवाली है। शांतनु ने चाहा होता तो निषादराज को परास्त करके कन्या का अपहरण कर लेता; पर उसने ऐसा नहीं किया। वह संस्कारी है। मत्स्यगंधा के लिए

भले ही मोह हुआ हो, परंतु मत्स्यगंधा को इस तरह बलात् उठा ले जाने से तो उसके मन में अपने लिए घृणा या रोष ही उत्पन्न होता और फिर सहजीवन कहाँ से पैदा होता? संस्कार और मोह—इन दोनों के बीच वह फँस गया और उद्विग्न अवस्था में दिन बिताने लगा। युवराज तो देवव्रत ही था और हस्तिनापुर के सिंहासन पर शांतनु के बाद वही विराजमान हो, यह स्वाभाविक था, फिर वह सभी तरह से सुयोग्य था तो उसके अधिकार की उपेक्षा कैसे की जाए? इस उलझन में राजा घिर गया।

कुमार देवव्रत ने पिता की यह अवस्था देखी और पिता के साथी से इस अवस्था का रहस्य जाना। पृथ्वी से भी भारी यदि कोई होता है तो वह पिता है—यह उक्ति तो बहुत लंबे समय बाद महाभारतकार युधिष्ठिर के मुख से कहलाने वाले हैं, पर इसका प्रक्षेप स्वीकार तो कुमार देवव्रत इसी क्षण करते हैं। पिता के कृत्य की योग्यता-अयोग्यता का निर्णय करने का काम पुत्र का नहीं। पुत्र का कर्तव्य तो पिता की इच्छा पूरी करना ही हो सकता है, यह बात धर्म जिसके शरीर के अणु-अणु में भरा हो—ऐसा गंगा का पुत्र और महामनीषी वसिष्ठ का यह शिष्य कैसे भूले? मत्स्यगंधा के पिता निषादराज के पास जाकर उसने स्वयं पिता के लिए उस कन्या की माँग की!

भीष्म के अपने जीवन के अनेकानेक कृत्यों में यह सर्वप्रथम कृत्य है। इस प्रथम कृत्य की भव्यता तो देखें! स्वयं संपूर्ण समर्थ है, विवाह की आयु हो चुकी है, सिंहासन पर बैठने का क्षण समीप है—ऐसे समय में पिता का मोह पूरा करने के लिए वे उद्यत हुए हैं। कोई प्रश्न नहीं, कोई समस्या नहीं, कोई असमंजस नहीं! बस पिता के प्रति धर्म का नितांत अनुसरण! निषादराज के पास उसकी बीस एक वर्ष की कन्या को अपने साठ एक वर्ष के पिता के लिए माँगते इस बाईस वर्ष के अति तेजस्वी कुमार की निर्लेपता! यह दृश्य देखनेवाले को स्तब्ध कर दे, ऐसा है।

निषादराज चतुर ही नहीं, अतिचतुर है। राजा की ओर से माँग लेकर आए कुमार को देखते ही उसे आकंठ विश्वास हो गया होगा कि अब उसके भावी दौहित्र का मार्ग सरल होता जा रहा है। राजा के समक्ष रखी शर्त उसने निर्भयता से कुमार के सामने भी रख दी। निषादराज की यह पूर्व-शर्त तो कुमार पहले ही राजा के सारथि से जान चुके थे, इसलिए इस शर्त का सामना करने के लिए मानसिक रूप से निश्चित तैयार रहे होंगे। एक क्षण का भी विलंब किए बिना उन्होंने नितांत निर्लेप भाव से कह दिया—

> एवमेतत करिष्यामि यथा त्वमनुभाषसे।
> योस्यां जनिष्यते पुत्रः स नो राजा भविष्यति॥

भले, आप जैसा कहते हैं वैसा ही होगा। इस सत्यवती के गर्भ से जो पुत्र उत्पन्न होगा वही हस्तिनापुर का नरेश होगा।

परंतु निषादराज अनुभवी और अत्यंत दूरगामी परिणामों को देख सके, ऐसा चतुर कूटनीतिज्ञ है। देवव्रत भले सिंहासन का त्याग करें, पर उनके पुत्र भविष्य में उसकी पुत्री सत्यवती के पुत्रों से राज्य छीन लें, इसकी पूरी संभावना थी। देवव्रत तो सत्यप्रतिज्ञ है, इसमें निषादराज को लेशमात्र शंका नहीं; किंतु इसके बाद जो संतानें जनमेंगी उन्हें तो इस प्रतिज्ञा का बंधन होगा ही नहीं। ऐसी स्थिति में अपने भावी दौहित्र की हित-रक्षा वह कैसे करे? राजा मोहांध है और यह कुमार पुत्र-धर्म में आकंठ डूबा है, इसका साक्षात्कार होते ही उसने अपनी शर्त का थोड़ा विस्तार किया, ''कुमार, आपकी सत्यवादिता पर तो कोई किसी तरह का संदेह करता नहीं। परंतु आपके पुत्रों का क्या? यदि वे आपकी प्रतिज्ञा स्वीकार न करें तो मेरे दौहित्र के कल्याण की यह चिंता तो व्यर्थ ही हो जाएगी न! आपके सामर्थ्य के आगे उसकी क्या औकात!''

और यहीं भीष्म के जीवन का भव्यतम क्षण आता है। धर्म का अनुसरण व्यावसायिक विचारणा करके लेखा-जोखा करने के बाद नहीं होता है, इसके लिए तो उसी क्षण मस्तक उतार देने का सामर्थ्य और तत्परता दोनों चाहिए! यहाँ एक क्षण का भी विलंब किए बिना—जिस धर्म के पालने के लिए कुमार यहाँ आए थे उस धर्म को लक्ष्य में रखकर अन्य कोई विचार किए बिना—चारों दिशाओं में मानो प्रतिध्वनि डालते हों, ऐसे स्वर में कहते हैं, ''जो-जो ऋषि, देवता और अंतरिक्ष के प्राणी यहाँ उपस्थित हों, उनकी उपस्थिति में मैं प्रतिज्ञा करता हूँ कि मैं आजीवन ब्रह्मचर्य का पालन करूँगा। मैं अपुत्रावस्था में ही जीवन समाप्त करूँगा और नैष्ठिक ब्रह्मचर्य का पालन करूँगा। हे निषादराज! अब आप अपनी पुत्री मेरे पिता के लिए दें।''

दिशाएँ स्तब्ध हो जाएँ और महाकाल एक क्षण के लिए स्थिर हो जाए, ऐसी थी यह प्रतिज्ञा और ऐसा था यह धर्मपालन। उस क्षण कुमार देवव्रत भीष्म बन गए। भीष्म का अर्थ है—प्रचंड, भयानक।

□

पितामह भीष्म-२

माता सत्यवती और राजा शांतनु का वैवाहिक जीवन कितने वर्ष चला होगा, इस संबंध में कोई निश्चित जानकारी हमें महाभारत से नहीं मिलती; पर वह बहुत लंबा नहीं रहा होगा, ऐसा लगता है। इस सहजीवन के फलस्वरूप दो पुत्रों चित्रांगद और विचित्रवीर्य का जन्म हुआ और इन दो राजकुमारों की शिक्षा-दीक्षा भीष्म के निरीक्षण में होने की बात महाभारत में है। इसलिए उस समय राजा शांतनु न रहे हों, कालधर्म प्राप्त कर चुके हों, ऐसा माना जा सकता है। दोनों कुमार वयस्क हों, यौवनावस्था प्राप्त करें, इसके पहले ही चित्रांगद की मृत्यु हो गई और अब एक ही कुमार विचित्रवीर्य शेष रहे। विचित्रवीर्य के विवाह के लिए भीष्म ने—काशी-नरेश ने अपनी तीन कन्याओं के लिए जिस स्वयंवर का आयोजन किया था—उस अवसर को चुना। भीष्म इस स्वयंवर में गए। वे स्वयं तो विवाह की आयु पार कर चुके होंगे, ऐसा लगता है; क्योंकि उन्हें स्वयंवर में आया देख जो अन्य राजा वहाँ उपस्थित थे, उन्होंने परस्पर जो बात की है उसमें भीष्म की उपस्थिति का उपहास करते हुए कहा है, ''अरे! यह बूढ़ा तो अपने आपको धर्मात्मा कहलवाता था। अपनी प्रतिज्ञा भूलकर यह इस आयु में यहाँ स्वयंवर में क्यों आया? मस्तक तक के बाल सफेद हो गए हैं और चेहरे पर झुर्रियाँ पड़ गई हैं, ऐसे इस राजा को हम व्यर्थ ही ब्रह्मचारी मानते थे।''

उन सबकी आँखों के सामने भीष्म ने बलपूर्वक उन विवाहोद्यता राजकुमारियों का अपहरण किया और आश्चर्य-मिश्रित भय से स्तब्ध राजाओं को चुनौती दी कि ''तमाम राजाओं को पराजित करके जिस कन्या का अपहरण किया जा सके उसे क्षत्रिय धर्म के अनुसार न्यायपुर:सर कहा जा सकता है। हे राजाओ! आप सभी मेरे

साथ युद्ध करें और या तो पराजय प्राप्त करें या मुझे पराजित करें!'' परिणाम जो सोचा गया था वही आया। काशी नगरी में स्वयंवर में चुने जाने के लिए आए समस्त राजा एक साथ मिलकर भी भीष्म के सामने टिक नहीं सके।

कन्याओं के अपहरण का यह कदम न्यायपुर:सर कहा जाए अथवा नहीं, यह चर्चा का विषय है। वहाँ स्वयंवर रचा गया था और स्वयंवर के स्थापित नियमों के यह विरुद्ध हो, ऐसा लगता है। महाभारत काल में इस प्रकार के अपहरण से हुए विवाह के अन्य उदाहरण भी हैं; पर उनमें विवाह करनेवाला राजा स्वयं कन्या का अपहरण करता है, वह भी कन्या की पूर्व संगति प्राप्त करने के बाद ही। भीष्म के इस किस्से में जिसके लिए यह अपहरण हुआ है उस राजा विचित्रवीर्य के पास न तो वैसी तेजस्विता है और न स्वयं कन्या की पसंदगी में उत्तीर्ण सिद्ध हो, ऐसी क्षमता ही। इस तरह एक व्यक्ति के लिए दूसरा कोई व्यक्ति इस प्रकार अपहरण करे, ऐसा कोई अन्य उदाहरण नजर नहीं आता।

तीनों अपहृता कन्याओं में सबसे बड़ी अंबा अपने मन से शाल्वराज का वरण कर चुकी है, ऐसा कहा था। इसलिए भीष्म ने, जो कन्या मन से किसी अन्य की हो चुकी हो उसे स्वीकार करना धर्म-विरुद्ध है, ऐसा कहकर उसे शाल्वराज के पास जाने के लिए मुक्त कर दिया और शेष दोनों कन्याओं अंबिका और अंबालिका को विचित्रवीर्य के साथ ब्याह दिया। भीष्म द्वारा मुक्त की गई कन्या अंबा ही अंत में भीष्म की मृत्यु का निमित्त बनी, यह घटना भी यहाँ याद करने लायक है। जिसका वह वरण कर चुकी थी उस शाल्वराज ने अंबा को अस्वीकार कर दिया। जिसका अन्य पुरुष द्वारा अपहरण हो चुका हो उसे वीर क्षत्रिय कैसे स्वीकार करे, ऐसा कहकर शाल्वराज ने उसे वापस भेज दिया। शाल्वराज के पास से हताश होकर अंबा जामदग्नेय परशुराम की शरण में गई और उसकी असहाय अवस्था भीष्म के कारण हुई है, यह रुदन करते हुए उसने भीष्म को दंड देने की विनती की। परशुराम ने उसे वचन दिया और भीष्म तो अपना शिष्य है, इसलिए उनकी बात का उल्लंघन नहीं करेगा, इस विश्वास के साथ उन्होंने हस्तिनापुर जाकर भीष्म को अंबा के साथ विवाह करने का आदेश दिया। स्वाभाविक है कि प्रतिज्ञाबद्ध भीष्म ने गुरु की यह आज्ञा नहीं मानी। परिणामस्वरूप क्रुद्ध ब्राह्मण परशुराम और भीष्म के बीच द्वंद्व युद्ध हुआ। कई दिनों तक चला यह युद्ध एक तरह से अनिर्णीत हुआ ही कहा जाएगा, क्योंकि भीष्म का सामर्थ्य देखकर स्वयं परशुराम ने ही यह युद्ध समेट लिया। परशुराम के पास से हताश होकर अंबा ने कठोर तपश्चर्या करके भगवान् शंकर से भीष्म का वध करने का वरदान माँगा।

शिवजी ने वरदान तो दिया, किंतु अंबा इसके लिए इस जन्म के अंत में पुनर्जन्म धारण करे और भीष्म के वध के लिए निमित्त बने, यह और जोड़ दिया। तदनुसार वह तत्क्षण चिता पर चढ़कर जल मरी और पुनर्जन्म के रूप में उसने महाराज द्रुपद की कन्या शिखंडी के रूप में जन्म धारण किया।

राजा विचित्रवीर्य का वैवाहिक जीवन प्रारंभ में सुखी रहा, किंतु वह लंबे समय तक नहीं चल सका। दो पत्नियों के साथ अति भोग-विलास में लिप्त यह राजा शीघ्र ही रोगिष्ठ अवस्था को प्राप्त होकर काल-कवलित हो गया। मृत्यु के समय वह निस्संतान था और उसकी मृत्यु के साथ ही अजमीढ़ कुल और राजा कुरु के वंश का भी अंत आ गया। हस्तिनापुर का सिंहासन राजाविहीन हो गया। हस्तिनापुर के सिंहासन के उत्तराधिकार के लिए तथा कुरु कुल के वंश-सातत्य के लिए अब एक ही विकल्प शेष रह गया था—भीष्म अपनी आजीवन ब्रह्मचर्य की प्रतिज्ञा से मुक्त होकर वैवाहिक जीवन आरंभ करें! माता सत्यवती ने भीष्म को बुलाकर कहा भी—''वत्स! सिंहासन पर अपना अभिषेक कर तुम धर्मानुसार विवाह कर लो और समस्त पितृलोक को नरक में जाने से बचा लो।''

जिस सत्यवती के लिए कुमार भीष्म ने यह दुष्कर प्रतिज्ञा ली थी वही सत्यवती उन्हें आपद्धर्म के रूप में इस प्रतिज्ञा से मुक्त कर रही थी। यहाँ प्रश्न यह खड़ा होता है कि भीष्म ने माता की इस आज्ञा या इच्छा का पालन किया होता और सिंहासनारूढ़ होकर विवाह किया होता तो उससे क्या यह प्रतिज्ञाभंग कहा जाता? प्रतिज्ञा एक निश्चित हेतु के लिए थी। यदि वे माता की बात मान लेते तो यह हेतु पूर्णतः निरर्थक हो जाता। स्वयं माता आग्रह कर रही थी और प्रतिज्ञा के लक्ष्यार्थ के बदले वाच्यार्थ के साथ जुड़े रहने से जो परिणाम संभावित थे, वे अपेक्षाकृत अधिक कठिन और अनिष्टकारक थे, यह जानते हुए भी उसके वाच्यार्थ पर ही केंद्रित रहने से धर्म का अनुसरण विशेष रूप से हुआ है, ऐसा कहा जा सकता है! एक ओर माता की इच्छा, कुल का सातत्य और राज्य के भविष्य का प्रश्न है तथा दूसरी ओर प्रतिज्ञा के निरे शब्द हैं—अब भावना तो निरर्थक हो ही चुकी है। ऐसी स्थिति में, महाभारत में आगे चलकर एक बात बार-बार कही गई है, बड़े धर्म के पालन के लिए छोटे धर्म का त्याग करना चाहिए, समष्टि के हित के लिए व्यक्ति के हित को छोड़ देना चाहिए। व्यक्ति के हित का भोग देना ही बड़ा धर्म है—इस अवसर पर यह कथन पूरी तरह भुला दिया गया हो, ऐसा लगता है। यदि भीष्म ने इसका अनुसरण किया होता तो कुरुक्षेत्र के महासंहार से समग्र आर्यावर्त बच गया होता। याद रहे—इसी प्रतिज्ञा को आगे रखकर भीष्म ने परशुराम जैसे प्रचंड गुरु की आज्ञा की भी

अवहेलना की थी।

भीष्म ने विवाह और राज्य दोनों को अस्वीकार कर दिया तो माता ने उन्हें दूसरा एक हलका विकल्प भी सुझाया। मात्र वंश के सातत्य के लिए पुत्र-प्राप्ति की इच्छा मात्र से यदि विधवा स्त्री कुल के ही किसी योग्य पुरुष के साथ संबंध स्थापित करे तो यह धर्म्य और ऐसे पुत्र को शास्त्रोक्त अनुमोदन मिला है, ऐसा माता सत्यवती भीष्म से कहती है और उसके बाद विचित्रवीर्य की विधवाओं—अंबिका और अंबालिका—के गर्भ में संतान स्थापित करने के लिए कहती है। भीष्म तर्कपूर्ण ढंग से इस प्रस्ताव को भी अस्वीकार कर देते हैं, क्योंकि ऐसा करने से भी नैष्ठिक ब्रह्मचर्य की प्रतिज्ञा तो भंग होती ही है। अंततः विवश होकर ऐसे संजोगों में जो अन्य धर्मप्रेरित मार्ग है उसे स्वीकार किया गया। यह मार्ग था किसी तेजस्वी और संयमी ब्राह्मण को विचित्रवीर्य की विधवा रानियों में गर्भ स्थापित करने के लिए आमंत्रित करना और उस ब्राह्मण द्वारा काम का त्याग करके एक धर्मपूर्ण कर्तव्य के रूप में एक बार इन स्त्रियों के साथ संबंध स्थापित करना। स्मरण रहे, इसके लिए मात्र तेजस्वी ब्राह्मण हो, इतना ही पर्याप्त नहीं कहा गया है। यह ब्राह्मण तेजस्वी तो होना ही चाहिए, पर इसके साथ ही उसे यह कर्म काम-प्रेरित होकर नहीं बल्कि धर्म-प्रेरित होकर करना है। उस क्षण सत्यवती ने भीष्म को अपनी कौमार्यावस्था में प्राप्त हुए पराशर मुनि के पुत्र व्यास की बात बताई और अंत में उन्हीं महर्षि व्यास को इस प्रजोत्पत्ति के लिए बुलाया गया। व्यास ने माता की आज्ञा को स्वीकार किया और इस कार्य के लिए दोनों रानियाँ मानसिक रूप से तैयार हों, इसके लिए एक वर्ष का समय माँगा; किंतु माता को शीघ्रता थी। उसने पुत्र को उसी रात तत्काल यह विधि पूरी करने के लिए कहा।

इसके बाद की बात बहुविदित है। व्यास के प्रचंड रूप से भयभीत हो उठी अंबिका ने गर्भ-स्थापन के क्षण आँखें बंद कर लीं और उसे अंधे पुत्र धृतराष्ट्र की प्राप्ति हुई। फिर एक बार व्यास को बुलाया गया, क्योंकि सिंहासन पर नेत्रहीन राजा तो प्रतिष्ठापित हो नहीं सकता था। इस बार दूसरी रानी अंबालिका प्रसन्नतापूर्वक शयनगृह में गई तो सही, किंतु व्यास के असाधारण दृश्य मात्र से उसके चेहरे का रंग उड़ गया। वह फीकी पड़ गई। फलस्वरूप उसका पुत्र पांडु हुआ। दोनों पुत्रों की यह उत्पत्ति देखकर माता सत्यवती ने तीसरी बार श्रेष्ठ पुत्र के लिए व्यास से विनती की और पुनः एक बार ज्येष्ठ रानी अंबिका के शयन खंड में उन्हें भेजा; किंतु प्रथम बार के अनुभव से भयभीत हुई अंबिका ने इस बार माता सत्यवती को जताए बिना अपने शयनकक्ष में अपनी एक विश्वासपात्र दासी

को भेज दिया। उस दासी ने व्यास के आगमन के साथ उनका प्रसन्नता से स्वागत किया और इस प्रसन्नता के परिपाक के रूप में सर्वगुण-संपन्न और धर्मिष्ठ पुत्र विदुर को प्राप्त किया।

संतानोत्पत्ति की यह घटना थोड़ी समझने लायक है। हमारे सामान्य व्यवहार में, दोनों पक्षों में काम का त्याग और प्रसन्नता का मिलन हुआ हो—ऐसे पति-पत्नी संख्या में कितने हैं? धर्मिष्ठ और श्रेष्ठ पुत्र के लिए पति-पत्नी के सायुज्य के क्षणों में यह तद्रूपता अनिवार्य है। इस शर्त का पालन शायद ही होता होगा, यही कारण है कि सामान्य से भी निचली कक्षा की संतानों—मनुष्यों से यह पृथ्वी भरी-पटी होती है। स्त्री-पुरुष के बीच का दैहिक संबंध एक अनिवार्य मानवीय भूख हो तो भी प्रसन्नतापूर्वक लिया गया अति सामान्य भोजन और किसी मानसिक तृप्ति के बिना, बल्कि एक असंतोष या अरुचि के साथ लिया गया पकवान भरा भोजन, फिर भले उससे भूख मिट जाए, किंतु शरीर के कोशों की जो वृद्धि करता है वह पकवान नहीं बल्कि वह प्रसन्नता है! हमारा व्यवहार भूख हरनेवाला है या प्रसन्नता का धर्म्य व्यवहार है, इसका संकेत हमारी संतानें देती हैं। यह प्रसन्नता का धर्म्य व्यवहार मात्र पति-पत्नी के बीच ही हो, यह आवश्यक नहीं। यह प्रक्रिया स्त्री-पुरुष के मिलन की प्रक्रिया है और इस मिलन को सामाजिक संदर्भ में ही हमने पति-पत्नी के संबंध से सीमित किया है। स्वयं व्यास, विदुर, कर्ण—ये सभी उदाहरण पर्याप्त हैं। सामाजिक स्थिरता के लिए संबंधों को चाहे जो नाम दें, मात्र शारीरिक सज्जता ही नहीं, मानसिक ऐक्य का क्षण ही उत्तम क्षण है, इसी का शायद यह संकेत है। हमारे व्यवहारों में जो रूढ़ हो गया हो या कि जो हमारे अनुकूल हो, मात्र वही संकेत महाभारत नहीं देता। महाभारत तो मानव जाति का एक्स-रे है।

एक और बात।

सच कहें तो धृतराष्ट्र और पांडु के जन्म के साथ ही अजमीढ़ कुल की यह कथा भले ही आगे बढ़ती हो, किंतु तात्त्विक या सूक्ष्म दृष्टि से देखें तो ये धृतराष्ट्र या पांडु कुरुवंशी कहे ही नहीं जा सकते—जिस माता सत्यवती की संतानों को ही हस्तिनापुर के सिंहासन पर बैठाने की प्रचंड प्रतिज्ञा भीष्म ने की थी उस सत्यवती की संतानों के रूप में धृतराष्ट्र या पांडु को नहीं रखा जा सकता। धृतराष्ट्र और पांडु मातृपक्ष से काशी-नरेश के वंशज हैं और पितृपक्ष से पराशर ऋषि के। इसमें कहीं भी सत्यवती या शांतनु का लेशमात्र भी अंश नहीं। अंबिका और अंबालिका काशी-नरेश की पुत्रियाँ हैं तो व्यास पराशर ऋषि का बीज हैं। इस तरह सच कहें तो कुरुवंश की तो विचित्रवीर्य की मृत्यु के साथ ही इतिश्री हो गई थी, इसलिए

उसके बाद की कथा धार्तराष्ट्रों और पांडवों की कथा है। धार्तराष्ट्र अर्थात् धृतराष्ट्र के पुत्र और कौरव अर्थात् कुरुवंशी ऐसा कहने का कोई औचित्य नहीं। धार्तराष्ट्रों को यदि कौरव अर्थात् कुरुवंशी कहा जा सकता है तो उस लिहाज से पांडव भी कुरुवंशी या कौरव ही कहे जाते। किंतु ऐसा नहीं हुआ। इसके कारणों की चर्चा इसके बाद हम उचित स्थान पर करेंगे।

धृतराष्ट्र, पांडु और विदुर—ये तीनों पुत्र जब विवाह की अवस्था में पहुँचे तो उस समय इस विषय में जो विचार-विमर्श किया है वह मात्र विदुर के साथ किया है, यह अत्यंत सांकेतिक है। विदुर तीनों भाइयों में सबसे छोटे हैं, तिस पर रानी के पेट से जनमे नहीं हैं। इसके बावजूद दोनों बड़े भाइयों के विवाह की चर्चा भी भीष्म विदुर के साथ ही करते हैं। विदुर धृतराष्ट्र और पांडु दोनों से बढ़कर सूक्ष्म धर्म के ज्ञाता हैं और भीष्म भी यह भेद स्वीकार करते हैं। विदुर के साथ चर्चा करने के बाद भीष्म ने धृतराष्ट्र का विवाह गांधारी के साथ और पांडु का विवाह कुंती के साथ कराया। इन दोनों विवाहों में भीष्म ने चयन का जो आधार अपनाया है उसमें कौमार्यावस्था में ही इन कन्याओं को पुत्र की प्राप्ति विषयक वरदान कहीं से मिल चुका है, यह बात बहुत महत्त्व की है। गांधारी की कोख से सौ पुत्र उत्पन्न होंगे और कुंती को भी पाँच पराक्रमी पुत्र प्राप्त होंगे, इस वरदान की बात से भीष्म पहले से ही अवगत हैं। इस मापदंड का महत्त्व शायद विचित्रवीर्य के अकाल अवसान के बाद जो परिस्थिति उपस्थित हुई उसके अनुभव के चलते भीष्म ने स्वीकार किया हो, ऐसा संभव है। विदुर के साथ हुई चर्चा में भीष्म इस बात का उल्लेख भी करते हैं।

पांडु का दूसरा विवाह माद्री के साथ हुआ। धृतराष्ट्र के नहीं, पर पांडु के दूसरे विवाह के लिए भीष्म ने क्यों विचार किया होगा—यह स्पष्टता कहीं भी नहीं मिलती। इसके लिए भीष्म मद्र देश के राजा के पास जाकर उनकी पुत्री की माँग करते हैं और मद्र का यह राजा भी भीष्म की माँग को स्वीकार करता है। पर उसका यह स्वीकार सशर्त है। वह कहता है कि हमारे कुल में कन्या-विक्रय की परंपरा है। यह प्रथा संभवतः गलत हो तथापि कुल परंपरा को तोड़ना धर्म्य नहीं और इसलिए यदि यह विवाह करना हो तो भीष्म को कन्या के बदले में धन देना पड़ेगा। इस प्रकार माद्री को भीष्म ने पांडु के लिए एक तरह से देखें तो खरीदकर प्राप्त किया! तत्काल पुष्कल धन चुकाकर भीष्म ने इस कन्या को अपने साथ ले लिया और हस्तिनापुर आकर पांडु के साथ उसका विवाह करा दिया।

इन दोनों भाइयों को तीन कन्याओं के साथ ब्याहने के बाद भीष्म ने विदुर

के विवाह का प्रश्न हाथ में लिया। इसके लिए उन्होंने किसी राजकन्या को नहीं बल्कि देवक राजा के कुल में रहती, पर शूद्र माता और ब्राह्मण पिता द्वारा जनमी एक कन्या पसंद की और विदुर का विवाह करा दिया।

दो कन्याओं के साथ विवाह करने के बाद विचित्रवीर्य का पुत्रहीन अवस्था में ही असाध्य रोगों के वश होकर स्वर्गवास हुआ है। इस विचित्रवीर्य के पुत्र पांडु ने भी कालक्रम में पिता की भाँति ही दो कन्याओं के साथ विवाह किया और उसके बाद पांडु ने राज-वैभव का सुख भोगा तो अवश्य, परंतु राजनगरी हस्तिनापुर में रहकर नहीं। दोनों पत्नियों को साथ लेकर उसने अरण्यवास स्वीकार किया। यह वनवास पांडु ने किसी आध्यात्मिक कारण से या तपश्चर्या के लिए नहीं स्वीकार किया था। वन में रहकर वह समस्त राजसी सुखों का उपभोग करता है और उसके लिए सारी व्यवस्था हस्तिनापुर से ही उसके लिए की गई है। वह मृगया खेलता है, युवा पत्नियों के साथ सांसारिक सुखों का उपभोग करता है और इस मृगया के कारण ही उसे स्त्री-संग के लिए असमर्थ हो जाने का शाप भी मिला। मृग रूपधारी ऋषि का पांडु ने शिकार किया और ऋषि ने प्राण-त्याग करते समय उसे यह शाप दिया। अब बाद का कोई भी स्त्री संसर्ग पांडु की मृत्यु का अनिवार्य कारण होगा, ऐसा यह शाप था। इस शाप के मिलने के बाद पांडु ने अरण्यवास में साधु जीवन स्वीकार किया।

ऐसी स्थिति में अब पुत्रहीन मृत्यु ही सहज अंत था। हस्तिनापुर में अभी गांधारी ने मातृत्व प्राप्त किया नहीं और अरण्यवास में पांडु पितृत्व प्राप्त कर सके, ऐसी अवस्था रही नहीं। ऐसी स्थिति में पांडु के अनुरोध से कुंती ने अपनी कौमार्यावस्था में प्राप्त वर के अनुसार मंत्र-प्राप्ति से तीन पुत्रों को जन्म दिया। इस मंत्र के द्वारा पुत्र जनमता है कि नहीं, यह अलग चर्चा का मुद्दा बन सकता है; परंतु ये तीनों पुत्र पांडु की संतान तो नहीं ही हैं, यह स्वयंसिद्ध है। व्यास और अंबालिका के माध्यम से जो रहा-सहा रक्त पांडु में बह रहा था उसका भी नितांत अभाव अब इस युधिष्ठिर आदि की नई पीढ़ी में है। ये पुत्र कुंती के पुत्र हैं, पांडु के नहीं, इस सत्य से इनकार नहीं हो सकता है। इसके बाद दो पुत्र कुंती ने ही उस मंत्र-विधान से देवता का आवाहन करके माद्री के गर्भ से उत्पन्न किए। ऐसा करने से कुंती को जो पाँच पुत्रों की माता होने का वरदान प्राप्त हुआ था वह भी कुछ अंश तक असत्य सिद्ध होता है, यह तथ्य भुलाने लायक नहीं है। वरदान कुंती के मातृत्व के लिए था—उसे इस प्रकार 'ट्रांसफरेबल' कैसे किया जा सकता है, यह प्रश्न पूछा जा सकता है। पर महाभारत तो गहन अरण्य है और इसमें अपार सौंदर्य है तो अगोचर

रहस्य भी कोई कम नहीं है।

तीसरा पुत्र अर्जुन जब चौदह वर्ष का हुआ, उसके बाद एक करुण घटना घटी (आदिपर्व, १२४/१)। इस बीच उसके पहले ही हस्तिनापुर में गांधारी के गर्भ से सौ पुत्र जनम चुके थे। इस प्रकार शापित अवस्था में भी पांडु कम-से-कम बीस वर्ष तक जीवित रहा होगा, ऐसा लगता है। उसके बाद एक दुर्बल क्षण में वह मोहवश हुआ। उसने माद्री के साथ सहवास किया और मृत्यु को प्राप्त हुआ। माद्री पति के साथ सती हुई और कुंती तथा किशोरावस्था प्राप्त कर चुके—युधिष्ठिर को उस समय कम-से-कम अठारह वर्ष का होना चाहिए—पाँचों पांडवों को लेकर वनवासी ऋषि हस्तिनापुर आकर सभी को भीष्म के सुपुर्द कर देते हैं। ऋषि इसके लिए हस्तिनापुर क्यों आए, इसका रहस्य स्पष्ट है। पांडु पुत्रोत्पत्ति के लिए असमर्थ था, यह सत्य सभी जानते थे। ऐसी स्थिति में कुंती के चरित्र पर कलंक न लगे और भीष्म कहीं उन कुमारों को अस्वीकार न करें, यह आशंका ऋषियों के आगमन का कारण रही हो, ऐसा संभव है। युधिष्ठिर आदि राजकुमार ऋषियों को अत्यंत प्रिय थे और तेजस्वी व धार्मिक थे तथा गांधारी के ज्येष्ठ पुत्र दुर्योधन से युधिष्ठिर वय में बड़े थे। इसलिए वही राजा हो, ऐसी ऋषियों की इच्छा रही हो, ऐसा संभव है।

भीष्म दुर्योधनादि पुत्रों के लक्षणों से परिचित हैं और युधिष्ठिरादि पांडु-पुत्रों के विषय में भी वे सभान हैं। धृतराष्ट्र के पुत्र चाहे जैसे हों, पर वे पिता धृतराष्ट्र के ही वंशज हैं और उनमें माता सत्यवती का रक्त—फिर चाहे वह व्यास द्वारा ही सिंचित हुआ क्यों न हो—कोई सत्यवती या कुरुवंश का रक्त अब रहा नहीं—इस परम किंतु कच्चे पारे जैसे सत्य के साथ अब भीष्म को धर्म का पालन करना था—जीना था।

□

पितामह भीष्म-३

पांडवों और धार्तराष्ट्रों के बीच के वैमनस्य का आभास तो भीष्म को उसी समय हो गया था, जब वे राजकुमार पहले कृपाचार्य और बाद में द्रोणाचार्य से विद्या संपादित कर रहे थे। भीष्म की विलक्षण आँखों से यह भला छिप भी कैसे सकता था! इस संबंध में रही-सही शंका को निर्मूल करनेवाली एक घटना उस समय घटित हो गई, जब गुरु द्रोणाचार्य रंगमंच पर अपने शिष्यों की शस्त्र-परीक्षा ले रहे थे। परीक्षा में अर्जुन अस्त्र-शस्त्र में सर्वश्रेष्ठ सिद्ध हुए। उसी समय एक अज्ञात युवक के रूप में प्रकट होकर कर्ण ने अर्जुन को चुनौती दी। अर्जुन ने कर्ण की चुनौती स्वीकार नहीं की और भीम ने 'कर्ण तो सूतपुत्र है' कहकर उसे दुत्कार दिया तो दुर्योधन का पांडव-द्वेष सोलह कलाओं में विकसित होकर प्रथम बार सार्वजनिक रूप से प्रकट हो जाता है। दुर्योधन कर्ण को तत्काल अंगदेश के राजसिंहासन पर स्थापित करने की घोषणा करके उसे अपने पक्ष में कर लेता है। इतना ही नहीं, ''कर्ण को सूतपुत्र कहनेवाले पांडवों का जन्म किस तरह हुआ है, यह कौन नहीं जानता!'' यह कहकर वह भरी सभा में कुंती और माद्री के चरित्र को कलंकित करने का प्रयास भी करता है। जिस समय यह सब हुआ उस समय भीष्म वहाँ मौजूद थे, फिर भी वे इस संबंध में कुछ बोलते नहीं। दुर्योधन को हस्तिनापुर साम्राज्य का एक भाग अंगदेश कर्ण को सौंप देने का क्या अधिकार है, यह प्रश्न उस समय न भीष्म पूछते हैं, न धृतराष्ट्र! दुर्योधन तो युवराज पद का भी अधिकारी नहीं। युवराज पद पर बाद में तो युधिष्ठिर की स्थापना होती है। इन परिस्थितियों में दुर्योधन का यह द्वेष, कर्ण को अंगदेश का राजा बनाने का कदम—यह सब भीष्म क्यों चुपचाप देखते रहे, यह एक अबूझ पहेली है। इसके बाद द्यूत सभा में भीष्म

जो समझ में न आनेवाला आचरण करनेवाले हैं उसी आगम का मानो हमें यहाँ संकेत मिलता है। भीष्म के विकसित व्यक्तित्व की जो निरंतरता यहाँ तक—इतने वर्षों तक देखने को मिलती है, उसमें मानो अचानक यहाँ मोड़ आया है। यह मौन भीष्म के व्यक्तित्व के साथ सहसा मेल नहीं खाता।

इसके बाद की एक ध्यान में आनेवाली घटना लाक्षागृह की है। लाक्षागृह की घटना हुई, उसके पहले ही युधिष्ठिर युवराज पद पर अभिषिक्त हो चुके हैं। दुर्योधन ने षड्यंत्र करके पांडवों के लिए लाक्षागृह की रचना की और पांडव वहाँ जाकर रहें, उस दरमियान वह जल उठे और उस आग में पांडव जल मरें, ऐसा आयोजन किया। मंत्री विदुर इस षड्यंत्र के विषय में पहले से ही जानकारी हासिल कर लेते हैं और पांडवों को सावचेत कर देते हैं। इतना ही नहीं, लाक्षागृह से सुरक्षित बच निकलने के लिए आयोजन भी गुप्त रूप से करवाते हैं। परंतु भीष्म इस पूरी घटना से पूरी तरह अनजान रहते हैं। इसका एक संकेत यह भी हो सकता है कि कालांतर में समर्थ-से-समर्थ व्यक्ति भी अपने स्वयं के परिवार में ही ऐसा असहाय व उपेक्षित होने लगता है कि उसे पहचानकर यदि समय रहते वहाँ से हट न जाए तो और भी अधिक कठिन समय का सामना उसे करना पड़ सकता है। यह नहीं भूलना चाहिए कि माता सत्यवती आनेवाले इस कठिन समय को पहचान गई थीं और इसीलिए हस्तिनापुर छोड़ उन्हीं दिनों उन्होंने वनवास स्वीकार कर लिया था! भीष्म के लिए यह कठिन समय आ रहा था।

दुर्योधन ने अपना सोचा हुआ किया ही। पांडवों के साथ उनकी माता की जली मृत देह भी मिली। ये मृत देह पांडवों और कुंती की ही हैं, यह मानकर हस्तिनापुर में जब उनका अंतिम संस्कार हुआ, उस समय भीष्म ने मृतात्माओं को पिंडदान देने के लिए हाथ में जल दिया तो विदुर ने उन्हें रोक दिया; क्योंकि वे सत्य जानते थे। उन्होंने भीष्म को भी इससे अवगत करा दिया। दुर्योधन के इस कुटिल षड्यंत्र की बात जानने के बाद भी भीष्म कोई ठोस कदम नहीं उठाते तथा पांडवों को खोजने का न कोई प्रयास करते हैं और न ही दुर्योधन पर कठोर नियंत्रण रखते हैं। कर्ण का राज्याभिषेक और लाक्षागृह की दुर्घटना—इन दोनों प्रसंगों में भीष्म द्वारा साधे गए मौन ने ही संभवतः दुर्योधन को अपने लक्ष्य में कोई कुटिल नीति स्वीकार करने के लिए अभय किया हो, ऐसा भी हो सकता है। धृतराष्ट्र तो पुत्र-मोह के कारण भी अंधे थे और द्रोणाचार्य तो आखिर कुल मिलाकर राज्याश्रित ब्राह्मण ही थे, इसलिए इन वरिष्ठों को लेकर दुर्योधन चिंतित नहीं रहा होगा; किंतु उसे मन-ही-मन पितामह का भय अवश्य रहा होगा। पितामह के मौन ने उसे

दु:साहसी बना दिया हो, ऐसा संभव है। पारिवारिक जीवन में बड़े-बूढ़ों की भूमिका का भी यह संकेत है। इन प्रसंगों में भीष्म ने यदि प्रभावी व सक्रिय भूमिका निभाई होती तो उसके बाद होनेवाली अनेक घटनाएँ टाली जा सकती थीं।

लाक्षागृह से बचकर निकले पांडव द्रौपदी स्वयंवर में प्रकट हुए। द्रौपदी को प्राप्त करके पांडव हस्तिनापुर वापस लौटे तो उनके पक्ष में अब कृष्ण और द्रुपद दोनों थे। कृष्ण और द्रुपद से रक्षित पांडवों को उखाड़ना अब सरल नहीं था। उस समय भीष्म राजा धृतराष्ट्र को हस्तिनापुर राज्य का विभाजन करने की सलाह देते हैं। भीष्म ने चाहा होता तो युधिष्ठिर को हस्तिनापुर का अखंड राज्य भी प्राप्त हो गया होता, क्योंकि युधिष्ठिर इसके पहले ही हस्तिनापुर के युवराज पद पर अभिषिक्त हो चुके थे। इसलिए सिंहासन के लिए उनका अधिकार स्वीकृत हो ही चुका था। परंतु अब प्रश्न अधिकार से अधिक पारिवारिक शांति के समाधान का था। शांति के लिए यदि कभी सत्य या न्याय का भी गला घोटना पड़े तो घोट देना चाहिए, यही ध्वनि यहाँ प्रकट होती है। परंतु इस प्रकार सत्य और न्याय के मूल्य पर खरीदी गई शांति लंबे समय तक टिकी नहीं रह सकती, यह बात महाभारत से लेकर आज तक प्रत्यक्ष है।

भीष्म ने उस समय निर्णायक आवाज उठाई है। धृतराष्ट्र ने भीष्म की सलाह मान ली। तदनुसार पांडवों को खांडवप्रस्थ का प्रदेश दे दिया गया। पांडवों ने खांडवप्रस्थ में जाकर इंद्रप्रस्थ बसाया और आर्यावर्त में अपनी सर्वोपरिता सिद्ध करने के लिए राजसूय यज्ञ का आयोजन किया। राजसूय यज्ञ में प्रथम अर्घ्य किसे दिया जाए, यह प्रश्न राजा युधिष्ठिर ने पितामह से पूछा तो उसके उत्तर में भीष्म ने नि:शंक भाव से कृष्ण के नाम का प्रस्ताव किया। (राजसूय यज्ञ के समय कार्यों का जो विभाजन हुआ है, उसमें कृष्ण ने संयोजक की भूमिका निभाई है। जिसे-जिसे जो-जो काम सौंपा गया हो, उसने वह काम कितना किया और क्यों अधूरा रहा, इसका संयोजन, देखभाल भीष्म के हिस्से में आई थी।) कृष्ण ही क्यों सर्वाधिक आदरणीय हैं, इसका जो वृत्तांत दिया है उसमें पहली बार भीष्म का कृष्ण के प्रति गहरा सद्भाव प्रकट हुआ है। भीष्म ने पूज्य भाव के जो कारण दिए हैं वे किसी भी काल में किसी भी व्यक्ति को मापने के लिए मापदंड बन सकते हैं।

भीष्म के जीवन का सर्वाधिक विवादास्पद प्रसंग द्यूत सभा और द्रौपदी वस्त्र-हरण है। राजसूय यज्ञ के अंत में द्वेष के कारण व्यथित दुर्योधन पांडवों की समृद्धि हड़प लेने के लिए द्यूत का आयोजन करता है और धृतराष्ट्र द्वारा द्यूत खेलने के लिए युधिष्ठिर को आमंत्रण भेजता है। द्यूत सभा का आयोजन किया गया और

पांडवों को आमंत्रण भेजा गया। धृतराष्ट्र और विदुर के बीच द्यूत के औचित्य पर चर्चा हुई। पांडव आए और द्यूत आरंभ होने के पहले पितामह को प्रणाम करने के लिए गए। इतनी अनगिनत घटनाओं में भीष्म कहीं भी सक्रिय नहीं हैं। मात्र खिन्न वदन से सबकुछ देख रहे थे, इतना ही उल्लेख है। न उन्होंने विरोध किया और न किसी ने उनसे पूछा। द्यूत में एक के बाद एक दाँव हार रहे युधिष्ठिर ने अंत में सर्वस्व गँवाकर आखिर द्रौपदी को भी दाँव पर लगा उसे भी गँवा दिया। भीष्म एक मूक प्रेक्षक बनकर यह सबकुछ देखते रहते हैं और कहीं भी कोई भूमिका नहीं निभाते, यह भी एक रहस्यमय पहेली है। यहाँ तक तो यह मात्र रहस्य रहा है; परंतु एकवस्त्रा, रजस्वला कुलवधू को दुःशासन भरी सभा में खींच लाया और दुर्योधन, कर्ण आदि ने उसकी मर्यादा भंग की, दुःशासन ने उसके वस्त्र खींचे और भरी सभा में पितामह वेदनासिक्त चेहरे से यह सबकुछ देखते रहे! आकुल-व्याकुल कर देनेवाले इस मौन से भी अधिक अगम्य इस मौन का त्याग था। विलाप करती द्रौपदी सर्वप्रथम इस वरिष्ठ कुरुवंशी से इस कृत्य के औचित्य के विषय में पूछती है। क्या वह सचमुच धर्मपूर्वक जीती हुई कही जा सकती है? दुःशासन का यह आचरण धर्म्य कहा जाएगा? ये प्रश्न पूछकर वह कहती है, ''पितामह, आप धर्मज्ञ हैं। आप धर्मानुसार जो कहेंगे उसका मैं अनुसरण करूँगी।'' इस नाजुक समय पर भीष्म का आचरण समझ में न आनेवाला रहा है। द्रौपदी के प्रश्न के उत्तर में वे बहुत संक्षेप में कहते हैं, ''पांचाली! धर्म-तत्त्व बहुत ही सूक्ष्म है और संसार में तो बलवान् व्यक्ति जिसे धर्म मानता है उसे ही निर्बल व्यक्ति को स्वीकार कर लेना पड़ता है।''

पितामह ने ऐसा क्यों कहा?

बलवान् व्यक्ति बल के आधार पर जो स्थापित करे उसे ही धर्म कहा जाएगा, इस स्वर के साथ पितामह का समग्र जीवन कहीं मेल नहीं खाता। बल ही यदि धर्म का चालक बल हो तो फिर तत्कालीन समग्र कुरुसभा में भीष्म सबसे बलिष्ठ थे, इसे कोई भी अस्वीकार नहीं कर सकता। अपने इस सामर्थ्य के आधार पर ही स्वयं अपने द्वारा निश्चित की हुई धर्म की इस व्याख्या के अनुसार वे धर्म का तत्कालीन मापदंड स्थापित कर सकते थे। ''पुरुष अर्थ का दास है,'' यह वाक्य भीष्म इस अवसर पर बोलते हैं, ऐसा जो हमारे कथाकार बारंबार कहते हैं, यह बात सत्य से दूर है। ऐसी कोई बात भीष्म ने उस क्षण कही नहीं। महाभारत में इसका उल्लेख नहीं है।

एक ऐसी भी शंका होती है कि भीष्म के चित्त में धृतराष्ट्र-पुत्रों में सूक्ष्मातिसूक्ष्म ही सही, पर कुरुवंश का अंश है; किंतु पांडु-पुत्रों में कुरुवंश का नाम मात्र का भी

अंश नहीं है, यह विभावना रही हो। इस विभावना से यदि देखें तो पितामह अतिशय दुष्कर मनोमंथन के बीच, भारी वेदना के साथ, धर्म और अधर्म को जानते हुए भी धर्म-संकट में पड़ गए थे, ऐसा कहना पड़ेगा। धर्म पांडु-पुत्रों और द्रौपदी के साथ है; किंतु अपनी प्रतिज्ञा में सत्यवती की संतान के लिए हस्तिनापुर के सिंहासन को सुरक्षित रखने की बात है। ऐसे ही किसी विचार से प्रतिज्ञा और धर्म दोनों का पालन हो, ऐसी व्यवस्था उन्होंने की हो, ऐसा भी कहा जा सकता है। महाभारत का अध्ययन करनेवाले विद्वानों द्वारा इस परिप्रेक्ष्य में भीष्म के इस अगम्य आचरण की जाँच-पड़ताल की जानी चाहिए, समझने का प्रयास किया जाना चाहिए।

द्यूत की शर्त के अनुसार पांडव वन में गए। बारह वर्ष के वनवास के बाद तेरहवाँ वर्ष अज्ञातवास में बिताना था। यह अज्ञातवास पांडवों ने विराट नगरी में बिताया। इस अंतिम वर्ष में पांडवों को ढूँढ़ निकालने में दुर्योधन ने अथक प्रयास किए। इन प्रयासों के बावजूद पांडव मिले नहीं। इसलिए उनकी मृत्यु हो गई होगी, यह संतोष भी उसके मन में उठा है; किंतु इसी बीच विराट नरेश के साले कीचक का वध किसी अज्ञात रसोइए ने किया, यह बात जैसे ही उसे पता चली कि उसके मन में आशंका प्रकट हुई। कीचक मल्ल युद्ध के लिए विख्यात था और उसे परास्त करनेवाला तो अतुल बलशाली होना चाहिए; पर यह तो अज्ञात रसोइए के हाथों हुआ कृत्य है, यह सुनकर वह रसोइया भीम होगा, ऐसी संभावना दुर्योधन के मन में उठी। इस संभावना की पुष्टि करने के लिए साधन विराट नगरी पर आक्रमण करना ही था। यदि पांडव विराट नगरी में छिपे होंगे तो इस आक्रमण के समय युद्ध में अवश्य उतरेंगे और पहचान में आ जाएँगे। इसके लिए दुर्योधन ने विराट नगरी के सीमांत से गायों का अपहरण करने का बहाना निश्चित किया। गायों का अपहरण करना—यह कोई क्षत्रिय धर्म के अनुरूप शत्रु को युद्ध में उतरने के लिए आह्वान नहीं बन सकता; किंतु दुर्योधन के सामने उस समय पांडवों को ढूँढ़ निकालना ही महत्त्व की बात थी, इसलिए उसने यह बहाना उपजा लिया। आश्चर्य की बात है कि उसके इस हीन निमित्त को भीष्म आदि वरिष्ठों ने भी स्वीकार कर लिया है! भीष्म, द्रोण, कर्ण, अश्वत्थामा, दुर्योधन, शकुनि—प्रथम पंक्ति के तमाम योद्धाओं के होते हुए भी विराट नगरी की गोशाला में अकेले अर्जुन के हाथों सभी पराजित हुए, यह घटना भीष्म के इस धर्महीन कृत्य में शामिल होने के कदम के साथ समझने लायक है।

गायों का अपहरण करना वीर क्षत्रिय का राजवंशी कृत्य नहीं है। यह तो दस्यु वृत्ति है। भीष्म यह न समझे हों, यह तो संभव ही नहीं। फिर भी उन्होंने

दुर्योधन के इस कदम को अपनी सम्मति दी। इतना ही नहीं, उसमें सक्रिय रूप से सम्मिलित भी हुए। धर्म के गूढ़ातिगूढ़ रहस्य को भीष्म अच्छी तरह समझते हैं। युद्ध में विजय शक्ति की नहीं, धर्म की होती है और धर्मयुद्ध किस हेतु से लड़ा जा रहा है, इस पर अवलंबित है। गोहरण अधर्म है और इस अधर्म के साथ चाहे जैसी प्रचंड शक्ति सम्मिलित हो, फिर भी मात्र धर्म के कारण लड़ते अकेले योद्धा के सामने यह शक्ति असहाय हो जाएगी, संभवतः ऐसी भीष्म की मान्यता रही होगी। यदि ऐसा हो—और जो वास्तव में हुआ भी—तो आगे चलकर अधर्म के मार्ग से दुर्योधन को शायद हटाया जा सके। दुर्योधन के मन में भीष्म, द्रोण या कर्ण आदि की सहायता का जो अहंकार था उस अहंकार को ठेस पहुँचाई जा सकेगी। शक्ति नहीं, धर्म सर्वोपरि है—ऐसा यदि एक बार प्रतिपादित हो जाए तो तेरहवें वर्ष के अज्ञातवास के बाद पांडव यदि प्रकट हों तो संभावित युद्ध को टाला जा सकेगा। इस प्रकार भीष्म द्वारा अधर्म को दिया गया यह अनुमोदन एक बड़े अधर्म से सबको उबार लेने का वैचारिक कृत्य रहा हो, इस संभावना की छानबीन की जा सकती है।

विराट के युद्ध में अर्जुन प्रकट हुए, इसलिए दुर्योधन ने द्यूत की शर्त के अनुसार तेरहवाँ वर्ष समाप्त होने के पहले ही पांडवों को पहचान लिया गया है, इस तर्क के आधार पर उन्हें पुनः अरण्यवास मिलना चाहिए, ऐसी माँग की। पितामह की प्रेमभावना तो पहले से ही पांडवों के साथ थी, इसलिए उन्होंने तर्कबद्ध दुर्योधन के समक्ष उससे भी अधिक तर्कबद्ध गणना प्रस्तुत की। चांद्र वर्ष और सौर वर्ष की गणना सामने रखकर उन्होंने सिद्ध किया कि द्यूत की शर्त के अनुसार तेरहवाँ वर्ष समाप्त हो गया है! इस तर्क को दुर्योधन को स्वीकार करना पड़ा।

इसके बाद एक अत्यंत नाजुक समय शुरू हुआ। द्यूत की शर्त के अनुसार तो पराजित पक्ष को तेरह वर्ष का वनवास करना था। इस तेरहवें वर्ष के गुप्तवास के अंत में पराजित पक्ष पुनः अपना राज्य प्राप्त कर सकेगा, ऐसा करार दाँव के एक अंश जैसा ही था—तदनुसार सहज है कि गुप्तवास से प्रकट होने के बाद पांडव अपने खोए हुए राज्य की पुनः प्राप्ति की माँग करें, अधिकार भी जताएँ। दुर्योधन तो तर्क या अतर्क किसी भी प्रकार से राज्य वापस करना ही नहीं चाहता था। धारणा के अनुसार ही उसने साफ इनकार कर दिया। पहले द्रुपद के राजपुरोहित, फिर संजय और अंत में स्वयं कृष्ण द्वारा संधि के प्रयास किए गए; किंतु सभी प्रयास विफल हो गए! इंद्रप्रस्थ का राज्य न सही, मात्र पाँच ग्राम के आधिपत्य से भी संतुष्ट रहने के युधिष्ठिर के प्रस्ताव के उत्तर में दुर्योधन ने—'शूच्यग्र'—सुई की नोक जितनी भूमि देने से भी इनकार कर दिया। संधि-प्रयास के प्रत्येक चरण

में भीष्म की भूमिका बहुत स्पष्ट रही है। इंद्रप्रस्थ का राज्य पांडवों को वापस अवश्य मिलना चाहिए, इसके लिए उन्होंने पहले समझा-बुझाकर, फिर जोशपूर्वक और अंत में आक्रोशपूर्वक कहा है। पांडवों के सहयोग से धार्तराष्ट्र भी कितने समर्थ बन जाएँगे, इसका प्रलोभन भी दिया है। यदि ऐसा नहीं होगा तो अर्जुन के आक्रमण के सामने जिस तरह सभी कौरव विराट नगरी में हारे थे उसी तरह कुरुक्षेत्र में भी हारेंगे, यह भय भी दिखाया है। विराट नगरी में तो अर्जुन ने सबको मात्र मूर्च्छित करके छोड़ दिया था, पर इसके बाद के युद्ध में समस्त कुरुकुल का नाश ही हो जाएगा, यह चेतावनी भी दी। इस प्रकार भीष्म साम, दाम, दंड—इन तीनों आयुधों को प्रयोग में लाते हैं; किंतु सफलता नहीं मिलती। भेद का चौथा आयुध उन्होंने महायुद्ध के आरंभ में इस्तेमाल किया है। इसके विषय में हम बाद में चर्चा करेंगे। वे पांडव सैन्य का नाश अकेले एक महीने में कर सकते हैं, यह कहने के बाद भीष्म कहते हैं—पर मेरे मन से धृतराष्ट्र और पांडु के पुत्र एक समान हैं और पांडु-पुत्रों का वध मैं कभी नहीं करूँगा।

संधि प्रस्ताव लेकर आए कृष्ण को बंदी बनाने की दुर्योधन की हीन योजना निष्फल गई है। उस समय भीष्म कृष्ण के विषय में जो पूज्यभाव प्रकट करते हैं, वह राजसूय यज्ञ के समय उनके द्वारा कृष्ण के लिए प्रकट किए गए सद्भाव का ही विस्तार है। तमाम प्रयास निष्फल गए और युद्ध निश्चित हो गया तो दुर्योधन ने पितामह भीष्म से कौरव सेनाध्यक्ष के पद पर रहने की प्रार्थना की। भीष्म इस प्रार्थना के समय भी युद्ध टालने के लिए एक कूटनीतिक चाल चलते हैं। साम, दाम, दंड तो निष्फल हो चुके थे, इसलिए भीष्म अब भेद की चाल चलते हैं। भीष्म को आकंठ विश्वास था कि दुर्योधन भीष्म या द्रोण के सामर्थ्य को भले स्वीकार करे, किंतु इन दोनों वरिष्ठ जनों की सहानुभूति पांडवों के साथ है, इसलिए जिस द्वेष या जुनूनपूर्वक युद्ध में उतरना चाहिए, उसका नितांत अभाव भीष्म में रहेगा। यह काम तो कर्ण ही कर सकता है। कर्ण समर्थ था। यह सब कर्ण को जुनूनी बनाने के लिए पर्याप्त था। दुर्योधन जितना विश्वास कर्ण पर करता था उतना भीष्म पर न करे, यह स्वाभाविक ही था। भीष्म जानते थे कि दुर्योधन की आंतरिक शक्ति कर्ण है और एक बार यदि कर्ण को दुर्योधन से विमुख किया जा सके तो संभव है कि दुर्योधन युद्ध के प्रति अपने निश्चय के बारे में पुनः विचार करे। और भीष्म तो येन-केन-प्रकारेण युद्ध को टालना ही चाहते थे।

□

पितामह भीष्म-४

महायुद्ध की पूर्व संध्या पर दुर्योधन पितामह भीष्म से दोनों सेनाओं के बलाबल का कयास लगाने के लिए एक प्रश्न पूछता है, ''पितामह! अपने और शत्रु पक्ष के योद्धाओं का परिचय दें।'' उत्तर में भीष्म कौरव पक्ष के योद्धाओं को रथी, महारथी और अतिरथी—इस प्रकार उनके स्तर के अनुसार विभाजित करके शक्ति का मूल्यांकन करते हैं। उस समय कर्ण की शक्ति के विषय में उल्लेख करते हुए भीष्म कहते हैं, ''कर्ण को तो रथी भी नहीं कहा जा सकता है। वह तो सारथि-पुत्र है। अधिक-से-अधिक अर्धरथी कहा जा सकता है। वह तो बस डींग मारना जानता है। युद्ध करना उसके वश में ही नहीं।'' जाहिर है कि युद्ध के मैदान में खड़े तमाम योद्धाओं की उपस्थिति में भीष्म का यह कथन कर्ण को तीर की तरह लगा होगा। संतप्त कर्ण ने भीष्म को जो उत्तर दिया है, उसमें उसने प्रतिज्ञापूर्वक कहा कि ''यदि सेनापति भीष्म मुझे अर्धरथी ही मानते हों तो मुझे उनके सेनापतित्व में युद्ध ही नहीं करना है। जब भीष्म परास्त होंगे तो दुर्योधनादि कौरवों की रक्षा करके मैं सिद्ध कर दूँगा कि मैं अर्धरथी नहीं, महारथी हूँ—अतिरथी हूँ।'' भीष्म को तो यही चाहिए भी था। भीष्म ने भी सेनापति पद स्वीकार करने के लिए यह शर्त रखी है कि यदि कर्ण मेरी सेना में न लड़े, तभी मैं सेनापति पद स्वीकार करूँगा।

इस प्रकार, भीष्म की कूटनीतिक चाल सफल तो हुई—कर्ण को उस समय तो भीष्म युद्ध से विमुख कर सके, किंतु अब युद्ध रोका जा सके, ऐसी स्थिति नहीं थी। भीष्म के इस कदम के पीछे पांडव पक्ष को लाभ पहुँचाने का उद्देश्य रहा हो, ऐसा भी संभव है। भीष्म कर्ण की वीरता और शक्ति से अपरिचित तो नहीं ही थे। कर्ण यदि युद्ध-विमुख होगा तो जिस सेना के भीष्म सेनापति थे उसकी क्षमता कम

होगी, इस बात से वे अनजान तो नहीं ही रहे होंगे। युद्ध के दसवें दिन भीष्म जब घायल होकर रणभूमि में गिरते हैं तो देर रात शर-शय्या पर सोए पितामह के पास कर्ण उनकी वंदना करता है। उत्तर में पितामह प्रसन्नतापूर्वक कहते हैं, "पुत्र, तुम राधेय नहीं, कौंतेय हो। अब यदि वैराग्नि बुझा सको तो बुझा दो। तुम अर्धरथी नहीं, अतिरथी हो; किंतु तुम्हारे भीतर जो प्रतिशोध-भावना और अहंकार है, उसे तुम छोड़ दो तो तुम युद्ध में हो या न हो—सदैव उत्तम गति को ही प्राप्त होगे।"

युद्ध के प्रथम दस दिन तक भीष्म सेनापति पद पर रहे। दसवें दिन उनका पतन हुआ, इसके बजाय उन्होंने स्वयं अपना पतन कराया, यह कहना अधिक सही होगा। इन दस दिनों में दो बार ऐसी घटना घटित होती है कि जिसमें कृष्ण के प्रति भीष्म का परम पूज्य भाव सोलहों कलाओं में प्रकट होता है। युद्ध के तीसरे और नौवें दिन, इस प्रकार दो बार भीष्म ने पांडव पक्ष का ऐसा प्रचंड विनाश किया कि स्वयं कृष्ण भी विचलित हो गए थे। युद्ध में शस्त्र हाथ में न लेने की अपनी व्यक्तिगत प्रतिज्ञा भूलकर अथवा परे रखकर कृष्ण पांडव पक्ष की विजय के लिए तैयार हो गए थे। इन दोनों ही बार कृष्ण जब भीष्म के सामने झपटते हैं तो भीष्म अपने शस्त्रों को शांत करके कृष्ण का स्वागत करते हैं—उनकी स्तुति करते हैं—उनके हाथों से वध हो, ऐसी पीठिका है। भीष्म अपनी प्रतिज्ञा में कहीं किसी तरह का समझौता नहीं करते। लक्ष्यार्थ से अधिक वे वाच्यार्थ से चिपके रहते हैं। विचित्रवीर्य की निस्संतान अवस्था में मृत्यु हो जाने के बाद माता सत्यवती पुत्र भीष्म को प्रतिज्ञा-मुक्त करके विवाह कर लेने के लिए कहती हैं। किंतु कुरुकुल के सातत्य को अक्षुण्ण रखने के इस अंतिम अवसर को भीष्म प्रतिज्ञा-पालन के लिए अस्वीकार कर देते हैं। कुल से भी अधिक महत्त्वपूर्ण भीष्म के लिए प्रतिज्ञा के शब्द हैं—व्यक्तिगत भावना है, यह ध्यान खींचनेवाली बात है। ऐसा ही अन्य प्रसंग 'स्त्री पर प्रहार नहीं करना चाहिए'—इस क्षत्रिय धर्म के शब्दों को पकड़कर भीष्म अर्जुन के साथ के अंतिम युद्ध में शस्त्र नीचे रखकर शिखंडी के सामने एक तरह से देखें तो आत्महत्या कर लेते हैं। इसके पीछे भी धर्म के प्रति भीष्म की व्यक्तिगत निष्ठा ही है। पक्ष, कुल अथवा राज्य के मूल्य पर भी उन्होंने व्यक्तिगत मान्यता, धर्म आदि को प्रधानता दी है। कृष्ण ने अपनी प्रतिज्ञा की कीमत पर भी जिसके पक्ष में थे उसे बचा लेने के प्रयत्न करते हैं। अंततः समष्टि, पक्ष या समाज बड़ा है; व्यक्ति अथवा उसकी भावना चाहे जितनी महान् हो, तो भी उसका स्थान गौण है—कृष्ण का व्यवहार यही संदेश देता है। भीष्म का आचरण इसके दूसरे छोर पर है। धर्म के इन दोनों शिखरों के भिन्न व्यवहार में कौन सा व्यवहार सही है, यह रसप्रद चर्चा का

मुद्दा बन सकता है।

दसवें दिन प्रातः युद्ध का आरंभ होने के पहले भीष्म और दुर्योधन के बीच एक संवाद आयोजित किया गया है। नौ-नौ दिन से सेनापति पद पर भीष्म के होने के बावजूद युद्ध ने अभी अपने निर्णायक चरण में प्रवेश नहीं किया था, यह देख दुर्योधन अधीर हो उठा। उसे साहस देते हुए पितामह ने एक समझी न जा सके और भीष्म के व्यक्तित्व के विषय में समस्या उपजाए, ऐसी बात की है। पितामह कहते हैं, "हे दुर्योधन! तुम्हारे अन्न का मेरे ऊपर ऋण है।" दुर्योधन के किस अन्न का पितामह पर ऋण हो सकता है, यह समझ में न आनेवाला प्रश्न है। भीष्म ऐसा अपने गौरव को खंडित करनेवाला वाक्य क्यों बोले होंगे? दुर्योधन तो राजा भी नहीं था—राजा तो धृतराष्ट्र थे। और राजा दुर्योधन हो तो भी हस्तिनापुर राज्य के अन्न जैसे क्षुल्लक ऋण की बात भीष्म कैसे कर सकते हैं! ऐसा वाक्य द्रोण अथवा कृपाचार्य कहें तो उसमें पूर्ण नहीं तो आंशिक सत्य हो सकता है; परंतु भीष्म के इस कथन में सत्य से अधिक हताशा और असहायता प्रतिध्वनित होती दिखाई देती है।

भीष्म की हताशा प्रतिदिन बढ़ती रही है, इसमें संदेह नहीं। इस हताशा के साथ ही मानसिक अकर्मण्यता भी बढ़ती रही है। इसका आरंभ धृतसभा में द्रौपदी के वस्त्र-हरण के समय हुआ है, ऐसा कहा जा सकता है। हस्तिनापुर राज्य का विभाजन करके पांडवों को खांडवप्रस्थ देने में या उसके बाद राजसूय यज्ञ के समय कृष्ण के प्रथम पूजन के लिए दृढ़ आग्रह करने में भीष्म, हम अंग्रेजी में जिसे Assertive कहते हैं, हो रहे हैं; किंतु उसके बाद जो घटनाएँ घटित हो रही थीं उनके सामने भीष्म में मन-ही-मन थोड़ी निराशा, वैराग्य और अकर्मण्यता घर करती जाती दिखाई देती है। इसके बाद सकारात्मक प्रभाव डालने की इस कोशिश को भी दरकिनार किया है। बढ़ती आयु और घटते जा रहे प्रसंगों के बीच उनमें जैसे गहरे-गहरे मानसिक अलिप्तता बढ़ती जाती है। किंतु इस अलिप्तता की स्थिति में भी जब और जहाँ आवश्यक हुआ, अपना निश्चित अभिप्राय उन्होंने (एकमात्र द्यूतसभा की घटना को छोड़कर) संपूर्ण तार्किकता के साथ निश्चित ही व्यक्त किया है। बढ़ती जा रही हताशा ने ही संभवतः उन्हें "हे दुर्योधन! तुम्हारे अन्न का मुझ पर ऋण है।" यह कहने के लिए प्रेरित किया होगा।

किंतु इस पूरी कालावधि में भीष्म निष्क्रिय हो गए हों, ऐसा भी नहीं है। उनके समक्ष जो भी काम आया, उन्होंने उसे पूरी शक्ति और पूरे सामर्थ्य से निभाया है—कई-कई बार तो लोकोत्तर ढंग से भी उन्होंने उसे संवादित किया है। कौरव सेना का सेनापति पद भी इसी तरह उनके समक्ष आया एक कर्तव्य था, जिसे वे धर्म

मानकर स्वीकार करते हैं। कर्तव्य से विमुख होने का तो कोई प्रश्न ही नहीं था। अपने पक्ष की विजय के लिए सभी प्रयत्न करें, यह सेनापति पद का धर्म था। यहाँ भीष्म की मानसिक अलिप्तता-हताशा दिखाई देती है। कुपुत्रों के बीच परिवार के वरिष्ठ सदस्य की व्यथा जैसे हताशा में बदल जाती है, वैसी ही स्थिति यहाँ दिखाई देती है।

महाभारत के युद्ध के समय भीष्म की आयु लगभग १७५ वर्ष रही होगी, ऐसी गणना विद्वानों ने गणितीय शुद्धता के साथ की है। युद्ध के मैदान में ही नहीं, उस युग में आर्यावर्त में जीवित समस्त व्यक्तियों में भीष्म सर्वश्रेष्ठ थे, इसमें कोई संदेह नहीं। (व्यास या वसुदेव को संभवतः इस दृष्टि से भीष्म के समकक्ष रखा जा सकता है। ये दोनों वरिष्ठ भी लगभग भीष्म की आयु के रहे होंगे—यद्यपि दोनों उनसे आयु में छोटे रहे होंगे, इसी की संभावना अधिक है।) भीष्म ने अपने जीवन में अपने से आयु में बड़े और छोटे अनेक लोगों को मृत्यु प्राप्त करते देखा है। वैदिक ऋषियों ने ईश्वर की जो प्रार्थना की है, उसमें कहा गया है, "हे प्रभु! मेरे बाद आनेवाले मेरे पहले न जाएँ, ऐसा वरदान देना!" बाद में आए (जनमे) पहले चल बसें, इसे वैदिक ऋषि मनुष्य का परम दुर्भाग्य मानते हैं। इस परिप्रेक्ष्य में भीष्म दुर्भाग्यशाली ही कहे जाएँगे। महायुद्ध के अंत के बाद भी वे अट्ठावन दिन तक जीवित रहे और अपने कुल का संपूर्ण विनाश स्वयं अपनी आँखों से देखा। पुत्रों, पौत्रों, प्रपौत्रों, दौहित्रों, जमाइयों—इन सभी की करुण मृत्यु वे असहाय होकर देखते रहे।

युद्ध के दसवें दिन की सुबह भीष्म निर्णायक युद्ध करने के लिए निश्चय करके आए हैं तो उसी दिन युद्ध आरंभ होने के पूर्व ही युधिष्ठिर पितामह से—उन्हें परास्त कैसे किया जा सकता है, इसका रहस्य पूछते हैं। भीष्म अवध्य थे, इच्छा-मृत्यु के वरदान से अभिषिक्त थे, इसलिए उन्हें युद्ध में मारना पांडव पक्ष में किसी के लिए संभव ही नहीं था। युधिष्ठिर के प्रश्न के उत्तर में भीष्म जो कहते हैं वह अत्यंत सारगर्भित है। उसमें वे कैसी हताशा के बीच लड़ रहे थे, इसका आभास मिलता है। शिखंडी को अपने रथ पर आगे रखकर अर्जुन उन पर एकतरफा प्रहार कर सकेंगे, भीष्म ऐसी सीख देते हैं। शिखंडी पूर्व जन्म में स्त्री था, इसलिए पराया पुरुषत्व प्राप्त करके जन्म-प्रदत्त जाति बदल नहीं सकती और शिखंडी को भीष्म स्त्री ही मानते हैं, इसलिए वे शिखंडी पर प्रत्याक्रमण नहीं करेंगे, ऐसा कहते हैं। इसी के साथ भीष्म कहते हैं, "हे युधिष्ठिर! मेरा वध करके अब तुम मेरा प्रिय करो।" इस प्रकार, अपनी मृत्यु को भीष्म प्रिय मानते हैं—और उनकी मृत्यु अर्थात्

पांडवों की विजय, यह भी तो भीष्म का प्रिय कर्म ही था, इसका संकेत यहाँ स्पष्ट है। यहाँ आत्महत्या के लिए उद्यत मनुष्य की मनोदशा का ही चित्रण मिलता है।

दसवें दिन भीष्म रणभूमि में गिरे, किंतु मृत्यु को प्राप्त नहीं हुए। उस दिन तो सूर्य दक्षिणायन में था और अट्ठावन दिन बाद वह उत्तरायण में जाने वाला था। भीष्म जैसा प्रचंड पुरुष दक्षिणायन में प्राण नहीं त्याग सकता था, इसलिए उत्तरायण तक प्रतीक्षा करनी थी। भीष्म के जीवन की जो वेदना है—जो वेदनाएँ भीष्म ने आजीवन सही हैं, उनमें सर्वाधिक कष्टप्रद—अमानवीय कही जा सके, ऐसे ये अट्ठावन दिन हैं। अट्ठावन दिनों तक भीष्म श्वास लेते रहे—शर-शय्या पर पड़े रहकर सर्वनाश देखते रहे। जिन्हें गोद में खेलाया, पाला, शिक्षित किया, संसारी किया—उन सभी को अपनी आँखों के सामने जाते हुए भीष्म देखते रहे। पिता द्वारा दिया इच्छा-मृत्यु का वरदान एक तरह से तो इन अट्ठावन दिनों के लिए अभिशाप ही बना रहा।

युद्ध पूरा हुआ, महाराज युधिष्ठिर सिंहासनारूढ़ हुए, तमाम मृतात्माओं की उचित तर्पण विधि हुई और शर-शय्या पर अभी तक साँस ले रहे भीष्म से कृष्ण कहते हैं, ''पितामह! आपके पास जो अपार परम ज्ञान है उसका यत्किंचित् पान अपने शेष बचे पुत्रों-पौत्रों को कराएँ।'' प्रत्युत्तर में हँसकर भीष्म कहते हैं, ''जनार्दन! आपकी उपस्थिति में मुझे क्या कहना हो सकता है! जो कुछ कहने योग्य है वह तो आप ही अच्छी तरह कह सकते हैं।''

कल्पना करें—

जिसका संपूर्ण विनाश हो गया है और यह विनाश भी अभी एकदम ताजा है—स्वयं वेदना की पराकाष्ठा जैसी शर-शय्या पर देह को दमित कर रहा है और मात्र कुछ दिनों के लिए मृत्यु को रोककर रखा है। भूत, भविष्य और वर्तमान—तीनों काल जिसके लुप्त हो गए हैं, ऐसा यह महामना पुरुष इस स्थिति के बीच पूर्ण स्वस्थता और धैर्य से मानव जाति का परम ज्ञान धीरे-धीरे पुत्रों के समक्ष खोल रहा है। कोई वेदना नहीं, कोई चीत्कार नहीं, कोई आशंका नहीं; ज्ञान की परम धारा ही मानव जाति का कल्याण है, ऐसी पूर्ण श्रद्धा के साथ भीष्म ने यहाँ वार्त्तालाप किया है। स्त्री और पुरुष, इन दोनों में से संभोग का उत्कट आनंद कौन ले सकता है—ऐसे प्रश्नों से लेकर राजनीति, धर्म, पारिवारिक जीवन, स्वर्ग, मोक्ष—इस प्रकार जीवन और जीवन से परे तमाम क्षेत्रों में भीष्म की यह ज्ञानवार्त्ता मुक्तभाव से विहार करती है। कुरुक्षेत्र के मैदान में कृष्ण ने जो उपदेश अर्जुन को दिया वह 'श्रीमद्भगवद्गीता' के रूप में विख्यात हुआ, किंतु कृष्ण का यह उपदेश एकांगी

है—अर्जुन को युद्ध के लिए उद्यत करने के विशेष ध्येय से प्रेरित है। भीष्म ने पुत्रों-पुत्रवधुओं को जो बोध दिया है वह यद्यपि 'भीष्मगीता' के रूप में जाना तो जाता है, किंतु भगवद्गीता जितना महत्त्व उसे प्राप्त नहीं हुआ। तथापि भीष्मगीता का यह उपदेश सर्वांगी है, भगवद्गीता की भाँति एकांगी नहीं।

अट्ठावनवें दिन जब सूर्य उत्तरायण हुआ, उस समय भीष्म पिता-प्रदत्त इच्छा-मृत्यु के वरदान का उपयोग करते हैं। प्राण-त्याग के पूर्व वे सबसे विदा लेते हैं, श्रीकृष्ण को प्रणाम करते हैं और स्वेच्छया लगभग पौने दो सौ वर्ष से विहरती विशाल चेतना को एक-एक करके सभी अंगों से समेटकर मस्तक के ब्रह्मरंध्र बिंदु पर एकत्र करते हैं, हाथ-पग सहित एक-एक अवयव द्वारा वे निष्प्राण होते जाते हैं और अंत में ब्रह्मरंध्र बिंदु फाड़कर चेतन तत्त्व अंतरिक्ष में विलीन हो जाता है। इस तेज-वलय को ब्रह्मांड में विलीन होता सभी विस्फारित नेत्रों से देखते रहते हैं। वसिष्ठ मुनि की कामधेनु गाय के विषय में अनधिकृत चेष्टा का जो कठोर दंड हुआ था, वह यहाँ पूर्ण होता है। द्यु नाम का यह वसु पुनः स्वर्गलोक में पहुँच गया।

भीष्म की माता गंगा भीष्म के जन्म के बाद उनके जीवन में बहुत कम बार अपने पुत्र के पास आई है। जन्म लेते ही भीष्म को गंगा अपने साथ ले गई। इसके बाद भीष्म की कुमारावस्था में उसे शांतनु को सौंपने के लिए आती है, तब यहाँ हम गंगा का दर्शन करते हैं। तत्पश्चात् भीष्म और परशुराम के बीच जब युद्ध होता है तब वह पुत्र के पास आती है। अंबा तपश्चर्या द्वारा भीष्म की मृत्यु की आकांक्षा करती है, तब वह अंश को समझाती है। इसके बाद भीष्म की मृत्यु तक वह कहीं प्रकट नहीं हुई। जब भीष्म ने प्राण-त्याग किया तब एक सामान्य माता-जनेता की भाँति गंगा विलाप कर उठती है। सात-सात पुत्रों को स्वयं अपने हाथों से नदी में डुबोते हुए जिसके मस्तक पर बल तक नहीं पड़े वही माँ अपने इस आठवें पुत्र की मृत्यु पर चीत्कार करती है, आँसू बहाती है। कृष्ण उसे सांत्वना देते हैं तो वह कहती है, "कृष्ण! मैं भीष्म की मृत्यु पर नहीं, उनकी मृत्यु जिस तरह हुई, उसपर रो रही हूँ। समस्त आर्यावर्त के राजाओं को अकेले परास्त करनेवाला, स्वयं जामदग्नेय परशुराम की भी जिसने विजय नहीं होने दी, वही पुत्र एक शिखंडी के हाथों मारा गया, यह मुझसे सहन नहीं हो रहा है।"

पर यही तो महाकाव्यों की गहन गति है। भीष्म शिखंडी के कारण मृत्यु को प्राप्त हों, श्रीकृष्ण पारधी के हाथों देह-त्याग करें, वसुदेव श्वास रोककर प्राण-त्याग करें, श्रीराम सरयू में समा जाएँ और लक्ष्मण दंडित होकर मृत्यु के मुख में स्वयं चले जाएँ…

पचास-साठ या सत्तर वर्ष जीते हुए थक जाएँ, ऐसा अपना मानवीय जीवन होता है। ऐसी इस जीवन-यात्रा में पौने दो सौ वर्ष तक जीना कोई सामान्य बात नहीं! भीष्म ने यह असाधारण काम किया। भीष्म ने मात्र यह असाधारण काम ही नहीं किया—महाभारत में कृष्ण के बाद का यदि कोई सबसे उदात्त जीवन है तो वह भीष्म का है। मात्र इतना ही नहीं, कृष्ण के जीवन में जैसे असंख्य विसंवाद सतह पर दिखाई देते हैं वैसे ही भीष्म के जीवन में भी दिखाई देते हैं। भीष्म और कृष्ण—महाभारत के ये दो ऐसे उत्तुंग पात्र हैं कि महामनीषी व्यास के अतिरिक्त अन्य कोई सर्जक उन्हें शब्दों में नहीं उतार सकता।

□

आचार्य द्रोण

समग्र कुरुकुल में भीष्म के बाद यदि सबसे अधिक आदरणीय स्थान किसी को प्राप्त हुआ है तो वे आचार्य द्रोण हैं। द्रोण कुरुवंशी तो नहीं ही हैं, क्षत्रिय भी नहीं हैं। कुरुवंश के कुलगुरु तो कृपाचार्य हैं और सिंहासन पर आरूढ़ राजा धृतराष्ट्र हैं, मंत्रिपद पर विदुर हैं तो युवराज पद पर युधिष्ठिर या दुर्योधन रहे हैं। ऐसा होते हुए भी पितामह भीष्म के बाद सर्वोच्च स्थान आचार्य द्रोण का ही रहा है।

महाभारत के तमाम पात्र-सृष्टि का एक बहुत बड़ा वैचित्र्य यह रहा है कि उनमें से अधिसंख्य पात्रों का जन्म स्त्री-पुरुष के वैवाहिक जीवन और सायुज्य का स्वाभाविक परिणाम नहीं है। इन सभी के जन्म के पीछे कोई-न-कोई कथा रही है। इतना ही उसमें असहज प्रक्रिया भी समाई हुई रही है। द्रोण का जन्म भी ऐसी ही एक असहज घटना का परिणाम है। उनके जन्म के संबंध में कहा गया है कि घृताची नामक अप्सरा को गंगातट पर सद्यःस्नातावस्था में देखकर भरद्वाज ऋषि का वीर्य-स्खलन हो गया। इस स्खलित वीर्य को उन्होंने अपने पास के कलश में एकत्र कर लिया। कलश में एकत्रित वीर्य से द्रोण की उत्पत्ति हुई। इसी कारण द्रोण 'अयोनिज' कहे जाते हैं। इस कथा की संभावना के विषय में चर्चा न करें तो भी इसमें काम की प्रबलता की ओर जो संकेत है, वह ध्यान खींचनेवाला है। महर्षि पराशर हों या भरद्वाज, राजा शांतनु हों या पांडु, काम की प्रबलता भले-भलों को क्षुद्र बना देती है। पिता से शिक्षा प्राप्त करने के बाद द्रोण सर्वप्रथम अग्निवेश के शिष्य बने। द्रोण ब्राह्मण पिता के पुत्र हैं, किंतु प्रकृति से उन्होंने ब्राह्मणत्व का वरण नहीं किया। वे शास्त्रों और शस्त्रास्त्रों दोनों में पारंगत हुए हैं; परंतु जीवन के आरंभकाल में उनमें जिस द्रव्य-लालसा का दर्शन होता है, वह ज्ञान व विद्या के

विपरीत ही है। महर्षि शरद्वान् की पुत्री और हस्तिनापुर के कुलगुरु कृपाचार्य की बहन कृपी के साथ उनका विवाह हुआ है। परंतु द्रोण से अपेक्षित आश्रममंडित गृहस्थ जीवन से वह संतुष्ट नहीं है। आश्रममंडित गृहस्थ जीवन कंगालियत नहीं, बल्कि प्राकृतिक सरल जीवन है। उसमें राजसी चमक-दमक अपेक्षित ही नहीं होती। कथानुसार द्रोण निर्धन गृहस्थ जीवन से असंतुष्ट थे और धन प्राप्त करने के लिए परशुराम के पास गए थे। उस समय परशुराम ने एक यज्ञ संपन्न किया था और अपना संपूर्ण द्रव्य व भूमि दान में दे रहे थे। द्रोण जिस समय यह दान लेने के लिए वहाँ पहुँचे, उस समय परशुराम अपनी संपूर्ण संपत्ति दान कर चुके थे। याचक द्रोण से परशुराम ने कहा, ''द्रोण, मेरे पास अब कोई धन नहीं बचा है। अब जो कुछ मेरा है वह मेरी विद्या है।'' प्रत्युत्तर में द्रोण ने कहा, ''मैं खाली हाथ नहीं जाऊँगा, जामदग्नेय! मुझे आप अपनी विद्या प्रदान करें।'' इस तरह द्रोण परशुराम के शिष्य बने। यहाँ एक आनुषंगिक बात याद कर लेनी चाहिए। महाभारत के तीन प्रमुख पात्र—भीष्म, द्रोण और कर्ण—तीनों ही परशुराम के शिष्य हैं और इस तरह उन्हें गुरुबंधु ही कहा जाएगा।

ब्राह्मण धर्म द्वारा अपेक्षित अयाचक-व्रत त्यागकर द्रोण दूसरी बार राजा द्रुपद के आगे हाथ पसारकर खड़े हुए हैं। पुत्र अश्वत्थामा दूध के लिए हठ करे और भरद्वाज के पुत्र एवं परशुराम के शिष्य द्रोण के पास पुत्र की यह मामूली माँग पूरी करने जितनी भी सुविधा न हो, यह विषम सामाजिक असंतुलन का ही द्योतक है। द्रोण ने एक गाय प्राप्त करने के कई प्रयत्न किए हैं, परंतु वे उसे प्राप्त नहीं कर पाते। जो समाज द्रोण जैसे शस्त्र और शास्त्र दोनों में पारंगत ब्राह्मण—यह 'ब्राह्मण' शब्द जाति विशेष का नहीं बल्कि अध्यापन-कर्म का सूचक है—को अपने परिवार का सुख से जीवन-यापन करने जितना भी धन उपलब्ध नहीं करा सकता वह समाज कर्म और धर्म दोनों दृष्टियों से ऊँची अपेक्षा नहीं रख सकता। द्रोण का पुत्र-स्नेह मानव सहज है। एक गाय पाने की लालसा से वे द्रुपद के पास गए। द्रोण वहाँ अकेले नहीं गए थे, साथ में पत्नी और पुत्र को भी ले गए हैं। इसमें द्रोण की भूमिका उनके ज्ञान की परिपाटी से नीचे उतरी है। उस समय द्रोण ने मन-ही-मन अपनी धनहीन अवस्था को धिक्कारा भी है! द्रोण के चरित्र का एक दूसरा ही पक्ष उन दिनों प्रकट होता है। द्रोण कुछ थोड़े से शिष्यों को विद्याभ्यास कराते थे। पुत्र अश्वत्थामा भी विद्याभ्यास के लिए साथ में ही बैठता। सभी शिष्यों को द्रोण पानी भरने के लिए नदी भेजते तो अश्वत्थामा को दूसरों से अधिक चौड़े मुँह का घड़ा देते। इससे अश्वत्थामा जल्दी-जल्दी वापस आ जाता और दूसरे सभी को देर

लगती। उस अवसर का उपयोग द्रोण पुत्र अश्वत्थामा को विशेष प्रकार की विद्या सिखाने के लिए करते।

द्रुपद ने द्रोण को अपमानित किया। विद्यार्थी काल की मैत्री स्वीकार करने से द्रुपद ने इनकार कर दिया। इतना ही नहीं, "मैत्री तो समकक्षों के बीच ही शोभा देती है"—ऐसा कहकर द्रोण को दुत्कार दिया। इस अपमान का बदला लेने के लिए द्रोण हस्तिनापुर आए, कृपाचार्य के यहाँ अतिथि के रूप में रहे और मैदान में खेल खेल रहे कुरु राजकुमारों के सामने अपनी शस्त्र-विद्या का प्रदर्शन करके पितामह भीष्म द्वारा सम्मानित हुए। भीष्म इन राजकुमारों को शस्त्रास्त्रों में पारंगत करे, ऐसे गुरु की खोज में थे ही। द्रोण राजकुमारों के गुरु बन गए और अपनी 'ट्यूशन फी' कहो या गुरुदक्षिणा कहो—विद्याभ्यास के आरंभ में ही भीष्म से उन्होंने शर्त रखी कि द्रुपद को परास्त करने के लिए ही उन्होंने यह काम स्वीकार किया है।

यहाँ एक प्रश्न यह पैदा होता है कि द्रोण जब स्वयं ही प्रकांड धनुर्धर और अप्रतिम योद्धा थे तो द्रुपद को परास्त करने के लिए इस गुरुदक्षिणा तक उन्होंने प्रतीक्षा क्यों की? उन्होंने स्वयं ही द्रुपद के साथ हिसाब-किताब क्यों नहीं पूरा कर लिया? जो भी हो, पर द्रोण ने इस गुरुदक्षिणा तक प्रतीक्षा की है। विद्याभ्यास के दौरान भी आचार्य का व्यवहार बहुत गरिमापूर्ण नहीं रहा है। पुत्र अश्वत्थामा और प्रिय शिष्य अर्जुन को वे सबसे अलग करके विशेष प्रकार की विद्या सिखाते हैं। सूतपुत्र कर्ण को शिष्य रूप में स्वीकार करते हैं, किंतु निषाद जाति के एकलव्य को अस्वीकार करते हैं। जिस एकलव्य को उन्होंने शिष्य के रूप में अस्वीकार किया है उसी की अद्‍भुत धनुर्विद्या देखकर प्रिय शिष्य अर्जुन को संसार का सर्वश्रेष्ठ धनुर्धर बनाए रखने के लिए उसके दाएँ हाथ के अँगूठे जैसी निर्मम 'गुरुदक्षिणा' माँगने में भी आचार्य द्रोण संकोच नहीं करते। अपने द्वारा सोची गई ध्येयसिद्धि के लिए हीन साधनों का उपयोग करने जैसा ही यह कृत्य है।

कुरु राजकुमारों का विद्याभ्यास पूरा हुआ और पूर्वनिर्धारित गुरुदक्षिणा भी चुका दी गई। अर्जुन के हाथों द्रुपद पराजित हुए और बंदी द्रुपद के समक्ष द्रोण ने गौरवपूर्ण शब्दों में कहा, "द्रुपद! अब तुम्हारा यह समग्र राज्य मेरा हुआ। इसमें से उत्तर की आधी भूमि अपने पास रखकर दक्षिण का प्रदेश मैं तुम्हें वापस देता हूँ। तुम्हारे कथनानुसार अब हम दोनों समकक्ष हुए!" द्रुपद के पास द्रोण के कठोर वचन सुनने के अतिरिक्त कोई विकल्प नहीं था। द्रुपद ने द्रोण की उदारता और मैत्री दोनों स्वीकार की। द्रोण ने द्रुपद का आधा राज्य अपने पास रखा तो, पर

उसके बाद उस प्रदेश पर उन्होंने कभी राज्य किया हो अथवा अन्य किसी को उसे सँभालने का दायित्व सौंपा हो, ऐसा कोई उल्लेख नहीं मिलता। द्रुपद के प्रति अपनी प्रतिशोध-भावना तृप्त कर द्रोण वापस लौट गए हैं और इस तरह से देखें तो उनका स्थान अब हस्तिनापुर में नहीं हो सकता, क्योंकि राजकुमारों का विद्याभ्यास पूरा हो चुका है। इसके बावजूद द्रोण हस्तिनापुर में ही रहे हैं—अपने जन्म-प्रदत्त ब्राह्मण धर्म की ओर वे वापस नहीं लौटे। हस्तिनापुर का सम्मान, समृद्धि, सत्ता—यह सब उन्हें उस आश्रम-जीवन से अधिक अनुकूल लगा। यहाँ द्रोण के पक्ष में एक बात ध्यान में रखनी चाहिए। धृतराष्ट्र और पांडु के पुत्रों के बीच बढ़ते जा रहे वैमनस्य को वे पूरी तरह जान चुके हैं और यह भी जान चुके होंगे कि भविष्य में कभी इन दोनों पक्षों के बीच विग्रह अवश्यंभावी है। इस विग्रह में वे दुर्योधन के पक्ष में ही रहेंगे, ऐसा पूर्वाभास उन्होंने अर्जुन के समक्ष अपने एक कथन में किया है। द्रुपद-विजय के बाद अर्जुन से द्रोण ने एक विशेष गुरुदक्षिणा माँगी है। उन्होंने अर्जुन से कहा है, ''वत्स! आवश्यक होने पर तुम मेरे विरुद्ध भी युद्ध करना।'' द्रोण को इस आगम का पूर्वाभास न भी हुआ तो भी इस वाणी को आर्षवाणी ही कहना चाहिए।

एक तरह से देखें तो महाभारत कथा प्रतिशोध-भावना की ही एक श्रृंखला है। भीष्म से प्रतिशोध लेने के लिए राजकन्या अंबा शिखंडी के रूप में राजा द्रुपद की कन्या होकर अवतरित हुई। द्रुपद से प्रतिशोध लेने के लिए द्रोण ने उसे पराजित किया। प्रत्युत्तर में द्रोण से प्रतिशोध लेने के लिए द्रुपद ने यज्ञ देवता से द्रोण का वध कर सके, ऐसे समर्थ पुत्र धृष्टद्युम्न को प्राप्त किया। कर्ण-अर्जुन के बीच का वैर, द्रौपदी के अपमान का प्रतिशोध—ऐसे अनेक व्यक्तिगत वैरभाव की ही यह कथा है, ऐसा भी एक तरह से कहा जा सकता है। द्रोण से पराजित हुए द्रुपद के लिए अकेले प्रतिशोध लेना संभव नहीं था, इसलिए इसके लिए उसने प्रयत्नपूर्वक यज्ञदेवता से द्रोण के वध की अपेक्षा के साथ धृष्टद्युम्न नामक पुत्र प्राप्त किया। इस यज्ञ में उसे मात्र प्रतिशोध-भावना से प्रेरित पुत्र ही अपेक्षित था। पर यज्ञदेवता ने उसकी इस भावना को ही पुष्ट करे, ऐसी एक पुत्री भी दी। यह पुत्री द्रौपदी थी! द्रोण के वध की दिशा में खिंचे जा रहे जो संयोग आगे चलकर निर्मित होते हैं उसमें द्रौपदी का सबसे बड़ा भाग है। इस प्रकार, धृष्टद्युम्न और द्रौपदी दोनों भाई-बहन समर्थ व्यक्तित्व होने के बावजूद दोनों का प्रादुर्भाव नकारात्मक मूल्य के संवर्धन में से ही हुआ है, इसे हमें स्वीकार करना चाहिए।

द्रोण के जीवन का सर्वाधिक रहस्यमय रूप इस क्षण महाभारत में प्रकट होता है। धृष्टद्युम्न का प्रादुर्भाव द्रोण के वध के लिए ही हुआ था, यह कथा किसी से छिपी हुई नहीं थी। द्रुपद ने लंबी और प्रकट यज्ञविधि द्वारा यह कार्य संपन्न किया था, इसलिए सभी इस निर्माण से परिचित थे। इसके उपरांत भी स्वयं द्रोण ने आगे बढ़कर द्रुपद के पास से इस पुत्र को अपने शिष्य के रूप में प्राप्त किया है। धृष्टद्युम्न प्रचंड योद्धा हुआ—शस्त्रास्त्रों में अद्वितीय वीर बना और यह सब उसने द्रोण के घर रहकर उनके शिष्य के रूप में संपादित किया है। द्रुपद ने अपने इस पुत्र को विद्याभ्यास कराने के लिए द्रोण से विनती नहीं की थी। स्वयं धृष्टद्युम्न भी एकलव्य अथवा कर्ण की तरह आचार्य द्रोण के समीप विनीत भाव से अपना शिष्यत्व स्वीकार करने की प्रार्थना लेकर नहीं गया था। स्वयं द्रोण ने ही द्रुपद के पास जाकर धृष्टद्युम्न की माँग की है और जिसके वध के लिए पुत्र को प्राप्त किया था उसके हाथ ही उस पुत्र को द्रुपद ने प्रसन्नता से—निश्चिंत भाव से—सुपुर्द भी कर दिया है।

कुरुक्षेत्र के युद्ध के प्रारंभ में दुर्योधन भगवद्गीता के पहले ही अध्याय में द्रोण से कहता है, ''आचार्य! आपके शिष्य धृष्टद्युम्न द्वारा रक्षित यह पांडव सैन्य देखिए।'' जो निर्धारित हो चुका है उसी पल का यह संकेत है। अर्जुन से द्रोण ने अपने विरुद्ध पूरी शक्ति से लड़ने की गुरुदक्षिणा वर्षों पूर्व ही माँग ली है और अब जिसके हाथों अपना वध निश्चित है और इस महानिर्माण में ही सहयोग देने के लिए जिसे उन्होंने स्वयं ही शस्त्रविद्या सिखाई है, वह धृष्टद्युम्न शत्रुपक्ष में सेनापति है।

द्यूतसभा में द्रौपदी के वस्त्र-हरण के समय द्रोण की भूमिका की भी थोड़ी बात करनी चाहिए। मूलतः द्यूत के विचार से ही द्रोण सम्मत नहीं थे और इसके बावजूद द्यूत खेला गया तो वे मूकदर्शक बनकर देखते रहे हैं। युधिष्ठिर द्वारा दाँव पर लगाई गई द्रौपदी को शकुनि ने जब जीत लिया और उसके बाद इस कुलवधू की जिस प्रकार मर्यादा हरी गई, इस घटना के समय भी द्रोण मौन रहे हैं। द्रौपदी ने असहाय अवस्था में जो चीत्कार किया है, उसमें मात्र भीष्म को ही नहीं, द्रोणाचार्य, कृपाचार्य, धृतराष्ट्र और विदुर—सभी को संबोधित कर उसने प्रश्न किया है। इस प्रश्न का उत्तर मात्र भीष्म देते हैं और वह भी बड़े दयनीय ढंग से। भीष्म ने ऐसा क्यों किया, इसे कुछ अंश तक समझा भी जा सकता है; परंतु द्रोणाचार्य का पूर्णतः मौन रहना समझ से बाहर है। द्रोण हस्तिनापुर के वेतन भोगी शिक्षक मात्र थे, इसलिए राजकुल के इस पचड़े में उन्हें नहीं पड़ना चाहिए, ऐसी मर्यादा उन्होंने

स्वीकारी हो, यह तर्क भी गले उतरनेवाला नहीं है। द्यूत का विरोध उन्होंने इसके पहले ही किया है। संधि के मामले में भी द्रोण स्पष्ट वक्ता बनकर युद्ध से दूर रहने के लिए कहते हैं। इतना ही नहीं, बल्कि पांडवों का राज्य वापस सौंप देने की सलाह भी देते हैं।

पांडव जब अज्ञातवास में तेरहवें वर्ष में विराट नगरी में रह रहे थे, उस समय दुर्योधन विराट पर आक्रमण करके गायों का हरण करने जैसा हीन लुटेरा कृत्य करने की योजना बनाता है। दुर्योधन का आशय इस बहाने विराट में यदि पांडव छिपे हों तो उन्हें सामने लाने का ही था। पर गायों के अपहरण का कृत्य किसी राजवंशी को शोभा दे, ऐसा नहीं था। उस क्षण द्रोणाचार्य सबसे पहले दुर्योधन को अज्ञातवास कर रहे पांडवों को ढूँढ़ निकालने के लिए उचित उपाय करने की सलाह देते हैं। इसके बाद भीष्म आदि के साथ गोहरण के कृत्य में भी शामिल हो जाते हैं। इस गोहरण का उद्देश्य पांडवों को ढूँढ़ निकालना है और द्रोण ने इसमें स्वामिभक्ति व राजभक्ति दरशाई है अवश्य, किंतु उस समय भी पांडवों के प्रति अपना स्नेह-भाव और भावनाएँ तो दरशाई ही हैं।

महायुद्ध के ग्यारहवें दिन द्रोण कौरव सेना के सेनापति बने। युद्ध के आरंभ में ही युधिष्ठिर ने आचार्य को प्रणाम किया तो उन्होंने आशीर्वाद देते हुए कहा था, ''हे युधिष्ठिर! मैं युद्ध दुर्योधन के पक्ष में करूँगा, किंतु विजय तो तुम्हारी ही चाहूँगा।'' इसमें पांडवों के प्रति प्रकट सद्भाव है और धर्म तथा न्याय पांडवों के पक्ष में है, यह जानने व स्वीकार करने के बाद भी अपनी शक्ति विपक्ष में लगाने के पीछे क्या तर्क रहा है, यह प्रश्न सहज ही खड़ा होता है। इसमें निष्ठा और प्रामाणिकता जैसे तत्त्व भी जोखिम में पड़ जाते हैं।

सेनापति के रूप में द्रोण ने पाँच दिन संघर्ष किया है। इस संघर्ष के दौरान उनकी निष्ठा को लेकर प्रश्न किया जा सके, यह संभव नहीं; क्योंकि उन्होंने पहले से ही जो स्पष्टता की है उसके अनुसार दुर्योधन के पक्ष में धर्म नहीं, यह बात युद्ध के दौरान भी कहने से वे चूकते नहीं। एक बार युद्ध में विजय दूर सरकती देख हताश दुर्योधन जब आचार्य से कड़वी बात करता है तो वे उत्तर में कह भी देते हैं, ''दुर्योधन! द्यूतसभा में विजय प्राप्त करना अलग बात है। यह विजय असली नहीं होती! युद्ध में विजय प्राप्त करना अलग बात है!''

चक्र व्यूह का आयोजन द्रोण के व्यक्तित्व पर एक और प्रश्नचिह्न है। अर्जुन चक्र व्यूह का हल जानता था, इसलिए उसे युक्तिपूर्वक रणभूमि से दूर ले जाकर, जिसका हल शत्रु पक्ष में कोई जानता नहीं, ऐसे चक्र व्यूह का आयोजन

युद्ध में क्षम्य है, ऐसा मान लें तो भी अभिमन्यु-वध के समय द्रोण की भूमिका आचार्य को शोभा, दे ऐसी नहीं थी। अभिमन्यु ने द्रोण द्वारा रचे चक्र व्यूह में सफलतापूर्वक प्रवेश किया और चक्र व्यूह के प्रत्येक द्वार पर खड़े सेनानियों को पराजित भी किया। उसके बाद द्रोण, शल्य, कर्ण, अश्वत्थामा सभी साथ मिलकर एक अकेले योद्धा का वध करते हैं। यह दृश्य और यह विजय सेनापति के रूप में द्रोण के नेतृत्व को शोभा नहीं देती। युद्ध में विजय ही सर्वोपरि है, यह बात यदि स्वीकार करें तो इसमें कुछ भी आपत्तिजनक नहीं; किंतु युद्ध के भी—और विशेष रूप से महाभारत जैसे युद्ध के—तो अपने खास नियम थे, यह बात स्वीकार करें तो यह उल्लंघन द्रोण जैसे समर्थ सेनानी के हाथों हो तो यह अवश्य अधर्म बन जाता है। दुर्योधन, दु:शासन, शकुनि आदि ऐसा कुछ करें तो उसका अधिक हर्ष-शोक नहीं होगा।

युद्ध के चौदहवें दिन रात में हताश दुर्योधन के कुवचन सुनकर द्रोण ने दूसरे दिन पांडव सैन्य पर येन-केन-प्रकारेण विजय प्राप्त करने का उसे आश्वासन दिया और उसके दूसरे दिन उन्होंने स्वयं भी उचित-अनुचित का विचार किए बिना—विवेक को शोभा न दे, इस तरह पांडव सैन्य पर ब्रह्मास्त्र का प्रयोग किया। आज तक इस अस्त्र के प्रयोग करने के धर्मसम्मत नियम आचार्य ने शिष्यों को सिखाए थे। उन नियमों को ताक पर रख उन्होंने यह प्रयोग किया। इसमें उनकी व्यथा और हताशा दोनों प्रकट होती हैं। युद्ध उन्हें चाहिए नहीं, मन-ही-मन पांडवों की विजय की कामना करते हैं और स्वयं इसके विपरीत कौरव पक्ष की ओर से असहाय होकर लड़ रहे हैं। इससे वे जो मानसिक तनाव झेल रहे हैं, उसी का मानो यह प्रतिघोष है। द्रोण के जीवन में नाजुक क्षणों में संतुलन बिगड़ गया हो, ऐसा कई बार हुआ है। पुत्र को दूध मिले, इसके लिए द्रुपद के पास याचक बनकर गए, द्रुपद से अपमानित हुए तो प्रतिशोध-भावना से हस्तिनापुर के आचार्य बने, ऐसे प्रसंग हैं। युद्ध में जब ब्रह्मास्त्र का संधान किया तो उस समय पिता भरद्वाज सहित अन्य ऋषिगणों ने उन्हें अंतरिक्ष में प्रकट होकर रोका है। सभी ने मानो एक स्वर से कहा हो—"द्रोण! अब यह युद्ध आपके लिए नहीं है। आप निवृत्त हों! यही आपको शोभा देगा।" द्रोण ने ब्रह्मास्त्र का संधान तो नहीं किया, किंतु उसी क्षण युद्ध से उनकी रुचि जाती रही।

उस समय भीम ने आचार्य पर जो कटाक्ष किया है, वह सुनने लायक है। भीम आचार्य से कहते हैं, "आचार्य! आप पुत्र-मोह से प्रेरित होकर ब्राह्मण धर्म से वंचित हुए। आपके इस स्खलन के कारण ही आज यह महासंहार हुआ है।"

घटनाक्रम फिर से याद करें तो भीम के इस कथन में निहित सत्य को समझने में देर नहीं लगती।

युद्ध के पूर्व समाधान के जो प्रयास हुए हैं, द्रोण ने हर बार दुर्योधन को उसके इस दुःसाहस से विरत करने के प्रयास किए हैं। युद्ध यदि होगा ही तो वे दुर्योधन के पक्ष में ही रहेंगे, ऐसा कहने के साथ ही यह बात भी प्रकट रूप से कह दी है कि इसके बावजूद अर्जुन या भीम के प्रहार को कोई रोक नहीं सकेगा और जिस पक्ष में कृष्ण हों उसका प्रतिकार नहीं हो सकता है।

परंतु आचार्य द्रोण का वध पांडव पक्ष द्वारा किया गया महाभारत का एक बहुत बड़ा अधर्म है। 'धर्म-धर्म' की सदैव रट लगानेवाले दोनों पक्षों के तमाम सेनानी आवश्यक लगने पर धर्म को—अपने को अनुकूल लगे, ऐसा मोड़ देकर अधर्म का आचरण करने में संकोच नहीं करते। ये अधर्माचरण कहीं-कहीं ऐसे भी हैं जिनके पक्ष में सूक्ष्मातिसूक्ष्म तर्क का अवकाश भी है। द्रोण का वध तर्क न हो सके, ऐसा अधर्म है। द्रोण के पुत्र-मोह से अवगत कृष्ण ने भीम के हाथों अश्वत्थामा नामक एक हाथी का वध करवा दिया और उसके बाद द्रोण को सुनाई दे, इस तरह विजयघोष कराया—"अश्वत्थामा हतः।" इससे विचलित द्रोण ने जब स्वयं युधिष्ठिर के मुँह से यह वाक्य सुना तो उनका पुत्र-मोह सर्वव्यापी हो गया। उन्होंने शस्त्र त्यागकर समाधि ले ली। द्रोण अश्वत्थामा के लिए युद्ध नहीं लड़ रहे थे, दुर्योधन के लिए लड़ रहे थे। कौरव सेना के वे सेनापति थे और कौरव सेना परास्त नहीं थी—अभी लड़ रही थी और इसके बावजूद मात्र पुत्र की मृत्यु की बात सुनकर उन्होंने अपने पक्ष को भुला दिया। सेनाध्यक्ष के रूप में द्रोण यहाँ हलके सिद्ध हुए हैं।

समाधिस्थ अवस्था और अस्त्र-संन्यास लेने के बाद जब प्राण-तत्त्व ब्रह्मरंध्र की ओर प्रयाण कर चुका तो पांडव सेनापति धृष्टद्युम्न आचार्य के रथ में कूदकर अपना जीवन-कर्म समाप्त करता है। समाधिस्थ आचार्य के बाल पकड़कर उनका मस्तक धड़ से अलग कर देता है। आचार्य का यह अंत स्वयं अर्जुन भी सह नहीं पाता और धृष्टद्युम्न की ओर वह झपट पड़ता है—"नहीं, नहीं, सेनापति! आचार्य का वध इस तरह नहीं हो सकता।" यह कहकर वह चीत्कार कर उठता है।

द्रोण के जीवन के कई पक्ष हैं। वे कहीं उदात्त हैं तो कहीं हीन भी हैं। हस्तिनापुर को ही अपनी कर्मभूमि बनानेवाले इस ब्राह्मण ने क्षात्र धर्म स्वीकार किया था। उसी के साथ अपने आवास और रथ पर जो ध्वज अंकित किया था उसमें वेद और कमंडलु त्याग के सूचक थे। आँगन में शस्त्र-पूजा होती थी और

बाहर व और त्याग का ध्वज फहरता था। इस प्रकार द्रोण के व्यक्तित्व को प्रचंड अवश्य कहा जाएगा, पर उसे विभाजित व्यक्तित्व ही कहना चाहिए। ज्ञान, त्याग और शक्ति—इन तीनों का ही उन्होंने संकेत स्वीकारा और ज्ञान व शक्ति तो उन्होंने भरपूर संपादित भी की थी—यद्यपि त्याग का अर्थ उनके जीवन में प्रतीक से अधिक खोज पाना संभव नहीं।

□

राजा धृतराष्ट्र-१

महाभारत के तमाम पात्र, उनकी अच्छाई या उनकी बुराई—चाहे जिस पहलू को लक्ष्य में रखकर कहें, सामान्य से ऊँचे हैं, इस बात से कोई इनकार नहीं कर सकता। इन पात्रों का दुर्दैव कहिए या विषमता, यह है कि सत्ता और समृद्धि के शिखर पर बैठे हुए लगते हैं, पर इसके बावजूद उनमें से हर एक के अंतर में व्यथा, पीड़ा और अवसाद की अविरत अशांति व्याप्त रहती है। मनुष्य सुख या दुःख का अनुभव अपनी पाँचों इंद्रियों द्वारा करता है और उसमें भी स्वाद या स्पर्श या सुगंध जैसे स्थल सुख-दुःख को छोड़ दें तो बहुधा सुख या दुःख का अनुभव या तो कुछ प्रिय अथवा अप्रिय सुनने या देखने से होता है। किसी प्रियजन की मृत्यु का समाचार सुनना और उसी प्रियजन को अपमृत्यु के वश में होता हुआ देखना—इन दोनों के बाद की स्थिति अपेक्षाकृत अधिक दारुण होती है। महाभारत सुख की अपेक्षा दुःख से भरी कथा है। इन तमाम पात्रों में धृतराष्ट्र एक तरह से भाग्यशाली और सुखी है, क्योंकि वह जन्मांध है, इसलिए वह कोई अप्रिय दर्शन कर ही नहीं सकता। कुरुक्षेत्र का महासंहार हो या द्रौपदी का वस्त्र-हरण, इन हृदय-विदारक घटनाओं को देखने से वह बच गया है, इसे देखते हुए धृतराष्ट्र को भाग्यशाली ही कहा जा सकता है। इस प्रकार अंधत्व एक तरह से उसका सद्भाग्य है तो यही अंधत्व महाभारत के महाविनाश का मूल कारण भी है। धृतराष्ट्र का अंधापन उसकी माता अंबिका के दोष के कारण है। यदि माता ने गर्भाधान के समय भयभीत होकर अपनी आँखें न बंद कर ली होतीं तो धृतराष्ट्र पूर्ण राजकुमार होता। वह बलिष्ठ था, वीर था, ज्ञानी था, व्यवहार-कुशल था। इस प्रकार दूसरे तमाम गुणों से वह आवृत्त था, इसके बावजूद ज्येष्ठ राजकुमार, युवराज के बावजूद राज्याभिषेक से वह वंचित

रहा। इसमें उसका दुर्भाग्य एकमात्र उसका अंधापन ही था। अंधत्व न होता तो वह राजा बना होता और यदि वह राजा बना होता तो दुर्योधन ने जो आजीवन व्यक्त किया है, उसके लिए कोई कारण ही न रहता। धृतराष्ट्र के बदले पांडु राजा बना तो भी राज्य की धुरा तो धृतराष्ट्र ने ही सदैव सँभाली है। पांडु राजा बना ही न होता तो युधिष्ठिर का दावा भी उस पर न होता और इस तरह हस्तिनापुर के कुरुवंशियों की यह कथा करुणांतिका न बनी होती। सिंहासन पर बैठने के बावजूद इस पद से वंचित रहने की सजा उसने भोगी है। इसमें उसका कोई दोष नहीं था।

भीष्म ने धर्मानुसार युवराज पद पर पांडु का अभिषेक किया है, क्योंकि शारीरिक क्षति रखनेवाला राजकुमार राजा नहीं बन सकता था। राजा बनने के बाद पांडु ने जो विजय प्राप्त की और जो समृद्धि वह राज्य में ले आया, वह सब उसने ज्येष्ठ भ्राता धृतराष्ट्र और पितामह भीष्म को अर्पित किया है। इसके बाद उसने शेष जीवन हस्तिनापुर में नहीं बल्कि वन में बिताया है। ऋषि के शाप से ग्रस्त होकर उसने संन्यासी जीवन स्वीकार किया। इसके पहले भी वह अनेक वर्ष वन में ही रहा है। यह वनवास कोई ऋषि-जीवन नहीं था। वन में भी वह राज्य के तमाम सुखों का उपभोग करता था। इस पूरे समय के दौरान हस्तिनापुर का राजतंत्र तो धृतराष्ट्र ने ही पितामह भीष्म के निरीक्षण में सँभाला है।

एक तरह से देखें तो गांधारी के साथ धृतराष्ट्र का विवाह एक समस्या है। गांधारी को कौमार्यावस्था में ही सौ पुत्रों की जनेता बनने का वरदान महर्षि व्यास से मिल चुका था। विचित्रवीर्य की निस्संतान अवस्था में ही मृत्यु हो गई थी। उसके कारण जो समस्याएँ उठ खड़ी हुई थीं, ऐसी कोई समस्या पुन: न उठ खड़ी हो, इसकी सावधानी रखने के लिए भीष्म ने विदुर से कहा है। गांधार जिसे आज अफगानिस्ता। कहते हैं उसी के आस-पास का प्रदेश रहा होगा, ऐसा कहा जा सकता है। यह प्रदेश पर्वतों के उस पार है। इन पर्वतों और थोड़ा पूर्व-दक्षिण दिशा में जहाँ सिंधु नदी बहती है उनके बीच का प्रदेश अधिकांशत: यवन प्रदेश होना चाहिए, क्योंकि भागवत में जिस कालयवन का उल्लेख है वह सिंधु नदी के उस पार का निवासी है, ऐसा आभास मिलता है (यद्यपि जयद्रथ भी सिंधु देश का राजा था, ऐसा प्रतिपादित हुआ है)। इसका अर्थ यह हुआ कि हस्तिनापुर का साम्राज्य सिंधु की दक्षिण दिशा में था। पर्वत के उस पार बसे गांधार साम्राज्य को अपना राजकीय प्रभाव यदि आर्यावर्त में बढ़ाना हो तो हस्तिनापुर का साथ बहुत उपयोगी होगा। भीष्म ने जब धृतराष्ट्र के लिए राजकन्या गांधारी के विवाह का प्रस्ताव राजा सुबल के समक्ष रखा तो उस समय राजकुमार धृतराष्ट्र नेत्रहीन हैं, इस वास्तविकता

से राजा सुबल अपरिचित नहीं थे। इसके बावजूद उसने अपनी पुत्री गांधारी को उस अंधे राजकुमार के साथ ब्याहने की सम्मति दे दी। यहाँ तत्काल यह प्रश्न पैदा होता है कि यदि सुबल की राजकीय महत्त्वाकांक्षा ने ही उसकी पुत्री का एक मोहरे के रूप में उपयोग किया था तो फिर विवाह के बाद उसने क्यों कुछ किया नहीं? मात्र राजकुमार शकुनि बहन के विवाह के बाद सतत हस्तिनापुर में रहा है। सुबल के देश गांधार का इसके बाद क्या हुआ, इस विषय में कोई निश्चित संदर्भ कहीं नहीं मिलता। जिस क्षण राजकुमारी गांधारी ने पति के अंधे होने की बात जानी उसी क्षण उसने ''पति से अधिक सुख मुझसे नहीं भोगा जाएगा'', यह कहकर स्वेच्छया अंधत्व स्वीकार कर लिया।

पत्नी गांधारी द्वारा कौमार्यावस्था में ही प्राप्त किए वरदान के अनुसार धृतराष्ट्र ने सौ पुत्र प्राप्त किए, पर गांधारी की गर्भावस्था के दौरान उसकी सेवा के लिए एक दासी की व्यवस्था हुई है। इसके लिए महाभारत में 'वेश्या' शब्द भी प्रयुक्त हुआ है। इसका अर्थ यह हुआ कि राजाओं या राजकुमारों द्वारा उस काल में जिस प्रकार उपपत्नी या अन्य पत्नी रखी जाती थी उस प्रकार यह दासी धृतराष्ट्र के पास नहीं रही। वह तो वेश्या थी, इसलिए धृतराष्ट्र के अतिरिक्त अन्य पुरुषों के साथ भी उसका संबंध निश्चित रूप से रहा होगा। गांधारी के एवज में ऐसी एक सामान्य वेश्या को धृतराष्ट्र के लिए किस प्रकार योग्य ठहराया गया होगा, यह प्रश्न समझ में न आए, ऐसा है। शायद वह धृतराष्ट्र की ही पसंद रही हो! चाहे जो हो, पर तत्कालीन समाज-रचना के स्थापित मूल्यों के अनुसार यह व्यवस्था आलोचना या निंदा की पात्र नहीं बनी। इसका सहज स्वीकार हुआ है। इतना ही नहीं, इस दासी द्वारा धृतराष्ट्र को जो एक अन्य पुत्र प्राप्त हुआ उसे भी हस्तिनापुर का राजसभा में उचित स्थान प्राप्त हुआ है। यह युयुत्सु था। कौरवों के कृत्यों का इस युयुत्सु ने विरोध किया है और ऐन वक्त पर युद्ध के आरंभ में वह पांडवों के पक्ष में लड़ने का निश्चय करता है। इसके लिए दुर्योधन उसे फटकार भी लगाता है।

धृतराष्ट्र के व्यक्तित्व के प्रारंभिक पहलू को देखें तो छोटे भाई पांडु के प्रति उसके मन में स्नेह के अतिरिक्त अन्य कोई भाव नहीं दिखाई देता। पांडु की मृत्यु [illegible]ार पाकर वह जो शोक करता है वह दिखावा था, ऐसा मानना धृतराष्ट्र के साथ अन्याय करने के समान होगा। पांडु के पुत्रों को लेकर ऋषि और कुंती जिस समय हस्तिनापुर आते हैं उस समय भी साफ मन से वह पांडु-पुत्रों को स्वीकार करता हुआ लगता है। वह कोई आशंका व्यक्त नहीं करता। उलटे युधिष्ठिर का जन्म हुआ, यह जानकर गांधारी ने ईर्ष्या-भाव और हताशा प्रकट की है, इसको हमें

ध्यान में रखना चाहिए। पांडवों के हस्तिनापुर आने के बाद उनके विद्याभ्यास के लिए धृतराष्ट्र ने अपने पुत्रों के साथ ही उचित व्यवस्था भी की है। इतना ही नहीं, युधिष्ठिर ज्येष्ठ पांडुपुत्र था, इसलिए तनिक भी क्षोभ किए बिना उसने उसका युवराज के पद पर अभिषेक भी कर दिया है। उसके मन में यदि इस स्थान के लिए दुर्योधन निश्चित होता तो उसने युधिष्ठिर का अभिषेक यदि टाला न होता तो कम-से-कम स्थगित तो अवश्य कर दिया होता। परंतु धृतराष्ट्र के पुत्रों के मन में विद्याभ्यास के समय से ही पांडु-पुत्रों के प्रति द्वेष है—असूया है। यह असूया सहज भी है। दुर्योधन के मन में युधिष्ठिर प्रतिद्वंद्वी है, क्योंकि यदि युधिष्ठिर युवराज पद पर हो तो वह कभी राजा बन ही नहीं सकता। पांडु को जिस प्रकार सिंहासन की प्राप्ति हुई है और उस प्राप्ति के कारण ही युधिष्ठिर राजपद प्राप्त करे, यह बात दुर्योधन ने कभी स्वीकारी नहीं। इस प्रकार, दुर्योधन की असूया इस पृष्ठभूमि पर तर्कबद्ध है; किंतु इसमें आरंभिक काल में कहीं धृतराष्ट्र का कोई योगदान नहीं है।

विद्याभ्यास के समापन के समय रंगमंच पर कर्ण ने अर्जुन को चुनौती दी और दुर्योधन ने कर्ण का पक्ष लिया, यह पहली घटना है कि जब धृतराष्ट्र को सावधान होकर दुर्योधन को रोकना चाहिए था। किंतु धृतराष्ट्र उस समय मौन रहता है। दुर्योधन के जन्म के समय ही ज्योतिषियों ने ऐसी भविष्यवाणी की थी कि यह पुत्र कुल का सर्वनाश करेगा। इतना ही नहीं, उसके जन्म के समय जो लक्षण प्रकट हुए थे वे अत्यंत अमंगल-सूचक थे। मंत्री विदुर ने उस समय धृतराष्ट्र को सर्वनाश का कारण बनने जा रहे इस पुत्र का त्याग करके कुरुकुल को महाविनाश से उबार लेने की सलाह दी थी। उस समय धृतराष्ट्र ने लाचारी से कहा था, "भले सर्वनाश हो, पर अपने ही प्राण के पुद्‍गल जैसे अपने पुत्र का मैं कभी त्याग नहीं करूँगा।" इस तरह पुत्र-मोह धृतराष्ट्र में पहले से ही दिखाई देता है। सर्वनाश का मूल्य चुकाकर भी वह पुत्र-मोह अक्षुण्ण रखना चाहता है।

विद्याभ्यास के बाद पांडु-पुत्रों ने द्रुपद पर विजय प्राप्त की। दुर्योधन और कर्ण यह काम नहीं कर सके। वे द्रुपद से पराजित हुए, पर अर्जुन द्रुपद को पराजित करने में सफल हुआ। इसके बाद पांडवों ने अनेक विजय प्राप्त कर कीर्ति संपादित की, हस्तिनापुर का ध्वज पूरे आर्यावर्त में फहराया, लोकप्रियता प्राप्त की। इसकी तुलना में दुर्योधनादि कौरव कुछ विशेष हासिल नहीं कर सके। उस समय पहली बार धृतराष्ट्र चिंतित होता दिखाई देता है। पहली बार उसके मन में पांडु-पुत्रों के प्रति ईर्ष्याभाव प्रकट होता है। अपने पुत्रों से पांडवों को अधिक सक्षम और लोकप्रिय देख धृतराष्ट्र के मन में अशांति पैदा होती है। 'मामका:' और 'पांडवा:'

शब्दों का प्रयोग तो उसने बहुत बाद में—कुरुक्षेत्र के महायुद्ध की ऐन पूर्व संध्या पर—किया है, पर उसका ईर्ष्याभाव यहाँ इस क्षण प्रकट होता दिखाई देता है।

एक बहुत ही रसप्रद और उल्लेखनीय बात यह है कि ऐसी चिंतित और व्यग्रता भरी अवस्था में अब क्या करना चाहिए, इसका मार्गदर्शन लेने के लिए वह कणिक नामक अपने एक ब्राह्मण मंत्री को अपने पास बुलाता है। सामान्यत: वह विदुर की ही सलाह लिया करता है। यह कणिक भी मात्र एक ही बार राजा को सलाह-सूचना देता है। इसके बाद पूरे महाभारत में कहीं दिखाई नहीं देता। उत्तरकाल में राजा धृतराष्ट्र हमेशा विदुर को ही मार्गदर्शन के लिए आदर्श मानता है। मात्र इस एक ही प्रसंग में उसने विदुर के बदले कणिक को चुना है। यह कणिक राजा से जो बातें करता है, उसे पढ़ते समय हमें कैकेयी को सलाह देती मंथरा का स्मरण हो आता है। राजा कणिक से अपने मन की बात बताकर पूछता है कि पांडु-पुत्रों की बढ़ती शक्ति और सामर्थ्य मेरे पुत्रों के लिए मुझे भय रूप लगती है। ऐसी स्थिति में कौन सा कदम उठाना उचित कहा जाएगा? इसके उत्तर में कणिक राजा को कूटनीति सिखाता है—जिसे हम अपना शत्रु मानते हों उसकी शक्ति बढ़े, उसके पहले ही साम, दाम, दंड, भेद किसी भी प्रकार से उसका विनाश ही कर डालना चाहिए, ऐसा कणिक राजा से जोर देकर कहता है। तरह-तरह के उदाहरणों द्वारा वह यह प्रतिपादित करता है कि शत्रु का नाश करने के लिए कोई भी कदम अनुचित नहीं है। जब समय प्रतिकूल हो तो उस समय अपने मनोभाव गुप्त रखकर चेहरे पर के भाव और वाणी दोनों से सबको भ्रम में डाले रखना राजा का उत्तम लक्षण है और इस तरह पांडवों के साथ व्यवहार करके धृतराष्ट्र को निष्कंटक होने की सलाह देता है। सदाचार, नीति, धर्म—ये सभी बातें अपना हेतु सिद्ध करने के लिए बहाने ही हो सकते हैं और हेतु सिद्ध करने के लिए चाहे जैसा मित्र या स्नेही-स्वजन हो, उसका वध ही करना चाहिए, ऐसी भयानक सीख मंत्री कणिक धृतराष्ट्र को देता है। इसके बाद के प्रसंगों में यह स्पष्ट दिखाई देता है कि राजा ने यह सीख पूरी-पूरी स्वीकार कर ली है। उसके मनोभाव और वाणी इसके बाद अलग-अलग रूप में प्रकट होते हैं, यह अनेक प्रसंगों में दिखाई देता है। यहीं से धृतराष्ट्र के जेकील और हाईड जैसे दो भिन्न चेहरों का आरंभ होता है। पांडवों के प्रति उसके मन में अब तक निरा प्रेमभाव था—अब उसमें भय मिलता है, प्रेम घट जाता है। एकदम प्रेम नहीं रह जाता, ऐसा भी नहीं कहा जा सकता; किंतु पुत्र-मोह बलवतर है और पांडवों का भय चित्त में उसे कँपाता है।

इसके बाद की जो पहली घटना घटती है, वह लाक्षागृह की है। दुर्योधन ने

लाक्षागृह की रचना द्वारा पांडवों को जला डालने की योजना बनाई है और यह योजना तभी सफल हो सकती थी, जब पांडव वारणावत जाने के लिए तैयार हों। इसके लिए धृतराष्ट्र की आज्ञा अनिवार्य थी। दुर्योधन ने पिता को लाक्षागृह के षड्यंत्र से अनभिज्ञ रखकर पांडवों को मात्र वारणावत भेजने के लिए ही राजा से प्रार्थना की है। राजा इस प्रस्ताव को तत्क़ाल स्वीकार नहीं करते, उलटे दुर्योधन के इस प्रस्ताव का विरोध भी करते हैं। परंतु बाद में पुनः पुत्र-मोह बलवतर हो जाता है और दुर्योधन की बात स्वीकार कर वह पांडवों को हस्तिनापुर से दूर रखने के लिए उन्हें विहार हेतु आमोद-प्रमोद के लिए वारणावत जाने का निर्देश देते हैं। इस तरह पांडवों की अनुपस्थिति में दुर्योधन निष्कंटक होकर अपना प्रभाव बढ़ा सकेगा, ऐसा भी कोई उद्‌देश्य धृतराष्ट्र के मन में रहा हो, ऐसा लगता है। दुर्योधन भी अपने कुटिल षड्यंत्र से पिता को अनजान ही रखता है और इसीलिए वारणावत में जब लाक्षागृह की घटना घटी तो धृतराष्ट्र करुण क्रंदन करता है—भीष्म भी विलाप करते हैं और सब पांडु-पुत्रों का श्राद्ध, तर्पण आदि अंतिम संस्कार भी करने लगते हैं। मात्र विदुर सत्य जानते हैं और इस सत्य का संकेत एकमात्र भीष्म को देते हैं। धृतराष्ट्र तो पांडवों की मृत्यु हो गई है, इसी को सत्य मानता है।

द्रौपदी-स्वयंवर के अंत में पांडव प्रकट हुए। इतना ही नहीं, द्रौपदी को प्राप्त कर अधिक समर्थ रूप में बाहर आए। राजा धृतराष्ट्र को यह समाचार विदुर ने दिया है; किंतु स्वयंवर में तो दुर्योधन भी द्रौपदी को पाने के लिए गया ही था, इसलिए विदुर ने जब धृतराष्ट्र से कहा कि द्रौपदी कुरुकुल की वधू बनकर आ रही है, तो राजा ने खुशी से पागल होकर यही मान लिया कि दुर्योधन ने ही स्वयंवर में विजय पाकर द्रौपदी को प्राप्त किया है। हर्ष के आवेग में वह बहुमूल्य भेंटें पुत्रवधू बनी, यानी उसके मनोगत के अनुसार दुर्योधन को प्राप्त हुई, द्रौपदी के लिए मँगाता है। उसी समय विदुर धीरे से समझाकर कहते हैं—राजन्! पांडु-पुत्रों को ब्याही द्रौपदी भी तो कुरुकुल की वधू ही कही जाएगी न! आपके मन से वह भी पुत्रवधू ही है न!

राजा धृतराष्ट्र के लिए यह समाचार अनपेक्षित था। उसने तो यही मान लिया था कि पांडवों की मृत्यु के साथ ही दुर्योधन निष्कंटक हो गया है। किंतु जिस तरह पांडव द्रौपदी को प्राप्त कर प्रकट हुए उससे उसे निश्चित ही आघात लगा है। पर कणिक की सलाह यहाँ पहली बार सफलतापूर्वक आत्मसात् करके वह निरे दंभ से बोल उठता है, "अहोभाग्य! अहोभाग्य! पांडव जीवित हैं और द्रौपदी कुलवधू बनी है, यह बड़े आनंद की बात है। ये बहुमूल्य उपहार द्रौपदी के लिए ही हैं—

पांडु-पुत्रों की पत्नी भी तो मेरी पुत्रवधू ही है।'' इस भावना में कणिक-प्रेरित दंभ का ही दर्शन होता है।

अब पांडव पहले से भी अधिक बलवान् हुए हैं। उन्हें उखाड़ पाना अब संभव नहीं। हस्तिनापुर पर तो उनके पिता का ही अधिकार था। इसलिए यदि वे संपूर्ण हस्तिनापुर का राज्य माँगें तो इनकार करना कठिन था। ऐसी स्थिति में हमेशा का कलह नष्ट करके कुल को बचा लेने के लिए भीष्म ने राज्य के विभाजन का जो प्रस्ताव रखा उसे धृतराष्ट्र ने तत्काल स्वीकार कर लिया। पांडु-पुत्र भी इसे स्वीकार करें और हस्तिनापुर के पूरे राज्य की माँग न करें, इसके लिए युधिष्ठिर के समक्ष अपने दुर्योधनादि पुत्रों को खरी-खोटी सुनाने में भी धृतराष्ट्र नहीं चूकता। किसी बच्चे को जैसे फुसला रहा हो, इस तरह वह युधिष्ठिर से कहता है, ''युधिष्ठिर! मेरा पुत्र दुर्योधन तो दुरात्मा और अहंकारी है। तुम समझदार और धर्मात्मा हो। पुत्र! मेरी बात मानकर तुम खांडवप्रस्थ पर राज्य करो और दुर्योधन को यहाँ रहने दो। ऐसा करने से हमारा कुल बच जाएगा।''

जैसे कुल बचाने की सारी जिम्मेदारी पांडवों की ही हो! ''खांडवप्रस्थ का यह प्रदेश कैसा पवित्र है! इस प्रदेश पर पुरूरवा, नहुष, ययाति जैसे समर्थ राजाओं ने राज्य किया है।'' जैसी चिकनी-चुपड़ी बातें करने से भी वह नहीं चूकता।

परंतु पांडवों ने तो ज्येष्ठ पिताश्री की इस आज्ञा को भी स्वीकार कर लिया और खांडवप्रस्थ जाने के लिए रवाना हो गए।

□

राजा धृतराष्ट्र-२

दुर्योधन जब द्यूतक्रीड़ा का प्रस्ताव रखता है तो आरंभ में धृतराष्ट्र उसमें अपनी सम्मति नहीं देता है। राजसूय यज्ञ के समय इंद्रप्रस्थ की अपार समृद्धि देखकर बेचैन हुए दुर्योधन को भी राजा रोकता है और यह कहकर उसे समझाने का प्रयास करता है कि इंद्रप्रस्थ जैसी ही समृद्धि हस्तिनापुर में भी है और यदि कोई कमी भी हो तो उसे पूरी की जा सकती है। किंतु पांडव अपने कर्मों और प्रारब्ध के कारण जो सुख भोग रहे हैं, उस पर आँसू बहाना व्यर्थ है। किंतु बाद में शकुनि ने जब धृतराष्ट्र को अपनी द्यूत कला में निपुण होने की बात बताई और जो काम युद्ध द्वारा सिद्ध नहीं हो सकता है, उसे द्यूत द्वारा पलक मात्र में कैसे सिद्ध कर सकता है, यह बात बताई तो उसके मन की असली भावना प्रकट हो गई। इंद्रप्रस्थ की समृद्धि को युद्ध द्वारा प्राप्त करना संभव नहीं, यह बात धृतराष्ट्र भलीभाँति समझता था और इसीलिए दोनों पक्षों का हितैषी होने का ढोंग करके धर्माचरण की बात कर रहा था। जब पका फल मुँह खोलते ही अंदर आ जाने वाला हो तो जँभाई लेने के बहाने मुँह खोलने में हर्ज क्या है? शकुनि यदि सरलता से और किसी स्पष्ट उपद्रव के बिना पांडवों को समृद्धि और सत्ता-विहीन कर सकता है तो दाँव चलने में गलत क्या है? ऐसा जोड़-घटाना अब कणिक का यह शिष्य न करे, ऐसा तो हो ही नहीं सकता। उसने तत्काल द्यूतक्रीड़ा की अनुमति दे दी।

धृतराष्ट्र के हृदय के गोपित भाव द्यूतक्रीड़ा में जब दुर्योधन जीत रहा होता है तो स्पष्ट रूप से भरपूर प्रकट हो जाता है। अब तक ओढ़ा हुआ तटस्थता का लबादा उतारकर वह संजय से बार-बार पूछता है, "क्या हुआ? हम जीते?" यहाँ खुलेआम 'हम' शब्द का प्रयोग करके वह अपना मनोभाव स्वयं प्रकट कर देता है।

यदि कौरव हार रहे होते तो धृतराष्ट्र 'हम' शब्द का प्रयोग कदापि न करता। पराजित पांडवों की पत्नी द्रौपदी को द्यूतसभा में घसीटकर लाने की बात का विदुर और विकर्ण विरोध करते हैं; किंतु धृतराष्ट्र तो अपनी मूक सम्मति ही देता है। भीष्म और द्रोण का इस प्रसंग में मौन रहना विवाद का विषय है, परंतु धृतराष्ट्र के विषय में ऐसा नहीं कहा जा सकता। धृतराष्ट्र स्वयं ही एक पक्ष में है, भीष्म या द्रोण दोनों पक्षों में से किसी में भी नहीं रहे। धृतराष्ट्र पांडवों के सामर्थ्य और क्रोध से डरता है, इसमें कोई संदेह नहीं; परंतु पांडव जब द्यूत में हारकर दुर्योधन के दास बन जाते हैं तो धृतराष्ट्र को लगने लगता है कि अब उनसे भयभीत होने की आवश्यकता नहीं। यही सोचकर उसने द्रौपदी को द्यूतसभा में लाए जाने का विरोध न किया हो, ऐसा संभव है। पुत्र दुर्योधन को अच्छा लगता हो तो ऐसा ही हो, अब पांडवों से डरने जैसा तो कुछ है नहीं—ऐसा मानकर उसने इसकी सम्मति दी हो, यह तार्किक लगता है।

परंतु द्रौपदी का वस्त्र-हरण हुआ और भीम की भयानक प्रतिज्ञा का घोष उसे सुनाई पड़ा तो धृतराष्ट्र पुनः एक बार भयभीत हो उठा हो, ऐसा लगता है। वह स्वयं को और अपने पुत्रों को निर्भय मानने लगा था; परंतु ऐसा कुछ हुआ नहीं, उलटे दास अवस्था में भी भीम ने दुर्योधन की जाँघ तोड़ने और दुःशासन का रुधिरपान करने की प्रतिज्ञा ली, इससे वह डर गया है। अपने पुत्र चाहे जिस स्थिति में हों, परंतु वे क्षमता में पांडवों से कम हैं, इसका ज्ञान धृतराष्ट्र को है। इसलिए भीम की भयानकता प्रकट हो, उसके पहले ही—आग लगने के पहले ही—कुआँ खोदने की वणिक-वृत्ति यहाँ प्रकट होती है। जिस द्रौपदी को निर्वस्त्र किए जाने से उसने रोका नहीं, उसी द्रौपदी को वह स्वयं को पितातुल्य बताकर वरदान देने लगता है और अंत में पांडवों को इंद्रप्रस्थ का पूरा राज्य उसकी तमाम समृद्धियों के साथ वापस दे देता है। उसके इस कृत्य में औदार्य नहीं, भयभीत मनुष्य की विह्वल मनोदशा है। समर्थ प्रतिपक्षी को प्रसन्न करके भय में से उबरने की यह मात्र एक चाल है।

भय का यह दुःस्वप्न दूर हुआ, पांडव इंद्रप्रस्थ जाने के लिए रवाना हुए कि तुरंत धृतराष्ट्र पर पुत्र-मोह सवार हो गया। इस प्रकार जीता हुआ पूरा राज्य मात्र द्रौपदी के कहने से धृतराष्ट्र वापस जाने दे, यह वास्तविकता भय-प्रेरित है, यह बात दुर्योधन या कर्ण स्वीकार कर लें, ऐसा संभव नहीं था। दुर्योधन और कर्ण या शकुनि भयभीत नहीं हैं। राजा के इस भय का अंदेशा भी उन्हें नहीं, इसलिए पुनः एक और आखिरी दाँव खेलने का वे आग्रह करते हैं। भय का

दुःस्वप्न दूर हुआ कि तुरंत धृतराष्ट्र में भी उस मोह ने पैर पसारे। इस प्रकार धृतराष्ट्र मिश्र भावों के बीच टकराते रहनेवाला एक व्यक्तित्व है। दूसरी बार द्यूत खेलने का आमंत्रण धृतराष्ट्र ने स्वयं आगे बढ़कर दिया। जिस द्यूत की भयानक प्रतिध्वनि अभी भी शांत नहीं हुई थी उसी को खेलने के लिए वह तत्काल तैयार हो जाता है। मोह और लालसा कितने प्रबल होते हैं, इसका यह एक आँखें खोल देनेवाला उदाहरण है। दूसरी बार के द्यूत का भी सोचा हुआ ही परिणाम आया और पांडव तेरह वर्ष के लिए वनवासी हुए। पांडवों के अरण्यवास के दौरान भी धृतराष्ट्र भविष्य को लेकर चिंतित है। संजय के समक्ष एकांत में वह पांडवों के सामर्थ्य और सद्‌गुणों को स्वीकार करता है। पांडवों को अपनी सत्ता और समृद्धि से प्रभावित करने जैसी ओछी चेष्टा दुर्योधन घोषयात्रा के निमित्त करता है तो धृतराष्ट्र उसे रोकता है। वह ऐसे किसी आयोजन को अपनी सम्मति नहीं देता है। इसके बावजूद हर बार उसका पुत्र-मोह इतना प्रबल हो जाता है कि वह समझदारी नहीं दिखा पाता। समझदारी का अस्तित्व किस तरह मोह से ढक जाता है, धृतराष्ट्र इसका एक उत्कृष्ट उदाहरण है।

पांडव वन में चले गए, किंतु प्रजा और राजसभा के वरिष्ठों का समभाव पांडवों के साथ है, इस सत्य से धृतराष्ट्र परिचित है, इसलिए विदुर जैसे सर्वमान्य व्यक्ति को अपने साथ रखने और इस तरह से एक रक्षाकवच प्राप्त करने के लिए वह शठ प्रवृत्ति प्रकट करता है। विदुर को बुलाकर वह कहता है, ''अब जो होना था वह तो हो ही गया, विदुर! तुम धर्मात्मा और बुद्धिमान हो। कौरवों और पांडवों दोनों के जो हित में हो, ऐसा मेरा कर्तव्य अब क्या हो सकता है, उसे कहो?'' धृतराष्ट्र का इरादा स्पष्ट है। किंतु विदुर स्पष्ट वक्ता हैं। उन्होंने जो कुछ कहा वह धृतराष्ट्र को संतप्त कर देनेवाला था। विदुर ने कहा, ''राजन्! आपके पुत्र अहंकारी और दुरात्मा हैं। पांडु-पुत्र अत्यंत समर्थ और धर्मात्मा हैं। यह राज्य उन्हीं का है। उन्हें वापस बुलाकर यह राज्य उन्हें ही सौंप दें, इसी में समग्र कुल का कल्याण है। इंद्रप्रस्थ ही नहीं, हस्तिनापुर पर भी दुर्योधन का कोई अधिकार नहीं है और द्यूत में तो शकुनि कपट विद्या से जीता है।'' स्वाभाविक रूप से ही धृतराष्ट्र के लिए यह अनपेक्षित और असह्य था। उससे यह बात सहन नहीं होती है और धैर्य खोकर वह विदुर से कहता है, ''तुम मेरे हितैषी नहीं, तुम यहाँ से चले जाओ।'' और विदुर सचमुच ही पांडवों के पास काम्यक वन में चले जाते हैं। परंतु क्रोध के कारण जो उद्विग्नता थी उसके शांत होते ही धृतराष्ट्र को पछतावा होता है और विदुर को इस तरह निकाल देने से कैसा प्रतिकूल प्रत्याघात उत्पन्न होगा, इसका उसे तुरंत ज्ञान

होता है। वह विदुर को सम्मानपूर्वक वापस बुला लेता है।''

पांडवों का अरण्यवास पूरा हुआ, इसलिए द्यूत की शर्त के अनुसार इंद्रप्रस्थ का राज्य उन्होंने सहज ही वापस माँगा। धृतराष्ट्र चाहता तो यही था कि इंद्रप्रस्थ का राज्य भी दुर्योधन के ही पास रहे, किंतु उसे पाने के लिए यदि युद्ध अनिवार्य हो तो वह इस युद्ध को टालना चाहता है। उसकी यह युद्ध-विरोधी भूमिका किसी शांति या न्याय के लिए नहीं बल्कि भीम व अर्जुन के भय के कारण ही है, यह अब कोई अप्रकट तथ्य नहीं रह गया था। वर्षों पहले मंत्री कणिक ने उसे जो गुरुमंत्र दिया था, उसे अब उसने पूरी तरह आत्मसात् कर लिया है, इसलिए शांति, धर्म, न्याय जैसे शब्द बात-बात में रटते रहने के बावजूद जब इन शब्दों को व्यवहार में लाने का समय आता है तो वह मूक हो जाता है। राजा के रूप में वह विश्वासपूर्वक यह नहीं कह पाता कि द्यूत की शर्त के अनुसार इंद्रप्रस्थ का राज्य पांडवों को सौंप देना चाहिए। स्वयं तो वह अंधा है ही, सारे संसार को अंधा मानकर वह युधिष्ठिर को पटाने के लिए संजय से कहलवाता है, ''पुत्र युधिष्ठिर, तुम तो समझदार हो! दुर्योधन तो समझता ही नहीं। तुमने आजीवन मेरी आज्ञा मानी है। तुम तो अपने समर्थ भाइयों की मदद से इस विशाल धरती पर कहीं भी सुख-चैन से रह सकते हो। राज्य जैसी तुच्छ वस्तु के लिए कुल-संहार करना तुम्हारे जैसे धर्मनिष्ठ को शोभा नहीं देता।'' धृतराष्ट्र के इन सुवाक्यों में निरी शठता, ढोंग व अंधेपन के अतिरिक्त और कुछ नहीं है।

संजय द्वारा कहलवाए गए इन सुवाक्यों के प्रत्युत्तर में पांडवों ने जो कुछ कहा उसमें निहित संकेत से धृतराष्ट्र की आँखों से नींद उड़ जाती है। वह उद्भ्रांत और व्याकुल हो जाता है। देर रात तक वह सो नहीं पाता और इसी व्याकुलता में वह मध्य रात्रि में विदुर को बुलाकर कहता है, ''विदुर! मैं चिंता से जला जा रहा हूँ। क्या करूँ, यह मुझे सूझ नहीं रहा है। संजय की बात से मैं स्तब्ध हो गया हूँ। मेरे लिए जो भी धर्म-प्रेरित कर्तव्य हो उसे कहो।'' उत्तर में विदुर बड़े ही मार्मिक ढंग से कहते हैं, ''राजन्! चिंता और अनिद्रा तो उसे होती है जो दुर्बल होते हुए भी समर्थ से वैर करता हो, जो चोर हो और जो कामी हो उसकी ऐसी अवस्था होती है। हे राजा! आप इनमें से किस अवस्था में पड़ गए हैं?'' रात भर राजा विदुर की ज्ञानयुक्त वाणी सुनता है। वह सबकुछ समझता है, परंतु प्रातः होते ही उसकी स्वार्थ-बुद्धि जहाँ थी वहीं-की-वहीं आ जाती है। श्रेय और प्रेय के शाश्वत टकराव से राजा मुक्त नहीं हो पाता। सुबह राजसभा में संजय जो कठोर बैन सुनाता है उसका वह कोई उत्तर नहीं देता। संजय कहता है, ''राजन्! जिसे आप अपना

हस्तिनापुर राज्य कहते हैं उसका समग्र विस्तार तो पांडवों ने किया है। यह पूरा राज्य उनका है। आप दुर्योधन को वश में करके यह राज्य युधिष्ठिर को सौंप दें और पूजनीय वरिष्ठ के रूप में सम्मान पाएँ!'' किंतु दुर्योधन पिता को यह नेक सलाह मानने नहीं देता।

अब धृतराष्ट्र दिन-प्रतिदिन लाचार और असहाय अवस्था में पड़ता जा रहा हो, ऐसा लगता है। घटनाओं का सूत्र अब बहुत तेजी से दुर्योधन के हाथों में चला जा रहा है। स्वयं कृष्ण शांतिदूत बनकर हस्तिनापुर आ रहे हैं और दुर्योधन ने कृष्ण को ही बंदी बनाने की व्यवस्था की है, यह जानते हुए भी धृतराष्ट्र राजा को शोभा दे; ऐसा व्यवहार नहीं करता। ऐसा नहीं कि वह दुर्योधन को समझाता नहीं है। युद्ध का परिणाम क्या होगा, यह धृतराष्ट्र अच्छी तरह जानता है, इसलिए वह पांडवों से सुलह कर लेने के लिए सचमुच समझाता है; किंतु धृतराष्ट्र अब शांतिहीन अश्व जैसा हो गया है। दुर्योधन और उसके साथी अपने सामर्थ्य के आगे अब किसी की सुनने के लिए तैयार नहीं हैं।

और ऐसे में जब कृष्ण हस्तिनापुर आ रहे हैं तो वे उसके पुत्रों पर कुपित न हों और प्रसन्न रहें, इसके लिए धृतराष्ट्र एक ऐसे व्यक्ति की तरह ओछी चेष्टा करता है, जिसने अपना संतुलन खो दिया हो। कृष्ण को प्रसन्न करने के लिए वह उनके मार्ग में बहुमूल्य उपहार, दास-दासी, घोड़े, हाथी, रथ तथा सुख-सुविधाओं भरे आवास की व्यवस्था करने की आज्ञा देता है। मनुष्य असंतुलित हो जाता है तो कैसी विवेकहीनता उसमें प्रवेश कर जाती है। उसी का यह उदाहरण है। कृष्ण को प्रसन्न करने के लिए धृतराष्ट्र द्वारा इस प्रकार लॉलीपॉप दिया जाना इस भयानक कालिमा के बीच भी हास्य-प्रेरित करनेवाली बात है।

एक तरह से धृतराष्ट्र अतिशय भाग्यशाली भी कहा जा सकता है। भाग्य से ही प्राप्त हो, ऐसा एक सौभाग्य उसे मिला है। विष्टि के प्रसंग में जब दुर्योधन किसी की भी बात पर कान नहीं देता है और धृतराष्ट्र के अतिरिक्त माता गांधारी भी पुत्र को समझाने में निष्फल हो जाती है और दुर्योधन कृष्ण को बंदी बनाने के आयोजन में आगे बढ़ता है तो कृष्ण अपना विराट् विश्वरूप-दर्शन धारण करते हैं। कृष्ण के इस विराट् रूप का दर्शन करके सारी कुरुसभा स्तब्ध रह गई तो धृतराष्ट्र ने कृष्ण की प्रार्थना की, ''हे कृष्ण! मैं तो जन्मांध हूँ। आप मुझे इस दर्शन से वंचित क्यों रख रहे हैं?'' और कृष्ण ने धृतराष्ट्र को इसके लिए कुछ समय के लिए दृष्टि प्रदान की है। जन्म लेने के बाद से जिसने कुछ नहीं देखा, किसी वैश्विक पदार्थ को जिसने कभी देखा नहीं, उस धृतराष्ट्र ने जीवन में प्रथम बार जो देखा वह परमात्मा का विरल

दर्शन था! उसके इस सौभाग्य से किसी भी जीवित मनुष्य को ईर्ष्या हो तो यह सहज ही है।

अंततः महायुद्ध होकर ही रहा।

धृतराष्ट्र स्वयं तो युद्ध में भाग ले सके, यह संभव नहीं था, पर संजय इस युद्ध का आँखों-देखा हाल धृतराष्ट्र को सुनाए, ऐसी व्यवस्था की गई है। युद्ध के आरंभ के समय धृतराष्ट्र अब तक की ओढ़ी हुई तटस्थता को उतार फेंकता है और संजय से कुरुक्षेत्र में एकत्रित 'मामकाः' और 'पांडवाः' की बात पूछकर रणक्षेत्र में न होते हुए भी एक पक्ष का व्यक्ति आधिकारिक रूप से बन जाता है। कौरव उसके लिए अब प्रकट रूप से 'मामकाः' (अपने) हैं। पांडु-पुत्र 'पांडवाः' हैं।

युद्ध जैसे-जैसे आगे बढ़ता जाता है—जैसे-जैसे भीष्म, द्रोण, कर्ण आदि वीरगति प्राप्त करते जाते हैं वैसे-वैसे धृतराष्ट्र की व्यथा बढ़ती जाती है। प्रत्येक सेनापति के वध के साथ वह अधिक-से-अधिक भयग्रस्त होता जाता है और बार-बार संजय से अपनी पुरानी बात याद करके कहता है—दुर्योधन अभी भी पांडवों के साथ सुलह कर ले, यही अभीष्ट है।

युद्ध पूरा हुआ और धृतराष्ट्र के सभी सौ पुत्र एक ही योद्धा भीम के हाथों मारे गए। इतना ही नहीं, भीम ने दुःशासन की छाती चीरकर उसका रुधिरपान किया और छल करके युद्ध के नियमों के विरुद्ध जाकर दुर्योधन को भी मार डाला। यह सब जानकर धृतराष्ट्र करुण विलाप करता है—आक्रंद करता है; किंतु उसके मन में भीम के प्रति प्रतिशोध और क्रोध व्याप्त है। विजयी पांडव जब ज्येष्ठ पिता को प्रणाम करने के लिए आते हैं, उस समय उसका यह प्रतिशोध और रोष राक्षसी शक्ति से प्रकट होता है। कृष्ण पहले से ही धृतराष्ट्र के मन में भीम के प्रति जो वैर-भावना थी, उसे जानते थे, इसलिए भीम का एक फौलादी पुतला उन्होंने पहले से ही तैयार रखा था। अन्य सभी को विधिवत् आशीर्वाद दे रहे इस ज्येष्ठ पिता ने भीम को भेंटने की इच्छा व्यक्त की तो कृष्ण ने भीम को रोककर उनकी जगह उस पुतले को आगे कर दिया। प्रतिशोध में अंधे इस वयोवृद्ध पिता ने जीवित मनुष्य और लौह प्रतिमा के बीच का भेद परखे बिना ही उस पुतले को अपनी छाती के पास खींचकर मसल डाला—चूर-चूर कर दिया! इस आयु में भी वह कितना शक्तिशाली था, यह बात इस घटना से सिद्ध होती है। वैर-भावना कितनी विषम होती है कि जिसके कारण स्पर्श के बाद भी राजा जीवित मनुष्य के स्नायु-त्वचा और निर्जीव फौलादी पुतले के बीच का अंतर ही नहीं परख सकता!

अपना यह सर्वनाश पुत्र-मोह के कारण हुआ है, इसका ज्ञान राजा को

निश्चित रूप से हुआ है। स्त्रीपर्व में एक स्थल पर अपनी इस मर्यादा को महादुःख के रूप में बताते हुए धृतराष्ट्र कहता है, ''मनुष्य-जन्म को धिक्कार है! विवाह करके परिवार उत्पन्न करने की घटना अत्यंत दुःख-प्रेरक है!'' वह जीवन से हुआ है। इतना ही नहीं, यदि उसे परिवार ही न होता तो यह विषम परिस्थिति आती ही नहीं, यह आत्मस्वीकार अत्यंत आघातजनक है।

युद्ध समाप्त हुआ, सभी पुत्र मारे गए और जिन्हें शत्रु माना था वही पांडव सिंहासनारूढ़ हुए, उसके बाद इस वयोवृद्ध पिता को हस्तिनापुर में पांडवों का आश्रित बनकर जीने का कोई अर्थ नहीं था। उस समय की परंपरा के अनुसार यदि उसने तत्काल ही तपोवन का मार्ग पकड़ा होता तो इसमें उसका गौरव था, किंतु धृतराष्ट्र ऐसा नहीं कर सका। वह राज-वैभव का त्याग नहीं कर सका। पूरे पंद्रह वर्ष तक उसने हस्तिनापुर में आश्रित के रूप में जीवन बिताया है। यद्यपि युधिष्ठिर आदि पांडव उसे पितातुल्य सम्मान करते थे और कुंती भी उसकी सम्मानपूर्वक सेवा करती थी, किंतु भीम पुराना वैर एक क्षण के लिए भी भूला नहीं था। भीम जब-जब अवसर मिलता तब-तब वृद्ध धृतराष्ट्र के आर-पार हो जाए, ऐसे कठोर वचन सुनाने से बाज न आता। अंतिम समय में तो धृतराष्ट्र ने दो दिन या चार दिन में केवल एक बार भोजन करके अपनी काया को कृश कर डाला था। इसके बावजूद राजमहल छोड़कर तपश्चर्या के मार्ग पर जाने के लिए स्वयं तैयार नहीं होता। अंततः एक क्षण ऐसा भी आया कि भीम ने धृतराष्ट्र सुने, इस तरह जोर-जोर से अपनी भुजाओं का बखान करते हुए कहा कि इन भुजाओं ने ही दुर्योधन की जाँघ तोड़ी थी और दुःशासन की छाती चीरी थी। पुत्रों की मृत्यु का यह प्रहार पंद्रह वर्ष बाद राजा सहन नहीं कर सका। उसने महल तजकर शेष जीवन वन में व्यतीत करने का निश्चय किया। पत्नी गांधारी को तो उसके साथ रहना ही था, परंतु श्वसुर-तुल्य जेठ तथा माता-तुल्य जेठानी गांधारी की सेवा के लिए कुंती ने भी अरण्यवास अंगीकार किया। इनके अतिरिक्त सदैव धृतराष्ट्र के साथ ही रहने वाले विदुर और संजय भी उनके साथ गए।

एक रसप्रद बात यह है कि राजा वन-गमन के लिए कार्तिक पूर्णिमा का दिन निश्चित करता है। इस बीच की कालावधि में वह सद्गत मृतात्माओं के पुण्यार्थ दानकर्म तथा श्राद्धकर्म आरंभ करने के लिए युधिष्ठिर से धन माँगता है। भीम के अपमानजनक व्यवहार के बाद भी राजा इस धन की माँग करता है। इतना ही नहीं, जाने के लिए उसने प्रजा की सम्मति भी प्राप्त कर ली है। राजा धन की याचना करता है, यह जानकर भीम और भी अपमानपूर्वक उसे धन देने से इनकार

कर देते हैं; किंतु युधिष्ठिर और अर्जुन भीम को रोकते हैं। राजा यह धन प्राप्त कर इच्छित दानकर्म करता है। धृतराष्ट्र का यह व्यवहार उसके चरित्र में जो मिश्रभाव है, विरोधाभास है उसे ही प्रतिध्वनित करता है।

अरण्य में जाने के लिए हस्तिनापुर छोड़ रहे धृतराष्ट्र का दृश्य अतिशय करुण है। जिस हस्तिनापुर के सिंहासन पर बैठकर उसने राजसुख भोगा, पुत्रों का संहार देखा, भीम के हाथों अपमानित हुआ, उस सिंहासन को उसने छोड़ा तो उसका हाथ गांधारी के कंधे पर था और गांधारी का हाथ कुंती के कंधे पर। वैसे, यह भी विधि की भयानक वक्रता ही कही जाएगी कि कुंती के सहारे ही वे अब जा रहे थे! अरण्यवास के आरंभिक दिन गंगातट पर बिताकर ये पाँचों लोग बाद में हिमालय के पहाड़ों के बीच एकांत में चले गए थे। यह एकांतवास उन्होंने एक-दो वर्ष बिताया होगा, ऐसा अंदाजा उसके बाद की घटनाओं से लगाया जा सकता है।

और उसका अंत तो इससे भी करुण है। अन्न का क्रमशः त्याग करके राजा कृश तो हो ही गया था, साथ ही पहाड़ी प्रदेश से अनजान भी था। विदुर इसके पहले ही कालधर्म प्राप्त कर चुके थे और अब धृतराष्ट्र के साथ गांधारी, कुंती और संजय रह गए थे। उन्हीं दिनों वन में दावानल भड़क उठा। अंधा राजा कैसे भाग सकता था! गांधारी भी दृष्टिहीन थी। यदि ये दोनों भाग न सकें तो उन्हें छोड़कर कुंती अपना प्राण बचाए, यह तो संभव ही नहीं था। राजा आग्रहपूर्वक संजय को इस दावानल से बचने के लिए दूर चले जाने के लिए कहता है। इस प्रकार संजय इन तीनों व्यक्तियों की जीवित ही अग्नि समाधि की बात कहने के लिए गंगातट पर वापस लौटा। वैर, द्वेष, असूया, आकांक्षा आदि अनेक अग्नियों में तपने के बावजूद जिसने शांति प्राप्त नहीं की थी वही राजा हिमालय के पतितपावन शैत्य के बीच अग्नि से घिरकर मृत्यु प्राप्त करे, यह भी कैसी विडंबना कही जाएगी! आदिपर्व में लाक्षागृह की रचना करनेवाले ने अंत में लाक्षागृह ही प्राप्त किया, इसका इससे अधिक यथार्थ संकेत दूसरा कौन हो सकता है!

धृतराष्ट्र के पुत्र-मोह की द्रोणाचार्य के पुत्र-मोह से तुलना एक क्षण करने लायक है। पुत्र-मोह के ये दो उदाहरण महाभारत में हैं। धृतराष्ट्र ने यदि पुत्र-मोह पर विवेकपूर्वक प्रभुत्व प्राप्त किया होता तो इस महासंहार से सभी बच गए होते, ऐसा कहने में कोई भय नहीं है। इसी प्रकार पुत्र-मोह के वश होकर आचार्य द्रोण ने अपना ब्राह्मणत्व त्यागकर द्रुपद के पास एक गाय की याचना करना टाल पाते तो भी महाभारत की वैर-परंपरा कहीं बीच में ही रुक गई होती और सर्वनाश से बचा जा सकता था! सेनापति पद पर आसीन द्रोण ने शस्त्र-त्याग किया, उसमें भी

सेनाध्यक्ष के कर्तव्य पर पुत्र-मोह की विजय थी। उनके इस शस्त्र-त्याग ने ही कौरव सेना की पराजय को सरल कर दिया, ऐसा कहा जा सकता है।

परंतु यह तो एक ऊपरी बात हुई।

धृतराष्ट्र का अंत अर्थात् अंधत्व के आर-पार देख सकनेवाले एक विविध रंगी व्यक्तित्व की असहायता का ही अंत था।

□

महामना विदुर

महाभारत में प्रबोधित अथवा प्रायोजित धर्म को यदि किसी मंदिर का आकार दिया जाए तो उस मंदिर की चारों दीवारों पर चार अलग-अलग धर्म पुरुषों के दर्शन होते हैं। एक दीवार पर कर्मयोगी श्रीकृष्ण धर्म का नितांत अभिनव किंतु 'अणोरणीयान महतोऽपि महीयान' रूप धरकर खड़े हैं। उसमें अपार विसंवाद दिखाई देते हैं। किंतु एक बार उसके सूक्ष्म तत्त्व समझने की कुंजी हाथ लग जाए तो उसके अपरंपार रूप प्रकट होंगे। दूसरी दीवार पर कर्मवीर भीष्म खड़े हैं। भीष्म के धर्म-तत्त्व का अवगाहन करना आकाश को मापने जैसा काम हो जाना संभव है। तीसरी दिशा में खड़े हैं कर्मानुरागी युधिष्ठिर। युधिष्ठिर स्वयं धर्म के ही अंश हैं और उनका धर्म कर्म के साथ आबाद है, किंतु वे अनुराग से मुक्त नहीं हैं। परंतु जो चौथी दीवार है वहाँ तो स्वयं धर्म ही साक्षात् खड़ा है और यह धर्म हैं कर्म-संन्यासी महामना विदुर।

विदुर स्वयं शापित धर्मराज का मनुष्य अवतार हैं। मांडव्य ऋषि ने पूर्वजन्म में बाल्यावस्था के दौरान एक पतंगे की देह में शूल भोंक दिया था। उनके इस पाप की सजा के रूप में दूसरे जन्म में उन्हें चोरी के झूठे आरोप में शूली की सज़ा हो, ऐसा शाप दिया। धर्मराज का यह न्याय क्रूर था और मांडव्य ऋषि ने जब स्वयं धर्म से अपने इस अनजाने में हुए पाप की इतनी बड़ी सजा की बात जानी तो धर्म को ही उन्होंने शाप दिया, "आपने अन्याय का आचरण किया है, धर्मराज! इस अन्याय के कारण आपको मनुष्य योनि में शूद्रा माता के पेट से अवतार धारण करके पूरे एक सौ वर्ष तक जीना पड़े, ऐसा मैं आपको शाप देता हूँ।" मांडव्य ऋषि के इस शाप के परिणाम-स्वरूप हस्तिनापुर के राजपरिवार में महर्षि वेदव्यास और रानी अंबिका

की दासी के संयोग से विदुर का जन्म हुआ।

हस्तिनापुर को उसके सिंहासन के लिए प्रतीप, शांतनु और भीष्म की परंपरा में खड़ा रहनेवाला राजपुत्र चाहिए था। इसके लिए वेदव्यास को विशेष अनुरोध के साथ बुलाया गया। विधवा रानियाँ अंबिका और अंबालिका दोनों पर जो उत्तरदायित्व डाला गया था उसके प्रति वे समान थीं, किंतु वे महर्षि का यथायोग्य स्वीकार नहीं कर सकीं और फलस्वरूप अंधे राजकुमार व निस्तेज पांडु को प्राप्त किया। इन दोनों की तुलना में तीसरी बार शयनकक्ष में पधारे व्यास का पूर्ण उमंग और आत्मीयता से सत्कार करनेवाली दासी अधिक धन्य और कर्मठ कही जाएगी। रानियाँ जहाँ निष्फल गईं—वह भी कर्तव्य के परिणाम से पूर्णत: अवगत होते हुए—वहीं इस दासी ने अद्भुत सफलता प्राप्त की, यह बात विशेष रूप से ध्यान देने योग्य है। बालक का जन्म देखने में भले ही स्त्री-पुरुष का सायुज्य हो, परंतु वह तो मात्र कलेवर हुआ। उसकी आत्मा का अवतरण तो जनक-जनेता किस मानसिक स्तर के साथ सायुज्य साधते हैं, उसका ही द्योतक है। विदुर इसके ज्वलंत उदाहरण हैं। महाभारत कार ने दासी के साथ शयन कर प्रसन्नचित्त हुए महर्षि व्यास के मुँह से कहलवाया है, "मैं प्रसन्न हुआ हूँ। तुम्हारे उदर से जो बालक जन्म लेगा, वह श्रेष्ठ होगा।"

इस प्रकार एक तरह से राजपरिवार से संबद्ध होते हुए भी विदुर इस परिवार से परे हैं। तीनों भाइयों में वे श्रेष्ठ हैं, इसमें कोई संदेह नहीं। वे ज्ञानी हैं, वीर हैं, व्यवहार-कुशल हैं, स्वस्थ और निर्लेप हैं। ये सभी लक्षण धृतराष्ट्र या पांडु में नहीं हैं, और भीष्म यह बात अच्छी तरह समझते हैं। तीनों भाइयों का विद्याभ्यास पूरा हो जाने के बाद जब धृतराष्ट्र और पांडु के विवाह का प्रश्न आता है तो भीष्म इन सबको छोड़कर इस संबंध में विदुर से चर्चा करके उनका मत पूछते हैं। यह घटना भीष्म विदुर को कितना महत्त्व देते हैं, इसका संकेत देती है। धृतराष्ट्र या पांडु के लिए कैसी कन्या उपयुक्त रहेगी, इस संबंध में भीष्म विदुर से मिलकर चर्चा करते हैं।

विदुर और व्यास वैसे तो संबंध के आधार पर पिता-पुत्र कहे जाएँगे, किंतु इन दोनों पात्रों की विशेषता यह है कि दोनों कुरुकुल के साथ प्रत्यक्ष रूप से जुड़े होने के बावजूद इस कुल की समग्र कथा में जल कमलवत् ही हैं। व्यास समय-समय पर दिखाई देते हैं तो विदुर सतत कथा में ही पिरोए हुए हैं। इसके बावजूद दोनों की भूमिका बहुत ही महत्त्व की है। शापित धर्म ने स्वयं मनुष्य देह में विदुर के रूप में जन्म लिया है, वहीं युधिष्ठिर भी कुंती के पेट से धर्म के मंत्र द्वारा उत्पन्न

हुए हैं। इस प्रकार विदुर और युधिष्ठिर भी एक तरह से एक-दूसरे से संबंधित हैं। विदुर स्वयं धर्म हैं और युधिष्ठिर धर्मपुत्र हैं, इस कथानक का हिंदी छद्म बौद्धिकों ने युधिष्ठिर विदुर के पुत्र थे, इस तरह का अर्थ निकालकर विदुर और कुंती के बीच के व्यवहार को लेकर आशंका भी व्यक्त की है। इसके अतिरिक्त विदुर जब प्राण-त्याग करते हैं, उस समय उनकी नजर के सामने एकमात्र युधिष्ठिर ही हैं और विदुर की देह से अलग हुई प्राण-ज्योति ने युधिष्ठिर की देह में प्रवेश किया, ऐसा उल्लेख महाभारत में है। पिता प्राण तजने के बाद पुत्र की देह में प्रविष्ट होता है, इस शास्त्रोक्त कथन को उद्धृत करके यहाँ विदुर और युधिष्ठिर को पिता-पुत्र जैसे संबंध से जोड़ देने का प्रयास भी हुआ है। किंतु यह नितांत बौद्धिक व्यायाम के सिवा और कुछ नहीं। महाभारत में ऐसे बौद्धिक व्यायाम के अनेक अवसर बुद्धि की गली ऊबड़-खाबड़ करनेवालों को प्राप्त हो जाएँ, ऐसा संभव है। महाभारत राजमार्ग नहीं, सघन अरण्य है।

कुरुकुल के संभावित सर्वनाश का आभास सर्वप्रथम विदुर को ही हुआ था। गांधारी के उदर से पैदा हुए दुर्योधन के जन्म के समय जो अशुभ आकाशीय दर्शन हुए थे और उसके आधार पर ज्योतिषियों ने राजकुमार के जन्म समय को गुरुदशा के विषय में जो हताशा व्यक्त की उससे विदुर ने तनिक भी समय नष्ट किए बिना राजा धृतराष्ट्र को सलाह दी थी, "हे राजा! इस राजकुमार से कुल का सर्वनाश संभव है। कुल को बचाने के लिए आप इस पुत्र का जन्म लेते ही त्याग कर दें।" और यहीं विदुर का प्रख्यात श्लोक, "कुल की खातिर व्यक्ति का त्याग, ग्राम की खातिर कुल का त्याग, जनपद की खातिर ग्राम का त्याग और आत्मा की खातिर पृथ्वी का त्याग करना चाहिए।" पहली बार प्रयुक्त होता है। यह ध्रुव कथन इसके बाद तो बारंबार प्रयुक्त हुआ है।

पांडव बाल्यावस्था से ही पिता की छत्रच्छाया खोकर हस्तिनापुर में आश्रित जैसे बन गए थे। धृतराष्ट्र ने पांडु-पुत्रों को ऊपरी तौर पर भले ही स्वीकार किया हो, किंतु उसके पुत्र उन्हें सहज रूप से नहीं स्वीकार करेंगे, ऐसा आकलन विदुर ने अवश्य कर लिया होगा। इसके कारण ही संभवत: विदुर की प्रीति आरंभ काल से ही पांडवों के साथ रही है। दुर्योधन के पांडव-द्वेष पर विदुर की सतत सतर्क दृष्टि रही है, इसका उत्तम उदाहरण लाक्षागृह की घटना है। इस षड्यंत्र के विषय में सभी सूचनाएँ यह विलक्षण मंत्री अथ से इति तक प्राप्त कर चुका है। इसीलिए जवाबी काररवाई के रूप में लाक्षागृह से बच निकलने का आयोजन भी उसी ने तैयार कर दिया है। जिस षड्यंत्र से स्वयं भीष्म या धृतराष्ट्र अनजान रहे हैं, उससे विदुर भी

यदि अनजान रहते तो महाभारत की कथा आदिपर्व में ही सिमट गई होती। इस प्रकार महाभारत की कथा को सहज अंत तक ले जाने का श्रेय एक तरह से विदुर को ही जाता है।

राजसभा में क्रमानुसार देखें तो विदुर का स्थान मंत्रिगण में है। स्पष्ट और सत्य वादन के जब-जब कठिन धर्म-संकट खड़े हुए हैं तब-तब विदुर ने किसी का संकोच किए बिना जो सत्य लगा, वही कहा है। दुर्योधन द्वारा आयोजित द्यूतसभा का विदुर ने स्पष्ट शब्दों में विरोध किया है। राजा धृतराष्ट्र को विदुर ने द्यूत के परिणाम-स्वरूप बढ़ जानेवाले संभावित वैमनस्य और विनाश के विषय में एक आर्ष द्रष्टा की तरह चेतावनी भी दी है। द्यूत खेला गया और पराजित पांडवों की नजर के सामने द्रौपदी को राजसभा में ले आने का निंद्य काम दुर्योधन ने जब विदुर को सौंपा तो विदुर ने अपने मंत्रिपद की मर्यादा का उल्लंघन करके भी इस काम को करने से इनकार किया है। इस अवज्ञा के लिए दुर्योधन विदुर के लिए 'दासीपुत्र' जैसे संबोधनों का प्रयोग करता है। पर विदुर भरी सभा में दुर्योधन को फटकारते हैं। जब द्रौपदी भरी सभा में भीष्म, द्रोण आदि से यह प्रश्न करती है कि क्या वह धर्मानुसार जीती गई है, तो विदुर ही सर्वप्रथम द्रौपदी के प्रश्न का यथोचित उत्तर देने के लिए सभाजनों को प्रेरित करते हैं। अपना मत तो वे व्यक्त करते ही हैं, पर सभाजनों को भी वे अपना-अपना मत प्रकट करने के लिए कहने में हिचकते नहीं हैं।

पांडवों के वन-गमन के बाद भी विदुर धृतराष्ट्र को कटु किंतु सत्य वचन कहकर सर्वनाश के इस कृत्य से पुत्रों को रोकने के लिए कहते हैं। धृतराष्ट्र नाराज होकर उनका अपमान करते हैं तो विदुर हस्तिनापुर छोड़कर पांडवों के पास वन में चले जाते हैं। किंतु कुछ समय बाद ही धृतराष्ट्र अपने इस कदम का सूचितार्थ समझकर उन्हें सम्मानपूर्वक वापस बुलाता है और विदुर राज्य के हित में अपमान का घूँट पीकर भी पुनः मंत्रिपद स्वीकार कर लेते हैं। पांडवों के साथ के अपने अल्पजीवी अरण्यवास के दौरान भी विदुर ने पांडवों को धर्म के अनुसार आचरण करने का उपदेश दिया है, उसमें रोष या क्रोध जैसा कुछ भी नहीं है।

पांडवों का अरण्यवास पूरा हुआ और दोनों पक्षों के बीच सुलह के प्रयास शुरू हुए तो विदुर की स्वस्थता और बुद्धि प्रतिभा सोलहों कलाओं में खिली दिखाई देती है। भले-भलों की स्वस्थता समाप्त हो जाए, ऐसे कोलाहल के बीच विदुर प्रकाश-स्तंभ की आवश्यकता पूरी करते हैं। सुलह के इन प्रयासों में दुर्योधन प्रकट

रूप में और प्रामाणिकतापूर्वक विरोध करता है और युद्ध का ही आग्रह करता है। इसके विपरीत धृतराष्ट्र का व्यवहार दोधारी और हाथी के दाँत जैसा है, जो खाने के लिए और तथा दिखाने के लिए और होता है। वह युद्ध भी नहीं चाहता और राज्य पांडवों को वापस भी नहीं देना चाहता। इस व्यवहार को विदुर स्पष्ट रूप से धिक्कारते हैं। संजय जब उपरलव्य से युद्ध का संदेश लेकर वापस आता है, उस रात धृतराष्ट्र सो नहीं सका और इस अशांति के बीच रात भर विदुर ने जो ज्ञान वार्ता की है उसका स्थान महाभारत की 'भगवद्गीता' और 'भीष्मगीता' की ही तरह 'विदुरगीता' के रूप में स्थापित हुआ है। संख्याबद्ध दृष्टांतों और उदाहरणों के साथ विदुर धृतराष्ट्र को युद्ध के मार्ग से वापस लौटकर सुलह के मार्ग पर जाने के लिए समझाते हैं। इसमें विदुर का ज्ञान और व्यवहार-कुशलता दोनों सुंदर ढंग से प्रकट हुए हैं।

सुलह के अंतिम प्रयास के रूप में स्वयं कृष्ण हस्तिनापुर आए तो वे हस्तिनापुर के राजभवन में अतिथि नहीं बने बल्कि विदुर के घर में ही उन्होंने रैनबसेरा करना पसंद किया है। एक तो बुआ कुंती विदुर के घर पर हैं, इसलिए उनसे मिलना जरूरी था और दूसरे, जैसा कि कृष्ण ने दुर्योधन से कहा है, सहभोजन तो उसके साथ किया जाता है जिसके साथ या तो प्रेम हो या फिर विवशता हो! कृष्ण के लिए दुर्योधन या धृतराष्ट्र के संदर्भ में इन दोनों तत्त्वों में से एक भी नहीं था, इसलिए उन्होंने जिसके साथ प्रीति थी उस विदुर का अतिथि बनना स्वीकार किया। कृष्ण ने विदुर के घर साग खाया था, ऐसी जो कपोल-कल्पित कथा हमारे कथाकार बार-बार हमें सुनाते हैं, वह एकदम वाहियात बात है। विदुर कोई कंगाल नरसिंह मेहता नहीं थे। ऐसा कोई कथानक महाभारत में नहीं है।

भीष्म अथवा द्रोण से भी बढ़कर कहा जा सके, ऐसा विदुर के व्यक्तित्व का पक्ष तो युद्ध के समय आता है। भीष्म और द्रोण धर्म एवं न्याय किस पक्ष में हैं, यह जानते हैं और सार्वजनिक रूप से स्वीकार भी करते हैं, इसके बावजूद युद्ध तो अधर्म और अन्याय के पक्ष के ही रहकर करते हैं। इसके लिए अनेक तर्कों का सहारा निस्संदेह लिया जा सकता है; किंतु विदुर तो ऐसे किसी वंध्य तर्क के लिए कोई अवसर ही नहीं देते। राज्य के मंत्री के रूप में उन्होंने जो कुछ उचित था, उसे राज्य के हित में कहा, परंतु जब उनका कथन व्यर्थ गया तो उन्होंने सच्चे अर्थ में कर्म-संन्यास स्वीकार कर लिया। वे जिसे अधर्म और अन्याय मानते हैं, उसके पक्ष में वे लड़ते नहीं। इतना ही नहीं, जिसे न्याय और धर्म मानते

हैं उस पक्ष में लड़ने में भी वे जिस राज्य के मंत्री हैं उसके प्रति उन्होंने विश्वासघात किया, ऐसा ही कहा जाएगा न! इसलिए वे युद्ध में भाग नहीं लेते। पूरे युद्ध के दौरान वे पूरी तरह निष्क्रिय ही रहते हैं। युद्धक्षेत्र में या राजमहल में वे कहीं दिखाई नहीं देते। युद्ध के अंत में ठीक अठारहवें दिन दुर्योधन के वध का समाचार जानकर जब राजा धृतराष्ट्र विलाप करते हैं उस समय पहली बार विदुर उन्हें सांत्वना देने के लिए उपस्थित होते हैं। महाभारत की किसी आवृत्ति में ऐसा भी उल्लेख है कि युद्ध के इस दौरान विदुर तीर्थाटन पर चले गए थे। विदुर का धैर्य और बुद्धि-ताटस्थ्य युद्ध के अंत में वे सांत्वना के जो शब्द धृतराष्ट्र से कहते हैं उसमें भी प्रकट होता है। विजेता राजा युधिष्ठिर भी सिंहासनारूढ़ होने के बाद विदुर को ही अपना मुख्य सलाहकार नियुक्त करते हैं। इस नियुक्ति के अनुसार विदुर पांडवों को समय-समय पर उचित मार्गदर्शन देते हैं; पर इसके बाद अपने शेष जीवन का अधिकांश समय वे बड़े भाई धृतराष्ट्र और भाभी गांधारी की सेवा में ही व्यतीत करना पसंद करते हैं।

युधिष्ठिर के आश्रय में धृतराष्ट्र पंद्रह वर्ष रहे और इस पूरे समय के दौरान धृतराष्ट्र के लिए विदुर ही लाठी का सहारा रहे हैं। पांडवों का व्यवहार धृतराष्ट्र के प्रति सौजन्यपूर्ण था, सिर्फ भीम ही इसके अपवाद थे। अंत में भीम के कटु वचनों से अपमानित होने के बाद धृतराष्ट्र जब अरण्यवास करने की घोषणा करते हैं तो विदुर भी बड़े भाई के साथ ही हस्तिनापुर त्याग देने के अपने निर्णय की घोषणा करते हैं। धृतराष्ट्र के लिए तो अरण्यवास के लिए पर्याप्त कारण था, परंतु विदुर तो हस्तिनापुर के नए शासन के भी सम्मानित सलाहकार थे; फिर भी अपना जीवन-कर्तव्य पूरा हो चुका है, यह समझकर उन्होंने भी धृतराष्ट्र का ही अनुसरण करने का निश्चय किया। भीम द्वारा अपमानित किए जाने के बाद भी धृतराष्ट्र ने युद्ध की मृतात्माओं की शांति के लिए जो यज्ञ और पुण्यदान करने की इच्छा प्रकट की उसके लिए आवश्यक धन विदुर ही युधिष्ठिर के पास से प्राप्त कर धृतराष्ट्र को देते हैं। इस प्रकार विदुर सही अर्थों में जल कमलवत् धर्म का रूप ही बने रहे हैं।

हस्तिनापुर छोड़कर अरण्यवास के लिए जा रहे राजा धृतराष्ट्र का हाथ गांधारी के कंधे पर है और गांधारी का हाथ कुंती के कंधे पर है। इन तीनों को लेकर जा रहे हैं विदुर। धृतराष्ट्र का निजी सचिव संजय सबके पीछे चल रहा है। इसके बाद का धृतराष्ट्र का मार्ग धर्म के अवतार विदुर ही निश्चित करनेवाले हैं, उसी का यह संकेत है! अभी तक अंधे राजा धृतराष्ट्र ने विदुर के बताए मार्ग का

अनुसरण नहीं किया था, इसीलिए सर्वनाश को बुला लिया था। अब इस लोक की यात्रा पूरी हो रही थी तो परलोक की यात्रा का पथ विदुर के हाथ में ही सौंपकर राजा जा रहे थे।

आरंभ में कुछ समय गंगातट पर बिताकर ये पाँचों अरण्यवासी शेष काल हिमालय के निर्जन प्रदेश में बिताकर मृत्यु की प्रतीक्षा कर रहे हैं। अब विदुर ने अन्न-जल का त्याग कर दिया। एक ही स्थल पर रहने से उस स्थान के प्रति मोह उत्पन्न होता है, इसलिए विदुर हिमालय के इस निर्जन प्रदेश में सही अर्थ में परिव्राजक बन गए। उन्होंने मौन व्रत धारण कर लिया और इस अवस्था में एक ऐसा भी क्षण आ गया जब विदुर की देह का ममत्व छूट गया। वस्त्र तक गिर गए और विदुर देह न रहकर आत्मा बन गए। देह अभी श्वास अवश्य ले रही थी, किंतु अब उन्हें कोई नाता या मोह या स्मृति कुछ भी नहीं रह गया था। मांडव्य ऋषि के शाप की अवधि एक सौ वर्ष की थी और यह अवधि पूरी हो, इसी की मानो वे प्रतीक्षा कर रहे थे।

ऐसी अवस्था में युधिष्ठिर हिमालय के इस प्रदेश में ज्येष्ठ पिता धृतराष्ट्र का समाचार लेने आए तो विदुर का दर्शन करने के लिए उन्होंने इस निर्जन प्रदेश में उनकी खोज की। प्रकृति के बीच प्रकृति का ही एक तत्त्व बने विदुर को युधिष्ठिर ने एक वृक्ष के सहारे खड़े देखा; परंतु विदुर की आँख में कोई परिचय नहीं था। युधिष्ठिर ने मस्तक झुकाकर प्रणाम किया, किंतु विदुर ने कोई प्रतिभाव व्यक्त नहीं किया। वे एकटक आँखों की पलक तक झपकाए बिना युधिष्ठिर की आँखों के सामने देखते रहे और इसके बाद उनके शरीर से चेतन तत्त्व ने प्रकाश के रूप में विदा ली और इस तत्त्व ने उसी क्षण राजा युधिष्ठिर के शरीर में प्रवेश कर लिया। विदुर के प्राण-तत्त्व के इस त्याग के अंत में उनके शरीर का अग्नि-संस्कार करने के लिए जब युधिष्ठिर ने प्रयत्न किया तो आकाशवाणी ने उन्हें सूचना दी, "हे राजा! विदुर तो संन्यास की सर्वोच्च स्थिति को प्राप्त कर चुके थे। उनके शरीर का अब कोई संस्कार नहीं हो सकता।" आकाशवाणी की इस आज्ञा को स्वीकार करके युधिष्ठिर विदुर के कृश और जड़ शरीर को वहीं प्रकृति के बीच छोड़कर वापस चले गए।

विदुर के शरीर से जो चेतन तत्त्व अलग हुआ और युधिष्ठिर के शरीर में प्रविष्ट हुआ उस घटना को समझने (या फिर उलझाने) के लिए कुछ छद्म बौद्धिकों ने भारी प्रयत्न किया है। हमारे यहाँ ऐसी वेदोक्ति है कि पिता का प्राण जब उसके शरीर का त्याग करता है तो वह पुत्र के शरीर में प्रविष्ट होता है। इस प्रकार

सतत जीवंत रहने की ऐषणा प्रत्येक पिता पुत्र के माध्यम से पूरी करता है। इस संकेतार्थ में ही पुत्र पिता का वंश और वारिस है। यहाँ विदुर के प्राण-तत्त्व ने युधिष्ठिर में प्रवेश किया, इसे और पांडवों के अरण्यवास के दौरान कुंती हस्तिनापुर के राजमहल में नहीं बल्कि विदुर के घर में रही थी, इन दोनों घटनाओं को एक साथ जोड़कर विदुर और कुंती के संबंध को दूषित नजर से जाँचने का उपक्रम भी किसी-किसी ने किया है और युधिष्ठिर इसी कारण से विदुर को पुत्रवत् लगे होंगे, ऐसा निष्कर्ष इन 'विद्वानों' ने निकाला है। ऐसे अति-बौद्धिक यह भूल जाते हैं कि विदुर स्वयं धर्म के अवतार थे और युधिष्ठिर धर्म द्वारा ही कुंती के उदर से जनमे बालक थे। इस अर्थ में ही विदुर में युधिष्ठिर के पितृत्व का आरोपण किया जा सकता है। महर्षि व्यास भी यही संकेत कर रहे हैं। धर्म ने मनुष्य देह छोड़कर अपने मूल देवलोक के प्रति प्रयाण किया, इसलिए उस स्थूल देह में रहे तत्त्व ने अब अपने ही अंश रूप युधिष्ठिर को बलवतर करने के लिए उसमें प्रवेश किया और इस प्रकार पृथ्वी लोक पर देहधारी धर्म बलिष्ठ बना रहे, इससे यही ध्वनित होता है।

मांडव्य ऋषि ने धर्म को मानव देह में १०० वर्ष पृथ्वी पर रहने का शाप दिया था। इस आँकड़े को स्वीकार करें तो विदुर की आयु अवसान के समय १०० वर्ष की कही जाएगी। पर यह स्वीकार कई गणितीय प्रश्न खड़े करता है। युद्ध के समय स्वयं कृष्ण की आयु ९० वर्ष की रही होगी, ऐसा अनुमान है और वर्षों की गणना करने पर भीष्म युद्ध के समय १७५ वर्ष के रहे होंगे। युद्ध के बाद १५ वर्ष विदुर हस्तिनापुर में रहे हैं और उसके बाद २ वर्ष गंगातट पर धृतराष्ट्र के साथ रहे हैं, ऐसी स्पष्टता महाभारत में मिलती है। इस अंतराल को यदि हम गणना में लें तो युद्ध के समय विदुर की आयु लगभग ८० वर्ष ही ठहरती है। कृष्ण और अर्जुन समवयस्क थे, इसलिए अर्जुन भी उस समय ९० वर्ष के ही रहे होंगे। इसका अर्थ यह हुआ कि इस हिसाब से उनकी आयु विदुर से अधिक कही जाएगी, जो असंभव है! सच बात यह है कि महाभारत के कथानकों में गणित का आसरा अधिक नहीं लेना चाहिए। गणित के प्रश्न एक सीमा तक ही हल किए जा सकते हैं । उसके बाद उसमें अपरंपार उलझनें ही पैदा होती हैं।

विदुर के व्यक्तित्व का सर्वाधिक महत्त्वपूर्ण पक्ष यह दिखाई देता है कि उनके पात्र में आरंभ से लेकर अंत तक कहीं भी विरोधाभास नहीं है। उनके पात्र में सतत एक सातत्य बरकरार रखा गया है। उनका कोई भी आचरण ऐसा नहीं, जिसके विषय में पाठक के मन में तत्काल सहज समाधान न हो कि विदुर तो

ऐसा नहीं ही कहेंगे। व्यक्तित्व का यह सातत्य ही विदुर के धर्म का अवतार होने का मानो संकेत करता है। धर्म का रूप भिन्न या अलग नहीं होता। धर्म का व्यक्तिगत संबंध नहीं होता। धर्म तो तटस्थ भाव से एक परम तत्त्व के रूप में ही काल को सतत निरखता रहता है। विदुर में ये लक्षण अद्‌भुत ताटस्थ्य से दृष्टिगोचर होते हैं।

□

धर्मराज युधिष्ठिर-१

महाराज पांडु के पुत्र और हस्तिनापुर के भावी राजा युधिष्ठिर का माता कुंती के पेट से जब जन्म हुआ तो महाभारतकार ने इस बालक का परिचय 'पांडु के क्षेत्रज पुत्र' के रूप में दिया है। हमारे शास्त्रकारों ने जिन आठ प्रकार के पुत्रों के विषय में कहा है, उनमें कन्या से विवाहित पुरुष के साथ दांपत्य स्थापित हो, उसके फलस्वरूप जो पुत्र प्राप्त हो उसे उत्तम संतति कही है। इसमें एक प्रकार क्षेत्रज पुत्र का है। कुंती पांडु की पत्नी थी, किंतु युधिष्ठिर और अन्य पांडव पांडु के पुत्र नहीं थे। पत्नी के लिए शास्त्रों ने 'क्षेत्र' शब्द का प्रयोग किया है। पांडु के क्षेत्र में जो जनमा वह पांडु-पुत्र, इस न्याय से पांडु-पुत्र कहे गए। धृतराष्ट्र और पांडु भी इसी न्याय से पिता विचित्रवीर्य के क्षेत्रज पुत्र ही थे।

युधिष्ठिर का जन्म पांडु के अरण्यवास के दौरान और वह भी पांडु जब संतान उत्पन्न कर सकें, उस स्थिति में नहीं—शापित हो चुके, उसके बाद ही खुद पांडु की इच्छा से कुंती ने अपनी कौमार्यावस्था में प्राप्त हुए वरदान का उपयोग करके अलग-अलग देवताओं का आवाहन करके इन पुत्रों को जन्म दिया है। मंत्र या वरदान की बात स्वीकार करें या न करें, यह विवादास्पद मुद्दा हो सकता है, किंतु यह गर्भाधान शास्त्रोक्त विवाह-विधि का परिणाम तो नहीं ही था। युधिष्ठिर का जन्म शुक्ल पक्ष की पंचमी को हुआ था, ऐसा लिखा हुआ है। पर कौन मास था, इसकी स्पष्टता नहीं है। युधिष्ठिर के नामाभिधान में जो संकेत है वह मात्र युद्ध का शब्दार्थ नहीं, वाच्यार्थ भी है। युद्ध का अर्थ रणक्षेत्र में लड़ी जानेवाली लड़ाई मात्र नहीं है। समग्र जीवन ही एक युद्ध है, एक संघर्ष है और इस युद्ध में भी जो स्थिर रहे वह युधिष्ठिर है।

युधिष्ठिर के पिता स्वयं धर्मराज हैं, इसलिए जहाँ तक धर्माचरण का संबंध है, स्वयं भीष्म, विदुर और कृष्ण तक युधिष्ठिर की महत्ता स्वीकार करते हैं। फिर भी युधिष्ठिर का धर्माचरण भीष्म के धर्माचरण की तरह ही कई प्रश्न खड़े करता है। विदुर के धर्माचरण में कहीं विसंवादिता नहीं है, परंतु कृष्ण के धर्माचरण में अपार विसंगतियाँ हैं; पर इन विसंगतियों की सपाटी को भेदकर अंदर उतरते हैं तो विशुद्ध धर्माचरण की पारदर्शिता का भी दर्शन होता है। युधिष्ठिर के धर्माचरण के विषय में ऐसा नहीं कहा जा सकता है। युधिष्ठिर भले धर्मराज कहे गए हों, पर उनके व्यक्तित्व के अनेक पक्ष इस 'धर्मराज' शब्द की धार गँवा देते हों, ऐसा लगता है। उनके चित्त की गहराई में कहीं शठता और कुटिलता दोनों कुंडली मारकर बैठी हों, ऐसा लगता है। यद्यपि यह शठता और कुटिलता जब व्यवहार में प्रकट होती है तो कोई मूढ़ व्यक्ति स्वयं को कूटनीतिज्ञ मानकर चल रहा हो, ऐसा लगता है। युधिष्ठिर के कई आचरण तो मात्र मूढ़ता ही नहीं, मूर्खता के प्रदेश में प्रवेश करें, ऐसे भी हैं। वे युद्धवीर भी नहीं हैं। कोई विशेषज्ञता या युद्ध-कौशल अथवा वीरता उन्होंने कहीं दिखाई नहीं। रथयुद्ध और भाला फेंकने में युधिष्ठिर प्रवीण हैं, ऐसा उल्लेख है; परंतु कुरुक्षेत्र के अठारह दिनों में भीष्म, द्रोण, कर्ण, जयद्रथ, कृतवर्मा—इन सभी के हाथों या तो परास्त हुए हैं या भयभीत होकर शिविर में वापस चले गए हैं। महायुद्ध में उनकी एकमात्र सिद्धि अंतिम कौरव सेनापति शल्य का वध करने की है। उनका सबसे बड़ा सद्‌भाग्य यह है कि उन्हें अति समर्थ पर अत्यंत आज्ञाकारी भाई मिले हैं। ये भाई युधिष्ठिर के स्पष्ट रूप से दुष्कृत्य या मूर्खता कहे जाएँ, ऐसे कार्यों को भी अपने ही कर्म के रूप में स्वीकार कर लेते हैं।

पांडु-पुत्रों और धार्तराष्ट्रों के बीच बढ़ते जा रहे वैमनस्य को देखकर, पांडव वारणावत चले जाएँ तो थोड़ी शांति अनुभव होगी, इस विचार से धृतराष्ट्र ने पांडवों को वारणावत जाने की सम्मति तो दी; किंतु दुर्योधन द्वारा रचे लाक्षागृह के षड्‌यंत्र विदुर जानते थे। यह जानकारी विदुर ने जब पांडव वारणावत जा रहे थे उस समय विदा करते समय सांकेतिक भाषा में युधिष्ठिर को दी। यह सांकेतिक भाषा अर्थात् इस संवाद के शब्दों को देखते हुए तो ऐसा ही लगता है कि शब्दार्थ के वे पीछे के गूढ़ार्थ को समझने के संकेत थे। महाभारत की किसी-किसी आवृत्ति में इस सांकेतिक भाषा का बर्बर या म्लेच्छ जैसी कोई भिन्न भाषा जैसा अर्थ लगाया गया है। वास्तव में यह कोई भिन्न भाषा नहीं रही होगी बल्कि संकेत देने या सावधान करने के लिए प्रचलित भाषा का ही सांकेतिक प्रयोग किया गया होगा। शब्दार्थ के पीछे के गूढ़ार्थ को युधिष्ठिर तुरंत समझ जाते हैं और विदुर उनकी इस

समझदारी पर विश्वास भी रखते हैं। यह घटना युधिष्ठिर की समझदारी के विषय में ऊँची भूमिका रच देती है। षड्यंत्र रचा जा चुका है और सतर्क रहने के साथ ही प्राण बचाने के लिए विकल्प ढूँढ़ निकालने का यह संकेत था और यह संकेत युधिष्ठिर ने पूरी तरह समझ लिया है। वारणावत जाते ही वे इस षड्यंत्र से बच निकलने के इस विकल्प को व्यवहार में लाए हैं। इतना ही नहीं, भाइयों और माता को भी सतर्क कर दिया है। वह भी यह सबकुछ दुर्योधन के गुप्तचर तंत्र को, विशेष रूप से सतत साथ रहनेवाले पुरोचन को, भी अँधेरे में रखकर! संकट के समय सुरक्षित बचकर निकला जा सके, इसके लिए भूमिगत गुप्त मार्ग तैयार कर रखा था। यहाँ तक तो युधिष्ठिर ने जो किया वह उनकी चतुराई और उचित जवाबी कदम उठाने की राजकीय सूझ-बूझ को शोभा दे, ऐसा है, किंतु इसके बाद दुर्योधन को ही अँधेरे में रखने के लिए उन्होंने जो आयोजन किया उसमें धर्म कहीं नहीं—नितांत राजकीय शठता ही है! भोजन के निमित्त लाक्षागृह में आई एक आदिवासी स्त्री और उसके पाँच पुत्रों को भोजन के पश्चात् यथेच्छ सुरापान भी कराया और उसके बाद वे सभी छह 'अतिथि' जब बेहोशी की निद्रावस्था में लुढ़क गए तो युधिष्ठिर ने भीम द्वारा लाक्षागृह में आग लगवा दी। पांडव तो सुरक्षित मार्ग से जीवित बचकर निकल गए, परंतु वे छह 'अतिथि' अकारण होम हो गए। बुरी तरह जलकर विकृत हो गए उन मानव मृत देहों को देखकर दुर्योधन ये मृत देह कुंती और पांडवों की ही हैं, इस भ्रम में निश्चिंत हो जाएगा तो पांडवों की सुरक्षितता बढ़ जाएगी। इस विचार से स्वयं युधिष्ठिर ने माता कुंती के साथ विचार-विमर्श करने के बाद यह कदम उठाया है। अपनी रक्षा करने इसमें कोई अनौचित्य नहीं, परंतु आत्मरक्षा के लिए धर्मराज कहे जानेवाले युधिष्ठिर छह निर्दोष मनुष्यों—और वह भी भोजन के लिए निमंत्रित किए गए अतिथियों—का इस प्रकार भोग लें, यह घटना सुसंगत नहीं। युधिष्ठिर की जगह अन्य किसी भी पांडव ने ऐसा किया होता तो यह हमारे मन में इतना न खटकता। प्राण बचाने के लिए व्यक्ति कुछ भी करे तो इसमें कुछ अनुचित नहीं। स्वयं कृष्ण ने सत्य और धर्म की मीमांसा करते समय आगे जाकर कर्णपर्व में ऐसा प्रतिपादन भी किया है कि आत्मरक्षा और सर्वनाश के प्रसंग आने पर असत्याचरण क्षम्य है; परंतु यह मापदंड लाखों-करोड़ों सामान्य व्यक्तियों के लिए है। युधिष्ठिर भी यदि इसी मापदंड को लागू करते हों तो वे धर्मराज किस प्रकार कहे जा सकते हैं?

वारणावत की इस घटना के बाद फिर एक बार युधिष्ठिर के कौशल, बुद्धिमत्ता और धर्माचरण की कड़ी कसौटी होती है द्रौपदी-स्वयंवर के समय।

स्वयंवर में तापस वेशधारी अर्जुन ने मत्स्यवेध कर द्रौपदी को प्राप्त करने के लिए राजा द्रुपद द्वारा रखी शर्त पूरी की। इस शर्त के अनुसार मात्र अर्जुन को ही द्रौपदी का पति होने का अधिकार था। युधिष्ठिर या अन्य भाइयों का उस पर कोई अधिकार नहीं था, हो ही नहीं सकता। स्वयंवर के पश्चात् गाँव के बाहर अपने ठिकाने पर पहुँचकर इन भाइयों ने घर के अंदर बैठी माता कुंती से बाहर दरवाजे के पास ही खड़े रहकर कहा, ''माँ! देखो तो, भिक्षा में हम क्या लाए हैं!'' तब घर के अंदर से ही माता ने सहजभाव से उत्तर दिया, ''जो हो, सभी भाई बाँट लो।'' माता से अनजाने ही, और वह भी भिक्षा अर्थात् रोज की तरह अन्न, कंद-मूल, फल-फूल या फिर अधिक-से-अधिक थोड़ा धन होगा, यह मानकर जो बोला गया उसे ब्रह्म वाक्य मानकर उसका अमल अब द्रौपदी के आधिपत्य के लिए भी करने का युधिष्ठिर का यह निर्णय तनिक भी गले के नीचे उतरने लायक नहीं है। अनजाने और संदर्भ की जानकारी के बिना ही बोला गया यह वाक्य भी माता की आज्ञा ही है और माता की इस आज्ञा का पुत्रों द्वारा अनादर करना अधर्म है, ऐसा कहना धर्म नामक पदार्थ का उपहास किया जा रहा हो, ऐसा लगता है। दूसरा तो ठीक, अर्जुन विजेता थे और उनकी द्रौपदी जैसी कन्या को संपूर्ण रूप से पाने की आकांक्षा होगी ही, इस बात से युधिष्ठिर अनजान नहीं ही रहे होंगे, ऐसा लगता है। इसलिए तो बड़ी चालाकी से मातृ-आज्ञा की यह बात प्रकट करने के बाद वे अर्जुन से द्रौपदी के साथ अकेले विवाह कर लेने के लिए कहते हैं। यह प्रस्ताव बहुत ही कूटनीति भरा लगता है। अब निर्णय लेने का भार अर्जुन के सिर पर आ पड़ता है। हमने पहले भी देखा है कि युधिष्ठिर बहुत ही भाग्यशाली हैं, क्योंकि उन्हें सतत त्याग करनेवाले अत्यंत आज्ञाकारी छोटे भाई मिले हैं। यह सद्भाग्य यहाँ दिखाई देता है। अर्जुन ने माता की बात आगे रखी। इतना ही नहीं, एक मजेदार दलील भी उसने दी, ''बड़े भैया! धर्मानुसार जब तक आपका विवाह नहीं हो जाता तब तक छोटे भाई के रूप में मैं कैसे विवाह कर सकता हूँ?'' इसमें तो द्रौपदी को पूरी तरह युधिष्ठिर को अर्पण करने जैसा ही भाव व्यक्त हुआ है। परंतु यह दलील करते समय ये सभी भाई अभी थोड़े समय पहले ही अरण्यवास में भीम द्वारा हिडिंबा के साथ किया विवाह और उस विवाह से उन्हें प्राप्त हुए घटोत्कच नामक पुत्र की बात सरलता से भुला देते हैं। भीम युधिष्ठिर से आयु में छोटे हैं, इसके बावजूद भीम ने जब हिडिंबा के साथ घर-संसार आरंभ किया उस समय स्वयं युधिष्ठिर ने—और कुंती ने भी—अपनी सम्मति दी है। उस समय भीम या अर्जुन किसी को भी बड़े भाई का विवाह पहले होना चाहिए, यह 'धर्म' याद नहीं आया।

अब द्रौपदी का क्या करें, इस भाव के साथ युधिष्ठिर बाकी के तीनों भाइयों की ओर देखते हैं। माता के वाक्य को यदि आज्ञा मानकर उस पर आचरण हो तो वे भी द्रौपदी के पति बनेंगे, इस विचार मात्र से उन सबकी आँखों में कामदेव दिखाई दिया। इसमें युधिष्ठिर भी अपवाद नहीं। अर्जुन की सम्मति तो मिल ही गई थी। अब बात रही—एक स्त्री पाँच पतियों का वरण करे तो उसे धर्माचरण कैसे कहा जाए, इसका तार्किक हल निकालने की। युधिष्ठिर धर्म के ज्ञाता तो हैं, इसलिए पुराणकाल की दो कथाएँ, जिसमें गौतम गोत्र की कन्या जटिला ने सात ऋषियों का एक ही साथ वरण किया था। इसी प्रकार कंडु ऋषि की पुत्री वार्क्षी दस प्रचेता भाइयों की संयुक्त पत्नी बने तो वह भी धर्माचरण ही कहा जाएगा, ऐसा प्रतिपादित करके—वास्तव में तो द्रौपदी के कारण भविष्य में भाइयों के बीच कहीं वैमनस्य न हो, इस आशंका से यह मार्ग अपनाया गया है। (आगे चलकर युधिष्ठिर ने राजा शैव्य की पुत्री देविका को स्वयंवर में जाकर प्राप्त किया है और उसके साथ दूसरा विवाह भी किया है, यह बात हम शायद ही जानते हैं।)

गुप्त वेश में रह रहे पांडव अब प्रकट हुए। इतना ही नहीं, द्रुपद और कृष्ण जैसे समर्थ साथियों की सहायता के साथ प्रकट हुए हैं, इसलिए धृतराष्ट्र या दुर्योधन के लिए उनकी अवगणना करना संभव नहीं था। भीष्म ने हस्तिनापुर का विभाजन करके खांडवप्रस्थ पांडवों के आधिपत्य में रखा और महाराज युधिष्ठिर ने वहाँ इंद्रप्रस्थ नगरी बसाई तथा अपना राज्याभिषेक भी कराया। युधिष्ठिर ने इसके बाद दिग्विजय किया, अपार समृद्धि इकट्ठी की, समग्र आर्यावर्त के राजाओं के बीच स्वीकृति प्राप्त की और राजसूय यज्ञ भी किया। इस यज्ञ प्रसंग में युधिष्ठिर ने अपने आप्तजनों के बीच काम का जो विभाजन किया है वह काबिले दाद है। ब्राह्मणों, तापसों, भिक्षुओं—इन सबको दान देने के लिए राजकोष दुर्योधन के हवाले कर दिया। इससे दो उद्देश्य पूरे हुए—एक तो राजकोष की अपार संपत्ति देखकर दुर्योधन अवाक् तथा अशांत हो उठे और दूसरा, द्वेष भाव से प्रेरित दुर्योधन पांडवों का धन जहाँ तक संभव हो, कम कर डालने के उद्देश्य से अधिकाधिक दान देता जाए। फलस्वरूप अधिक दान प्राप्त करनेवाले ब्राह्मण, तापस आदि अधिक संतुष्ट होंगे और यह संतोष अधिक आशीर्वचन और पुण्यकर्म संपादित करें। इस प्रकार दुर्योधन का द्वेषभाव पांडवों को तो परोक्ष लाभ ही करा देगा। यदि दुर्योधन के बदले कोई अन्य आप्तजन, जिसके मन में पांडवों के लिए मृदु भावना और प्रेम हो, वह यह काम करे तो उसके द्वारा दुर्योधन की तरह धन का इस तरह का व्यय नहीं भी हो। उसके मन में पांडवों के खजाने का उचित खर्च हो, यह भी रहता ही। इस

प्रकार परोक्ष रूप से औदार्य कम है, यह छाप भी पड़ सकती और पुण्यकर्म भी कम मिलता। इस क्षति के सामने दुर्योधन का द्वेष भाव अधिकतम लाभ दिलाएगा।

इसी प्रकार राजसूय यज्ञ में भोजन के लिए बैठी पंगत के जो जूठे बरतन हैं उन्हें उठाने का काम स्वयं श्रीकृष्ण को सौंपा गया है। यज्ञ के समय जो सर्वप्रथम अर्घ्य का अधिकारी है और प्रवर्तमान आर्यावर्त का सर्वोच्च व्यक्ति माना जाता है, वह ऐसा सबसे निम्न कोटि का समझा जानेवाला काम करें, इससे 'डिग्निटी ऑफ लेबर' (श्रम की महिमा) का जो जबरदस्त सिद्धांत स्थापित होता है, इसकी तो सूझ मात्र भी अन्य विचार को बहुत देर से आई है।

राजसूय यज्ञ के दौरान प्रथम अर्घ्य के प्रश्न पर जब शिशुपाल ने कृष्ण का विरोध करके विघ्न पैदा किया तो क्रोधावेश में आकर भीम शिशुपाल का वध करने के लिए तैयार हो जाते हैं तो युधिष्ठिर उन्हें रोकते हैं। शिशुपाल पांडवों के आमंत्रण से इंद्रप्रस्थ आया अतिथि है, इसलिए अतिथि चाहे जैसा अभद्र आचरण करे, तो भी यजमान द्वारा उसका वध किया जाना अधर्म्य ही है, ऐसा युधिष्ठिर भीम को समझाते हैं। यज्ञ के अंत में कृष्ण वापस द्वारका लौटने लगते हैं तो स्वयं युधिष्ठिर उनका रथ सारथि बनकर हाँकते हैं।

युधिष्ठिर के जीवन की इसके बाद की महत्त्वपूर्ण घटना हस्तिनापुर में खेला गया द्यूत है। राजा धृतराष्ट्र का द्यूत खेलने का संदेशा आया तो युधिष्ठिर द्यूत सभी अनिष्टों का मूल है, यह कहकर उसके प्रति अनिच्छा प्रकट करते हैं। इतना ही नहीं, द्यूत स्नेह को घटाकर वैर बढ़ाता है, ऐसा भी कहते हैं। फिर भी, द्यूतक्रीड़ा के लिए वे हस्तिनापुर पहुँच जाते हैं। वे युद्ध या द्यूत के संदेश को वापस करने की बात को वीरता और क्षात्रधर्म के विरुद्ध मानते हैं, ऐसा कहते हैं। युद्ध और क्षात्रधर्म को एक-दूसरे के साथ जोड़ना तार्किक हो सकता है, किंतु द्यूत को क्षात्रधर्म के साथ कैसे जोड़ा जा सकता है, यह प्रश्न अनुत्तरित ही रहता है। सच बात तो यह है कि युधिष्ठिर द्यूत के शौकीन हैं और जिस प्रकार स्वयं को वीर समझते हैं, उसी प्रकार द्यूत में भी अपने आपको अफलातून मानते हैं। युद्ध और द्यूत दोनों विनाशकारी हैं, यह समझते हुए भी वे द्यूत खेलने बैठ जाते हैं। भीष्म, द्रोण, कृपाचार्य और विदुर—इन सभी की सलाह नजर-अंदाज कर वे द्यूत खेलते हैं। विरोधी पक्ष में दुर्योधन की ओर से शकुनि पासा फेंके, ऐसी हास्यास्पद शर्त भी युधिष्ठिर स्वीकार कर लेते हैं। द्यूत का पासा एक के बाद एक फेंका जाता है और सभी दाँव युधिष्ठिर हार जाते हैं। एक भी दाँव वे जीतते नहीं। हारते जुआरी की मनोदशा का उत्तम उदाहरण युधिष्ठिर यहाँ प्रस्तुत करते हैं। समृद्धि, राज्य, भाई, स्वयं को और अंत में द्रौपदी को भी दाँव

पर लगाकर वे हार जाते हैं। इसमें कहीं भी धर्म का पालन तो नहीं हुआ, स्थिरता भी सुरक्षित नहीं रही। सबकुछ हार जाने के बाद और द्रौपदी के वस्त्र-हरण जैसा लज्जास्पद दृश्य देखकर भी वे विवशता से देखते रहते हैं। स्वयं अपने आपको हारने के बाद द्रौपदी को दाँव पर लगाने का उन्हें क्या अधिकार है, द्रौपदी के इस प्रश्न का उत्तर भीष्म टाल जाते हैं और धर्म तो अतिसूक्ष्म है और इसका समाधान तो युधिष्ठिर ही कर सकते हैं, यह कहकर वे यह प्रश्न युधिष्ठिर के सामने रखते हैं। युधिष्ठिर की धर्मभावना और धर्मज्ञान के विषय में दुर्योधन आदि को भी कितना विश्वास है, इसका उदाहरण स्वयं दुर्योधन की इस उक्ति में मिलता है, यदि युधिष्ठिर ऐसा कहें कि पत्नी को दाँव पर लगाने का उनका कोई अधिकार नहीं तो मैं उसे स्वीकार कर लूँगा। पर युधिष्ठिर, ''पत्नी तो हर स्थिति में पति के आधिपत्य में होती है।'' यह विधान करते हैं। इसमें सच कहें तो धर्म-विभावना की अपेक्षा तमाचा मारकर गाल लाल करने की वृत्ति की प्रबलता अधिक दिखाई देती है।

द्यूत में सबकुछ हार जाने के बाद धृतराष्ट्र ने द्रौपदी को सबकुछ वापस लौटा दिया। इतना ही नहीं, तमाम संपत्ति के साथ युधिष्ठिर इंद्रप्रस्थ वापस लौटें, यह आज्ञा भी दी। वापस लौट रहे युधिष्ठिर को दुर्योधन ने एक बार फिर द्यूत खेलने का न्यौता दिया। और द्यूत के संदेश को वे कदापि अस्वीकार नहीं करेंगे, इस नादान वृत्ति से प्रेरित युधिष्ठिर पुनः द्यूतसभा में आकर उसी शकुनि के साथ द्यूत खेलने के लिए बैठ जाते हैं, यह घटना तो ऐसी है जो युधिष्ठिर की मूर्खता ही कही जाएगी। अभी कुछ ही समय पहले जिस कुरुसभा में द्रौपदी का अपमान हुआ था उसे भी भूलकर और शकुनि की द्यूत-पारंगतता का साक्षात्कार होने के बाद भी वे खेलने बैठ जाते हैं। इस बार एक ही दाँव खेलना था और एक ही दाँव यानी समग्र राज्य तो ठीक, तेरह वर्ष का वनवास भी है, यह जानते हुए भी शकुनि के हाथ में पासा सौंप देते हैं। यह एक दाँव की शर्त किसी भी समझदार व्यक्ति को दो बार विचार करने की प्रेरणा देनेवाली थी और युधिष्ठिर स्वयं पराजित होंगे, यह जानते हुए भी 'सबकुछ विधि निर्मित है और काल के अधीन है'—इस खोखली दलील को धर्म मानकर दुबारा द्यूत खेलते हैं, इसमें नासमझी से अधिक बेवकूफी ही है। इस बेवकूफी का जो परिणाम आना चाहिए, वही आया।

परंतु इसके बाद जो वनवास आया उसमें भीम और द्रौपदी अरण्यवास के ठीक तेरह मास बाद एक बार युधिष्ठिर पर खौल उठते हैं। इन तमाम कष्टों का मूल बड़े भैया की मूर्खता है, इस हद तक भीम आक्रोश कर उठते हैं। इतना ही नहीं, मास और वर्ष के बीच की बारीक लकीर का तर्कबद्ध सहारा लेकर तेरह वर्ष नहीं

बल्कि तेरह मास—ऐसा अर्थ निकालकर हस्तिनापुर राज्य पुनः प्राप्त करने के लिए अड़ जाते हैं। युधिष्ठिर की धर्म-भावना, उनकी धर्म-मीमांसा यहाँ पूरी तरह से प्रकट होती है। क्रोध के वश होने के बदले क्रोध को ही वश में करना कितना धर्मोचित है, यह बात युधिष्ठिर भीम को समझाते हैं। इतना ही नहीं, वे जो दाँव हारे थे उसमें तेरह वर्ष ही अरण्यवास अभिप्रेत था, न कि तेरह महीने, इसे स्पष्टता से स्वीकार करते हैं। इसके बाद द्रौपदी प्रत्युत्तर में राजा को कई बार क्रोध करना भी धर्म्य है, यह दलील देती है और ये तमाम कष्ट शकुनि की कपट कला के कारण थे, इसलिए क्रोध करके शत्रु का नाश करना भी धर्म है, ऐसा कहता है, तो राजा एक अति गूढ़ रहस्य प्रकट करते हैं। युधिष्ठिर कहते हैं कि उन्हें विश्वास था कि वे द्यूतकला में पारंगत हैं, इसलिए युद्ध के बिना ही दुर्योधन से हस्तिनापुर का राज्य भी सरलता से प्राप्त कर सकेंगे, ऐसा उनका सोचना था।

युधिष्ठिर का यह रहस्य-स्फोट यदि सही है तो उनके चित्त में भी शठता ही भरी थी, इसका यह स्पष्ट संकेत है। पर हम भी कुछ कम नहीं हैं, ऐसे तुच्छ प्रदर्शन का ही यह कथन लगता है। जो व्यक्ति शठ नहीं, वह यदि शठता का दिखावा करे तो भी उसे उसमें असफलता ही मिलती है। उसकी शठता भी तुच्छ ही लगती है। ऐसा ही कुछ यहाँ हुआ है। सचमुच युधिष्ठिर ने यदि दुर्योधन का राज्य हड़पने के लिए ही द्यूत खेला हो तो यह बात उनके समग्र व्यक्तित्व में लाक्षागृह के बाद की दूसरी और विचित्र विसंगति मानी जानी चाहिए। कम-से-कम दूसरी बार का द्यूत खेलने का प्रस्ताव तो युधिष्ठिर टाल ही सकते थे। ऐसा नहीं हुआ, इसलिए अपनी स्पष्ट मूर्खता का वे मानो कमजोर बचाव कर रहे हों, ऐसा ही लगता है।

□

धर्मराज युधिष्ठिर-२

युधिष्ठिर के जीवन के भिन्न-भिन्न पहलुओं को समझने के लिए लक्ष्य में लेने लायक अन्य दो-तीन अरण्यवास के दरमियान आए हैं। अब तक युधिष्ठिर को दुर्योधन के विषय में पर्याप्त अनुभव हो चुका था। हस्तिनापुर में कुमार अवस्था में जल-विहार के बहाने भीम को पानी में डुबो देने से लेकर द्यूतसभा में द्रौपदी वस्त्र-हरण तक की घटनाएँ युधिष्ठिर की आँखों के समक्ष हैं ही। अरण्यवास के दौरान पांडवों की दुर्दशा के सामने अपनी समृद्धि के प्रदर्शन की हीन भावना के साथ दुर्योधन द्वैत वन में आया। चित्रसेन ने उसे बंदी बनाया। द्वैतवन में उस समय रह रहे युधिष्ठिर को जब दुर्योधन की इस अपमानजनक स्थिति का पता चला तो उन्होंने भीम और अर्जुन को चित्रसेन के साथ युद्ध करके दुर्योधन को बंदी अवस्था से मुक्त कराने की आज्ञा दी। इस आज्ञा का भीमसेन बड़े ही तार्किक ढंग से विरोध करते हैं। इतना ही नहीं, जो काम पांडव महायुद्ध के अंत में करने वाले हैं, वही काम इतनी सरलता से चित्रसेन ने पूरा किया है, इसका भीम स्वागत भी करते हैं और दुर्योधन के आज तक के प्रपंचों को याद करके बड़े भाई को उचित निर्णय लेने के लिए भी कहते हैं। पर युधिष्ठिर अपनी बात पर अडिग रहते हैं और दुर्योधन को मुक्त कराने का आग्रह करते हैं। परिणाम-स्वरूप अर्जुन ने चित्रसेन के साथ युद्ध किया, उसे हराया और दुर्योधन को उसी बंदी अवस्था में राजा युधिष्ठिर के समझ उपस्थित किया। युधिष्ठिर ने उसे मुक्त कर प्रेमपूर्वक हस्तिनापुर वापस भेजा।

ऐसी ही एक दूसरी घटना जयद्रथ ने द्रौपदी के अपहरण का जो दुःसाहस किया, उसकी है। जयद्रथ ने पांडवों की अनुपस्थिति में द्रौपदी का बलपूर्वक अपहरण किया और जब पांडवों को इसका पता चला तो भाग रहे जयद्रथ का पीछा

करके उसे पराजित किया। उसे बंदी बनाकर बड़े भाई युधिष्ठिर के समक्ष उपस्थित किया और द्रौपदी को मुक्त किया। यहाँ भी युधिष्ठिर ने उदारता और क्षमाभाव से प्रेरित होकर जयद्रथ को मुक्त करके सुरक्षित जाने दिया। इस बार भी द्रौपदी युधिष्ठिर के इस निर्णय पर तीव्र असंतोष व्यक्त करती है। पर युधिष्ठिर हर बार की तरह क्षमाभावना कैसी दैवी भावना है, इसका गुणगान ही गाया है।

क्षमाभावना दैवी है, यह स्वीकार है; पर इन दोनों अवसरों पर युधिष्ठिर ने जो क्षमाभावना दिखाई है, उसे कोई ऋषि या संत दिखाए तो उसे शोभा देगी, पर यदि कोई राजा या क्षत्रिय अपने आजन्म शत्रु और वह भी दुष्कृत्य करने के लिए ही आया हो तब दिखाए तो उसका औचित्य शंकास्पद है। दुर्योधन या जयद्रथ यदि उस समय मुक्त न हुए होते तो कुरुक्षेत्र का युद्ध ही न हुआ होता। दुर्योधन के मुक्त होने के बाद भी यदि जयद्रथ का वध कर डाला गया होता तो कुरुक्षेत्र में चक्र व्यूह और अभिमन्यु-वध दोनों टाला जा सकता था। जो राजा ऐसी दूरदर्शिता दिखा नहीं सकता उसकी क्षमाभावना आभूषण नहीं रहती। शर-शय्या पर से भीष्म ने यह क्षमाभावना राजा का आभूषण कैसे और किस सीमा तक बन सकती है, इसकी मीमांसा शांतिपर्व में की है।

तीसरा प्रसंग यक्ष-युधिष्ठिर संवाद का है। पानी की खोज में यक्ष के सरोवर के पास गए पांडव एक के बाद एक मृत्यु को प्राप्त हुए। अदृश्य यक्ष ने हर एक पांडव से अपने प्रश्न का उत्तर देने के बाद ही अपने इस सरोवर से जल लेने की आज्ञा दी; परंतु हर पांडव ने इसकी अवहेलना की और चारों भाइयों की बारी-बारी से मृत्यु हो गई। अंत में युधिष्ठिर चारों भाइयों की खोज में सरोवर के पास आए और उन्हें भी यक्ष ने अपने अधिकार-क्षेत्र इस सरोवर में से पानी लेने से रोका। युधिष्ठिर ने यक्ष की आज्ञा को स्वीकार किया। जो सरोवर अन्य की संपत्ति हो, उसका जल उसकी सहमति के बिना लेना अधर्म है, ऐसा कहकर युधिष्ठिर ने यक्ष के तमाम प्रश्नों के उत्तर दिए। इस यक्ष-युधिष्ठिर संवाद का स्थान महाभारत के सर्वोत्तम अंशों में है। हजारों वर्ष के बाद भी इस प्रश्नोत्तरी में जो शाश्वत मूल्य हैं वे वैसे-के-वैसे हरे-भरे रहे हैं, यह ध्यान देने योग्य बात है। युधिष्ठिर के उत्तर से संतुष्ट हुए यक्ष ने प्रसन्न होकर मृतावस्था में पड़े चार में से एक भाई को जीवित करने का वरदान दिया तो युधिष्ठिर की धर्मभावना समग्र महाभारत के तमाम प्रसंगों के बीच भी सर्वोच्च शिखर पर से दसों दिशाओं में झिलमिला उठती है। अरण्यवास के अंत में महायुद्ध भीम या अर्जुन के बिना जीतने की तो दूर, लड़ने की भी कल्पना युधिष्ठिर नहीं कर सकते थे। आज तक की तमाम विपत्तियों में से भीम या अर्जुन

ने ही उबारा है, इसके बावजूद युधिष्ठिर माद्री-पुत्र नकुल को जीवित करने का वरदान माँगते हैं। युधिष्ठिर की इस याचना से स्वयं यक्ष भी आश्चर्य में पड़ जाता है और भीम-अर्जुन को दरकिनार कर ऐसी माँग का कारण पूछता है। युधिष्ठिर ने उत्तर में जो रहस्य प्रकट किया है वह धर्मतत्त्व कितना सूक्ष्म किंतु कितना भव्य है, इसका अत्यंत उत्तम उदाहरण है। युधिष्ठिर इस तत्त्व को कितनी सहजता से आत्मसात् कर सके थे, इसे जानने के बाद उनके व्यवहार की तमाम विसंगतियाँ नगण्य हो जाती हैं। युधिष्ठिर कहते हैं, ''मेरे पिता पांडु की दो पत्नियों में से एक कुंती का पुत्र मैं जीवित हूँ, किंतु दूसरी पत्नी माद्री का एक भी पुत्र जीवित नहीं। कुंती और माद्री दोनों मेरी समान माताएँ ही हैं। माद्री पुत्रहीन रहे, यह मेरे लिए धर्म नहीं।'' उत्तर में यक्ष भीम-अर्जुन के सामर्थ्य के बिना युधिष्ठिर कितने असहाय हो जाएँगे, इसकी संभावना व्यक्त करते हैं, इसके बावजूद युधिष्ठिर चाहे जो भी भोग देना पड़े, पर नकुल को ही जीवित किए जाने का आग्रह करते हैं। इसके बाद प्रसन्न यक्षरूपधारी धर्म ने चारों भाइयों को जीवित कर दिया। धर्माचरण कोई वणिक का लेखा-जोखा या जमा-उधार का हिसाब नहीं। यह कोई खाता-बही नहीं, एक प्रचंड प्रयोग है। यह प्रयोग कितना दुष्कर है, इसका खयाल तो स्वयं युधिष्ठिर को भी महायुद्ध के समय 'अश्वत्थामा हतः' और बाद में 'नरो वा कुंजरः वा'—ऐसा कुछ कहते समय आया ही है।

अज्ञातवास के तेरहवें वर्ष में जब विराट नगरी में रहने का प्रसंग आया तो युधिष्ठिर ने विराट नरेश के साथ द्यूत खेलने और पासा फेंकने के साथी की भूमिका पसंद की थी, यह ध्यान में रखने लायक घटना है। युधिष्ठिर की कुशलता और प्रेम सर्वप्रथम द्यूत के प्रति है, यह इतने अनुभव के बाद भी प्रकट हुए बिना नहीं रहता। भीम, अर्जुन तथा अन्य सभी ने अपनी-अपनी रुचि के क्षेत्र पसंद करके अज्ञातवास बिताया। उदाहरण के लिए, भीम ने पाकशाला में रसोई बनाने का काम पसंद किया तो नकुल ने अश्वशाला की देख-रेख करने का काम चुना। युधिष्ठिर ने द्यूत खेलना ही फिर एक बार पसंद किया, यह बात भूलने जैसी नहीं है।

अज्ञातवास के अंत में जब दुर्योधन ने पांडवों को उनका राज्य वापस सौंपने से स्पष्ट इनकार कर दिया तो युधिष्ठिर ने युद्ध टालने के लिए समग्र इंद्रप्रस्थ राज्य के बदले में पाँच भाइयों के लिए केवल पाँच ग्रामों की माँग की। दुर्योधन ने तो सुई की नोक जितनी भूमि भी युद्ध किए बिना नहीं देने का निश्चय जाहिर किया और स्वयं श्रीकृष्ण की दूत के रूप में भूमिका निष्फल हो जाने के बाद युद्ध अनिवार्य होता गया। अपने लगभग सभी न्यायपूर्ण अधिकारों को छोड़कर भी महासंहार के

निवारण के प्रति युधिष्ठिर निष्ठावान् हैं। युधिष्ठिर का यह व्यवहार द्रौपदी और कुंती तक को पसंद नहीं और ये दोनों स्त्रियाँ कृष्ण से युधिष्ठिर के ऐसे किसी भी प्रस्ताव को अस्वीकार कर युद्ध करने के लिए ही कहती हैं। कृष्ण युद्ध की अनिवार्यता समझते हैं, पर युद्ध टालने के सभी प्रयास कर लेना चाहते हैं।

युद्ध के आरंभ काल में मद्र नरेश शल्य के साथ युधिष्ठिर द्वारा किया एक संवाद यहाँ उल्लेख करने लायक है। शल्य नाते में माद्री के भाई यानी नकुल के मामा लगते हैं। इस हिसाब से युधिष्ठिर के लिए भी शल्य तो मामा ही कहे जाएँगे। युधिष्ठिर ने शल्य से पांडवों के पक्ष में लड़ने की प्रार्थना की तो शल्य ने इस विनती को अस्वीकार करते हुए कहा कि दुर्योधन ने इसके पूर्व ही अपनी मदद का वचन ले लिया है, इसलिए अब वे यह वचन भंग नहीं कर सकते। इसके बावजूद शल्य कहते हैं कि युधिष्ठिर के पक्ष में धर्म और न्याय है, इसलिए मेरा आशीर्वाद पांडव पक्ष को है। उस समय युधिष्ठिर एक षड्यंत्र अथवा प्रपंच कहा जा सके, ऐसी चाल चलते हैं। वे शल्य से कहते हैं—"आप कौरव पक्ष में रहकर भी हमें उपयोगी मदद कर सकते हैं।" कौरव पक्ष में जो महारथी लड़ रहे हैं उनमें एकमात्र कर्ण ही पूरे जुनून और वैरभावना से लड़ता है, इसलिए कौरव पक्ष में यदि कोई सबसे खतरनाक है तो वह कर्ण ही है। इस कर्ण का यदि मानसिक तेजोवध करके उसे निरुत्साह कर डाला जाए तो इस मानसिक दबाव के क्षण अर्जुन की शक्ति बढ़ जाएगी और कर्ण की पराजय सरल बन जाएगी। इसके लिए राजा युधिष्ठिर शल्य से युद्ध के निर्णायक क्षण में कर्ण का सारथि बनकर कर्ण को हतोत्साहित करने का वचन माँगते हैं। इस प्रकार, शल्य इसके पूर्व दिए गए वचन के अनुसार दुर्योधन के पक्ष में लड़े भी, कर्ण-वध की उचित भूमिका रचकर अपने भानजों की सहायता भी कर सके। इस योजना के अनुसार ही शल्य इसके बाद कर्ण के सारथि के रूप में कर्ण को अतिशय कटु और कठोर वचन सुनाकर उसकी शक्ति क्षीण कर डालने की महत्त्वपूर्ण भूमिका निभाई भी है। इस प्रकार, कर्णवध के लिए जितना श्रेय अर्जुन को मिलता है उतना ही यश शल्य को भी देना चाहिए। शल्य और युधिष्ठिर के बीच के समझौते में निष्ठा नहीं, पक्षद्रोह और विश्वासघात है।

युद्ध में जो प्रचंड योद्धा भाग ले रहे थे, उनमें युधिष्ठिर को हम कहीं भी नहीं रख सकते। भीष्म, द्रोण, कर्ण, अश्वत्थामा, दुर्योधन, अर्जुन, भीम धृष्टद्युम्न—इन सबके बीच युधिष्ठिर एक योद्धा के रूप में खासे कमतर साबित होते हैं। युद्ध के मैदान में वे बारंबार भयभीत हुए हैं, अलग-अलग विपक्षी योद्धाओं से पराजित हुए हैं, घायल या मूर्च्छित होकर रणक्षेत्र छोड़कर शिविर में वापस लौटे हैं। कभी-

कभी उन्होंने दुर्योधन को मूर्च्छित किया है। कृतवर्मा को परास्त भी किया है और रणक्षेत्र की उनकी एकमात्र सिद्धि अंतिम कौरव सेनापति शल्य के वध की है। कर्ण के हाथों परास्त होकर शिविर में वापस लौटे युधिष्ठिर ऐसे घबराए हुए हैं कि अर्जुन को शिविर में देखते ही संतुलन गँवा बैठते हैं। बड़े भाई रणक्षेत्र में कर्ण के हाथों घायल होकर शिविर में वापस आए हैं, यह समाचार अर्जुन को मिला तो वे बड़े भाई की स्थिति देखने के लिए शिविर में आए। किंतु युधिष्ठिर ने कर्ण के हाथों मिली अपनी हार, सारी बेचैनी और सारा रोष अर्जुन पर उतार दिया। युधिष्ठिर ने यह महायुद्ध अर्जुन के सामर्थ्य पर आरंभ किया था और अनेक बार अर्जुन ने ही कहा था कि वे कर्ण का वध करने में समर्थ हैं और अब कर्ण का वध करना तो दूर रहा, स्वयं युधिष्ठिर ही उससे परास्त हो गए, इसके लिए वे अर्जुन पर दोषारोपण करते हैं, अर्जुन की असमर्थता को दोष देते हैं, अर्जुन के गांडीव धनुष को निरर्थक बताते हैं। यह प्रकोप प्रलाप की सीमा लाँघ जाता है। मनुष्य स्थिरता और धर्म की चाहे जैसी बातें करे, अरे! यक्ष-युधिष्ठिर संवाद और उसके बाद के नकुल के पुनर्जीवन के विषय में जो अद्‌भुत निर्णय ले सके, पर जब पराजय की जिंदगी के महत्तम स्वप्न को छिन्न-भिन्न होता देखने का क्षण आता है तो किस असंतुलन के बीच से उसे गुजरना पड़ता है, इसका यह एक उत्तम उदाहरण है।

युद्ध के पंद्रहवें दिन युधिष्ठिर एक कठिन कसौटी से गुजरे हैं और इस कसौटी पर वे खरे उतरे हैं कि नहीं, यह विवादास्पद है। धर्म के सूक्ष्म तत्त्व का जहाँ तक संबंध है वहाँ तक युधिष्ठिर उस क्षण निष्फल ही कहे जाएँगे, उनका एकमात्र उच्चार के साथ उनके रथ के चक्र जो आज तक भूमि से चार अंगुल ऊँचे गति करते थे वे भूमि पर आ गए। इस प्रकार, धर्म ने युधिष्ठिर के इस कथन को अस्वीकार ही किया है। द्रोणाचार्य के वध के लिए कृष्ण की सूचना के अनुसार भीम ने अश्वत्थामा नामक हाथी को मार डाला और उसके बाद 'अश्वत्थामा हतः' जैसी जो भ्रामक बात द्रोण के कान में डाली उससे भ्रमित होकर आचार्य ने सत्य जानने के लिए युधिष्ठिर से पूछा। स्वयं शत्रु-सेनापति को भी युधिष्ठिर की सत्यवादिता पर कितना बड़ा विश्वास है, इसका ही यह द्योतक है। युधिष्ठिर के कहने मात्र से यह शत्रु-सेनापति शस्त्र-त्याग करने के लिए तैयार हो जाए, यह घटना धर्मराज के रूप में युधिष्ठिर के व्यक्तित्व के उज्ज्वल कलश के समान है। स्मरण रहे, द्रोण स्वयं कृष्ण को भी नहीं, मात्र युधिष्ठिर को प्रमाण मानते हैं। उस क्षण युधिष्ठिर असत्यवादन करने से हिचकते हैं, पर उस समय विजय की लालसा और इतना सा असत्यवादन नहीं होगा तो विजय धर्म की नहीं बल्कि अधर्म की होगी और इस अधर्म की विजय

में युधिष्ठिर ने अपनी व्यक्तिगत महत्ता के लिए योगदान किया है, यही अर्थ-घटन होगा। ऐसा तर्क पैदा किया गया है। यह भावना और यह तर्क भी कृष्ण-प्रेरित है, इसलिए धर्म ही कहा जाएगा, यह मानकर युधिष्ठिर ने जोर से कह दिया, ''हाँ, अश्वत्थामा मारा गया है।'' और बाद में कोई न सुने, इस तरह धीरे से बोले, ''हाँ, किंतु यह तो हाथी था।'' और तुरंत ही मन-ही-मन समाधान कर लिया, ''मैंने तो सत्य ही कहा है। आचार्य ने नहीं सुना तो इसमें मैं क्या करूँ? (एक महत्त्वपूर्ण बात यहाँ ध्यान में रखनी चाहिए कि 'नरो वा कुंजरः वा' यह जो प्रचलित शब्द-समूह बारंबार कथाकार युधिष्ठिर के नाम पर चढ़ाते हैं, वह वास्तव में कहीं है ही नहीं। दुर्योधन के नाम से कहे गए उस 'जानामि धर्मं न च मे प्रवृत्तिः' श्लोक की तरह ही!) धर्म-तुला का वहन कितना कठिन है, यह फिर एक बार यहाँ सिद्ध होता है।

युद्ध के अठारहवें दिन कौरव सेनापति शल्य के वध के साथ ही पांडवों ने विजय प्राप्त कर ली, ऐसा कहा जा सकता है; किंतु अभी दुर्योधन जीवित था। दुर्योधन का वध जब तक न हो जाए तब तक भीम की प्रतिज्ञा और पांडवों की विजय अधूरी ही कही जाएगी। तमाम कौरव सैन्य का नाश हो जाने के बाद शेष बचे दुर्योधन ने रणक्षेत्र के बाहर सरोवर के जल के नीचे आश्रय लिया था। कृष्ण और युधिष्ठिर सहित पांडव इस सरोवर के पास गए और जल के बाहर आकर युद्ध पूरा करने के लिए उन्होंने दुर्योधन को ललकारा। विजय अंकित हो जाने से युधिष्ठिर इस विजय के मद में रहे हों अथवा उनके जीवन की महत्तम मूर्खता रही हो, वे जल में छुपे दुर्योधन को ललकारते हैं, ''दुर्योधन! यदि तुम बाहर आकर हम पाँचों में से किसी भी एक भाई के साथ द्वंद्व युद्ध करके विजयी होगे तो मैं अपनी विजय छोड़कर राज्य तुम्हें दे दूँगा। यह मेरा वचन है।'' मूर्खता की यह पराकाष्ठा है। दुर्योधन के गदायुद्ध में टक्कर ले सके, ऐसे एकमात्र भीम ही थे। नकुल, सहदेव या स्वयं युधिष्ठिर में दुर्योधन के गदा-प्रहार को झेलने की कूवत नहीं थी। अर्जुन भी गदायुद्ध में दुर्योधन को परास्त नहीं कर सकता था। पाँचों भाइयों में से किसी एक को चुनने के अतिरिक्त युधिष्ठिर ने दुर्योधन को मनपसंद शस्त्र भी उपयोग में लेने का वचन देते हैं। स्वाभाविक है कि दुर्योधन गदायुद्ध ही पसंद करेगा और भीम को छोड़कर किसी अन्य पांडव को युद्ध के लिए आमंत्रित करे तो पांडवों के होंठ पर आया विजय का प्याला एक क्षण में गिर जाएगा, इसमें संदेह नहीं। इस प्रकार, अठारह अक्षौहिणी सेना के विनाश के अंत में और भीम-अर्जुन के पराक्रम के बाद हाथ में आई विजय को युधिष्ठिर ने एक तरह से कहें तो नशे में आकर मूर्खतापूर्वक दुर्योधन के हाथ में सौंप ही दिया, ऐसा कहा जा सकता है। दूसरी बार द्यूत खेलने

जैसी ही यह युधिष्ठिर के जीवन की समझ में न आनेवाली मूर्खता ही है।

मूर्खता का यह पल पांडवों के लिए विनाशक था। कृष्ण जिसे धर्म मानते थे वह धर्म विजय के समीप पहुँचने के बाद पराजय मोल ले रहा था। और फलस्वरूप अधर्म पुनः विजयी हो, ऐसा कठिन क्षण युधिष्ठिर ने उत्पन्न किया था। उस कठिन क्षण में कृष्ण ने जिस मनोवैज्ञानिक ढंग से स्थिति सँभाल ली है, उसकी विस्तृत चर्चा आगे चलकर श्रीकृष्ण के व्यक्तित्व को समझते समय करेंगे। कृष्ण ने बाजी सँभाल ली, किंतु स्वयं कृष्ण भी युधिष्ठिर की यह उदारता सुनकर अर्जुन से कहे बिना नहीं रहे, ''यह तुम्हारा भाई मूर्ख लगता है।''

विजय जब पूर्ण हुई और विजयी युधिष्ठिर के हस्तिनापुर में प्रवेश का क्षण आया तो उनके मन में निर्वेद व्याप्त हो जाता है। किसी भी धर्माचारी और संवेदनशील व्यक्ति के लिए सहज कहा जाए, ऐसा ही यह निर्वेद है। पिता धृतराष्ट्र और माता गांधारी के समक्ष उपस्थित होते समय भी अपराधभाव अनुभव करते हैं। कृष्ण को आगे करके वह नेत्रहीन राजा धृतराष्ट्र के समक्ष जाते हैं। कथा कहती है कि युधिष्ठिर ने जब गांधारी को प्रणाम किया तो गांधारी की बंद आँखों में से जो अग्नि प्रकट हुई उसने आँखों पर लगी पट्टी के आर-पार निकलकर युधिष्ठिर के पैरों के नाखूनों को काला कर डाला। राज्यारोहण के पहले तो युधिष्ठिर सभी मृतात्माओं को जलांजलि, पिंडदान आदि देते समय ऐसे शोकातुर हो गए हैं कि अब वे राजा होने की बजाय वन में जाकर तपश्चर्या करने का विधिवत् हठ ही लेकर बैठ जाते हैं। उस क्षण एक हास्यप्रद और अतार्किक लगे, ऐसी बात भी हो जाती है। पिंडदान के समय कुंती युधिष्ठिर से बड़े भाई कर्ण को भी पिंडदान करने के लिए कहती है। उस समय पहली बार युधिष्ठिर को पता चलता है कि कर्ण कुंतीपुत्र और उनका बड़ा भाई है। कुंती ने इतने वर्ष तक यह बात गुप्त रखी और यदि युधिष्ठिर यह बात जानते होते तो युद्ध किए बिना ही यह राज्य वे कर्ण को सौंप देते, यह कहकर युधिष्ठिर माता कुंती को ही नहीं, समस्त स्त्री जाति को ही शापित करते हैं कि इसके बाद से स्त्रियाँ कोई रहस्य गुप्त नहीं रख सकेंगी। युधिष्ठिर का यह शाप विनोद-प्रेरक है।

युद्ध के अंत में राज्यारोहण हुआ और उसके बाद कृष्ण की प्रेरणा से युधिष्ठिर ने शर-शय्या पर पड़े सूर्य के उत्तरायण की प्रतीक्षा कर रहे पितामह भीष्म के पास से परम ज्ञान प्राप्त करने का सत्र आरंभ किया है। स्त्री-पुरुष के यौन संबंधों से लेकर राजा के कर्तव्य, सैनिक व्यूह-रचना, गृहस्थ धर्म, समाज-रचना, जीवन-मृत्यु के रहस्य—इस प्रकार लगभग सर्वव्यापक कहा जाए, ऐसे विषयों पर युधिष्ठिर

ने प्रश्न किए हैं और पितामह ने उत्तर दिए हैं। यह संवाद महाभारत में भगवद्गीता की तरह ही 'भीष्मगीता' के रूप में जाना जाता है। धर्म पुरुष की उत्तरावस्था में भी यह ज्ञान-पिपासा प्रशंसनीय है।

हस्तिनापुर राज्य की नए सिरे से रचना करने में युधिष्ठिर ने बड़ी कुशलतापूर्वक सभी का साथ और सहयोग विश्वासपूर्वक संपादित किया है। विदुर, संजय जैसे पुराने मंत्रियों को उन्होंने पूर्ववत् मंत्रिपद पर स्थापित किया। इतना ही नहीं, पिता धृतराष्ट्र और माता गांधारी ही राज्य में प्रथम सम्मान के अधिकारी हैं, यह भी घोषित किया। धृतराष्ट्र या गांधारी के मन में कोई अभाव न अनुभव हो, इसके लिए उन्होंने सन्निष्ठ व्यवहार किया है। धृतराष्ट्र ने जब भी और जितना भी दान-पुण्य या यज्ञादि के लिए द्रव्य माँगा, उन्होंने तत्काल दिया है। छोटे भाइयों, विशेष रूप से उन्होंने सदैव इन वृद्ध माता-पिता के सम्मान का ध्यान रखने की ताकीद की है। उनके इस औदार्य की प्रशंसा की जानी चाहिए। राज्य संपादित करने के बाद उन्होंने समग्र आर्यावर्त में हस्तिनापुर को एकचक्री घोषित करने के लिए अश्वमेध यज्ञ का भी आयोजन किया था।

पूरे छत्तीस वर्ष राज्य भोगने के बाद युधिष्ठिर ने भाइयों और पत्नी द्रौपदी के साथ राज्य एवं संसार को त्यागकर स्वर्गारोहण के लिए हिमालय की ओर प्रयाण किया। छत्तीस वर्ष के अंत में माता गांधारी के शाप के अनुसार कृष्ण सहित सभी यादव परस्पर लड़कर नष्ट हो गए और द्वारका नगरी जल में डूब गई। एकमात्र जीवित बचे यादवकुमार वज्र को लेकर अर्जुन हस्तिनापुर आए। अब राज्य या जीवन सब निरर्थक था। कुमार परीक्षित् भी छत्तीस वर्ष के हो गए थे। जीवन-कर्म समाप्त हुआ था और कालाधीन होने में ही गौरव था। स्वर्गारोहण के लिए हिमालय की ओर प्रयाण करने के पूर्व युधिष्ठिर ने हस्तिनापुर के सिंहासन पर परीक्षित् को आरूढ़ किया और उनकी रक्षा का उत्तरदायित्व धृतराष्ट्र-पुत्र युयुत्सु को सौंपी। यह भी काल की कैसी विडंबना है! धृतराष्ट्र हस्तिनापुर का सिंहासन अपने पुत्रों के लिए सुरक्षित रखने के लिए जीवन भर प्रयास करता रहा; उनमें से एक भी जीवित न रहा और अब उसका एक वेश्या-दासी के पेट से जनमा पुत्र युयुत्सु हस्तिनापुर साम्राज्य की नैतिक जिम्मेदारी निभाने के लिए जीवित रहा। द्वारका का राज्य गँवाकर और तमाम परिवारजनों को खोकर हस्तिनापुर आए वज्र को युधिष्ठिर ने इंद्रप्रस्थ का राज्य सौंपा, यह भी कैसा महानिर्माण कहा जाएगा। जो कृष्ण सदैव पांडवों के रक्षक रहे उन्हीं का पौत्र पांडवों का आश्रित जैसा बना तो युधिष्ठिर ने न्याय और धर्म की तुला अच्छी तरह सँभालकर रखी है।

हिमालय-यात्रा में पाँच भाई, पत्नी द्रौपदी और हस्तिनापुर से ही एक श्वान (कुत्ता) उनका अनुसरण किए हैं। यात्रा जैसे-जैसे आगे बढ़ती गई वैसे-वैसे कर्मानुसार सबका जीवन समाप्त होता गया। प्रत्येक के जीवन-समाप्ति के इस क्षण में युधिष्ठिर इसके विषय में थोड़ा चिंतन भी प्रकट करते हैं। द्रौपदी सर्वप्रथम मृत्युवश हुई तो भीम के पूछने पर युधिष्ठिर कहते हैं, ''द्रौपदी पाँचों भाइयों की साझे की पत्नी थी; फिर भी उसने अर्जुन के प्रति ही अधिक प्रेमभाव चित्त में सँजोया था। इस अधर्माचरण के कारण उसकी मृत्यु पहले हुई।'' यहाँ युधिष्ठिर के चिंतन पर विवाद हो सकता है। द्रौपदी मात्र अर्जुन की पत्नी होने के लिए निर्मित हुई थी और मत्स्यवेध के समय उसका प्रथम मनोभाव अर्जुन के प्रति ही प्रकट हुआ हो, यह स्वाभाविक है। दूसरे, चारों भाई तो उसके बाद अन्य कारणों से उसके जीवन में स्थान प्राप्त किए हैं। सही कहें तो इन चारों को अर्जुन के स्थान पर स्थापित किया, यह उसकी महानता थी। अर्जुन के प्रति उसे विशेष भाव हो तो उसे अधर्म कैसे कहा जा सकता है!

युधिष्ठिर की इस धर्मभावना का एक दूसरा महत्तम शिखर स्वर्गारोहण के समय ही प्रकट होता है। द्रौपदी के बाद अर्जुन, भीम, सहदेव और नकुल सभी एक के बाद एक कालवश हुए, पर वह कुत्ता उनका अनुसरण करता रहा। अब स्वयं इंद्र रथ लेकर युधिष्ठिर को सदेह स्वर्ग में ले जाने के लिए आए। पर कुत्ते जैसे हीन प्राणी को स्वर्ग में कैसे ले जाया जा सकता था? अतः इंद्र ने युधिष्ठिर से उस कुत्ते को वहीं उसके भाग्य पर छोड़कर रथ में आने के लिए आग्रह किया तो युधिष्ठिर ने स्पष्ट इनकार कर दिया। जो कुत्ता मेरा हस्तिनापुर से अनुसरण करता आया है, उसे छोड़कर मैं स्वर्ग में नहीं आऊँगा, ऐसा वे इंद्र से कहते हैं। कुत्ते को साथ में लाने का आग्रह करने से युधिष्ठिर भी स्वर्ग में प्रवेश नहीं कर सकेंगे, ऐसा इंद्र कहते हैं, तो युधिष्ठिर शरणागत की रक्षा स्वर्ग से भी अधिक धर्म्य है, ऐसा कहकर धर्माचरण के लिए स्वर्ग के त्याग की भी तैयारी बताते हैं। इस प्रकार, युधिष्ठिर का धर्माचरण किसी भी भोग या त्याग के लिए सदैव तत्पर रहता है, इसी की प्रतीति होती है। कुत्ता तो स्वयं धर्म था, अब वह अपने वास्तविक रूप में प्रकट हुआ। यह वही पिता धर्म हैं जिन्होंने पुत्र युधिष्ठिर की इसके पहले यक्ष के रूप में परीक्षा ली थी। पिता की दोनों परीक्षाओं में पुत्र उत्तम गुणांकों के साथ सफल हुआ है।

परंतु अभी एक कठिन कसौटी उनकी प्रतीक्षा कर रही थी। स्वर्ग में उन्होंने देखा कि उनके भाई तथा द्रौपदी आदि नरक की यातना भोग रहे थे और दुर्योधन, दुःशासन आदि स्वर्ग के उत्तम सुख भोग रहे थे। युधिष्ठिर के लिए यह असह्य था।

जैसे यह अधूरा हो, धर्मराज ने युधिष्ठिर के लिए स्वर्ग के सुख उपलब्ध करा दिए, पर युधिष्ठिर ने अस्वीकार कर दिए। उन्होंने कहा कि धर्माचरण के बाद भी मेरे भाई यदि नरकवास कर रहे हों तो मुझे वहीं भेजिए। मुझे स्वर्ग नहीं चाहिए। पर यह तो माया थी। युधिष्ठिर ने महायुद्ध में 'अश्वत्थामा हतः' का जो असत्यवादन किया था उसी पाप का यह फल था। एक क्षण उन्हें वेदनाग्रस्त करके नरक की यातना का साक्षात्कार उस अधर्माचरण का दंड था।...वह सब अदृश्य हो गया और युधिष्ठिर ने भाइयों के साथ ही स्वर्ग में स्थान प्राप्त किया।

युधिष्ठिर के समग्र जीवन का एक नेत्र दीपक संदेश यह है कि औसत व्यक्ति जिसे समृद्धि, संपत्ति, कीर्ति, विजय आदि चाहिए उसके लिए धर्माचरण कैसे सूक्ष्म और कैसा असिधारा व्रत है और छोटा अधर्म भी कैसा पाप रूप बन जाता है, यह भूलने लायक नहीं। धर्माचरण के लिए कोई भी भोग या त्याग करने की तैयारी और धर्मतुला की डांडी सदैव आँखों के समक्ष रखनी पड़ती है। भीष्म, विदुर या कृष्ण का धर्माचरण कहीं भी युधिष्ठिर के धर्माचरण की भाँति किसी भौतिक और व्यक्तिगत सिद्धि के लिए नहीं है, इसलिए उसके मार्ग और मापदंड भिन्न हैं।

□

दुरात्मा दुर्योधन-१

रामायण, भागवत और महाभारत—इन तीनों पुराण-कथाओं के खलनायक कौन? यह प्रश्न यदि कोई पूछे तो एक क्षण का भी विलंब किए बिना सभी एक ही उत्तर देंगे—रावण, कंस और दुर्योधन! परंतु इन तीनों पात्रों को रूढ़ अर्थ में खलनायक नहीं कहा जा सकता है। तीनों ही बुद्धि-प्रतिभा और शक्ति-सामर्थ्य में अपने किसी भी समकालीन—कथा के नायकों तक—की तुलना में तनिक भी कम नहीं ठहरते। तीनों ने जो शासन किया है उसमें कहीं भी प्रजा पर अत्याचार नहीं किए, उलटे प्रजा को उनके शासन काल में सुशासन प्राप्त हुआ है। उन्होंने यज्ञ किए हैं, दान किए हैं; इसके बावजूद उनमें कोई ऐसा तत्त्व था जिसने उन्हें खलनायक बनाया। (सच कहें तो परंपरागत खलनायक के अवगुण उन तीनों में नहीं हैं, इसलिए उन्हें खलनायक के रूप में पहचानने की अपेक्षा प्रतिनायक के रूप में पहचानना अधिक उचित है।) जिस तत्त्व ने उन्हें खलनायक बना दिया उस तत्त्व का नाम है—अहंकार। थोड़ा-बहुत अहंकार के बिना कोई भी सामान्य मनुष्य नहीं हो सकता, यह सही है; पर ये तीनों पात्र ऐसे हैं कि सर्वनाश सम्मुख है, आँखों से दिखाई दे रहा है, महाकाल का निर्णय स्पष्ट है—यह समझने के बाद भी अहंकार से मुक्त नहीं हो सकते और अहंकार का त्याग करने के बदले सर्वनाश को ही चुनते हैं, यह अहंकार की प्रचंड व्यापकता का ही लक्षण है। कोई अज्ञानी व्यक्ति ऐसे अहंकार को सुरक्षित रखकर मृत्यु पसंद करे तो वह क्षम्य है, पर यहाँ तो ये पात्र ज्ञानी हैं, समर्थ हैं, श्रेष्ठ सलाहकारों से घिरे हैं, फिर भी अहंकार नहीं छोड़ सकते और सर्वनाश को ही आमंत्रित करते हैं; यह विधि की वक्रता ही है।

दुर्योधन और भीम का जन्म एक ही दिन हुआ था। (आदिपर्व, १२२/१९)।

गांधारी का गर्भाधान दो वर्ष तक रहा है और इसी कालावधि में युधिष्ठिर के जन्म का समाचार हस्तिनापुर पहुँचा है। इसके बाद महर्षि व्यास ने गांधारी द्वारा रोषपूर्वक त्यागे गए गर्भ के सौ टुकड़े करके घी से भरे कुंभ में रखवाया तथा उसके बाद और दो वर्ष उस कुंभ पर जल-सिंचन कराने के बाद उसमें से गांधारी के सौ पुत्र जनमते हैं। इन सौ में से दुर्योधन सबसे पहले जनमा, क्योंकि वह जिस कुंभ में था उस कुंभ को सबसे पहले खोला गया था। इस कथानक से युधिष्ठिर और भीम के बीच मात्र दो-ढाई वर्ष का अंतर था, यह स्पष्टता भी मिलती है। दुर्योधन के जन्म के समय अशुभ आकाशीय तत्त्व दिखाई दिए और ज्योतिषियों ने 'यह पुत्र कुलनाशक होगा', ऐसी भविष्यवाणी की थी। दूसरे निन्यानबे पुत्रों को बचा लेने के लिए इस एक पुत्र को जन्म के साथ ही त्याग देने का सुझाव विदुर ने भी राजा धृतराष्ट्र को दिया था; परंतु धृतराष्ट्र को इस पुत्र के प्रति स्नेह ही नहीं, भरपूर मोह है और वह 'सर्वनाश भले हो, किंतु इस पुत्र को तो मैं नहीं त्याग सकता', ऐसा कहता है।

दुर्योधन के जन्म के साथ ही एक-दो रसप्रद बातों का उल्लेख करना आवश्यक है। कौरवों यानी कि धार्तराष्ट्रों में दुर्योधन सबसे बड़ा माना जाता है, पर वास्तव में ऐसा है नहीं। गांधारी की गर्भावस्था और पुत्रजन्म में लगभग चार वर्ष का समय लग गया। इस बीच राजा धृतराष्ट्र के सेवार्थ नियुक्त की गई शूद्रा दासी ने राजा के साथ संबंध स्थापित करके एक पुत्र युयुत्सु को जन्म दिया है। इस तरह धृतराष्ट्र के पुत्रों को ही कौरव माना जाए तो कौरव सौ नहीं, एक सौ एक हैं और ज्येष्ठ भ्राता दुर्योधन नहीं, युयुत्सु है। इस घटना के समांतर ही पांडु-पुत्रों को देखना चाहिए। पाँचों पांडवों में से एक भी पांडु-पुत्र तो है ही नहीं। वे सभी कुंती को प्राप्त हुए वरदान के परिणाम हैं। यदि इस वरदान और कुंती को ही केंद्र में रखकर विचार करें तो पांडव पाँच नहीं, छह हैं। कुंती को कौमार्यावस्था में प्राप्त हुआ कर्ण भी पांडु का 'क्षेत्रज' पुत्र ही कहा जाएगा। इन छह पांडवों में कर्ण ज्येष्ठ भ्राता है। इस तरह दोनों पक्षों में जो ज्येष्ठ भ्राता है, वह अस्वीकृत रहा है, इसे विधि की विचित्रता कहेंगे कि वक्रता! इतना ही नहीं, ज्येष्ठ कौरव युयुत्सु महायुद्ध में पांडव पक्ष में रहकर लड़ा है और ज्येष्ठ पांडव कर्ण उसी युद्ध में कौरव पक्ष में रहकर लड़ा है, यह भी ध्यान देने योग्य बात है।

ऐसा लगता है कि समझने लायक हुआ, तभी से दुर्योधन ने यह विश्वासपूर्वक मान लिया था कि हस्तिनापुर का युवराज और इस तरह से भावी सम्राट् वही है, क्योंकि बाल्यावस्था में पांडव तो वन में पल रहे थे, इसलिए उस विषय में दुर्योधन अवगत न रहा हो, ऐसा संभव है। संभवत: राजा धृतराष्ट्र ने भी यही मान लिया हो

कि सिंहासन पर जो विधिपूर्वक आरूढ़ हुआ था, वह पांडु अब कभी वापस नहीं आएगा और उसके पुत्र या तो वनवासी ही रहेंगे अथवा जन्म शंकास्पद होने से वे हस्तिनापुर में स्वीकार नहीं किए जाएँगे। इन परिस्थितियों में धृतराष्ट्र और दुर्योधन—पिता-पुत्र दोनों हस्तिनापुर का सिंहासन अब वैधानिक और नैतिक दोनों दृष्टि से अपना ही है, इस मान्यता में दृढ़ होते गए हों, ऐसा संभव है।

परंतु कालांतर में पांडवों का आगमन हुआ। इतना ही नहीं, भीष्म, द्रोण, कृपाचार्य आदि ने उन्हें पांडु-पुत्रों के रूप में विधिवत् स्वीकार भी किया। अरण्यवासी ऋषियों ने भी स्वयं हस्तिनापुर आकर अस्वीकार करने का कोई अवसर ही नहीं दिया। धृतराष्ट्र ने दिखाने के लिए पांडवों को प्रसन्नतापूर्वक भले ही स्वीकार किया हो, पर वह मन-ही-मन चिंतित हो गया हो, यह अधिक तर्कपूर्ण लगता है। पांडवों के आगमन को धृतराष्ट्र अपने स्थान और गौरव के कारण सम्मानपूर्ण ढंग से भले ही स्वीकार कर ले, किंतु दुर्योधन—जो अब बाल्यावस्था लाँघकर किशोर या तरुण अवस्था में है—के लिए अपने भावी प्रतिस्पर्धी को—और सही कहें तो प्रतिस्पर्धी भी नहीं, युधिष्ठिर को—स्वीकार करने का अर्थ हस्तिनापुर के युवराज पद और इस तरह सम्राट् पद पर दुर्योधन का पूरी तरह अस्वीकार था। इस स्थिति को दुर्योधन कैसे स्वीकार कर ले! पांडवों के शत्रु के रूप में जिन्हें सदैव चित्रित किया गया है, वे कर्ण और शकुनि अभी कहीं भी दृश्य में नहीं, उसी समय पांडवों का नाश कर देने के कुटिल षड्यंत्र दुर्योधन अकेले रचने लगा है। जल-विहार के नाम पर भीम को डुबो देने की साजिश, विष मिले लड्डू खिलाकर भीम को मार डालने का षड्यंत्र और अंत में लाक्षागृह का षड्यंत्र दुर्योधन ने रचे हैं। पांडवों की शक्ति भीम ही हैं, यह मानकर उसे भीम का नाश करने में ही रुचि रही है।

शक्ति-परीक्षण की जहाँ तक बात है, भीम और अर्जुन दोनों पांडव पक्ष में अपने से बहुत आगे हैं, इस सत्य का साक्षात्कार दुर्योधन की प्रकृति किसी तरह स्वीकार कर सके, ऐसी नहीं थी। भीम गदायुद्ध में निपुण है तो वह स्वयं भी गदायुद्ध में कम नहीं, दुर्योधन की यह मान्यता एकदम गलत भी नहीं थी। महायुद्ध के अंतिम दिन जब भीम और दुर्योधन के बीच अंतिम गदायुद्ध हुआ तो भीम थक गए थे और पराजित होने के कगार पर थे, यह जग-जाहिर है। उस समय कृष्ण के संकेत पर यदि भीम ने गदायुद्ध के नियमों का उल्लंघन करके दुर्योधन की जाँघों पर आघात न किया होता तो परिणाम संभवतः भिन्न आया होता। परंतु अर्जुन की शस्त्र-विद्या का मुकाबला कर सके, ऐसा कोई कौरव पक्ष में नहीं था। इस कमी को दुर्योधन ने कर्ण को अपने साथ लेकर पूरी कर ली। द्रोणाचार्य द्वारा आयोजित

परीक्षण के समय रंगमंच पर कर्ण ने एक अनजान धनुर्धर के रूप में भले प्रवेश किया, किंतु दुर्योधन उससे अपरिचित नहीं था। आचार्य द्रोण के पास जो कुमार शिक्षा प्राप्त कर रहे थे उनमें द्रोणपुत्र अश्वत्थामा और सूतपुत्र कर्ण भी शामिल थे, इसलिए कर्ण की शक्ति से दुर्योधन निश्चित ही परिचित रहा होगा। रंगमंच पर कर्ण ने अर्जुन का तेजोवध किया; इतना ही नहीं, अपनी शस्त्रकला को अर्जुन से श्रेष्ठतर भी सिद्ध किया तो कौरव पक्ष में अर्जुन का सामना कर सके, ऐसे धनुर्धारी की जो कमी थी उसे पूरा कर लेने का दुर्योधन को अवसर मिल गया। ''कर्ण तो सूतपुत्र है और अर्जुन राजपुत्र है।'' कृपाचार्य की इस बात का उत्तर देने के लिए उसने कर्ण को तत्काल अपने अंक में लिया और उसे तत्काल अंगदेश का राजा घोषित कर दिया! कर्ण अब सारथि नहीं, राजा था। इसलिए अर्जुन की बराबरी का था। इतना ही नहीं, अब वह दुर्योधन का मित्र भी था।

यहाँ एक कूटप्रश्न अनिर्णीत रहा है। राजा के रूप में धृतराष्ट्र हैं और धृतराष्ट्र इस राजपद का वहन विधिसम्मत नरेश पांडु के एवज में कर रहे हैं। राज्य के सर्वेसर्वा और समर्थ वरिष्ठ पितामह भीष्म हैं। इन स्थितियों में दुर्योधन, जिसका स्थान एक राजकुमार से अधिक नहीं, वह इन सभी अधिकारी श्रेष्ठ जनों की उपस्थिति में हस्तिनापुर राज्य का एक भाग अंगदेश कर्ण को कैसे दे सकता है! उसका तो युवराज पद पर भी अभिषेक नहीं हुआ। फिर भी वह अपने आपको राजा मानकर ही यह कृत्य कर रहा हो, ऐसा लगता है। वह अपने आपको राजा तो क्या, साक्षात् इंद्र ही क्यों न माने, पर धृतराष्ट्र और भीष्म ने उसे स्वीकार कैसे किया, यह पहेली अनबूझी है। धृतराष्ट्र तो शायद मोह-प्रेरित होकर मौन रह गया होगा। इससे दुर्योधन के भावी अधिकार की रक्षा होती है, ऐसा भी कोई विचार धृतराष्ट्र के मन में रहा हो; किंतु भीष्म ने इस सरासर अनौचित्य को क्यों मूक सम्मति दी, यह प्रश्न समझ में नहीं आता। आगे चलकर द्रौपदी के चीर-हरण के समय कुरुसभा में भीष्म द्वारा साधे गए मौन के विषय में अनेक बार चर्चा होती है, पर रंगमंच पर भीष्म द्वारा साधे गए इस मौन को महाभारत के विद्वानों ने क्यों मौन रहकर स्वीकार किया है, यह समझ में नहीं आता। संभव है कि दुर्योधन को ऐसे अनधिकृत कदम से रोका गया होता तो कुरुकथा दूसरी तरह से भी लिखी गई होती। इस घटना के घटित होने के बाद युवराज पद पर तो युधिष्ठिर का ही अभिषेक बराबर एक वर्ष बाद हुआ है और हस्तिनापुर के विभाजन के बाद पांडव इंद्रप्रस्थ गए, तब युधिष्ठिर इंद्रप्रस्थ के राजा बने; पर हस्तिनापुर के राजा तो धृतराष्ट्र ही रहे हैं और दुर्योधन का तो इसके बाद भी युवराज के पद पर अभिषेक होने का कहीं उल्लेख नहीं है। इस प्रकार अंत

तक दुर्योधन हस्तिनापुर के पाटवी कुमार से अधिक कोई स्थान नहीं प्राप्त कर पाया।

स्वाभाविक है कि युवराज पद पर युधिष्ठिर के प्रस्थापित होने का अर्थ था दुर्योधन के समस्त सपनों का करुण अंत। इस स्वप्न को यदि जीवंत करना है तो पांडवों का नाश किए बिना नहीं चलनेवाला। दुर्योधन के साथ में अब तो कर्ण भी था, इसलिए बलाबल की दृष्टि से वह स्वयं को पांडवों के समकक्ष ही नहीं, उनसे बढ़कर मानता था। पांडवों का नाश अब युधिष्ठिर के युवराज पद पर स्थापित होने के बाद युद्ध जैसे मार्ग से तो हो सकता नहीं, इसलिए उसने लाक्षागृह की कूटनीति—षड्यंत्र रचने—का मार्ग अपनाया। यह षड्यंत्र तभी सफल हो सकता था जब पांडव वहाँ रहने के लिए जाते। उसके कहने से तो पांडव वहाँ जानेवाले नहीं थे, इसलिए वारणावत नगरी के सौंदर्य की भूरि-भूरि प्रशंसा करके उसने पिता धृतराष्ट्र के माध्यम से इस सुंदर नगरी में कुछ समय विहार एवं आमोद-प्रमोद करने का सुझाव दिया। पिता धृतराष्ट्र का सुझाव आज्ञा ही कही जाएगी, यह मानकर पांडव वहाँ गए और पहले से ही रचे गए लाक्षागृह में रहे भी; किंतु दुर्योधन के दुर्भाग्य से पांडव लाक्षागृह से सुरक्षित निकल गए। पर पांडव लाक्षागृह से सुरक्षित बच गए हैं, इस सत्य से समग्र हस्तिनापुर अनजान ही था और दुर्योधन अपने को निश्चिंत हुआ ही मानता था। सत्य मात्र विदुर और भीष्म ही जानते थे।

वारणावत की घटना के बाद पांचाल-नरेश द्रुपद की राजकन्या का स्वयंवर आयोजित हुआ और दुर्योधन इस राजकन्या को प्राप्त करने के अरमान के साथ अपने मित्र कर्ण के साथ वहाँ गया। दुर्योधन इस कन्या को प्राप्त करने की परीक्षा में उत्तीर्ण नहीं हो सकता। इतना ही नहीं, तापस वेशधारी अर्जुन यह काम सिद्ध करते हैं और पांडव द्रुपद तथा कृष्ण जैसों की सहायता लेकर प्रकट हुए, यह आघात सह पाना दुर्योधन के अहंकार के लिए जैसा-तैसा काम नहीं कहा जा सकता। फिर एक बार दुर्योधन की आँखों के सामने पांडव विजेता बने और दुर्योधन सबके सामने परास्त हुआ। पांडव द्रौपदी के साथ हस्तिनापुर वापस लौटे और इसके बाद पांडु-पुत्रों और धृतराष्ट्रों के बीच का वैमनस्य भविष्य में न रहे, इसके लिए पितामह भीष्म ने हस्तिनापुर राज्य का विभाजन कर दिया। इस विभाजन की बात गले उतारना दुर्योधन के लिए अत्यंत दुष्कर होना ही था। तत्कालीन परिस्थितियाँ ऐसी थीं कि अब यह विभाजन स्वीकार किए बिना चलनेवाला नहीं था। वर्षों बाद जब महायुद्ध द्वार पर आकर खड़ा हो गया तो शांति का संदेश लेकर आए कृष्ण को दुर्योधन ने अपने चित्त में छिपी यह बात दिल खोलकर कह दी है, "कृष्ण! राज्य

का विभाजन हमारी भूल थी और अब जबकि यह भूल सुधर गई है तो फिर से पांडवों को यह राज्य सौंपने की भूल मैं कदापि नहीं करूँगा।''

पांडवों ने इंद्रप्रस्थ बसाया और राजसूय यज्ञ किया तो भीष्म आदि सभी के साथ दुर्योधन भी इस यज्ञ में गया था। इंद्रप्रस्थ में पांडवों की अपार समृद्धि देखकर वह व्यथित हो गया है। समग्र आर्यावर्त के राजाओं ने पांडवों को जिस तरह भेंट और उपहार देकर स्वीकार किया उससे दुर्योधन का द्वेष बढ़ता गया। इसे सहन करना उसके अहंकार के लिए असंभव था। उस पर मय दानव द्वारा रचे गए पांडवों के राजमहल में जल को स्थल और स्थल को जल समझकर चलने में दुर्योधन का जो उपहास हुआ उससे वह मात्र व्यथित ही नहीं, अत्यंत हताश भी हो गया। उसे लगा कि यह सत्ता और समृद्धि वह स्वयं कभी प्राप्त नहीं कर सकेगा, इसलिए पूरा जीवन ही उसे व्यर्थ लगा। उसके मन से जीवन का अर्थ मात्र पांडवों की अपेक्षा विशेष होना भर था। पांडवों की संपत्ति नष्ट करने का कोई उपाय उसके पास था ही नहीं, इसलिए अब मृत्यु प्राप्त कर लेना ही अच्छा है, यह मानकर उसने शकुनि से कहा, ''मामा! यदि यह सब प्राप्त करना संभव न हो तो मैं मर जाना चाहता हूँ!'' उसकी बात जानने के बाद शकुनि ने उसे द्वेषमुक्त होकर जो समृद्धि हस्तिनापुर की है वही पर्याप्त है और उसी के उपभोग से संतुष्ट रहने की सलाह दी; परंतु बाद में भानजे की अवदशा और हताशा बहुत बढ़ गई तो द्यूत खेलने का सुझाव उसने ही दिया है। स्वयं द्यूतकला में पारंगत है और युधिष्ठिर स्वयं को पारंगत मानकर खेले बिना रहेगा नहीं, यह बात शकुनि अच्छी तरह जानता है। राजा धृतराष्ट्र की आज्ञा बिना तो द्यूत का आयोजन हो ही नहीं सकता था, इसलिए उन्हें समझा लिया गया। धृतराष्ट्र इस द्यूत का आरंभ में जो विरोध करता है वह 'पर उपदेश कुशल बहुतेरे' जैसा सिद्धांत है, क्योंकि यदि युधिष्ठिर का राज्य हर लेने को मिलता है तो उसके मुँह में पानी आएगा ही! द्यूत का आयोजन हुआ और युधिष्ठिर को आमंत्रण भेजा गया।

द्यूत का परिणाम अपेक्षा के अनुसार ही युधिष्ठिर के सर्वस्व की पराजय में आया। एक बार परास्त होने के बाद युधिष्ठिर दूसरी बार भी खेले और दूसरी बार एक ही दाँव में समग्र राज्य और तेरह वर्ष का वनवास था और इस बार भी युधिष्ठिर हारे। पहली बार की पराजय के अंत में द्रौपदी के वस्त्र-हरण का जो दारुण दृश्य उपस्थित हुआ उसमें दुर्योधन के चित्त की गहराई अपनी तमाम गंदगी के साथ प्रकट हुई है। वह स्वयंवर में द्रौपदी को प्राप्त करना चाहता था, जिसमें उसे विफलता मिली थी। शक्ति-प्रदर्शन का जहाँ तक संबंध था, पांडव अब उससे

बहुत आगे निकल गए थे। राजसूय यज्ञ इसका प्रतीक था। द्यूत सभा में मिली विजय दुर्योधन के लिए सर्वोच्च पल हो, यह स्वाभाविक ही था। भीष्म, गांधारी, विदुर, द्रोणाचार्य, कृपाचार्य—किसी की भी सलाह दुर्योधन ने नहीं मानी और द्रौपदी का अपमान किया। इतना ही नहीं, उसे अपनी जाँघ खोलकर उस पर बैठने का निमंत्रण भी दिया। ऐसा करते समय बड़ों की अवमानना की भी परवाह उसने नहीं की। द्वेष और अहंकार कितने विवेकहीन होते हैं, इसी का यह उदाहरण है। इस अविवेक के कारण ही भीम को भयानक प्रतिज्ञा करनी पड़ी और महासंहार का अंतिम और घृणित दृश्य इस जाँघ प्रदर्शन के साथ ही निर्मित हो गया!

पर यह पांडव द्वेष अपने अहंकार और उसके समग्र अस्तित्व में किस सीमा तक व्याप्त हो गया है, उसके हीनतम दृश्य उपस्थित होने अभी बाकी थे। पांडवों की संपत्ति देखकर वह इंद्रप्रस्थ में व्यथित हुआ था। उसी तरह कंगाल और दरिद्र बन गए पांडवों के समक्ष अपनी संपत्ति और सत्ता का प्रदर्शन कर उन्हें व्यथित करने के लिए उसने घोष यात्रा का आयोजन किया। वास्तव में तो अब तेरह वर्ष तक उसे पांडवों की ओर से कोई भय था ही नहीं। इसके बावजूद द्वेष और ईर्ष्या ऐसे अशुभकारी तत्त्व हैं, जो कभी शांति लेने ही नहीं देते। इसका उदाहरण यह घोष यात्रा है।

द्वैतवन में वास कर रहे पांडवों के पास जाकर अपनी महत्ता दरशाने के लिए जाते समय दुर्योधन को मार्ग में ही चित्रसेन गंधर्व ने युद्ध में बुरी तरह पराजित कर बंदी बना लिया। इतना ही नहीं, साथ में आए कर्ण को भी पराजित कर भगा दिया। दुर्योधन के लिए यह कठिन क्षण था। उसके बचे हुए सैनिक द्वैतवन में रह रहे युधिष्ठिर की शरण में गए और युधिष्ठिर के कहने से ही अर्जुन ने चित्रसेन गंधर्व को हराया तथा बंदी दुर्योधन को उसी अवस्था में युधिष्ठिर के समक्ष उपस्थित किया। इंद्रप्रस्थ में तो दुर्योधन अपने अंतर की ईर्ष्या में ही जला था और जिन पांडवों को व्यथित करने के लिए वह जा रहा था उन्हीं पांडवों की शरण में वह आ पड़ा था। युधिष्ठिर ने उसे जीवनदान दिया और नतमस्तक होकर वह हस्तिनापुर वापस लौटा।

पांडवों की इंद्रप्रस्थ की समृद्धि भी जो दुर्योधन सहन नहीं कर सका था, वह दुर्योधन यह घोर अपमान कैसे सहन कर सके! उसी दिन उसे जीवन व्यर्थ लगा था तो आज तो और भी व्यर्थ लगे, यह स्वाभाविक ही था। उसने आत्महत्या करने का निश्चय करके अन्न-जल का त्याग करने का निश्चय व्यक्त किया। इतना ही नहीं, हस्तिनापुर में प्रवेश करने के बदले वह आत्महत्या करेगा और उसके स्थान

पर दुःशासन अब हस्तिनापुर जाएगा, यह भी उसने कहा। कर्ण ने उसे समझाया, ''दुर्योधन! शत्रु पर विजय प्राप्त करने के लिए भी जीवित रहना जरूरी है। यदि प्राण ही त्याग दोगे तो फिर विजय प्राप्त करने की बात ही कहाँ रही!'' कर्ण के समझाने के बाद वह हस्तिनापुर वापस लौटता है और उसकी हताशा दूर करने के लिए इसके बाद कर्ण ने उसकी ओर से वैष्णव यज्ञ का आयोजन कराया। इतना ही नहीं, दुर्योधन की प्रसन्नता के लिए उसने कई राजाओं को हराकर अकारण ही दुर्योधन की सर्वोपरिता सिद्ध करने का प्रयास भी किया है।

नकली विजय की इस सिद्धि को असली मानकर पुनः पूर्ववत् ईर्ष्या में सरक जाने में दुर्योधन को जरा भी देर नहीं लगती। इसके बाद का दुर्वासा ऋषि का प्रसंग तो दुर्योधन के अंतर की हीनता का उत्तम उदाहरण है। दुर्वासा दुर्योधन के अतिथि बने हैं और ऐसे महाक्रोधी अतिथि का आतिथ्य करना अत्यंत दुष्कर कार्य था। फिर भी अपने स्वार्थ के लिए उन्हें भी प्रसन्न करता है। हीन प्रकृति का मनुष्य ईर्ष्या से प्रेरित होकर आवश्यकता पड़ने पर कैसा विनम्र बन जाता है, इसका यह उदाहरण है। सरलता से प्रसन्न न होनेवाले दुर्वासा भी दुर्योधन पर प्रसन्न हुए तो दुर्योधन ने इस महाक्रोधी ऋषि से जो वचन माँगा वह हीनता की पराकाष्ठा है। उसने वचन माँगा कि दुर्वासा अपने शिष्यों के साथ अचानक पूर्वधारणा के बिना ही पांडवों के अतिथि बनकर भोजन की माँग करें और इसके लिए पांडव तथा द्रौपदी तक भोजन कर लें, उसके बाद ही वहाँ जाएँ। ऐसा करने से द्रौपदी तत्काल ऋषिवृंद के लिए भोजन की व्यवस्था नहीं कर सकेगी, इसलिए क्रोधी ऋषि पांडवों को अवश्य शाप देंगे, ऐसी उसकी धारणा थी। परंतु कृष्ण की सहायता से पांडव ऋषि के इस संभावित शाप से बच गए और दुर्योधन की गणना फिर एक बार गलत सिद्ध हुई। लेकिन मनुष्य ईर्ष्या से प्रेरित होकर किस सीमा तक पामर बन सकता है, इसका उत्तम उदाहरण यह प्रसंग प्रस्तुत करता है। समर्थ-से-समर्थ व्यक्ति का भी अहंकार जब आहत होता है और वह ईर्ष्या को वश में नहीं कर पाता तो इसी सीमा तक नीचे उतर आता है।

□

दुरात्मा दुर्योधन-२

द्यूत की शर्त के अनुसार पांडवों को वनवास का तेरहवाँ वर्ष अज्ञातवास में बिताना था और यदि इस अज्ञातवास के दौरान दुर्योधन उन्हें ढूँढ़ निकाले तो पुनः एक बार बारह वर्ष का वनवास और तेरहवें वर्ष का अज्ञातवास झेलना था। तेरहवें वर्ष के अज्ञातवास में पांडवों को खोज निकालने के लिए दुर्योधन आकाश-पाताल एक करे, यह स्वाभाविक ही था। इसके बावजूद विराट नगरी में गुप्त वेश में छुपे पांडव उसके हाथ नहीं आए। दुर्योधन के तमाम गुप्तचर और मित्र पांडवों का कोई भी सुराग नहीं पा सके तो घड़ी भर के लिए दुर्योधन ने मान लिया कि पांडवों की निश्चित ही मृत्यु हो गई होगी। पांडवों को खोज निकालने के अपने तंत्र की निष्फलता का दुर्योधन को रंज मात्र भी संदेह नहीं होता। अहंकारी व्यक्ति अपनी किसी भी बात या व्यवस्था के दोष की कल्पना नहीं कर सकता। दुर्योधन ने भी इसी हीन प्रवृत्ति को अपनाया है। उसे ऐसा संदेह भी नहीं होता कि जिस तरह वह शत्रु को ढूँढ़ निकालने के लिए है उसी तरह शत्रु भी इस तंत्र में कहीं पकड़ा न जाय, इसके लिए सवाई सतर्क होगा ही। दुर्योधन पांडवों को पकड़ नहीं सका, इसका पहला तार्किक अर्थ यही होना चाहिए कि शत्रु सावधान और सचेत है। परंतु अहंकारी व्यक्ति इस तरह विचार कर ही नहीं सकता।

परंतु इसके बाद विराट नगरी से जो समाचार आए उनसे दुर्योधन विचार करने के लिए विवश हो गया। अपने सोच की भूल उसे तुरंत समझ में आ गई। राजा विराट का साला कीचक मल्ल युद्ध में अत्यंत विख्यात था। उस कीचक का मल्ल युद्ध में किसी अज्ञात गंधर्व ने वध कर दिया, यह जानकर दुर्योधन ने बड़ी बुद्धिमानी के साथ विचार किया है। कीचक का मल्ल युद्ध में सामना कर सकें, ऐसे तीन ही

मल्ल आर्यावर्त में थे। एक तो दुर्योधन स्वयं और दूसरे दो बलराम व भीम थे। बलराम ने तो उसका वध इस तरह अज्ञात गंधर्व के रूप में नहीं ही किया होगा, इसलिए यह कृत्य भीम का ही होना चाहिए। इसके साथ ही कीचक के वध के साथ एक रूपवती दासी सैरंध्री का नाम भी जुड़ा हुआ था, इसलिए यह सैरंध्री द्रौपदी और अज्ञात गंधर्व भीमसेन ही है, इस विषय में दुर्योधन के मन में रंच मात्र भी शंका नहीं रह गई। अब प्रश्न उन्हें पकड़कर पहचान लिये जाने का था। यदि ऐसा हो सके तो दूसरे तेरह वर्ष तक वह निष्कंटक हो सकेगा। ऐसा करने में वह वैधानिक व नैतिक रूप से सही था ही। यह उसका अधिकार था। यदि विराट नगरी पर आक्रमण किया जाए तो गुप्तवेश में छिपे अर्जुन आदि पांडव उसका प्रतिकार किए बिना नहीं रहेंगे। यह तर्क भी दुर्योधन ने सही ढंग से ही किया है। विराट की गायों का अपहरण करने जैसा दस्यु कृत्य वैसे तो कुरुकुल को शोभा नहीं देता, किंतु इस कृत्य का हेतु अर्जुन का पीछा करने का अवसर प्राप्त कर उसे पहचान लेना था। गायें तो निमित्त मात्र और गौण थीं।

धारणा के अनुसार ही हुआ। दुर्योधन और उसके सैन्यों ने, जिसमें भीष्म से लेकर अश्वत्थामा तक सभी का समावेश था, विराट नगरी के सीमांत से गायों का झुंड हस्तिनापुर की ओर मोड़ लिया और अर्जुन ने बृहन्नला के रूप में उनका पीछा भी किया। अर्जुन पहचाने तो गए, किंतु कौरव सैन्य के तमाम महारथियों और सैनिकों को मूर्च्छित कर गायों को वापस लौटाकर चल दिए। उन्हें पहचान सकें, ऐसी सज्जता उस समय किसी कौरव में नहीं रह गई थी। इसके बावजूद दुर्योधन का आग्रह एक गणतीय भूल के कारण अवैध सिद्ध हुआ। भीष्म और द्रोण ने सावधानीपूर्वक गणना करके कहा कि तेरहवाँ वर्ष अब पूरा हो गया है, इसलिए पांडव पहचान लिये जाएँ तब भी द्यूत की शर्त अब उन पर लागू नहीं होगी। इस तरह दुर्योधन का और एक प्रयत्न विफल गया।

इसके बाद अब प्रश्न पांडवों को उनका राज्य वापस सौंपने का था। द्यूत की शर्त के अनुसार पांडवों ने तेरह वर्ष का वनवास पूरा किया था, इसलिए उन्हें इंद्रप्रस्थ का राज्य वापस करना चाहिए; किंतु दुर्योधन यह बात कैसे स्वीकार कर सकता था! इन तेरह वर्षों के अंतराल में वह सज्ज हुआ है। भीष्म, द्रोण आदि अधिक वृद्ध हुए हैं। दुर्योधन के आस-पास कर्ण, शकुनि, दु:शासन आदि की शक्ति भी है। अब यदि राज्य वापस सौंपना हो तो इतने वर्षों तक दुर्योधन ने जो कुछ किया है उसका योग शून्य ही हो जाएगा। उसने निश्चय कर ही लिया है, चाहे जो हो, किसी भी मूल्य पर पांडवों को इंद्रप्रस्थ का राज्य वापस नहीं देना है। इंद्रप्रस्थ

यथार्थ में तो हस्तिनापुर राज्य का ही एक अंग था और समग्र हस्तिनापुर के राज्य पर तो ज्येष्ठ धार्तराष्ट्र के रूप में मात्र दुर्योधन का ही अधिकार हो सकता है, ये तर्कपूर्ण दलीलें वह शांति का संदेश लेकर आए कृष्ण के समक्ष देता भी है। अपने ऊपर ही दोषारोपण होने से रोकने के लिए वह कहता है—युधिष्ठिर द्यूत खेलने के लिए अपनी इच्छा से आए थे, इसके लिए किसी ने उन्हें विवश नहीं किया था। मामाश्री शकुनि मेरी ओर से पासा फेंकेंगे यह आरंभ में ही निश्चित हो गया था और यदि सुसंगत नहीं था तो युधिष्ठिर को खेलना ही नहीं चाहिए था। शकुनि अपनी कुशलता के चलते दाँव जीतते गए तो युधिष्ठिर किसलिए दाँव-पर-दाँव लगाते गए। बात रही इंद्रप्रस्थ को अब सुपुर्द करने की, तो इंद्रप्रस्थ पांडवों को दिया गया, यही बहुत बड़ी भूल थी। इस भूल को सुधार लेने में अब बुरा क्या है?

यहाँ तक तो दुर्योधन के तर्क को उसकी प्रकृति में समाविष्ट अहंकार और ईर्ष्या के तत्त्वों को देखते हुए सहज मानकर हम स्वीकार कर सकते हैं, किंतु इसके बाद वह शांतिदूत बनकर आए स्वयं कृष्ण को बंदी बनाकर पांडवों को असहाय कर देने का जो विचार करता है उसमें तो अपने ही हित-अनहित को न समझ सकनेवाले एक असंतुलित मानस का ही दर्शन होता है। पागल हुआ व्यक्ति जैसे कुछ भी करने लगता है, ऐसी ही वृत्ति यहाँ दिखाई देती है। उसके सद्भाग्य से वह यह योजना अमल में नहीं ला पाता। जब कृष्ण, भीष्म, द्रोण, गांधारी और धृतराष्ट्र सभी दुर्योधन को समझाते हैं कि संभावित सर्वनाश की जवाबदारी उसी की होगी तो वह सभी तर्कों और दलीलों पर पूर्णविराम लगाते हुए कह देता है, "आप चाहे जो कहें, ईश्वर ने मुझे जैसा बनाया है, वैसा मैं हूँ और उसी के अनुसार व्यवहार कर रहा हूँ!" (उद्योगपर्व, १४०-४०) इस अवसर पर कथित रूप से दुर्योधन द्वारा कहे गए एक श्लोक का विद्वान् और अध्ययनकर्ता बार-बार उल्लेख करते हैं। यह श्लोक बहुत प्रसिद्ध है—

'जानामि धर्मं न च मे प्रवृत्तिः।
जानम्यधर्मं न च मे निवृत्तिः॥'

अर्थात्—"धर्म क्या है, मैं जानता हूँ; परंतु आचरण नहीं कर सकता और अधर्म क्या है, यह भी मैं जानता हूँ; परंतु त्याग नहीं सकता।"

महाभारत में दुर्योधन का यह श्लोक नहीं है। यह श्लोक महाभारत में कहीं ढूँढ़ने से नहीं मिलता। जिस प्रकार युधिष्ठिर के मुँह से 'नरो वा कुंजरः वा' जैसी उक्ति कथाकारों और तथाकथित विद्वानों ने पूर्णतः अनधिकृत रूप से कहलवाई हैं वैसी ही यह उक्ति है। दुर्योधन ने यह उक्ति सचमुच ही कहीं हो तो वह महाभारत

के तमाम पात्रों में सबसे अधिक प्रामाणिक कहा जाएगा, क्योंकि वह स्पष्ट रूप से अपनी मर्यादा को स्वीकार करता है। अन्य सभी पात्र अपने अधर्माचरण को भी धर्म का जामा पहनाने का प्रयास करते हैं। इस श्लोक में तो ईमानदारी के साथ मर्यादा को स्वीकार किया गया है।

युद्ध के आरंभ की पूर्वसंध्या पर दुर्योधन शकुनि के पुत्र उलूक को पांडवों के शिविर में भेजकर जो संदेश कहलवाता है, वह अनावश्यक तो है ही, क्योंकि संदेश का आदान-प्रदान संजय और कृष्ण कर चुके थे, फिर भी युद्ध टाला नहीं जा सका था। इसके एकदम विपरीत परिप्रेक्ष्य में उलूक का यह दूतकर्म है। दुर्योधन उलूक से अपनी वीरता कहलवाता है और ''हजारों अर्जुन और सैकड़ों कृष्ण एक साथ मिलकर भी आज मुझे युद्ध में नहीं रोक सकते'' ऐसी तुच्छ डींग भी मारता है। युधिष्ठिर से कहता है, ''द्यूत में पराजित हुए, पत्नी को भी हार गए, आपकी आँखों के सामने ही पत्नी को हम भरी सभा में लाए, आप वनवास भोगे और अंत में विराट के दास बनकर रहे। अब तो मर्द बनें!'' जिसे हम डींग मारना कहते हैं, उससे अधिक यह कुछ नहीं।

आखिर युद्ध हुआ ही। युद्ध के किसी भी चरण में दुर्योधन वीर पुरुष के रूप में प्रस्थापित नहीं किया जा सकता। वह पराक्रमी है, वीर हैं, जुनून के साथ लड़ता है और अस्त्र-शस्त्र में प्रवीण है, इसमें संदेह नहीं; परंतु वह कहीं भी भीष्म, द्रोण तो ठीक, अर्जुन, भीम या कर्ण को वीरता में छू भी नहीं पाता। अठारह दिन के युद्ध में वह कई बार धृष्टद्युम्न, नकुल, सात्यकि, घटोत्कच और अभिमन्यु के हाथों पराजित हुआ है। भीष्म और द्रोण को उसने एक के बाद एक सेनापति का पद तो सौंपा है, किंतु इन दोनों वरिष्ठ जनों के मन में पांडवों के प्रति शुभेच्छा और कोमल भावना है, इस बात से वह परिचित है। इसलिए पहले भीष्म को और बाद में द्रोण को बार-बार ताना मारते हुए कहता है, ''आप अपने पूरे सामर्थ्य से लड़ते नहीं और पांडवों का नाश नहीं करते।'' जिन्हें सैन्य की बागडोर सौंपी गई हो उनपर ही अविश्वास हो तो युद्ध कभी जीता नहीं ज़ा सकता। दुर्योधन की स्थिति विषम है। भीष्म या द्रोण को सेनाध्यक्ष बनाए बिना चलेगा नहीं और उनपर उसका पूरा विश्वास भी नहीं। वैसे इस अविश्वास के लिए दुर्योधन के पास उचित कारण भी हैं। भीष्म और द्रोण ने सत्य व न्याय पांडवों के पक्ष में है और वे उनका वध नहीं कर सकते, ऐसी स्पष्टता अनेक बार की है।

अठारह दिन के इस युद्ध की दो घटनाएँ दुर्योधन को समझने के लिए ध्यान देने योग्य हैं। एक बार सात्यकि और दुर्योधन युद्ध में आमने-सामने हो गए और

दोनों के बीच तुमुल युद्ध हुआ तो दुर्योधन वैराग्यभाव से सात्यकि से कहता है, "सात्यकि! हम दोनों मित्र थे, अब शत्रु बन गए और एक-दूसरे के वध के लिए लड़ रहे हैं। धिक्कार है हमारे क्षात्रधर्म, को जिसे जीवन से मृत्यु अधिक प्रिय है! इस संपत्ति और इस भूमि के लिए हम क्या कर रहे हैं।" ये उद्‌गार निरे श्मशान-वैराग्य के रूप में नहीं लिये जा सकते। ऐसे उद्‌गार सहज नहीं होते, विशेष रूप से दुर्योधन जैसे व्यक्ति के लिए। उसके मन में इसके पहले ये भावनाएँ अवश्य घुमड़ी होंगी। परंतु उसके अहंकार ने उन्हें कहीं प्रकट नहीं होने दिया होगा। युद्ध की भीषणता और स्वजनों के मृत शरीरों के ढेर के बीच यह भी एक प्रकार का अर्जुन जैसा ही विषाद है। अर्जुन का विषाद योग बन सका, क्योंकि उसे कृष्ण का स्पर्श हुआ; दुर्योधन का विषाद व्यर्थ है, क्योंकि उसका जन्म-स्थान विशुद्ध नहीं।

दूसरा प्रसंग आचार्य द्रोण के पतन के बाद कर्ण को सेनापति पद पर स्थापित किए जाने के बाद का है। युद्ध के पंद्रह दिन पूरे हो चुके हैं। भीष्म-द्रोण जैसे महारथियों के पतन के बाद अब कर्ण चाहे जितनी वीरता या जुनून से लड़े, युद्ध को विजय में परिवर्तित करना कर्ण के वश में नहीं, यह बात अश्वत्थामा समझ सकता है। पराजय जबकि निश्चित है तो अहंकार को छोड़कर समझौता कर लेना बुद्धिमानी है, यह सलाह वह दुर्योधन को युद्ध के दौरान देता है। पांडवों को इंद्रप्रस्थ देने के बदले अब यदि दुर्योधन पांडवों से हस्तिनापुर बचाकर प्राप्त कर ले तो इसी में गौरव है और तभी महामृत्यु से सभी का उद्धार होगा, यह बात अश्वत्थामा दुर्योधन को प्रतीतिजन्य ढंग से समझाता है। पांडव और कृष्ण अब भी युद्ध को रोक देंगे और समझौते का स्वागत करेंगे, अश्वत्थामा दुर्योधन को इसका पूरा विश्वास दिलाता है। पर दुर्योधन उसकी बात मानने से इनकार कर देता है। भीम के प्रति वह अपार वैर प्रकट करता है और विजय या सर्वनाश—यही दो विकल्प सामने रखता है।

अंत में सर्वनाश ही हुआ।

कर्ण के वध के बाद तो युद्ध नाम मात्र का ही रह गया था, फिर भी शल्य के सेनापतित्व में युद्ध और एक दिन खिंच गया। अठारहवें दिन के अंत में बचे कौरव सेनानी या तो भाग गए या पांडवों की शरण में आ गए और इस तरह शल्य के वध के साथ ही युद्ध का अंत आ गया। निन्यानबे भाइयों को भीम ने मार डाला था और अब एकमात्र दुर्योधन बच गया था। उसके पक्ष में अब केवल तीन जन थे—अश्वत्थामा, कृपाचार्य और कृतवर्मा। बचा नहीं जा सकता, जीता नहीं जा सकता और अब लड़ा नहीं जा सकता, यह विकराल सत्य जान लेने के बाद

दुर्योधन युद्धक्षेत्र के बाहर एक सरोवर के जल के नीचे छिप गया। छिप जाने का उसका यह कृत्य भीरुता और कायरता ही है। प्राण बचा लेने का यह हीन प्रयास ही है।

परंतु दुर्योधन जब तक जीवित है, पांडवों की विजय कैसे हो सकती थी! दुर्योधन को खोजते-खोजते पांडव श्रीकृष्ण के साथ इस सरोवर के तट पर आ पहुँचे। किनारे पर खड़े होकर युधिष्ठिर ने दुर्योधन को बहुत बड़ा उपालंभ देते हुए कहा, ''अरे दुर्योधन! इतने ढेर सारे स्नेही मित्रों को मृत्यु के मुख में झोंक देने के बाद प्राण बचाने के लिए इस तरह सरोवर के तल में छिपते हुए तुम्हें लज्जा नहीं आती? तुम तो कहते थे कि तुम अमर और अपराजेय हो। अब बाहर आकर बड़बोलापन सिद्ध करो।''

इसके बाद के जो संवाद हैं वे दुर्योधन, युधिष्ठिर और कृष्ण—इन तीनों के व्यक्तित्व को स्पष्ट रूप से प्रकट करते हैं। युधिष्ठिर ने जब ऐसा कहा तो दुर्योधन ने जल में ही रहकर उसका जो उत्तर दिया वह इतनी करुणता के बीच भी हास्य प्रेरित करे, ऐसा है। डरपोक बालक भय से बचने के लिए सिर तक चादर ओढ़कर जैसा जवाब देता है वैसा ही यह है। दुर्योधन ने कहा, ''मैं कोई आपसे भयभीत होकर छिपा नहीं हूँ। मैं तो थका हूँ, इसलिए आराम कर रहा हूँ। आप भी जाइए और आराम कीजिए।'' इसके बाद भी युधिष्ठिर दुर्योधन को उपालंभ देना जारी रखते हैं, इसलिए दुर्योधन कहता है, ''अब इस पृथ्वी पर राज्य करने जैसा रहा भी क्या है? इसका वैभव तथा श्रेष्ठ व्यक्ति तो नाश प्राप्त कर चुके हैं। मैं आज भी अकेला आप सभी का नाश कर विजय प्राप्त कर सकता हूँ; किंतु जो पृथ्वी विधवा स्त्री जैसी हो, उसे भोगने में मुझे कोई रुचि नहीं है। हे युधिष्ठिर! तुम और तुम्हारे भाई पृथ्वी पर राज्य करो। जाओ, मैंने यह तुम लोगों को सौंपी। अब तो मैं वन में जाकर, मृगचर्म पहनकर तपस्या करूँगा।'' अहंकारी व्यक्ति निर्बल हो जाए, उसके बाद भी उसका अहंकार उसे किस दिशा में घसीट ले जाता है, इसका उत्तम उदाहरण दुर्योधन के ये वाक्य हैं। इसके बाद दुर्योधन के इस प्रलाप के उत्तर में युधिष्ठिर कहते हैं, ''जिस दिन पाँच गाँव माँगे थे उस दिन तो तुम सुई की नोक के बराबर भी भूमि देने के लिए तैयार नहीं थे, अब आज मुझे तुम्हारा दान नहीं चाहिए। मैं और तुम दोनों पृथ्वी पर एक साथ नहीं रह सकेंगे। अब जो पृथ्वी तुम्हारी रही नहीं उसे तुम दान में कैसे दे सकते हो?'' और बाद में युधिष्ठिर यहाँ अपने जीवन की एक सबसे बड़ी भूल करते हैं। इतना कहने के बाद वे दुर्योधन को और अधिक ललकारते हुए कहते हैं, ''तुममें सामर्थ्य हो तो बाहर आकर अपना मनपसंद शस्त्र

चुन लो। तुम्हें जो चाहिए वह रथ और आयुध मैं देता हूँ। तुम शेखी तो हम सभी को जीत लेने की बघारते हो, किंतु यदि तुम हममें से एक जन को भी द्वंद्व युद्ध में पराजित कर सकोगे तो जाओ, मैं तुम्हें वचन देता हूँ कि इस पृथ्वी का राज तुम्हें वापस मिलेगा।''

अब दुर्योधन बाहर आए, इतनी ही देर थी। यदि बाहर आकर वह गदायुद्ध के लिए भीम के सिवा अन्य किसी भी पांडव को ललकारता तो दुर्योधन की विजय निश्चित थी। और फिर तो युधिष्ठिर के वचन के अनुसार पांडवों की विजय पराजय में बदल सकती थी। दुर्योधन के लिए यह उत्तम क्षण था। उसे तत्काल बाहर आकर उस पर अमल करना चाहिए था। परंतु कृष्ण परिस्थिति भाँप गए और दुर्योधन की प्रकृति अच्छी तरह अवगत कर कृष्ण ने भीम से कहा, ''भीम! जिस तरह तुमने धृतराष्ट्र के निन्यानबे पुत्रों को मार डाला है, उसी तरह अब उनके सौवें पुत्र दुर्योधन का भी वध करके अपनी प्रतिज्ञा पूरी करने का क्षण आ पहुँचा है। अपने प्रहार से तुम दुर्योधन को आज मरा ही समझो!'' और भीम ने भी कृष्ण का समर्थन करते हुए कहा, ''आप सब निश्चिंत रहें। इस पापी दुर्योधन की तुलना में मेरी गदा डेढ़ गुना बड़ी है। आज मेरे हाथ से इसकी मृत्यु निश्चित ही है।'' कृष्ण और भीम का यह संवाद सचमुच दुर्योधन के अहंकार को ललकारने जैसा है। दुर्योधन ने यह सब सुना और उसका आहत अहंकार इतनी भयानक सीमा तक उछला कि परिणाम का विचार किए बिना ही उसने गदायुद्ध के लिए भीम को ही ललकारा। नकुल, सहदेव या अन्य किसी को गदायुद्ध के लिए आमंत्रित करके वह सरलता से विजयी हो सकता था, पर उसने ऐसा नहीं किया। इसमें उसकी वीरता नहीं है। जल के तल में छिप जाने से वीरता तो कब की अदृश्य हो गई थी। अब जो व्यवहार-कुशलता दिखानी चाहिए थी, वह न युधिष्ठिर दिखा सके, न दुर्योधन। हस्तिनापुर के सिंहासन के ये दोनों ही प्रतिस्पर्धी निर्णायक क्षण में समान रूप से निष्फल रहे हैं।

गदायुद्ध के आरंभ में ही कृष्ण ने आशंका व्यक्त की है कि भीम की भी कूवत नहीं है कि धर्मयुद्ध करके दुर्योधन को पराजित कर सके। दुर्योधन गदायुद्ध में अधिक प्रवीण और अभ्यासी था। भीम अधिक जोरावर थे। पर युद्ध में मात्र जोर नहीं, अभ्यास और प्रवीणता अधिक महत्त्वपूर्ण होते हैं। संकर्षण बलराम, जो इस युद्ध से तटस्थ रहकर यात्रा पर गए थे, वे भी उस समय आ पहुँचे थे और युद्ध देख रहे थे। कृष्ण ने जो शंका व्यक्त की थी वह सही थी। लंबे समय तक चले इस द्वंद्व युद्ध में भीम थके हुए और दुर्योधन का हाथ ऊपर होता सब देख रहे थे। अब युद्ध को यथावत् जारी रखा जाए तो दुर्योधन अवश्य विजयी होगा, ऐसा भय उत्पन्न हो

गया था। उस समय कृष्ण ने अर्जुन द्वारा युद्ध कर रहे भीम को संदेश दिया, ''भीम, तुम्हारी प्रतिज्ञा तो दुर्योधन की जाँघ तोड़ने की है, क्या तुम यह भूल गए? युद्ध के दौरान जाँघ पर प्रहार करना निषिद्ध था और भीम लगभग पराजय के निकट पहुँच गए थे और दुर्योधन ने अंतिम प्रहार करने के लिए छलाँग मारी तो भीम ने उसी समय उसकी जाँघों पर प्रहार किया। दुर्योधन के लिए वह आक्रमण अकल्प्य था। वह ढहकर धराशायी हो गया। भूमि पर पड़े दुर्योधन पर मृत्यु का अंतिम प्रहार करते हुए भीम ने उसके मस्तक पर लात भी मारी! इतना ही नहीं, मृत्यु को प्राप्त कर रहे दुर्योधन को भूतकाल की कड़वी बातें याद दिलाकर ताने मारे। भीम के इस अधर्माचरण से क्षुब्ध हो उठे बलराम ने कुपित होकर भीम का वध करने के लिए अपना शस्त्र उठाया तो कृष्ण ने उन्हें शांत किया। कृष्ण ने कहा, ''भीम का यह अधर्माचरण अपनी प्रतिज्ञा पूरी करने के लिए आवश्यक था। यदि वे अपनी प्रतिज्ञा पूरी नहीं करते तो असत्यवादी कहे जाते, इसलिए प्रतिज्ञा-पालन के लिए यह अधर्म अनिवार्य था।'' इसके बाद दुर्योधन कहता है, ''मृत्यु का मुझे दुःख नहीं, क्योंकि मैंने तो भरपूर जीवन भोगा है। मैंने अध्ययन किया है, यज्ञ किए हैं, दान दिए हैं और जीते शत्रु के मस्तक पर पग रखे हैं। भीम की विजय धर्म की विजय नहीं है और मैं तो आपके अधर्म के कारण हारा हूँ। रण-शय्या पर पड़ने के बाद इस देह का गीध-कौए ही स्पर्श करते हैं और भीम ने वही किया है।'' और दुर्योधन के इन वाक्यों को जैसे प्रकृति ने भी स्वीकार किया हो, इस तरह महाभारतकार कहता है— शीतल हवा बहने लगी, पुष्पवृष्टि हुई, आकाश नीलम की भाँति चमकने लगा और संगीत के सुरों के साथ अंतरिक्ष में खड़े देवगणों ने 'धन्य! धन्य!' का जयघोष किया। दुर्योधन का यह अंत पांडवों को लज्जित कर दे, ऐसा है।'

परंतु यह तो क्षणिक आवेश था। दुर्योधन अभी मृत्यु को नहीं प्राप्त हुआ था। उसे अंतिम श्वास लेता छोड़ विजयी पांडव शिविर में चले गए तो रात में अश्वत्थामा, कृपाचार्य और कृतवर्मा—कौरव सेना के जीवित बच गए ये तीन सेनानी मृत्यु को प्राप्त कर रहे राजा के पास आए और दुर्योधन को युद्ध जारी रखने की सांत्वना दी। दुर्योधन का घायल अहंकार एक बार फिर जाग उठा। उसने प्रसन्नतापूर्वक इस प्रस्ताव का स्वागत किया और अश्वत्थामा को सेनापति पद पर नियुक्त किया। जिस राजा के हाथ में इस नियुक्ति के लिए जल लेने की भी शक्ति शेष नहीं बची थी उसी ने युद्ध जारी रखने के लिए सेनापति की नियुक्ति की! सेनापति अश्वत्थामा ने उस रात पांडवों के शिविर में घुसकर द्रौपदी के पाँच पुत्रों और पांडव सेनापति धृष्टद्युम्न की निद्रावस्था में ही हत्या कर दी और अपने द्वारा

प्राप्त इस सिद्धि की सूचना देने वह दुर्योधन के पास आया। दुर्योधन तो मृत्यु की घड़ियाँ गिन रहा था, पर अश्वत्थामा ने निर्घृणता से द्रौपदी के पुत्रों तथा धृष्टद्युम्न को मार डाला है, यह जानकर वह इतना प्रसन्न हो गया कि सर्वनाश के पूर्णविराम के क्षण भी वह कहता है, "अश्वत्थामा! तुमने आज मेरा जो हितकर्म किया है वैसा तो इसके पहले कभी पितामह भीष्म, आचार्य द्रोण या पराक्रमी कर्ण ने भी नहीं किया! तुम धन्य हो! अब मैं निश्चिंत होकर मरूँगा और हम दोनों स्वर्ग में मिलेंगे।" और इन अंतिम शब्दों के साथ दुर्योधन ने प्राण त्याग दिए। दुर्योधन के प्राण-त्याग के साथ ही युद्ध समाप्त हुआ और दोनों पक्षों—अठारह अक्षौहिणी सेना—में से अब कौरव पक्ष में तीन और पांडव पक्ष में सात लोग बचे थे।

मनुष्य अहंकार और ईर्ष्या जैसे नास्तिवाचक मूल्यों के वश में हो जाता है तो वह मात्र अपना ही नहीं, अन्य लोगों का भी कैसा विनाश आमंत्रित करता है, इसका दुर्योधन ज्वलंत उदाहरण है। इन नास्तिवाचक मूल्यों का नियंत्रण करने के बदले उसमें धृतराष्ट्र का पुत्र-मोह मिल गया, यह महाभारत की करुणता है। दुर्योधन ने कहीं भी शासन में कमी नहीं आने दी। वह अध्ययनशील भी था और धर्म न जानता रहा हो, ऐसा भी नहीं था। वह कूटनीतिज्ञ भी था, किंतु उपयुक्त दोनों नास्तिवाचक तत्त्व उस पर हावी हो गए थे, इसलिए उसके अन्य लक्षण-गुण ढक गए और वह खलनायक बन गया।

□

मृत्युंजय कर्ण-१

'क्लासिक' शब्द कान में पड़ते ही अनेक साहित्य-प्रेमियों की आँखों के सामने कुछ ग्रंथों और ग्रंथकारों के नाम आ जाते हैं। इन ग्रंथों और ग्रंथकारों में 'रामायण' या 'महाभारत' और 'इलियड' या 'ओडिसी' जैसे ग्रंथ होते हैं अथवा फिर व्यास और वाल्मीकि या कालिदास और शेक्सपियर जैसे नाम होते हैं। क्लासिक किसे कहते हैं, इस विषय में मतांतर और विवाद की पूरी गुंजाइश है; पर क्लासिक कृति को यदि बहुत ही सहज और सरल भाव से समझना हो तो उसकी व्याख्या इस प्रकार से की जा सकती है—जो कृति अपने कथ्य के कारण बार-बार पढ़ने में अच्छी लगे, वही-की-वही कृति होने के बावजूद हर बार पढ़ने के समय नए-नए अर्थ निकलें, उसे क्लासिक कृति कहने में तनिक भी आपत्ति नहीं। यदि यह व्याख्या स्वीकार करें तो उमाशंकर जोशी की कृति पद्य नाट्य 'प्राचीना' का पहला ही काव्य 'कर्ण-कृष्ण' मेरी दृष्टि में निश्चित रूप से एक क्लासिक कृति है, क्योंकि सन् १९५८ में यह काव्य मैंने पहली बार पढ़ा। उसे आज चार दशक से भी अधिक का समय हो गया है और इस दौरान इस अकेले काव्य को मैंने कम-से-कम चार सौ बार पढ़ा होगा। चार सौ बार पढ़ने के बाद भी चार सौ एकवीं बार पढ़ने के लिए अभी भी मैं तैयार हूँ। यह कृति अपनी रचना-शैली, काव्य-कौशल अथवा कल्पना आदि अलंकारों से ही क्लासिक नहीं बन जाती। अलंकार प्राण-तत्त्व होते हैं, तभी शोभा देते हैं। यह प्राण-तत्त्व है उसके कथन का मानवीय और शाश्वत मूल्य। यह कथन है कर्ण और कृष्ण के बीच का संवाद। युद्ध रोकने के अंतिम प्रयास के रूप में स्वयं कृष्ण दूत बनकर हस्तिनापुर गए, परंतु दुर्योधन को समझाने में वे असफल रहे। वापस लौटते समय हस्तिनापुर की सीमा तक कृष्ण ने

कर्ण को अपने साथ ले लिया और रथ में दोनों के बीच जो संवाद हुआ उसमें आकाश को समेट ले, ऐसी कृष्ण की दृष्टि (और अद्‌भुत कूटनीति भी) है तो श्रेष्ठतर मानव के रूप में कर्ण की भव्य प्रतिमा भी है। इस संवाद और इस कथन को समझने के लिए, आनंद लेने के लिए कर्ण के पात्र को उसकी समग्रता में देखने, समीक्षा करने और समझने की आवश्यकता है।

कर्ण को कथाकारों ने शताब्दियों से हस्तिनापुर की कुटिल चांडाल-चौकड़ी के एक सदस्य के रूप में दिखाया है। इस कथित चांडाल-चौकड़ी के अन्य तीन सदस्य दुर्योधन, दुःशासन और शकुनि गिनाए गए हैं। इसके विपरीत कर्ण का ऊर्ध्व गति में पुनर्मूल्यांकन करनेवाले कई ग्रंथ भी लिखे गए हैं। इन कृतियों में कर्ण को एक उदात्त और भव्य पात्र के रूप में चित्रित किया गया है। इस प्रकार कर्ण का दर्शन दो अंतिमों के बीच हुआ है।

कर्ण माता कुंती की कौमार्यावस्था में स्वयं सूर्यदेव के संपर्क से जनमा पुत्र था। जिस तरह कुंती के अन्य पाँच पुत्र पांडव अर्थात् पांडु-पुत्र कहे गए हैं, उसी अर्थ में कर्ण भी पांडु-पुत्र ही कहा जाएगा। अंतर मात्र इतना है कि पाँचों पुत्र परिणीता के पेट से अवतरित हुए हैं, जबकि कर्ण माता के विवाह के पूर्व अवतरित हुआ है। शास्त्रों ने जिन विविध प्रकार के पुत्रों का वर्णन किया है उनमें एक प्रकार 'कानीन पुत्र' का है। कृष्ण ने कर्ण को इस कानीन पुत्र की व्याख्या करके समझाया भी कि एक ही माता के पेट से, फिर भले ही वह कौमार्यावस्था में जनमा हो, तो भी माता के विवाह के बाद उसके पति का ही वह कानीन पुत्र कहा जाएगा और एक कर्ण यदि श्रेष्ठ पांडव के रूप में स्वीकृत हो जाए तो अपने आप वह हस्तिनापुर के राजसिंहासन का उत्तराधिकारी बन जाएगा। युधिष्ठिर उसके पैरों के पास बैठेगा और भीम-अर्जुन उसके दाएँ-बाएँ खड़े होकर चँवर डोलाएँगे। इतना ही नहीं, पंचभर्ता द्रौपदी भी षड्‌भर्ता बन जाएगी।

परंतु जनेता के लिए तो वह अवांछनीय पुत्र था, इसलिए कुंती ने उसका त्याग करके नदी में प्रवाहित कर दिया। जल में बहती बंद पेटी में वह किस तरह जीवित रहा, उसका एक स्पष्टीकरण यह है कि यह बालक कवच और कुंडल— इन दो अमृत अलंकारों के साथ जनमा था और ये अलंकार उसे मरने दें, ऐसे नहीं थे। इसलिए वह बंद पेटी में तो जीवित रहा ही, पर महायुद्ध में भी उसके वध के लिए यह कवच-कुंडल दूर करवाना अनिवार्य था। जब तक इन अमृत अलंकारों को उसने धारण किया हो तब तक उसे मृत्यु की परछाईं भी छू नहीं सकती थी। इसलिए ये अलंकार इंद्र ने ब्राह्मण का रूप धारण कर उसके पास से दान में माँग

लिये, उसके बाद ही अर्जुन की विजय की आशा बँधी थी। इन अलंकारों के अमृतत्व ने उसे पेटी में जीवित रखा और सारथि अधिरथ एवं माता राधा के संतानहीन दांपत्य जीवन में उसका लालन-पालन हुआ। राधा ने उसे छाती से चिपकाकर वात्सल्य दिया, इससे उसे 'राधेय' कहा गया और पिता अधिरथ को यह बालक स्वर्ण के अलंकार अर्थात् 'वसु' लक्ष्मी के साथ मिला होने के कारण उसका नामाभिधान 'वसुषेण' के रूप में हुआ। तरुणावस्था में उसने शस्त्रास्त्रों की विद्या दो गुरुओं के पास संपादित की। उसके पहले गुरु थे आचार्य द्रोण। हस्तिनापुर में जब द्रोण ने कौरव-पांडव राजकुमारों के आचार्य के रूप में अपना कार्य आरंभ किया था, उस समय कर्ण ने भी शिष्यवृंद में सम्मिलित होकर अभ्यास किया है। जहाँ तक आयु वर्ग का संबंध है, कर्ण ज्येष्ठ राजकुमार युधिष्ठिर से भी कम-से-कम पंद्रह वर्ष बड़ा तो रहा होगा। इसे देखते हुए उन तरुण राजकुमारों के बीच खासा युवा कहा जाएगा। विद्याभ्यास के दौरान कर्ण की स्पर्धा मात्र अर्जुन के साथ थी, क्योंकि स्पर्धा प्रथम क्रम में आनेवाले दो-तीन विद्यार्थियों के बीच ही होती थी। इस तरह कर्ण, अर्जुन और कुछ अंश तक अश्वत्थामा—इन तीनों के बीच ही स्पर्धा और इस तरह उनके बीच परस्पर द्वेष के बीज का विकास होता गया है। द्रोणाचार्य से विद्याभ्यास करने के बाद उसने परशुराम के चरणों में बैठकर शस्त्रास्त्रों की सार्थकता सीखी और इस विद्या की निरर्थकता भी उसे इस गुरु के पास ही मिली, इसे उसका दुर्भाग्य और विधि की वक्रता ही कही जाएगी।

प्रारब्ध की बात करें तो कर्ण का समग्र जीवन प्रारब्ध और पुरुषार्थ—इन दोनों के बीच सीधा और सतत संघर्षमय रहा है। 'दैवायत्तं कुले जन्म मदायत्तं तु पौरुषम्' भट्टनारायण रचित संस्कृत ग्रंथ 'वेणीसंहार' की इस विख्यात उक्ति द्वारा हम कर्ण का परिचय प्राप्त कर सकते हैं। मेरा जन्म विधि के हाथ में भले हो, परंतु जीवन-निर्माण तो मेरे अपने हाथ में ही है, ऐसा विश्वासपूर्वक माननेवाला कर्ण आजीवन संघर्ष करता है, जूझता है—पराजय को कहीं स्वीकार नहीं करता और अंत में प्रारब्ध ही महान् है, पुरुषार्थ नहीं, इस स्वीकार के साथ ही अपना जीवन समाप्त करता है। अर्जुन द्रोण का शिष्य था, इसलिए द्रोण से अर्जुन को मिला है, यह उसे नहीं मिला—इस भाव के साथ उसने द्रोण के भी गुरु परशुराम के पास जाकर विद्याभ्यास किया। क्षत्रिय-द्वेषी परशुराम को जब पता चला कि कर्ण ब्राह्मण नहीं बल्कि क्षत्रिय है तो यद्यपि समस्त गूढ़ विद्या कर्ण जान चुका था, उसे वापस नहीं लिया जा सकता था; परंतु वह विद्या जीवन के सबसे निर्णायक क्षण में कर्ण को विस्मृत हो जाएगी—ऐसा शाप देकर परम शस्त्रधारी बनने का कर्ण का पुरुषार्थ

एक तरह से निष्फल ही कर डाला। इस प्रकार कर्ण का सफल हुआ पुरुषार्थ दुर्भाग्य में बदल गया।

यह दुर्भाग्य जैसे अधूरा हो, इस तरह उसे इसके बाद एक अन्य ब्राह्मण ने शापित करके परशुराम के शाप की कमी पूरी कर दी। शस्त्रधारी कर्ण ने जंगल में एक हिंसक पशु की हत्या करने के लिए तीर चलाया, दुर्भाग्य से उसी समय समीप के कुटीर में वास करते एक ब्राह्मण की गाय अनजाने ही बीच में आ गई और कर्ण के बाण का लक्ष्य बन गई। गाय की हत्या करने का विचार तो कर्ण कभी कर ही नहीं सकता था; परंतु उस ब्राह्मण के मन से वही गौ-हत्या का दोषी था। गौ-हत्या के इस पाप के लिए ब्राह्मण ने शाप दिया, ''कर्ण! अपने शत्रु के साथ जीवन-मरण के संग्राम में जब तुम लिप्त होगे तो तुम्हारे रथ के पहिए को भूमि ग्रस लेगी।'' इस प्रकार अंतिम युद्ध में रथ और शस्त्र विद्या दोनों निरर्थक हो जाएँ, फिर तो पराजय और मृत्यु के अतिरिक्त अन्य कौन सा परिणाम हो सकता है!

इस प्रकार दो-दो ब्राह्मणों द्वारा शापित होकर अंत को अंकित कर चुके कर्ण के लिए आश्चर्य और अहोभाव हो, ऐसी बात यह है कि उसके पिता सूर्य जब उसे ब्राह्मण रूपधारी इंद्र को कवच-कुंडल नहीं देने के लिए समझाते हैं तो अपने जीवन के मूल्य पर भी वह कह देता है, ''मृत्यु आती है तो आए, परंतु ब्राह्मण कुछ माँगे और मैं न दूँ, ऐसा तो नहीं होगा। ब्राह्मण के लिए मेरे मन से कुछ भी 'अदेय' अर्थात् न देने योग्य नहीं।'' जिन ब्राह्मणों से कर्ण को जीवन-ध्येय की निष्फलता का कठोर शाप ही मिला है, वही ब्राह्मण उसके लिए पूजनीय और संपूर्ण समर्पण के योग्य रहे हैं, यह बात भूलने लायक नहीं।

आचार्य द्रोण से विद्या संपादित करने के बाद कुरु राजपुत्रों की जो परीक्षा हुई उस समय रंगमंडप में दिखाई देकर कर्ण ने पहली बार सबका ध्यान खींचा है। अर्जुन की शस्त्रकला की जय-जयकार कर रहे नगर जनों और राजपरिवार के समक्ष कर्ण ने अर्जुन की अपेक्षा दो अंगुल ऊँची शस्त्रविद्या प्रदर्शित की। इतना ही नहीं, अर्जुन को द्वंद्व-युद्ध की भी उसने चुनौती दी। इस चुनौती में वीरता है, औचित्य नहीं। यहाँ ऐसी चुनौती का कोई कारण नहीं था। इसमें तो अर्जुन के प्रति कर्ण का द्वेष ही प्रकट हुआ है। यद्यपि इसका एक आनुवंशिक लाभ उसे तत्काल मिल गया। कृपाचार्य ने ''सारथिपुत्र के साथ राजपुत्र द्वंद्व नहीं करते'' ऐसा कहकर कर्ण को अपमानित किया और भीम ने तो, ''जा भाई, जा, तू रथ हाँक!'' यह कहकर उसे दुत्कार दिया तो दुर्योधन ने उसे मित्र के रूप में स्वीकार करके उसे सूतपुत्र से राजा बना दिया। यह सहज मैत्री नहीं थी। यदि दुर्योधन और कर्ण के बीच मैत्री की ही

भावना होती तो उसका विकास विद्याभ्यास के दौरान ही हो चुका होता, किंतु ऐसा हुआ नहीं। यह तो शत्रु का शत्रु मेरा मित्र जैसी कुटिल वृत्ति में से जनमी विभावना है। दुर्योधन के लिए ऐसा कहा जा सकता है, परंतु कर्ण तो दुर्योधन के इस सम्मान से इतने अधिक ऋण के बोझ से दब गया कि उसने यह मैत्री आजीवन निभाने का वचन दे डाला। यह वचन उसने मात्र शब्द में ही नहीं, लक्ष्यार्थ में अत्यंत कठिन कीमत चुकाकर भी पालन किया है, यह स्वीकार करना चाहिए। इतनी आयु में वह सदैव अपमानित और तिरस्कृत होता रहा है। इस पल इतनी निकटता से किसी ने पहली बार उसका स्वागत किया और उसका सामर्थ्य स्वीकार किया, इसलिए यह क्षण मनोवैज्ञानिक दृष्टि से भी उसके लिए अत्यंत महत्त्वपूर्ण रहा हो, यह समझा जा सकता है।

परंतु अर्जुन को चुनौती देकर अनुचित रूप से वीरता का प्रदर्शन करनेवाला कर्ण अपने जीवन में जब इस पहली वीरता की रणक्षेत्र में कसौटी का समय आता है तो हार गया है। द्रोणाचार्य द्वारा माँगी गई गुरुदक्षिणा थी द्रुपद की पराजय। इस पराजय के लिए दुर्योधन अपने नए मित्र कर्ण के साथ द्रुपद से युद्ध करने के लिए गया तो दुर्योधन तो ठीक, कर्ण भी द्रुपद से परास्त होकर वापस लौट गया। जिस अर्जुन को उसने रंगक्षेत्र में चुनौती दी थी उसी अर्जुन ने बाद में अर्जुन को परास्त करके बंदी बनाया। इस प्रकार, जहाँ तक शस्त्रास्त्रों का संबंध है, कर्ण अपने जीवन का पहला युद्ध हारा है और अंतिम युद्ध में भी उसकी शस्त्रविद्या ने उसका साथ नहीं दिया। इसे दुर्दैव कहा जाए या भाग्य? इस घटना ने कर्ण के अर्जुन-द्वेष को बढ़ा दिया हो, यह स्वाभाविक ही है।

कर्ण के विवाह और पारिवारिक जीवन के विषय में भी यहाँ कुछ बातें कर लेनी चाहिए। संधि-वार्त्ता की निष्फलता के बाद हुए कृष्ण-कर्ण संवाद में जैसा कि स्वयं कर्ण ने ही कहा है—सूत जाति की अनेक कन्याओं के साथ माता-पिता ने उसका विवाह कराया था। इस प्रकार उसकी एक नहीं, कई पत्नियाँ थीं और वे सभी सूत जाति की ही थीं, यह सिद्ध होता है। इसके अतिरिक्त कर्ण की मृत्यु के बाद विलाप का जो दृश्य आता है उसमें कर्ण के मृत शरीर के पास उसकी पत्नियाँ आक्रंद करती हैं, ऐसा सूचित हुआ है। यहाँ भी 'पत्नियों' अर्थात् एक से अधिक पत्नियाँ होने का ही संकेत है। कर्ण को पुत्र भी 'अनेक' रहे होंगे, ऐसा फलित होता है। उसके चार पुत्रों के नाम तो युद्ध के दौरान मिलते हैं। ये सभी पुत्र कर्ण की मृत्यु के पहले ही मारे जा चुके होंगे, ऐसा अर्थ-घटन हो सकता है। उन सबके प्रति कर्ण के मन में भरपूर प्रेम रहा होगा, क्योंकि कृष्ण से उसने कहा है कि इन पत्नियों-

पुत्रों-पौत्रों में गुँथा हुआ हृदय अब उतर नहीं सकता है।

अर्जुन के साथ का और एक संघर्ष एवं पराजय भी कर्ण के लिए निर्मित हुआ था द्रौपदी-स्वयंवर में। द्रौपदी-स्वयंवर में कर्ण और दुर्योधन दोनों उपस्थित थे और दुर्योधन मत्स्यवेध करके राजकन्या को प्राप्त करने में निष्फल हो गया था, इस विषय में महाभारत की सभी आवृत्तियाँ एकमत हैं; पर कर्ण ने मत्स्यवेध करने का प्रयास किया था और उसे राजकुमारी द्रौपदी ने, "इस सूतपुत्र के साथ मैं विवाह नहीं करूँगी", यह कहकर रोका था, यह पाठ महाभारत की कुछ आवृत्तियों में है; परंतु अब जिसे अधिकृत माना जाता है उस भांडारकर ओरिएंटल इंस्टीट्यूट की महाभारत की आवृत्ति में इस घटना का स्वीकार नहीं किया गया है। द्रौपदी जैसी अभिजात कन्या स्वयंवर की शर्तों और नियमावली की घोषणा हो जाने के बाद किसी का अपमान करे, यह बात थोड़ी खटकती जरूर है। द्रुपद ने जन्म का कोई भी बंधन लगाए बिना मात्र मत्स्यवेध की शर्त रखी थी, इसीलिए ब्राह्मण वेशधारी अर्जुन ने भी प्रयास किया और वह सफल हुआ। किसी-किसी आवृत्ति में कर्ण मत्स्यवेध में असफल सिद्ध हुआ था, ऐसा भी उल्लेख है। जो भी हो, परंतु कर्ण स्वयंवर में गया था, यह बात निश्चित रूप से कही जा सकती है और स्वयंवर में तो राजकन्या को प्राप्त करने के लिए जाना हुआ था। कर्ण के मन में द्रौपदी जैसी राजकन्या प्राप्त करने और इस प्रकार समग्र आर्यावर्त में अपनी प्रतिष्ठा स्थापित करने की महत्त्वाकांक्षा रही हो, यह उसके व्यक्तित्व के चित्रण को देखते हुए संभव है। जो भी हो, पर अर्जुन द्वारा मत्स्यवेध किए जाने के बाद वहाँ उपस्थित सभी राजा एकत्रित होकर तापस वेशधारी अर्जुन को पराजित करने के लिए कर्ण के नेतृत्व में युद्ध करने के लिए उद्यत होते हैं तो कर्ण यह युद्ध करने से इनकार कर देता है। कर्ण अत्यंत गौरवपूर्ण शब्दों में कहता है, "कन्या को प्राप्त करनेवाला ब्राह्मण है और ब्राह्मण के साथ युद्ध करना मेरे लिए संभव नहीं।" इस प्रकार, उसके स्वयंवर सभा से बाहर जाने के बाद ही मत्स्यवेध करनेवाला ब्राह्मण वास्तव में अर्जुन है और पांडव जीवित हैं, यह रहस्य प्रकट होता है। इस घटना से कर्ण के लिए अर्जुन घोर शत्रु बन गया हो और द्रौपदी के लिए उसकी आकांक्षा भी निष्फल हो जाने से और अधिक गहरी बन गई हो, यह संभावना द्यूत सभा में इसके बाद उसने जो आचरण किया है, इस परिप्रेक्ष्य में देखी जानी चाहिए।

इसके बाद कर्ण व्यक्तित्व का एकदम भिन्न पहलू हमें हस्तिनापुर की द्यूत सभा में देखने को मिलता है। अब तक कर्ण पांडवों और विशेष रूप से अर्जुन से द्वेष करता रहा। यह द्वेष ही उसके व्यक्तित्व का उजला पक्ष न रहा हो। परंतु

इसके लिए कई मानव-सहज कारण तो उसके पास हैं ही। इसके बावजूद द्यूत सभा में उसने जो आचरण किया है वह उसके व्यक्तित्व को पतन के गर्त तक पहुँचा दे, ऐसा है। द्यूत में एक के बाद एक समस्त संपत्ति हार जाने के बाद युधिष्ठिर ने जब द्रौपदी को दाँव पर लगाया तो पूरी सभा काँप उठी थी; परंतु दुर्योधन, दु:शासन, शकुनि और कर्ण की चांडाल-चौकड़ी प्रसन्न हो गई थी—विशेष रूप से कर्ण यह देखकर प्रसन्न हुआ था, ऐसा स्पष्ट उल्लेख महाभारत में है। कर्ण की प्रसन्नता शकुनि की पासा फेंकने की निपुणता के प्रति अपने विश्वास के कारण ही थी। दुर्योधन यह दाँव भी जीता और द्रौपदी को जब घसीटकर सभा में लाया गया तो उस समय कर्ण जो दुर्वचन बोलता है वह मनुष्य के मन में कैसे-कैसे प्रकाश और अंधकार होते हैं, इसका द्योतक है। द्रौपदी के अपमान का विरोध करनेवाले विकर्ण को भी वह रोषपूर्वक फटकार देता है और भीष्म, द्रोण, कृपाचार्य आदि के मौन को इस कृत्य को धर्मसंगत होने की स्वीकृति के रूप में लेता है। इतना ही नहीं, द्रौपदी का उपहास करते हुए वह कहता है, ''हे द्रुपदकन्या! अब तुम इनमें से किसी अन्य पति को स्वीकार कर लो, जो इसके बाद तुम्हारी रक्षा भी करे और तुम्हें दाँव पर भी न लगाए!'' इतना भी जैसे अधूरा हो, इस तरह वह प्रकट रूप से कहता है, ''द्रौपदी, तुम तो बहुपतिगामिनी हो, इसलिए 'बंधकी' (वेश्या) ही कही जाओगी। तुम एकवस्त्रा हो या निर्वस्त्रा, तुम्हें सभा में घसीटकर लाने में कुछ भी अनुचित नहीं।''

कर्ण के ये वचन अत्यंत कठोर लगते हैं। इन वचनों को यदि द्रौपदी-स्वयंवर में द्रौपदी द्वारा कथित रूप से किए गए अपमान के परिप्रेक्ष्य में देखें तो कर्ण का अनाचरण अपेक्षाकृत हलका हो जाता है। द्रौपदी ने भी भरी सभा में उसका ऐसा ही अपमान किया हो तो प्रत्युत्तर में ऐसा ही व्यवहार करने का कर्ण को मानव-सहज अधिकार तो है ही। यद्यपि कर्ण जैसे वीर और उदात्त पात्र के लिए इस मानव-सहज अधिकार का आश्रय लेना शोभा नहीं देता। द्रौपदी एक स्त्री थी और अपने अपमान से कर्ण रोष से भरा हो तो भी उस समय के उसके इस निर्गम आचरण को किसी तरह उचित नहीं ठहराया जा सकता—उसके अपराध को मात्र हलका ही किया जा सकता है। कर्ण ने अन्यत्र जो उदात्त आचरण किया है, उससे यह आचरण मेल नहीं खाता।

किंतु द्रौपदी के अपमान और पांडवों के वन-गमन मात्र से ही कर्ण को संतोष हो गया हो—उसकी वैर-तृप्ति हो गई हो, ऐसा लगता नहीं। कंगाल और दरिद्र बने वनवासी पांडवों के समक्ष अपनी समृद्धि और सत्ता का प्रदर्शन करके

उन्हें और भी दु:खी करने के लिए घोषयात्रा का आयोजन कर्ण ने ही किया था। उसी ने द्वैतवन में जाकर विहार करने का सुझाव दिया था। इसके लिए द्वैतवन में रहती गायों की संख्या गिनने जैसा नगण्य कारण वह प्रकट रूप से धृतराष्ट्र को देता है। गायों को गिनने जैसे काम के लिए हस्तिनापुर का भावी नरेश अपने दल-बल के साथ द्वैतवन पर एक तरह से आक्रमण ही कर दे, यह आयोजन कर्ण की वीरता और श्रेष्ठता के साथ असंगत है, तथापि सत्य है। घमंड और द्वेष से प्रेरित इस प्रदर्शन का करुण अंत हुआ और कर्ण के होते हुए भी चित्रसेन गंधर्व के हाथों दुर्योधन परास्त हुआ और इतना ही नहीं, वह बंदी भी हुआ। चित्रसेन ने कर्ण को हराया; इतना ही नहीं, युद्धक्षेत्र से जान बचाने के लिए कर्ण भाग भी गया। यह घटना नास्तिवाचक मूल्यों से प्रेरित कृत्यों का प्रकृति स्वयं ही कैसा प्रतिदान देती है, उसका उत्तम उदाहरण है। द्यूत सभा की विजय एवं उसका आनंद एक बात थी और रणक्षेत्र का यह परिणाम दूसरी बात थी।

बंदी बने दुर्योधन को युधिष्ठिर के औदार्य और अर्जुन के पराक्रम से मुक्ति मिली; पर इस मुक्ति के चेहरे के साथ वह पहले की तरह सिर उठाकर जी नहीं सकता था। उसने आत्महत्या करने का विचार किया तो कर्ण ने ही उसे समझाकर खोई हुई प्रतिष्ठा को अन्य उपायों से पुन:स्थापित करने का काम किया है। दुर्योधन ने कर्ण का सुझाव स्वीकार करके वैष्णव यज्ञ किया और इस यज्ञ के निमित्त कर्ण ने समग्र आर्यावर्त में दुर्योधन की ओर से दिग्विजय की। इसके पहले राजसूय यज्ञ के समय पांडवों ने जैसे दिग्विजय की थी उसके साथ ही कर्ण की दिग्विजय की तुलना हो सकती है। कर्ण प्रचंड पुरुष और परम वीर है तथा शस्त्र-विद्या में उसका स्थान अत्यंत उच्च है, इसमें संदेह नहीं; किंतु उसने जितने युद्ध लड़े हैं उनमें से केवल दो ही उसकी सिद्धि के रूप में देखे जा सकते हैं। अन्य में या तो वह हारा है अथवा दैव ने उसका साथ नहीं दिया है। उसकी सिद्धि के रूप में इस दिग्विजय का उल्लेख किया जा सकता है। इसके अतिरिक्त दूसरे जिस प्रसंग को कर्ण की सिद्धि के रूप में देखा जा सकता है, वह कलिंग देश की राजकुमारी के स्वयंवर का प्रसंग है, जिसके विषय में कोई विशेष उल्लेख नहीं है। शांतिपर्व में 'फ्लैश बैक' की शैली में कहे गए इस प्रसंग के अनुसार कलिंग देश की राजकुमारी को प्राप्त करने की इच्छा से दुर्योधन कर्ण के साथ इस स्वयंवर में गया था। राजकुमारी इच्छित वर प्राप्त करने के लिए हाथ में वरमाला लेकर सभामंडप में आई। उसके समक्ष एक के बाद एक राजाओं और राजपुत्रों का परिचय कराया गया। इससे दुर्योधन के अहंकार को गहरा आघात लगा और उसने राजकुमारी को बलपूर्वक

खींचकर अपने रथ में बैठा लिया। उस समय अन्य राजा दुर्योधन के साथ युद्ध करते, यह स्वाभाविक ही था। एक ओर भाग रहे दुर्योधन और दूसरी ओर उसका पीछा कर रहे अन्य तमाम राजाओं के बीच कर्ण अभेद्य दीवार बनकर खड़ा रहा। उसने अकेले ही तमाम राजाओं को हराया। इतना ही नहीं, दुर्योधन को उस कन्या के साथ हस्तिनापुर भी पहुँचा दिया। कर्ण के इस युद्ध की इसके पूर्व भीष्म द्वारा काशीनरेश की पुत्रियों के किए गए अपहरण और उस प्रसंग में किए गए उनके युद्ध के साथ तुलना की जा सकती है। किंतु कर्ण का दुर्भाग्य यह है कि उसे इन दो युद्धों को छोड़कर अन्य किसी भी युद्ध में सफलता नहीं मिली।

□

मृत्युंजय कर्ण-२

घोषयात्रा में महाभारतकार ने एक परोक्ष संदेश दिया है कि दुर्भावना-प्रेरित शस्त्र चाहे जितने समर्थ हों, उनके द्वारा युद्ध नहीं जीते जा सकते। इस संदेश का ही जैसे पुनरावर्तन होता हो, ऐसा एक प्रसंग विराट नगरी की सीमा पर हुआ युद्ध है। बारह वर्ष के अरण्यवास के बाद तेरहवें वर्ष के अज्ञातवास में रह रहे पांडवों को ढूँढ़ निकालने के उद्देश्य से विराट नगरी की गायों के हरण का जो निमित्त दुर्योधन ने आगे रखा वह घोषयात्रा में द्वैतवन की गायों की संख्या गिनने जैसा ही, संभवत: उससे भी अधिक कमजोर, निमित्त था। गौ-हरण हस्तिनापुर के कुरुकुल को ही नहीं, किसी भी क्षत्रिय या राजकुमार को शोभा न दे, ऐसा काम था। इस युद्ध में भी मूल्य ही सर्वोपरि हैं, न कि शस्त्र-सामर्थ्य, यही बात जैसे महाभारतकार ने हमसे कही है। इस युद्ध में भी कर्ण सम्मिलित था और भीष्म, द्रोण आदि वरिष्ठ कौरव सेनानी भी रणक्षेत्र में थे। इसके बावजूद अकेले अर्जुन ने उन सभी को मूर्च्छित कर दिया। इतना ही नहीं, कर्ण के शरीर पर से वस्त्र उतारकर राजकुमारी उत्तरा को गुड़ियों के लिए ले जाने जैसा हास्यास्पद काम भी राजकुमार उत्तर ने किया। यह काम गरिमापूर्ण ढंग से ही हुआ है। किसी कौरव सेनानी को निर्वस्त्र किए जाने जैसा निकृष्ट काम यहाँ नहीं हुआ है। मात्र सेनानियों के उत्तरीय वस्त्र को उनकी पराजय के प्रतीक के रूप में ले लिया गया है। एक बार फिर कर्ण इस युद्ध में भी अर्जुन के हाथों पराजित हुआ!

इसके बाद की घटनाएँ तेजी के साथ आकार लेती हैं और इन घटनाओं में कर्ण के व्यक्तित्व के अनेक उत्तम पक्षों का हमें परिचय होता है। सुई की नोक जितनी भूमि भी पांडवों को देने से दुर्योधन द्वारा इनकार किए जाने के बाद युद्ध

अनिवार्य हो गया था, परंतु अंतिम प्रयास के रूप में श्रीकृष्ण दूत बनकर हस्तिनापुर आए। यह प्रयास भी निष्फल गया। हस्तिनापुर में संधि-प्रयास की निष्फलता के बाद पांडवों के पास उपप्लव्य वापस जा रहे कृष्ण कर्ण को अपने साथ रथ में बैठाकर हस्तिनापुर की सीमा तक ले जाते हैं। इस संक्षिप्त कालावधि में दोनों के बीच जो वार्त्तालाप हुआ है, वह खुले मन का और अद्‍भुत है। कर्ण यदि कौरव पक्ष में न रहे तो युद्ध के लिए दुर्योधन का उत्साह आधे से भी अधिक घट जाएगा, यह बात कृष्ण भलीभाँति समझते हैं। इसलिए दुर्योधन नहीं समझा तो अब कर्ण को अन्य किसी प्रकार से समझाकर युद्ध-विमुख करने के लिए कृष्ण उद्यत हुए हैं।

कर्ण सूतपुत्र नहीं, पांडुपुत्र है और जिस प्रकार युधिष्ठिर आदि पाँचों भाई पांडव हैं उसी प्रकार कर्ण भी पांडव है, ऐसा कहकर कृष्ण उसे अपने मूल पक्ष में पांडवों के साथ मिल जाने के लिए कहते हैं। पांडवों के साथ मिल जाने से उसका स्थान ज्येष्ठ भ्राता का होगा और ज्येष्ठ भ्राता के रूप में वह सिंहासनारूढ़ होगा। इतना ही नहीं, युधिष्ठिर और अर्जुन सहित तमाम पांडव और उनके पुत्र-पौत्र कर्ण के आधिपत्य को स्वीकार करके उसकी सेवा में उपस्थित रहेंगे। यह प्रलोभन अतिशय दुर्दम्य है; किंतु कर्ण पूरी निर्लेपता से उसे अस्वीकार कर देता है। कर्ण कृष्ण से कहता है, ''केशव! जिस माता ने मुझे छाती से लगाया उस माता राधा और जिस पिता ने उँगली पकड़कर चलना सिखाया उस पिता अधिरथ—इन दोनों का पुत्र न रहकर मैं कौंतेय हो जाऊँ, यह किस प्रकार धर्म्य कहा जा सकता है? राज तो क्या, त्रिलोक का प्रलोभन दें तो भी जिस दुर्योधन ने मुझे सूतपुत्र से राजा बनाया उसके साथ विश्वासघात करने का पाप मुझसे कैसे होगा? मैं जानता हूँ कि युद्ध में अंतिम विजय पांडवों की ही होगी, क्योंकि धर्म और स्वयं आप उनके पक्ष में हैं; परंतु विजय के प्रलोभन या पराजय के भय से आज यदि मैं आपकी बात स्वीकार कर लूँ तो इसमें मेरा क्या गौरव रह जाएगा?'' इतना कहने के बाद कर्ण आगे जो कुछ कहता है उससे वह सर्वाधिक उदात्त मानव के रूप में उभरकर सामने आता है। इसके पहले इतने वर्षों तक सत्य जानते हुए भी वह कैसी दयनीय अवस्था में परिस्थितियों के हवाले होकर 'खलनायक' की भूमिका में दिखाई देता है, उसका संकेत यहाँ मिल जाता है। कर्ण कृष्ण से कहता है, ''हे अच्युत! मैं ज्येष्ठ पांडव हूँ, यह बात आप हम दोनों के बीच ही सीमित रखिएगा, क्योंकि युधिष्ठिर यह बात जानेगा तो वह धर्मपुरुष राज्य स्वीकार नहीं करेगा और राज्य मेरे चरणों में डाल देगा। और अपने पास आया हुआ यह राज्य मैं कृतज्ञतापूर्वक दुर्योधन को ही दूँगा, क्योंकि आज मैं जो कुछ हूँ, उसके लिए मैं उसका ही आभारी हूँ। और यदि ऐसा

हुआ तो वह योग्य नहीं होगा; क्योंकि धर्मात्मा युधिष्ठिर ही राजा हों, मेरी भी यही इच्छा है।" अंतरात्मा को फाड़कर प्रकट होती यह बात किसी भी संवेदनशील पाठक को आर्द्र कर देने में सक्षम है। कृष्ण के सुलह के प्रस्ताव को दुर्योधन ने भी अस्वीकार किया है और कर्ण ने भी नकारा है; परंतु दोनों के नकार में धरती और आकाश का अंतर है, यह बंद आँखों से भी देखा जा सकता है। और अंत में कर्ण एक ऐसी बात कह देता है जो द्यूत सभा में उसके आचरण को पूरी तरह धो डालता है। वह कहता है, "जनार्दन! मात्र दुर्योधन को प्रसन्न करने के लिए मैंने कभी-कभी पांडवों को जो कुत्सित दुर्वचन कहे हैं उसका आज मुझे अपार पश्चात्ताप हो रहा है। परंतु अब युद्ध तो अवश्यंभावी ही है। युद्ध का निवारण करने की अपेक्षा अब तो युद्ध करके ही सभी क्षत्रिय स्वर्ग प्राप्त करें, इसी में गौरव है!"

इस अवश्यंभावी महाकाल के निर्माण से अपने पुत्र कर्ण को बचा लेने के सहज पितृ-स्नेह से प्रेरित होकर स्वयं भगवान् सूर्य कर्ण के पास आकर कहते हैं, "पुत्र! जब तक तुम यह कवच-कुंडल धारण किए रहोगे तब तक मृत्यु तुम्हें स्पर्श भी नहीं कर सकेगी। तुम्हारे शत्रु अर्जुन के पिता इंद्र ब्राह्मण रूप में तुम्हारे पास आकर तुम्हारे औदार्य का अनुचित लाभ ले जाएँगे। वे तुम्हारा कवच-कुंडल माँग लेंगे और इस तरह तुम्हें अवध्य से वध्य बना देंगे। तुम सावधान रहना, पुत्र! कवच-कुंडल देना नहीं।" परंतु कर्ण पिता सूर्य की इस बात को भी स्वीकार नहीं करता। तनिक भी विचलित हुए बिना वह कह देता है, "प्रभु! स्वयं इंद्र यदि ब्राह्मण रूप धारण कर मेरे पास जो है, उसे माँगें तो मैं उन्हें वह दिए बिना कैसे रह सकता हूँ! ब्राह्मण मेरे लिए पूज्य है और उसे न देने योग्य मेरे पास कुछ भी नहीं हो सकता!" और सचमुच इंद्र ने जब ब्राह्मण रूप धारण कर पुत्र अर्जुन की विजय के लिए कर्ण से कवच-कुंडल की माँग की तो एक क्षण का भी क्षोभ किए बिना कर्ण ने ये दोनों अलंकार शरीर से उतारकर उन्हें दे दिए। ब्राह्मण वेशधारी इंद्र की यह माँग पूरी करने का अर्थ था—मृत्यु, यह सत्य जानते हुए भी कर्ण अपनी प्रतिज्ञा से तनिक भी विचलित नहीं होता। कृष्ण के साथ हुए अपने संवाद में कर्ण ने मात्र पृथ्वी का राज्य त्यागा था; परंतु इंद्र के साथ की घटना में तो उसने अपने जीवन का ही त्याग कर दिया था। ये दोनों परम और अप्रतिम त्याग महाभारत के अन्य किसी पात्र में हमें कहीं देखने को नहीं मिलते।

इसके बाद ठीक युद्ध की पूर्व संध्या पर माता कुंती स्वयं जनमते ही त्याग दिए गए अपने इस पुत्र के पास आकर उसे कौरव पक्ष छोड़कर ज्येष्ठ पांडु-पुत्र के रूप में पांडव पक्ष में लौट आने के लिए समझाती हैं। कुंती के मन से इस युद्ध का

अर्थ उसके अपने ही सगे पुत्रों के बीच जीवन-मरण का युद्ध था! गंगा तट पर सूर्य को अर्घ्य दे रहे कर्ण के पास जाकर कुंती ने उसके पूजन के समाप्त होने की प्रतीक्षा की है।

अर्घ्य समाप्त कर कर्ण ने पीछे मुड़कर देखा तो कुंती को देखकर वह आश्चर्यचकित रह गया। कुंती उसकी जनेता है, इस सत्य से कर्ण पहले ही अवगत हो चुका था; किंतु जनेता को इस प्रकार दीन मुख होकर इस स्थल पर अपनी प्रतीक्षा करते हुए देखना उसके लिए अप्रत्याशित था। कुंती को प्रणाम कर वह जो पहला वाक्य बोलता है उसमें कुंती के आगमन का रहस्य वह जान गया हो और यह आयास अब निरर्थक है, इसका संकेत दे रहा हो, ऐसा लगता है। कर्ण कहता है, ''देवी! राधा और अधिरथ का पुत्र कर्ण मैं आपका वंदन करता हूँ।'' इस प्रकार जनेता को 'देवी' कहकर उसने सम्मानित तो किया है, किंतु मेरी माता नहीं, मैं पुत्र राधा का ही हूँ, यह स्पष्टता उसने कर दी है। जनेता को वह माता नहीं कहता, यह भी ध्यान देने योग्य है। कर्ण के इन शब्दों को तुरंत पकड़कर कुंती कहती है, ''पुत्र! तुम राधेय नहीं, कौंतेय हो।'' और फिर अपनी कौमार्यावस्था की उस घटना को याद कर वह कर्ण से पांडवों का ज्येष्ठ भ्राता बनकर उनकी रक्षा करने के लिए कहती है। इसके प्रत्युत्तर में कर्ण ने जो बात कही है वह उसके आभिजात्य के साथ ही उसकी जीवन भर की संचित व्यथा को भी प्रकट कर देती है। कर्ण कहता है, ''राजपुत्री! (यहाँ भी माता नहीं कहता) मैं राधेय नहीं, कौंतेय हूँ, यह बात इतने वर्षों में कहना आपको कभी नहीं सूझा? यह सत्य मेरे जीवन में यदि पहले ही प्रकट हो गया होता तो मैंने जीवन में कितना कुछ प्राप्त किया होता! (उसके मन में द्रौपदी होगी?) अब जबकि कुछ भी प्राप्त करने का अवसर बचा नहीं तो आप मुझे यह बात बता रही हैं, यह व्यर्थ है। आपने सदैव पाँच पुत्रों की माता के रूप में रहना पसंद किया है। मैं आपको वचन देता हूँ, देवी! कि मैं युद्ध में अर्जुन के हाथों मारा जाऊँगा अथवा अर्जुन का वध करूँगा! इन दोनों ही स्थितियों में आप पाँच पुत्रों की ही माता रहेंगी, क्योंकि अर्जुन के सिवाय मैं किसी अन्य पांडव का वध नहीं करूँगा, यह मेरा आपको वचन है!''

और कर्ण ने अपने इस वचन का महायुद्ध के सोलहवें व सत्रहवें दिन, जब वह कौरव सेनापति था, अच्छी तरह पालन किया है। युधिष्ठिर, नकुल और सहदेव तीनों को ही उसने परास्त किया। इतना ही नहीं, युधिष्ठिर का सरलता से वध किया जा सके, ऐसी विजय उसने प्राप्त कर ली थी, तब भी उसने उनका वध नहीं किया और कुंती को दिए अपने वचन को याद करके उसने उन्हें कटु वचन सुनाकर

मूर्च्छित अवस्था में छोड़ दिया है! युधिष्ठिर का वध करने या उन्हें बंदी बनाने का काम भीष्म या द्रोण नहीं कर सके थे, यह काम कर्ण कर सकता था; परंतु उसने अपना वचन निभाया। यद्यपि यह व्यक्तिगत वचन-पालन करते समय जिस पक्ष की ओर से वह लड़ रहा था उस पक्ष को तो उसने विजय से वंचित ही कर दिया, ऐसा ही कहा जाएगा न! (कौरव पक्ष की ओर से लड़नेवाले भीष्म, द्रोण, कर्ण आदि सभी सेनानी पक्ष की विजय के मूल्य पर व्यक्तिगत प्रतिज्ञाओं और वचन-पालन के प्रति अधिक सचेत रहे हैं। इसके विपरीत 'मैं शस्त्र नहीं धारण करूँगा', ऐसा कहने के बावजूद कृष्ण ने पांडव पक्ष में भीष्म के उग्र रूप के सामने दो-दो बार व्यक्तिगत वचन की अपेक्षा पक्ष की विजय को प्रधानता देकर शस्त्र-धारण किया है। युधिष्ठिर का असत्यवादन भी व्यक्तिगत प्रतिष्ठा को दाँव पर लगा कर पक्ष की विजय के लिए ही किया गया कृत्य कहा जाएगा। युद्ध में व्यक्ति नहीं, पक्ष महत्त्वपूर्ण होता है, इसी का जैसे महाभारतकार ने समर्थन किया है।)

अपने जन्म-दोष के कारण आजीवन तिरस्कृत रहे कर्ण को एक और तीव्र तिरस्कार युद्ध के आरंभ के पूर्व हुआ है। सेनापति भीष्म ने अपने सैन्य और सेनानियों का परिचय कराने के दौरान दुर्योधन को कर्ण का परिचय देते हुए कहा, "यह कर्ण महारथी तो क्या अतिरथी या रथी भी नहीं। (रथी, अतिरथी, महारथी प्रत्येक सेनानी की उसके शक्ति-सामर्थ्य और प्रतिभा के अनुसार क्रमानुसार बढ़ती जाती महत्ता का स्वीकार है।) यह तो घमंडी और मूर्ख है। कर्ण अधिक-से-अधिक अर्धरथी कहा जा सकता है।" इस प्रकार भीष्म ने कौरव पक्ष की ग्यारह अक्षौहिणी सेना की आँखों के सामने ही कर्ण का अवमूल्यन कर डाला। अपने इस अपमान से कर्ण रोष से भर उठे, यह स्वाभाविक ही था। आवेश में आकर उसने कहा, "ऐसे अतिवृद्ध व्यक्ति की बात सुनना अर्थहीन है। युद्ध इस वृद्ध और अल्पमति भीष्म का काम नहीं; फिर भी यह सेनाध्यक्ष है। इसलिए यह जब तक जीवित रहेगा तब तक मैं कौरव पक्ष की ओर से लड़ूँगा नहीं।" कर्ण की इस प्रतिज्ञा के बाद भी भीष्म ने उसे 'सूतपुत्र' और 'कुलांगार' कहकर तिरस्कृत ही कर दिया।

भीष्म के व्यवहार से शस्त्र-त्याग किए कर्ण को फिर एक बार मनाने का प्रयास कृष्ण ने किया है। एक बार फिर कर्ण से मिलकर कृष्ण ने कहा है, "कर्ण, जब तक भीष्म कौरव सेनापति हैं तब तक यदि तुम कौरव पक्ष में लड़ना न हो तो उस समय तक पांडव पक्ष में क्यों नहीं सम्मिलित हो जाते?" उत्तर में कर्ण ने कहा है, "जनार्दन! ऐसा करने से तो दुर्योधन का अहित होगा और दुर्योधन का अहित हो, ऐसा काम मैं कभी नहीं करूँगा।"

सेनापति पितामह भीष्म का युद्ध के दसवें दिन पतन हुआ। इस पूरे दस दिन के युद्ध के दौरान कर्ण पूरी तरह रणक्षेत्र से अलिप्त रहा है। भीष्म के पतन की रात पितामह शर-शय्या पर लेटे हुए थे, उसी समय कर्ण वहाँ आया। भीष्म को इस स्थिति में लेटा हुआ देखकर उसकी आँखें द्रवित हो गईं। प्रणाम कर उसने भीष्म से कहा, ''पितामह! आपने जिसे सदैव तिरस्कृत किया वही मैं राधापुत्र कर्ण आपका वंदन करता हूँ और आज तक मैंने आपको जो कटु वचन कहे हों उनके लिए क्षमा की याचना करता हूँ।'' पितामह ने आँखें खोलीं, कर्ण को देखा और उसके बाद पितृ-स्नेह भरे स्वर में कहा, ''आओ, कर्ण! तुम यदि आज न आए होते तो यह यथार्थ न कहा जाता। तात! अब तुम आए हो तो अपने कल्याण के आशीर्वाद के साथ दो बातें सुन लो। तुम राधापुत्र नहीं हो, बल्कि कुंतीपुत्र हो और शस्त्रास्त्रों में तो तुम अर्जुन और कृष्ण के समकक्ष हो, इसमें तनिक भी संदेह नहीं है। इसके बावजूद मैंने तुम्हें सतत अपमानित किया है, इसका उद्देश्य तुम्हें दुर्योधन से दूर रखना था। तुम दुर्योधन के पीठबल थे और मैं नहीं चाहता था कि इस पीठबल के सहारे पांडवों और धार्तराष्ट्रों का वैर इस महाविनाशक युद्ध में परिणत हो। तुम्हारा जन्म धर्मलोप से हुआ था (संकेत कुंती की कौमार्यावस्था की ओर है)। इस धर्मलोप के कारण ही उदात्त गुणों से परिपूर्ण होते हुए भी तुममें द्वेष और अहंकार व्याप्त थे। हे वीर! तुम अभी भी अपने भाइयों के साथ मिल जाओ और यह युद्ध रोक दो।''

जो बात कृष्ण ने कही, जो बात कुंती ने कही वही बात अब भीष्म कह रहे हैं और कर्ण भी वही उत्तर देता है, ''पितामह! अब तो आप मुझे युद्ध करने का ही आशीर्वाद दीजिए। युद्ध का अंत क्या होगा, यह तो आप भी जानते हैं, मैं भी जानता हूँ। अब उस अंत की ओर जाकर सभी क्षत्रिय वीर उत्तम गति प्राप्त करें, यही श्रेष्ठ है।''

और इस प्रकार भीष्म का आशीर्वाद प्राप्त कर कर्ण ने सेनापति द्रोण के नेतृत्व में युद्ध के ग्यारहवें दिन रणक्षेत्र में प्रवेश किया। पाँच दिन उसने द्रोण के सेनापतित्व में युद्ध किया। इसी दौरान द्रोण द्वारा रचे चक्र व्यूह में अर्जुन-पुत्र अभिमन्यु का एक साथ मिलकर वध करने का अधर्म कृत्य जिन कौरव सेनानियों ने किया उनमें द्रोण के साथ ही कर्ण भी शामिल था। पर महाभारत के युद्ध से धर्म का नियम तो कब का विदा ले चुका था। और धर्म की बढ़-चढ़कर बातें करने के बावजूद येन-केन-प्रकारेण विजय प्राप्त करने के लिए दोनों पक्षों द्वारा अधर्म का ही आचरण हुआ है।

ऐसे ही एक और अधर्माचरण द्वारा युद्ध के पंद्रहवें दिन द्रोण का वध हुआ और सोलहवें दिन की सुबह कौरव सैन्य ने महारथी कर्ण के सेनापतित्व में युद्ध आगे बढ़ाया। कर्ण स्वयं को सदैव अर्जुन के समकक्ष ही मानता था। और इस युद्ध में अपने रथ का सारथि भी यदि अर्जुन के सारथि जैसा ही निपुण हो तो वह निश्चित ही अर्जुन का वध कर सकेगा, ऐसी एक समझ में न आनेवाली ग्रंथि इस क्षण उसके मन में पैदा हो गई है। मद्र-नरेश शल्य अश्वकला में निपुण थे और रथचालन में भी विख्यात थे। शल्य एक अग्रणी कौरव सेनानी हैं और उन्हें सारथि का उत्तरदायित्व सौंपे जाने से अपना अवमूल्यन अनुभव होगा, यह सीधी बात कर्ण अपने सामर्थ्य पर अतिविश्वास या घमंड के कारण समझ नहीं पाता और शल्य उसका रथ हाँकें, ऐसी माँग करता है। कर्ण को प्रसन्न करने के लिए दुर्योधन ने शल्य से जब यह विनती की तो स्वाभाविक रूप से शल्य रोष से भर उठे; पर बाद में दुर्योधन ने जब उन्हें अर्जुन के सारथि कृष्ण के समकक्ष बताया तो वह शांत हो गए और कौरव पक्ष को विजय दिलाने के लिए कर्ण का सारथि बनना स्वीकार कर लिया। पर इसके लिए उन्होंने एक शर्त भी रखी, ''रथ हाँकने के दौरान मैं जो कुछ कहूँ, उसका कर्ण विरोध नहीं करेगा और मेरी बात सुनेगा!'' कर्ण और दुर्योधन दोनों ने शल्य की यह शर्त स्वीकार कर ली। स्मरण रहे, युधिष्ठिर ने युद्ध आरंभ होने के पहले ही मामा शल्य से कर्ण को युद्ध के निर्णायक क्षण में हतोत्साहित करने का वचन माँग लिया था। शल्य की यह शर्त युधिष्ठिर को दिए वचन का ही अनुसंधान तो नहीं! कर्ण और दुर्योधन तो इससे अनजान ही रहे होंगे।

दो दिन—युद्ध के सोलहवें और सत्रहवें दिन—कर्ण अपने पूरे सामर्थ्य के साथ लड़ा। इन दो दिनों में उसने चाहा होता तो युधिष्ठिर का वध करके युद्ध की समाप्ति के समीप पहुँच गया होता, परंतु माता कुंती को दिए अपने वचन को इस जीवन-मरण के क्षण में भी याद कर वह उस पर अटल रहा। उसके जीवन का ध्येय तो अब दुर्योधन का कोई अहित करने में वह निमित्त न बने और अपने जन्मजात शत्रु अर्जुन का या तो वध करे अथवा उसके हाथों जीवन की समाप्ति कर इस भीषण जीवन-संग्राम को समाप्त करे, मात्र यही रह गया था। जीवन-मरण का यह अंतिम क्षण था और अंतिम क्षण में ही उस ब्राह्मण की गाय की अनजाने में हुई हत्या के लिए मिला शाप और परशुराम द्वारा मिला शाप यथार्थ होने वाला ही है, इसके पूरे भान के साथ वह यह अंतिम क्षण बिता रहा था। अर्जुन के साथ उसका अंतिम संघर्ष शुरू होते ही ये दोनों शाप प्रकट हुए। उसके सारथि शल्य ने भी अपना काम किया। कर्ण ने उससे पूछा, ''शल्य, मान लीजिए, इस युद्ध में मेरा वध हो

जाए तो आप क्या करेंगे?'' शल्य ने उत्तर दिया, ''अर्जुन का प्रतिकार करने की आपकी क्षमता ही नहीं। कहाँ अर्जुन और कहाँ कर्ण! आपका वध होगा तो मैं युद्ध जारी रखूँगा।'' (महाभारतकार कहता है कि अर्जुन ने भी यही प्रश्न अपने सारथि कृष्ण से पूछा था, ''कृष्ण! कर्ण के हाथों यदि मेरा वध हो तो आप क्या करेंगे?'' और कृष्ण ने उत्तर दिया था, ''ऐसा होगा ही नहीं! कर्ण में सामर्थ्य नहीं कि वह तुम्हें जीत सके!'' इसके बाद भी शल्य कर्ण का तेजोवध करता रहा। अर्जुन द्वारा खांडव वन दहन किए जाने का प्रतिशोध लेने के उद्देश्य से कर्ण की सहायता करने के लिए आए अश्वसेन नाग को भी कर्ण ने स्वीकार नहीं किया। अश्वसेन की सहायता से अर्जुन का वध करके विजय प्राप्त करना कर्ण को रुचता नहीं। वह अश्वसेन को वहाँ से विदा कर देता है। एक ओर शल्य कटु वचन सुनाकर कर्ण को हतोत्साहित कर रहा था और दूसरी ओर भूमि ने उसके रथ के पहियों को ग्रसना शुरू किया! कर्ण विवश हो गया। रथ के पहियों को ठीक कर लेने तक युद्ध रोक देने की कर्ण की विनती कृष्ण और अर्जुन दोनों ने स्वीकार नहीं की, उलटे अर्जुन ने कर्ण द्वारा अतीत में किए गए अधर्मों—द्यूत सभा की घटना से लेकर अभिमन्यु-वध तक—की याद दिला दी और विवश हो गए कर्ण पर अंतिम प्रहार कर उसका वध कर दिया।

कर्ण का जीवन करुण था तो उसकी मृत्यु उससे भी अधिक करुण थी। वह व्यक्तित्व की वीरता का पुजारी था। एक तरह से कहें तो वह 'एंग्री यंग मैन' की तरह था। कुल या जन्म नहीं, व्यक्तिमत्ता और सामर्थ्य ही महत्त्वपूर्ण है, यह सिद्धांत उसने परोक्ष रूप से जीवन में उतारा और इस तरह समाज में जो उपेक्षित हैं उनके स्थान के लिए संघर्ष किया, ऐसा भी कहा जा सकता है। द्रोण द्वारा तिरस्कृत किए जाने के बाद एकलव्य निषाद ही बना रहा, किंतु बार-बार तिरस्कृत होने के बावजूद कर्ण मात्र सूतपुत्र ही नहीं बना रहा। वह अंगाधिराज बना और सच कहें तो महाभारत की अठारह अक्षौहिणी सेना में कौरव-पांडव दोनों पक्षों में सबसे महत्त्वपूर्ण सेनानी बना रहा। मृत्यु अपेक्षित थी, पराजय निश्चित थी तो भी उसने संघर्ष किया और एक तरह से उसने आत्मबलिदान किया। कृतज्ञता और मैत्री उसके सबसे बड़े गुण थे। अंग्रेजी कवि फ़ोर्स्टर ने कहा था, 'देश और मैत्री में से किसी एक के साथ यदि द्रोह करना हो तो मैं देश के साथ द्रोह करूँगा, पर मित्र के साथ नहीं।' कर्ण ने एक तरह से यह विधान चरितार्थ करके बताया है।

□

सव्यसाची अर्जुन-१

महाभारत के समग्र कथानक में दिग्गज पात्रों के रूप में हम श्रीकृष्ण, भीष्म, द्रोणाचार्य, धृतराष्ट्र या दुर्योधन को बिना संकोच के गिना सकते हैं। कर्ण, शकुनि या गांधारी और द्रौपदी जैसे पात्र इन दिग्गज पात्रों के समकक्ष रखे जा सकते हैं। इसमें अर्जुन का योगदान क्या और उसका स्थान कहाँ है, यह प्रश्न यदि कोई पूछे तो उसे पहले नहीं, दूसरे वर्ग में ही रखना पड़ेगा। दूसरे वर्ग में भी द्रौपदी या कर्ण जैसे पात्रों ने जो योगदान किया है, उसके समकक्ष का योगदान करने का दावा करने के लिए अर्जुन को परिश्रम करना पड़ेगा। इसके बावजूद महाभारत के एक लाख श्लोकों में, सबसे पहले श्लोक में ही, कथा के उद्घाटन के साथ ही जिन दो पात्रों को याद करना महाभारतकार को उचित लगा है उनमें श्रीकृष्ण और अर्जुन का ही समावेश है। इन दो नामों का उल्लेख सीधी तरह से नहीं हुआ है; किंतु परमात्मा के नर-नारायण रूप को हम स्वीकार करें तो इस श्लोक में कृष्ण को नारायण और अर्जुन को नर रूप में परिचित कराते हुए 'नारायणं नमस्कृत्यं नर चैव नरोत्तमम्' लिखा गया है। इस प्रकार अर्जुन को दिग्गज पात्र का स्थान न मिले, पर उसने स्वयं कृष्ण के एक अंश के रूप में स्थान प्राप्त किया ही है। 'अर्जुन' शब्द के मूल में 'ऋजु' शब्द है। 'ऋजु' शब्द का अर्थ निर्मल, सरल के साथ-साथ सुंदर भी होता है। इन तीनों ही अर्थों को यह नाम सार्थक सिद्ध करता है।

अर्जुन पांडु का क्षेत्रज पुत्र है और कुंती ने देवराज इंद्र के अंश से उसे जन्म दिया है। फाल्गुन मास और फाल्गुन नक्षत्र में जन्म लेने के कारण उसका नाम 'फाल्गुन' भी है। बाल्यावस्था और किशोरावस्था में पिता के अरण्यवास के कारण उसे शुक नामक तपस्वी बने राजा के पास से धनुर्विद्या का ज्ञान मिला है। इसके बाद

तरुणावस्था में जब हस्तिनापुर में वास हुआ तो आचार्य द्रोण से विद्या संपादित करने का उसे अवसर मिला। शस्त्रास्त्रों की विद्या में अर्जुन ने ऐसी कुशलता प्राप्त की कि वह आचार्य द्रोण का सबसे प्रिय शिष्य बन गया। किसी भी गुरु को विशिष्ट शक्ति रखनेवाला अपना शिष्य अजोड़ और विशिष्ट बने, ऐसी जो आकांक्षा होती है वैसी ही आकांक्षा द्रोण को भी थी। इसीलिए अर्जुन को सर्वश्रेष्ठ धनुर्धर बनाने का उन्होंने वचन भी दिया था। उसी एकलव्य से गुरुदक्षिणा में उसके दाएँ हाथ का अँगूठा माँग लेने में भी इस आचार्य ने संकोच अनुभव नहीं किया। अर्जुन की इस विशिष्ट धनुर्विद्या की पहली कसौटी हस्तिनापुर में ही आचार्य द्रोण द्वारा आयोजित परीक्षा के रंगमंडप पर हुई। अर्जुन इसमें सफल भी हुआ और नहीं भी हुआ। विद्याभ्यास के दौरान उसकी जो विशिष्ट सिद्धि थी उससे कर्ण मन-ही-मन अर्जुन के विरुद्ध हो गया था। उसके कारण कर्ण ने अर्जुन को रंगमंडप में ही चुनौती दी और अर्जुन ने जो भी धनुर्विद्या का प्रदर्शन किया था उससे अधिक प्रमाण में कर्ण ने वह सब करके दिखा दिया। अर्जुन के लिए यह प्रथम ग्रासे मक्षिकापात जैसी स्थिति थी। परंतु कृपाचार्य आदि वरिष्ठों ने बात सँभाल ली और अर्जुन की श्रेष्ठता को अक्षुण्ण रखने के लिए जिस तरह एकलव्य का अँगूठा उपयोग में ले लिया था उसी तरह यहाँ कर्ण के जन्म का सहारा लिया गया। दोनों ही प्रसंगों में, नितांत न्याय और नीति का आग्रह करें तो, अशुद्ध आचरण हुआ है, यह स्वीकार ही करना पड़ेगा। सरस्वती के मंदिर में अपवित्र छाया का काला स्पर्श लगा है।

पर रंगमंच पर आयोजित परीक्षा के बाद जल्द ही जो कठिन परीक्षा हुई उसमें अर्जुन ने आश्चर्यजनक सफलता प्राप्त की और कर्ण सहित अन्य सभी निष्फल ही रहे। यह परीक्षा थी गुरु द्रोण द्वारा माँगी गई गुरुदक्षिणा। द्रुपद को पराजित करने गए कर्ण और सभी धृतराष्ट्र-पुत्र निष्फल हो गए। इतना ही नहीं, द्रुपद के हाथों परास्त होकर जब वे वापस आ गए तो अर्जुन ने जाकर द्रुपद को पराजित किया। उसे बंदी भी बनाया और आचार्य के समक्ष उसे उपस्थित करके इच्छित गुरुदक्षिणा भी चुका दी। अर्जुन की यह सिद्धि एक तरह से देखें तो उसके उज्ज्वल भविष्य का ही संकेत था। कर्ण और दुर्योधन को ही मानो एक चेतावनी थी। विजय के इस क्षण में आचार्य जैसे कौरवों और पांडवों के बीच आनेवाले समय में वैर की जो आग भड़क उठने की संभावना थी, उसका दर्शन कर चुके थे। आज जो चिनगारी लगती थी वह भविष्य में दावानल बने बिना नहीं रहेगी, इसका ही जैसे अंदेशा आचार्य को हो गया हो। ऐसा कुछ हो तो वे पांडु-पुत्रों के साथ नहीं बल्कि सामने हों, इस संभावना को भी द्रोण देख सके हों, ऐसा लगता है। इसका

समर्थन करे, ऐसी एक और गुरुदक्षिणा द्रोणाचार्य ने द्रुपद पर विजय के तत्काल बाद प्रिय शिष्य अर्जुन से माँगी है। इस माँग के अनुसार भविष्य में यदि अर्जुन को गुरु द्रोण के विरुद्ध उनके द्वारा सिखाई गई विद्या का प्रयोग करना पड़े तो भी एक उत्तम धनुर्धारी को शोभा दे, इस तरह युद्ध करने का वचन आचार्य ने अर्जुन से माँग लिया है। अर्जुन ने यह वचन दिया है और बदले में 'ब्रह्मशिर' नामक अमोघ शस्त्र आचार्य ने अपने इस प्रिय शिष्य को पाथेय के रूप में दिया।

अर्जुन के संबंध में सबसे अधिक ध्यान खींचनेवाली बात यह है कि वह आजीवन विद्यार्थी रहा है। विद्या-संपादन का जब भी अवसर मिला है, उसने कोई भी मूल्य चुकाकर अधिक-से-अधिक विद्या अर्जित की है। उसकी यह विद्यालक्षिता किसी भी अन्य पांडु-पुत्र या धृतराष्ट्र-पुत्र में नहीं थी। स्वयं कर्ण ने भी परशुराम से विद्या प्राप्त करने के बाद कोई नई विद्या सीखने का प्रयास नहीं किया। अर्जुन अपने लंबे-लंबे वनवासों के दौरान कुछ-न-कुछ सीखता ही रहा है। इतना ही नहीं, इंद्र के साथ वास करने के दौरान नपुंसकत्व का शाप मिलने के बाद इस नपुंसकत्व को शोभा दे, इसके लिए उसने नर्तन, वादन और गायन की भी शिक्षा ली है। इन सभी विद्याओं को अर्जुन ने सुशोभित भी किया है। चित्ररथ गंधर्व से उसने 'चाक्षुषी' विद्या भी सीखी। खांडव-दहन के पूर्व अग्नि से उसने गांडीव धनुष प्राप्त किया। स्वयं शिवजी से उसने पाशुपतास्त्र प्राप्त किया। यम के पास से उसे दंडास्त्र की विद्या प्राप्त हुई थी। वरुण और कुबेर द्वारा उसे पाशास्त्र और अंतर्धानास्त्र प्राप्त हुए थे। इस प्रकार किसी भी कठिन और विकट परिस्थिति में भी उसका यह विद्या-यज्ञ अनवरत चलता है। इस कारण अर्जुन विद्या के क्षेत्र में सतत जीवंत रहा है। आज की परिभाषा में कहें तो अर्जुन अपने ज्ञान को 'मॉडर्न टेक्नोलॉजी' के साथ तालबद्ध रखकर स्वयं को हमेशा 'अपडेटेड' कर लिया करता था। यह बात किसी भी क्षेत्र में कार्यरत व्यक्ति के लिए अत्यंत महत्त्वपूर्ण है।

इसके बाद की घटनाओं में, वारणावत-वास के दौरान और लाक्षागृह की घटना के बाद के अरण्यवास में अर्जुन ने कोई खास महत्त्व की भूमिका नहीं निभाई। उसने सोलहों कलाओं में विकसित धनुर्विद्या को समग्र आर्यावर्त को स्वीकार करना पड़े, ऐसा सर्वप्रथम परिचय दिया द्रौपदी-स्वयंवर में तापस वेश में रहकर—जहाँ आर्यावर्त के तमाम धनुर्धर निष्फल हो गए और तापस वेशधारी अर्जुन सफल हुआ। द्रुपद की शर्त पूरी करके उसने द्रौपदी को तो प्राप्त कर ही लिया, इसके साथ ही हताशा के कारण चिढ़े हुए अन्य राजाओं को भी अपनी धनुर्विद्या का साक्षात्कार कराकर अकेले (अलबत्ता भीम के साथ) परास्त किया। उसकी इस

सिद्धि के साथ ही पांडव, उन्हें कोई उखाड़ न सके, ऐसी प्रचंड शक्ति के साथ प्रकट हुए थे। कल अर्जुन ने जिस द्रुपद को परास्त किया था, वही द्रुपद अर्जुन का सबसे निकट का स्नेहीजन बना, स्वजन बना और अभी तक महाभारत में कहीं भी न दिखाई देनेवाले कृष्ण भी अर्जुन की इस सिद्धि के साथ ही अर्जुन के 'फ्रेंड एंड फिलॉसफर' बनकर इसके बाद की महाभारत की तमाम घटनाओं पर व्याप्त हो गए। इस प्रकार, द्रौपदी स्वयंवर में मत्स्यवेध करके अर्जुन ने महाभारत के समग्र कथानक को एक नया ही मोड़ दे दिया, ऐसा कहा जा सकता है। अभी तक दबे हुए लगनेवाले और जिन्हें उतरती कक्षा का स्थान जाने-अनजाने मिलता था, ऐसे पांडव इसके बाद रंगमंडप में पूरे सामर्थ्य के साथ अवतरित हुए हैं।

स्वयंवर की शर्त के अनुसार द्रौपदी मात्र अर्जुन की ही पत्नी बनी रहे, यही यथार्थ और उचित था; पर इसके बावजूद माता के वचन का बहाना बनाकर और उसके बाद धर्म का सहारा लेकर अर्जुन ने स्वयं आगे बढ़कर द्रौपदी को पाँचों भाइयों की साझा पत्नी बनाई है। युधिष्ठिर ने अर्जुन को ही द्रौपदी को स्वीकार करने का सुझाव भी दिया था; परंतु अर्जुन ने इसका विरोध करते हुए कहा, ''बड़े भैया! जब तक आपका विवाह न हो जाए तब तक मेरे लिए अपना विवाह करना संभव नहीं। यह धर्मोचित नहीं।'' अर्जुन की यह दलील तर्कसंगत तो नहीं ही है, घटनाक्रम को देखते हुए सच्चाई से भी दूर है। अभी कुछ ही महीने पहले भीम ने हिडिंबा के साथ विवाह कर ही लिया था और तब भी युधिष्ठिर अविवाहित ही थे! संभव है, बड़े भाई की आँखों में भी अर्जुन को द्रौपदी को प्राप्त करने की लालसा दिखाई दी हो, इसलिए झगड़े के मूल को पहले से ही निर्मूल करने के लिए अर्जुन ने ऐसा कहा हो। द्रौपदी का संपूर्ण स्वामित्व त्यागकर भी भाइयों के बीच संवादिता बनाए रखने के लिए उसका यह प्रयास प्रशंसनीय कहा जाय या आलोचनीय माना जाय, यह विवाद का विषय हो सकता है।

विवाह के बाद पांडवों के हिस्से में खांडवप्रस्थ प्रदेश का अलग राज्य आया। इंद्रप्रस्थ नगरी बसाकर युधिष्ठिर ने राजसूय यज्ञ किया और इस यज्ञ के निमित्त भीम आदि भाइयों की तरह अर्जुन ने भी आर्यावर्त के अनेक राज्यों से इंद्रप्रस्थ का आधिपत्य स्वीकार करवाकर दिग्विजय की। इस समय के दौरान अर्जुन के जीवन की सर्वाधिक महत्त्वपूर्ण घटना खांडव वन में कृष्ण के साथ वन-विहार के लिए जाने की है। इस वन-विहार के दौरान ब्राह्मण वेशधारी अग्नि ने अपने अजीर्ण की कथा कहकर खांडव वन में वास करते प्राणियों, विशेष रूप से सर्पों (क्योंकि खांडव वन में अधिकांशतः सर्प रहते थे), को जीवित ही अग्नि में

जलाकर भस्म कर देने की विनती की। कथा ऐसी है कि अग्नि इसके पहले किसी यज्ञ में वर्षों तक शुद्ध घी की धाराओं के अविरत मिलते भोजन के कारण अजीर्ण से पीड़ित था। खांडव वन में बसते प्राणियों के मेद (वसा) द्वारा यह अजीर्ण दूर होगा, ऐसा वचन अग्नि को प्राप्त हुआ था। अजीर्ण के कारण अग्नि कांतिहीन हो गया था। खांडव वन के प्राणियों का भक्षण करने के लिए अग्नि ने जब-जब प्रयत्न किए तब-तब उसके प्रयास सफल नहीं हुए थे, क्योंकि वन में रहते तक्षक नाग का इंद्र के साथ मैत्री का संबंध था और अग्नि जब भी खांडव वन के प्राणियों का भक्षण करता, इंद्र वरुण की मदद से वर्षा की धारा बहाकर अग्नि को सफल नहीं होने देता था। इस बार अग्नि ने अर्जुन की सहायता माँगी। अर्जुन ने इस सहायता के बदले में गांडीव धनुष एवं अक्षय तूणीर की माँग की और अग्नि ने उसे दे भी दिया। इसके बाद अर्जुन ने कृष्ण की सहायता और सम्मति से खांडव वन पर अग्न्यास्त्र छोड़कर वन में भीषण अग्नि प्रकट की। इंद्र ने हर बार की तरह वरुण से वर्षा शुरू करवाई तो अर्जुन और इंद्र के बीच युद्ध हुआ। इस प्रकार, यह युद्ध पिता-पुत्र के बीच का संघर्ष ही कहा जाएगा। इंद्र को परास्त करके अर्जुन ने खांडव वन में भीषण विनाश फैलाया। सैकड़ों और हजारों की संख्या में निर्दोष प्राणी इस आग में जीवित जल मरे।

यह कथानक और इसमें अर्जुन की भूमिका विशेष चर्चास्पद रही है। गुजराती के प्रख्यात राष्ट्रकवि झबेरचंद मेघाणी ने 'तारा पातकने सँभार मोरी माँ! रे हिंद मोरी माँ!' नामक एक काव्य लिखा है। इस काव्य में प्राचीन भारत की प्रजा ने जो पाप किए हैं उसकी एक सूची दी गई है। अर्जुन ने खांडव वन में हजारों निर्दोष प्राणियों को जीवित जलाकर मार डाला। इसे कवि ने घोर पातक बताया है। अग्नि ब्राह्मण के वेश में था और ब्राह्मण को दिए गए वचन को पूरा करने लिए ही अर्जुन ने इन निरस्त्र और निर्दोष प्राणियों का संहार किया था, ऐसी दलील देकर अर्जुन के इस कृत्य का बचाव करनेवालों ने प्रयास तो किया है; पर इसमें तनिक भी दम नहीं है। अग्नि ब्राह्मण वेश छोड़कर वास्तविक रूप में प्रकट होकर अर्जुन को गांडीव धनुष और अक्षय तूणीर देता है। इसलिए वह ब्राह्मण था, यह तर्क टिकता नहीं। इतना ही नहीं, निर्दोषों की हत्या की माँग करनेवाला, फिर भले वह ब्राह्मण ही हो, उसकी माँग को स्वीकार करना अर्जुन जैसे उदात्त व्यक्ति के लिए उचित नहीं था। फिर अग्नि का अजीर्ण बहुत अधिक आहार लेने के कारण हुआ था, यह संकेत भी समझने लायक है। अति का संग्रह, फिर चाहे वह उदर में हो या बैंक में, कांतिहीनता का ही सृजन करता है। 'अति सर्वत्र वर्जयेत्', यही बात जैसे यहाँ प्रतिध्वनित होती

है। खांडव वन इंद्रप्रस्थ की सीमा पर ही था, इसलिए इस वन जैसे अगोचर प्रदेश में शत्रु गुप्त रूप से आश्रय ले सकते हैं, इस राजकीय गणित को ध्यान में रखकर इस प्रदेश को, आज की भाषा में जिसे 'रिक्लेमेशन' कहते हैं, ऐसा कोई प्रयास अर्जुन ने कृष्ण की सलाह पर किया हो, यह अधिक तार्किक लगता है। राजधानी के पार्श्व में ही ऐसी अगोचर भूमि हो, यह सैनिक दृष्टि से उचित नहीं। इसलिए ऐसी कोई भूमिका इस अग्निकांड के पीछे रही हो तो भी हजारों निर्दोष जीवों को भून डालने का कोई अधिकार शासकों को प्राप्त नहीं हो जाता।

अर्जुन की स्वस्थता और धैर्य का एक प्रमाण द्यूत सभा में मिलता है। युधिष्ठिर सर्वस्व हार चुके और द्रौपदी का अपमान हुआ। उसके बाद जो हुआ, उससे अस्वस्थ होकर रोष से भरकर भीम ने प्रकट रूप से दुर्योधन और दु:शासन के वध की प्रतिज्ञा ली। उस समय अर्जुन भीम को रोकते हुए कहता है, "भाई, जो करना है उसे बोलकर प्रकट करने में बुद्धिमानी नहीं। चौदहवें वर्ष जो हम करके दिखाएँगे उसे समग्र विश्व देख सकेगा।" अर्जुन का यह वाणी-संयम किसी प्रबल वीर को ही शोभा दे, ऐसा है।

इंद्रप्रस्थ का वास कितने वर्ष का रहा होगा, यह विश्वासपूर्वक नहीं कहा जा सकता है; परंतु यह राज्यअमल लगभग बीस-पच्चीस वर्ष अवश्य रहा होना चाहिए। इस कालावधि के दौरान अर्जुन ने एक बार बारह वर्ष का वनवास किया है। विवाह के समय भाइयों के बीच हुए समझौते के अनुसार यदि कोई भाई द्रौपदी के साथ एकांत में बैठा हो तो उस समय दूसरे किसी भाई को द्रौपदी के कक्ष में प्रवेश नहीं करना था। इस समझौते के अनुसार युधिष्ठिर जब द्रौपदी के साथ अपने एकांत खंड में थे, उस समय अर्जुन के शस्त्रास्त्र भी उसी खंड में थे। एक ब्राह्मण की गायों का किसी ने अपहरण किया और उस ब्राह्मण ने अपहरणकर्ता के पास से अपनी गायों को वापस दिला देने को अर्जुन से प्रार्थना की। अर्जुन के समक्ष बहुत बड़ा धर्म-संकट खड़ा हो गया। यदि ब्राह्मणों की गायों को छुड़ाने के लिए शस्त्रों की प्रतीक्षा करे तो अपहरणकर्ता सुरक्षित स्थान पर बचकर निकल जाएँगे और यदि तत्काल उनका पीछा करना हो तो बड़े भाई के खंड में प्रवेश करके शस्त्र लेने होंगे। ऐसा करने पर उस समझौते के अनुसार बारह वर्ष का वनवास स्वीकार करना पड़ेगा। अर्जुन ने वनवास का कष्ट झेलना ही ठीक समझा। बड़े भाई के खंड में प्रवेश कर शस्त्र लिये अपहरणकर्ताओं का पीछा करके उन्हें पराजित किया, गायें वापस प्राप्त कीं और उसके बाद समझौते के अनुसार उसने वन में जाने की तैयारी की। उस क्षण युधिष्ठिर धर्म का ही सहारा लेकर उसे वन-गमन करने से रोकते हैं। युधिष्ठिर

कहते हैं, "परंतप! बड़ा भाई तो पितातुल्य होता है। इसलिए माता-पिता की उपस्थिति में छोटा भाई, जो पुत्रवत् होता है, वह यदि कक्ष में प्रवेश करता है तो उसमें कोई अधर्म नहीं। इसके विपरीत, छोटा भाई यदि पत्नी के साथ एकांत में हो तो बड़े भाई के लिए वह पुत्रवत् कहा जाएगा, इसलिए वहाँ उसका प्रवेश अधर्म्य है।" पर युधिष्ठिर की यह दलील अर्जुन स्वीकार नहीं करता। वह कहता है, "जब समझौता हुआ था उस समय ऐसी कोई स्पष्टता नहीं हुई थी, इसलिए अब ऐसे तर्क का आश्रय लेकर वनवास टालना सबसे बड़ा अधर्म है।" इस प्रकार, धर्म का अपनी भावना के साथ सुसंगत अर्थ-घटन करके अर्जुन उसे स्वीकार करता है। यहाँ युधिष्ठिर धर्म की व्याख्या सुविधानुसार करते हैं, जबकि अर्जुन धर्म के लक्ष्यार्थ को स्वीकार करता है, यह ध्यान देने योग्य बात है।

समझौते की शर्त के अनुसार बारह वर्ष तक मात्र वनवास ही नहीं करना था बल्कि उस दौरान ब्रह्मचर्य का पालन भी करना था। शर्त के पूर्वार्ध के लिए अर्जुन जितना आग्रही और धर्मानुसारी रहा है उतना उसके उत्तरार्ध के लिए नहीं रहा है। अरण्यवास के प्रथम दौर में ही हरिद्वार में गंगातट पर नाग कन्या उलूपी उससे मोहित होकर कामवश हो जाती है। गंगा के प्रवाह में स्नान कर रहे अर्जुन को यह नाग कन्या अर्जुन को अपने पिता के घर खींच ले जाती है और काम-तृप्ति के उद्देश्य से विवाह का प्रस्ताव करती है। इसमें समर्पण या प्रेम की कोई भावना नहीं है। मात्र काम-तृप्ति ही प्रमुख उद्देश्य है। इसके बावजूद उलूपी ने अर्जुन के साथ के अल्पकालिक वैवाहिक जीवन को अंतिम श्वास तक एक आदर्श धर्मपत्नी की भाँति ही निभाया है, यह एक सुखद आश्चर्य उपजानेवाली बात है। अर्जुन के भी मन में यह जलपरी तो बस ही गई है, परंतु वह ब्रह्मचर्य-पालन के वचन से बँधे होने की बात करता है। उस समय उलूपी किसी आधुनिक कानूनविद् की तरह यह ब्रह्मचर्य तो मात्र द्रौपदी के साथ के संदर्भ में है, ऐसी अत्यंत सुविधाजनक व्याख्या करती है। प्रतिज्ञा के मूल में तो द्रौपदी ही थी, इसलिए प्रतिज्ञा भी द्रौपदी तक ही सीमित रहे, यह 'धर्म्य' है, ऐसा उलूपी कहती है और यह धर्म की अनुकूलता अर्जुन को भी रुचे, ऐसी थी। उसी ने उलूपी से, वह असत्याचरण करता है, ऐसा न लगे, प्रतिज्ञा का पालन भी हो जाए और उद्देश्य भी पूरा हो, ऐसा कोई मार्ग ढूँढ़ निकालने के लिए कहा है। वनवास के आरंभ में युधिष्ठिर के सुविधाजनक अर्थ-घटन को अस्वीकार करके धर्मपालन और वचन पर टिके रहने का आग्रह करनेवाला अर्जुन कामभावना के समक्ष पराजित होकर अपनी प्रतिज्ञा को मरोड़ने के लिए सम्मत हो जाता है। उसने उलूपी के साथ विवाह किया। यह वैवाहिक जीवन मात्र

एक रात तक ही सीमित रहा है। इस प्रकार, एक रात के लिए ही अर्जुन ने वहाँ क्यों निवास किया और ज्यादा दिन तक वहाँ क्यों रहा, यह प्रश्न अनुत्तरित रहा है। इस एक रात के सहवास के परिणाम-स्वरूप पुत्र इरावान् का जन्म हुआ! इरावान् कुरुक्षेत्र के महायुद्ध में पांडवों के पक्ष में लड़ा था और वीरगति प्राप्त की थी। (एक तुक्का जैसा विचार भी करने योग्य है। इरावान् की मृत्यु को कोई खास तवज्जो नहीं दी गई। इसके विपरीत, अभिमन्यु की मृत्यु पर अर्जुन सहित सभी पांडवों ने हाहाकार किया है। इरावान् पुत्र है, किंतु पिता के घर उसने जीवन नहीं बिताया, इसी का परिणाम होगा, ऐसा माना जा सकता है।)

□

सव्यसाची अर्जुन-२

ब्रह्मचर्य का अर्थ केवल द्रौपदी के साथ सहवास न करने तक ही लागू होता है, उलूपी द्वारा किया गया यह अर्थ-घटन अर्जुन के मनोनुकूल ही था। इसका एक और प्रमाण उसने हरिद्वार छोड़कर मणिपुर आते ही दिया है। मणिपुर की राजकन्या चित्रांगदा को देखते ही वह काम-विह्वल हो गया और इस राजकन्या का विधिवत् हाथ माँगने के लिए वह राजमहल में भी पहुँच गया। चित्रांगदा के पिता ने अपनी पुत्री को अर्जुन की पत्नी बनाने की सम्मति तो दी, किंतु उसके राजकुल की एक विचित्र परंपरा थी। उसके कुल में वंश-परंपरा से एक ही संतान पैदा होती थी और उसे इस संतान के रूप में पुत्री चित्रांगदा प्राप्त हुई थी, इसलिए चित्रांगदा के गर्भ से जो संतान उत्पन्न हो, वह उसके उत्तराधिकारी के रूप में मणिपुर में ही रहे, इस शर्त पर उसने विवाह की स्वीकृति दी। अर्जुन के लिए तो यह शायद अनुकूल शर्त थी, क्योंकि चित्रांगदा के साथ उसे कोई प्रेम तो हो नहीं गया था और फिर वनवास के दौरान वह चित्रांगदा को साथ लेकर कहाँ-कहाँ फिरता! उसकी भ्रमर-वृत्ति के लिए यह शर्त सुविधा भरी थी। यह शर्त स्वीकार कर उसने विवाह किया। तीन वर्ष तक मणिपुर में 'घरजमाई' बनकर रहा है और उसके बाद पुत्र बभ्रुवाहन का जन्म हुआ, इसलिए मणिपुर छोड़कर शेष वनवास पूरा करने के लिए वह आगे बढ़ा।

वनवास का अर्थ यदि सही अर्थों में वन में वास करना ही होता हो तो अर्जुन ने मणिपुर में रहकर उसके लक्ष्यार्थ का ही भंग किया, ऐसा कहा जा सकता है। 'ब्रह्मचर्य' शब्द को तो उसने पहले ही विकृत कर दिया था, अब तीन वर्ष का लंबा समय मणिपुर के राजमहल में बिताकर 'वनवास' शब्द को भी विकृत कर डाला है। यदि वह तीन वर्ष तक मणिपुर में राजवैभव के बीच रह सका तो वनवास के शेष

वर्ष भी वह वहाँ रहकर बिता सकता था। इसके बावजूद वभ्रुवाहन के जन्म के बाद उसने मणिपुर छोड़कर अपनी यात्रा आगे बढ़ाई है। (याद रहे, राम जब चौदह वर्ष के वनवास के लिए जाते हैं तो मार्ग में मिले निषादराज ने उन्हें अपने नगर में वनवास की यह अवधि पूरी करने के लिए कहा था। किंतु राम ने वनवास का अर्थ अरण्य में ही वास करना—पिता की आज्ञा का यही भावार्थ लगाया था। मात्र अयोध्या से दूर रहना, ऐसा अर्थ उसमें से नहीं निकाला जा सकता।)

इस वनवास के अंतिम चरण में भी अर्जुन की यह रस वृत्ति अथवा भ्रमर वृत्ति पुनः प्रकट हुई है। द्वारका आकर वह अर्जुन से मिला और वहाँ रैवतक पर्वत पर यादव उत्सव मना रहे थे, उस समय वह स्वयं कृष्ण की बहन सुभद्रा को देखकर एक बार फिर कामवश हो गया है। उसकी आँखों से झरते स्फुलिंग कृष्ण ने देख लिये और इसके पहले वनवास के दौरान ही अर्जुन ने जो विवाह किए थे उनकी जानकारी कृष्ण के पास न पहुँची हो, ऐसा तो हो ही नहीं सकता। यहाँ प्रश्न यह उपस्थित होता है कि कृष्ण की इस बहन को इसके पहले अर्जुन ने कभी देखा ही न हो, यह कैसे संभव है? इसके अतिरिक्त वह कुँवारी कन्या है और विवाह की आयु में अभी-अभी प्रवेश किया हो, ऐसा लगता है। इसका अर्थ यह हुआ कि कृष्ण और सुभद्रा के बीच आयु का बहुत बड़ा अंतर होना चाहिए! अर्जुन ने सुभद्रा के लिए अपनी कामना प्रकट की, इसलिए कृष्ण ने उसके लिए अपनी सम्मति दी। यह सम्मति विधिवत् माँग करने पर या अन्य स्वीकृत परंपरा के अनुसार नहीं दी। उलटे यदि स्वयंवर होगा तो सुभद्रा अर्जुन को पसंद न भी करे, इस आशंका से क्षत्रिय परंपरा के अनुसार उसका अपहरण करके ले जाने की सलाह तो दी ही, सुविधा भी कर दी। यह मुद्दा निश्चित ही विवादास्पद है। सुभद्रा का विवाह अर्जुन के साथ हो, इसमें कृष्ण की इतनी रुचि क्यों रही होगी, यह प्रश्न उपस्थित होता है। इसका एक संभावित उत्तर यह हो सकता है कि अर्जुन कृष्ण का प्रिय सखा है। उनका यह प्रिय सखा अपनी भ्रमर वृत्ति को इसी तरह बहलाता रहे तो उससे जिस जीवन-कर्म की अपेक्षा है, वह सिद्ध नहीं होगी। इसलिए इस वृत्ति को संयमित करना आवश्यक है। यदि सुभद्रा के साथ अर्जुन विवाह कर ले तो वह कृष्ण के दबाव में आ जाएगा और कृष्ण की बहन की अवगणना करके भविष्य में वह कभी इस भ्रमर वृत्ति का विस्तार कर सकेगा ही नहीं। इस प्रकार अर्जुन को वश में रखने के लिए कृष्ण ने अपनी बहन सुभद्रा को निमित्त बनाया हो, यह भले ही उचित न हो, पर तर्कपूर्ण तो लगता ही है। और सचमुच ही सुभद्रा के साथ विवाह करने के बाद अर्जुन ने किसी स्त्री के साथ ऐसा व्यवहार नहीं किया। इतना ही नहीं, ऐसे

व्यवहार के दो अवसर उसके सामने खुद-बखुद आए हैं तो उसने गरिमापूर्ण ढंग से उनका अस्वीकार किया है।

इनमें से एक प्रसंग द्यूत में पराजित होने के बाद पांडव जब वन में गए तो उस कालावधि के दौरान अर्जुन अस्त्र-प्राप्ति के लिए इंद्र के पास गया, उस समय का है। इंद्र ने अर्जुन के मनोरंजन के लिए अप्सरा उर्वशी का चुनाव किया। उर्वशी ने अर्जुन से नृत्य आदि के बाद शारीरिक संबंध के लिए भी अपनी कामना व्यक्त की तो अर्जुन ने बहुत ही शालीनता के साथ कहा है, ''आप तो पूर्वकाल में हमारे पूर्वज राजा पुरूरवा की पत्नी थीं। इस संबंध से आप मेरी माँ हुईं। हे माता! मैं आपको वंदन करता हूँ।'' पर उसके वंदन के प्रत्युत्तर में उर्वशी के आहत-अपमानित स्त्रीत्व ने उसे शापित भी किया, ''हे अर्जुन! युवा और कामवश हुई स्त्री द्वारा याचना किए जाने के बाद भी तुमने उसका अस्वीकार करके नपुंसक जैसा आचरण दिखाया है, इसलिए तुम्हें नपुंसक की तरह ही जीना पड़ेगा!'' इसके बाद यह शाप एक वर्ष के लिए मर्यादित हुआ और अर्जुन ने इस शाप को प्रसन्नतापूर्वक स्वीकार भी किया। इतना ही नहीं, नपुंसक के रूप में जब उसे जीना पड़े तो उपयोग में लाया जा सके, इसके लिए उसने इंद्रलोक से ही गायन, वादन, नर्तन आदि कलाएँ भी प्राप्त कर लीं। और यह सब—शाप और कला दोनों—वनवास के अंत में विराट नगरी में गुप्तवास में तेरहवाँ वर्ष बिताया उस समय बृहन्नला के रूप में जीने के लिए आशीर्वाद रूप हो गया।

दूसरा प्रसंग भी गुप्तवास के तेरहवें वर्ष के अंत में विराट नगरी में ही घटित हुआ है। बृहन्नला वास्तव में सव्यसाची अर्जुन ही है, यह जानकर विराट नरेश इतना प्रसन्न हुआ कि उसने अपनी कन्या उत्तरा का पाणिग्रहण करने के लिए उससे प्रार्थना की। गुप्तवास के वर्ष के दौरान अर्जुन इस राजकन्या को गुरु के रूप में गायन-वादन-नर्तन सिखाता था, इसलिए उत्तरा तो उसकी शिष्या हुई, अतः पुत्रीवत् कही जाएगी, ऐसा कहकर अर्जुन विवाह के इस प्रस्ताव को अस्वीकार कर देता है। यहाँ यह बता देना जरूरी है कि कृष्ण की बहन अपनी ही बहन, यह तर्क उसे सुभद्रा के मामले में नहीं सूझा था। परंतु उत्तरा के किस्से में उसे यह ज्ञान आ गया है। इसमें कृष्ण की वही दीर्घ दृष्टि प्रतिध्वनित हुई-सी लगती है।

महायुद्ध की पूर्वसंध्या पर श्रीमद्‍भगवद्‍गीता का अतिविदित प्रसंग घटित हुआ। इसके पहले युद्ध की तैयारियाँ हो रही थीं तो एक ओर निरस्त्र कृष्ण और दूसरी ओर कृष्ण की नारायणी सेना—इन दोनों के बीच चुनाव करने का प्रश्न खड़ा हुआ तो एक क्षण का भी विलंब किए बिना अर्जुन ने अपने पक्ष में निरस्त्र कृष्ण का

चुनाव किया। इसमें उसका कृष्ण-प्रेम और दीर्घदृष्टि दोनों दिखाई देते हैं। कृष्ण-प्रेम के साथ ही कृष्ण के प्रति उसकी अपार श्रद्धा भी प्रकट होती है। युद्ध के आरंभ में 'युद्ध निरर्थक है, मुझे युद्ध नहीं करना। महासंहार के बाद प्राप्त हुई विजय भी मुझे नहीं चाहिए' आदि जो भाव अर्जुन ने प्रकट किए हैं, उसमें न भीरुता है, न डर। उसमें वैराग्य भी नहीं और ज्ञान भी नहीं है। वह तो उसकी प्रकृति के विरुद्ध का मोह है। यह मोह मनुष्य-सहज है, किंतु अर्जुन के लिए प्रकृति-प्रदत्त नहीं है। महाभारत में ऐसा मोह समय-समय पर युधिष्ठिर व दुर्योधन आदि को भी हुआ है; किंतु उनके मोह ने कहीं भी विषाद से आगे बढ़कर ऊर्ध्वीकरण नहीं प्राप्त किया। यहाँ अर्जुन का विषाद ऊर्ध्वीकरण प्राप्त कर 'गीता' का योग बन जाता है, क्योंकि उसे कृष्ण का संस्पर्श हुआ है। कृष्ण के प्रति अर्जुन की अपार श्रद्धा कैसी सार्थक है, इसका साक्षात्कार युद्ध के अंत में भी हुआ है। शत्रुओं के तेजस्वी बाणों से सही अर्थों में भस्मीभूत हो चुके रथ को, कृष्ण ने अर्जुन को पहले उतारकर, स्वयं अंत तक रहकर, जल जाने दिया। रोज की तरह यदि कृष्ण पहले उतर गए होते तो अर्जुन उस रथ के साथ ही जल गया होता।

एक तरह से देखें तो महायुद्ध में पांडवों को प्राप्त हुई विजय का श्रेय अर्जुन के ही हिस्से में जाना चाहिए; क्योंकि भीष्म, द्रोण, कर्ण, जयद्रथ जैसे कौरव सेनानियों का वध प्रत्यक्ष या परोक्ष रूप से अर्जुन ने ही किया है। इनका वध न हुआ होता तो पांडव विजय का विचार भी न कर सके होते। इसके साथ ही यह भी स्वीकार करना चाहिए कि अर्जुन ने इनमें से कोई भी सिद्धि, जिसे शुद्ध नीति अथवा धर्म कहा जा सके, उस प्रकार से प्राप्त नहीं की। इन चारों सेनानियों को भी उसने धर्मलोप अथवा 'धर्म' शब्द का अनर्थ करके ही मारा है। रसप्रद बात यह है कि यह समस्त अधर्माचरण उसने कृष्ण के आदेशानुसार ही किया है। युद्ध शुरू हुआ, उसके पहले कौरव पक्ष में अधर्म या अनीति का आचरण हुआ है, यह सच है; परंतु युद्ध के अठारह दिनों के दौरान कौरव पक्ष में अधर्म्य कहा जाए, ऐसी एकमात्र घटना अभिमन्यु-वध है। इसे छोड़कर अधिकांश कौरव सेनानियों पर पांडवों ने जो विजय प्राप्त की है वह प्रथम दृष्टया ही अधर्माचरण लगे बिना नहीं रहेगा। परंतु इस अधर्माचरण को समझने के लिए किसी भी सहृदय व्यक्ति को कृष्ण के व्यक्तित्व को समझना चाहिए। कृष्ण का व्यक्तित्व यदि एक बार समझ में आ जाए तो उसके बाद इस अधर्माचरण के मूल तक पहुँचा जा सकता है।

युद्ध के इन अठारह दिनों के बीच एक घटना ऐसी घटित हुई है जिसमें अर्जुन के अंतर में दबी सभी अतृप्तियाँ और आकांक्षाएँ एक साथ प्रकट हो गई हैं।

कर्णपर्व में आलेखित इस घटना के अनुसार सेनापति कर्ण के हाथों मात्र घायल ही नहीं, परास्त भी होकर युधिष्ठिर शिविर में वापस लौट आए थे। यह पराजय कठिन थी। युधिष्ठिर कर्ण के हाथों मारे जा चुके होते, पर कर्ण ने उनका उपहास करके उन्हें जाने दिया। घावों की पीड़ा से भी अधिक इस उपहास से बिंधे युधिष्ठिर जब शिविर में चले गए तो रणक्षेत्र में बड़े भाई को न देख चिंतित होकर अर्जुन शिविर में आया। पीड़ा—मानसिक और शारीरिक दोनों—के कारण व्यथित युधिष्ठिर ने अर्जुन से पूछा कि उसने कर्ण का वध किया कि नहीं? और अर्जुन ने बताया कि कर्ण अभी जीवित है, तो युधिष्ठिर कृष्ण की उपस्थिति में ही अर्जुन एवं गांडीव को धिक्कारते हैं और उसे अपमानित करते हैं। उन्होंने कहा, "हे अर्जुन! मैंने तो तुमसे विजय की अपेक्षा रखी थी, पर तुमने तो मुझे निरा विनाश ही दिया है। इससे तो अच्छा था कि तुम माता के गर्भ में ही नष्ट हो गए होते! बात तो बहुत बड़ी-बड़ी करते थे, पर तुमसे कुछ होता तो नहीं है। अपना गांडीव धनुष किसी अच्छे सेनानी को सौंप दो।" उस क्षण अर्जुन क्रोधवश हो गया। उसने मन-ही-मन अप्रकट रूप से एक प्रतिज्ञा ली थी कि जो कोई भी मेरे गांडीव को अपमानित करेगा, उसका मैं वध करूँगा।" यह प्रतिज्ञा और वह भी मन-ही-मन की हुई, वैसे तो हास्यास्पद लगे, ऐसी है; फिर भी अर्जुन इस प्रतिज्ञा का पालन करने के लिए युधिष्ठिर का वध करने के लिए तैयार हो जाता है। उस समय कृष्ण प्रतिज्ञा का पालन भी हो जाए और युधिष्ठिर का वध भी न हो, ऐसा—मार्ग और वह भी धर्म के नाम पर—सुझाते हैं, "अपने से बड़े व्यक्ति को तू-तुकार कर बात करके अपमानित करना उसके वध के समान होता है।" कृष्ण के इस तर्क को स्वीकार कर अर्जुन युधिष्ठिर को जो कड़वे वचन सुनाता है वह वैसे तो उस प्रतिज्ञापालन का ओट ही कहा जाएगा; किंतु उसमें इस बड़े भाई के प्रति अब तक उसके मन में वितृष्णा की भावना दबी हुई थी, उसे उसने प्रकट कर दिया है। उसने कहा है, "अरे जुआरी! तूने आज तक जुआ खेलकर हमें कष्ट देने के सिवा और किया क्या है? द्रौपदी की शय्या पर बैठकर तूने तो सिर्फ बातें ही की हैं! युद्ध में तूने कौन सा पराक्रम किया है? भीमसेन ने यदि मेरा अपमान किया होता तो वह उचित था, क्योंकि वे शत्रुओं से जूझते हैं। तू तो भागकर शिविर में घुस गया है! तू तो अभागा जुआरी है!"

इसमें युधिष्ठिर के द्यूत-प्रेम के प्रति अर्जुन का रोष प्रकट हुआ है। इसके साथ ही युधिष्ठिर के इस द्यूत-प्रेम के कारण ही पांडव सदैव दुःखी हुए हैं, इस सत्य को भी उसने प्रकट कर दिया है। द्रौपदी पर युधिष्ठिर का कोई हक नहीं था और अधिकार उसने अनुचित ढंग से प्राप्त किया है, अर्जुन के मन की यह बात भी

यहाँ कठोर चट्टान को चीरकर प्रकट होते जल-प्रपात की भाँति बाहर आई है। लंबे समय से सहन की हुई, झेली हुई बातें इस तरह मनोवैज्ञानिक ढंग से यहाँ आलेखित हुई हैं। इसके बाद बड़े भाई का नकली वध करने के बाद प्रायश्चित्त के रूप में वह स्वयं भी आत्महत्या करने के लिए तैयार हुआ तो फिर एक बार कृष्ण ने ही 'धर्माचरण' की नई मागरिखा दी है—"आत्मप्रशंसा आत्महत्या के समान है, पार्थ! तुम अपनी आत्मप्रशस्ति प्रकट रूप से करके आत्महत्या करके बड़े भाई के वध के पाप से मुक्त हो जाओ।" और उसके बाद अर्जुन ने जो आत्मप्रशस्ति की है वह भी मनोवैज्ञानिक चिकित्सा ही है। चित्त में अपने प्रति जो 'अहंभाव' था उसे प्रकट "पिनाकपाणि शंकर के सिवा मेरे समकक्ष धनुर्धारी अन्य कोई नहीं। राजसूय यज्ञ में मैंने ही तो विजय प्राप्त की थी।" आदि।

इसमें मनोव्यापारों का खेल है, युधिष्ठिर की असंतुलित एवं पीड़ित व्यथा है तो अर्जुन के चित्त का भी दर्शन है; कृष्ण की कुशाग्रता है तो अर्जुन की वणिकवृत्ति की वाचालता भी। अर्जुन के पात्र को समझने के लिए यह घटना महत्त्वपूर्ण है।

विजय-प्राप्ति के क्षण महाराज युधिष्ठिर पर पुनः निर्वेद छा जाता है। इस महासंहार के लिए वे स्वयं ही कारणभूत हैं, इस भाव से व्यथित होकर युधिष्ठिर ने संन्यास ग्रहण करके अरण्यवास करने का मनोरथ प्रकट किया तो एक कर्मवीर को शोभा दे, इस तरह अर्जुन ने बड़े भाई को समझाया है। अब राज्यधुरा सँभालें और जो हुआ है उसमें से जो श्रेष्ठ है, उसका अनुसरण करके क्षत्रिय-धर्म तथा राज्य-धर्म और गृहस्थ-धर्म का पालन करना चाहिए, यह बात वह बड़े भाई को समझा पाता है। पुत्रहीन राजा धृतराष्ट्र को कोई अभाव न हो, इसके लिए वह युधिष्ठिर की तरह ही प्रयत्नशील रहता है। इतना ही नहीं, भीम जब अंधे राजा को ताना मारता है तो अर्जुन उसे मना करता है। धृतराष्ट्र ने मृतात्माओं की शांति के लिए यज्ञ या दान के लिए जो धन माँगा है उसे देने से भीम इनकार करता है तो अर्जुन ही भीम को समझाता है।

युधिष्ठिर के राज्यारोहण के बाद हस्तिनापुर में जो अश्वमेध यज्ञ हुआ उसके दिग्विजय के प्रसंग में अर्जुन और मणिपुर में चित्रांगदा से प्राप्त हुए उसके पुत्र बभ्रुवाहन के बीच युद्ध हुआ है। महायुद्ध का विजेता अर्जुन पुत्र बभ्रुवाहन के हाथों मात्र पराजित ही नहीं हुआ, पुत्र ने पिता का वध भी किया है। पिता अर्जुन अश्वमेध के अश्व को लेकर मणिपुर जाता है, यह जानकर बभ्रुवाहन पिता को प्रणाम करके सत्कार करने के लिए भेंट लेकर आगे आया; किंतु अर्जुन के पात्र की

व्यवहार-क्षमता को शंकित करे, इस तरह उसने पुत्र बभ्रुवाहन को बुरी तरह फटकार दिया, वह भी कथित क्षात्रधर्म के नाम पर। पुत्र ने इस तरह अश्वमेध के दिग्विजय को स्वीकार करके क्षात्रधर्म को लज्जित किया है, यह कहकर अर्जुन ने आगे बढ़कर बभ्रुवाहन को युद्ध के लिए प्रेरित किया। बभ्रुवाहन ने पिता की इच्छा पूरी की। युद्ध में उसने अर्जुन का वध कर डाला, ऐसा कथा कहती है। पिता के वध के बाद उसने पितृ-हत्या के पाप से मुक्त होने के लिए आमरण अनशन करने का संकल्प प्रकट किया तो नागकन्या-विमाता उलूपी ने नागलोक की संजीवनी मणि की मदद से अर्जुन को पुनः जीवित कर दिया। पुनः जीवित करने के इस चमत्कार को छोड़ दें और अर्जुन परास्त हुआ, इस घटना को स्वीकार करें तो युद्ध को आमंत्रित करने की यह क्षात्रधर्म की बात अर्जुन के पात्र के साथ मेल नहीं खाती। बभ्रुवाहन अर्जुन का पुत्र था और पुत्र यदि पिता के आधिपत्य को स्वीकार करे तो इसमें कौन सा क्षात्रधर्म लज्जित होता है, यह प्रश्न अनुत्तरित ही रहता है। इसके बाद बभ्रुवाहन, चित्रांगदा और उलूपी—तीनों ही अश्वमेध यज्ञ में उपस्थित रहे हैं।

बभ्रुवाहन के विरुद्ध पराजय मानो भवितव्य का संकेत ही हो, इस तरह दूसरी पराजय कृष्ण के स्वर्गारोहण के बाद हुई है। द्वारका से यादव परिवारों को हस्तिनापुर ला रहे अर्जुन पर मार्ग में ही आभीर जाति के लुटेरों ने आक्रमण किया और उसका प्रतिकार करने में अर्जुन व उनका धनुष दोनों ही निष्फल सिद्ध हुए। आभीरों ने अर्जुन को पराजित किया और उसकी आँखों के सामने ही यादव स्त्रियों और धन को लूट लिया। अर्जुन असहाय प्रेक्षक बनकर देखता रहा। वह जैसे समस्त धनुर्विद्या भूल गया। जीवन-कर्म की समाप्ति का ही मानो यह संकेत था।

इस संकेत को न समझें, ऐसे नासमझ तो पांडव रहे नहीं थे। पाँचों भाई और पत्नी द्रौपदी ने स्वर्गारोहण के लिए हिमालय-प्रस्थान किया तो अर्जुन का शरीर गिरा। हिमालय के शिखरों के बीच ही उसके शरीर का विगलन हुआ तो उसके लिए युधिष्ठिर कहते हैं—"अर्जुन ने एक ही दिन में कौरवों की पराजय करने की बात कही थी; किंतु वह ऐसा नहीं कर सका, इस असत्यवादन के कारण उसका पतन हुआ है।" युधिष्ठिर जो यह तर्क देते हैं वह पूर्णतः अप्रासंगिक और अतार्किक ही लगता है। मान लीजिए कि अर्जुन ने ऐसा कहा ही हो, तो भी उसे शब्दार्थ में नहीं, लक्ष्यार्थ में ही लेना चाहिए। यह सरल बात युधिष्ठिर समझे नहीं, ऐसा ही कहना पड़ेगा।

महाभारत के विजेता वीर के रूप में यदि एक ही व्यक्ति को श्रेय देना हो तो अर्जुन का दावा सबसे अग्रिम क्रम में रहेगा। कृष्ण के व्यक्तित्व के सबसे निकट जो

पात्र पहुँचते हैं, उनमें भी अर्जुन का स्थान सबसे आगे है। विपक्षी कर्ण के प्रति उसे रोष है, किंतु उसमें कहीं द्वेष नहीं है। उसके समग्र व्यवहार में कहीं भी ऐसी कमी नहीं दिखाई देती जिससे उसके पात्र के विकास में अवरोध आता हो। भीम का भोजन-प्रेम, युधिष्ठिर का द्यूत-प्रेम, दुर्योधन का अहंभाव आदि तत्त्व अन्य पात्रों के लिए नकारात्मक हैं। अर्जुन के लिए कोई नकारात्मक तत्त्व कहा जा सके, ऐसा नहीं है और यही उसके पात्र का सातत्य व विशेषता दोनों है।

□

आचार्य-पुत्र अश्वत्थामा

एक तरह से देखें तो महाभारत के समग्र कथानक के मूल तत्कालीन समाज में प्रवर्तित आर्थिक असमानता भी महत्त्वपूर्ण कारण माना जा सकता है। प्रथम दृष्टि में किंचित् अपरिचित लगे, ऐसा यह विधान है; परंतु जब अश्वत्थामा के पात्र के विषय में विचार करते हैं तो वह विचार सबसे पहले जेहन में आता है। द्रोण के पुत्र और कृपाचार्य के इस भानजे ने जन्म लेते ही इंद्र के अश्व उच्चैःश्रवा जैसी हिनहिनाहट की थी, इसलिए उसका नामाभिधान 'अश्वत्थामा' किया गया। अश्वत्थामा की शिशु अवस्था में पिता द्रोण अभी हस्तिनापुर के राजकुमारों के आचार्य नहीं बने थे। वे अभी विशुद्ध ब्राह्मण थे, विद्वान् थे, शस्त्रास्त्रों के ज्ञाता थे, तथापि निर्धन थे। यह निर्धनावस्था इतनी दारुण थी कि बालक अश्वत्थामा एक प्याला दूध भी नहीं पा सकता था। अश्वत्थामा ने पड़ोसी साथी को दूध पीता देख माता कृपी से दूध की माँग की। और निर्धन द्रोण के घर में दूध नहीं था, इसलिए रोती-कलपती माता ने पुत्र को आटे में पानी मिलाकर उस सफेद द्रव को दूध बताकर शांत किया; पर उसके बाद इस दारुण अवस्था को लेकर उसने पति के समक्ष आक्रंद भी किया। यह आक्रंद एक तरह से आर्थिक विषमता के विरुद्ध आक्रोश ही था। द्रोण इस आक्रोश से विचलित हो गए। अब शुद्ध ब्राह्मण न रहकर याचक बन गए। आश्रम काल के साथी द्रुपद के पास जाकर गाय की याचना की और उससे प्रतिशोध की परंपरा प्रकट हुई। द्रुपद से अपमानित होकर द्रोण ने अध्ययन-अध्यापन का ब्राह्मण-कर्म त्यागकर जिसे हम 'प्राइवेट ट्यूशन' कहते हैं, वह व्यवसाय अपनाया और गुरुदक्षिणा में वैर-तृप्ति माँगी, जो ब्राह्मण धर्म के विपरीत था। अर्जुन के हाथों द्रुपद पराजित हुआ और अपनी वैर-तृप्ति के लिए उसने धृष्टद्युम्न एवं द्रौपदी को

यज्ञवेदी से प्राप्त किया। इस प्रकार, यह वैर-परंपरा आगे बढ़ती गई। अश्वत्थामा को दूध पिलाया जा सके, ऐसी व्यवस्था जो समाज स्थापित नहीं कर सकता वह समाज क्रमशः संहार और विनिपात की दिशा में ही जाने-अनजाने खिंचा चला जाता है, ऐसा ही कोई संकेत जैसे महाभारतकार ने हमें दिया है।

अश्वत्थामा का विद्याभ्यास हस्तिनापुर के राजकुमारों के साथ ही पिता द्रोण के पास हुआ है। पिता द्रोण ने पुत्र अश्वत्थामा को कई गुप्त धनुर्विद्या सिखाई हैं; परंतु ब्रह्मशिर विद्या उन्होंने अपने प्रिय शिष्य अर्जुन को ही दी है। अश्वत्थामा विद्यार्थी-अवस्था से ही स्वयं को अर्जुन के समकक्ष मानता था, इसलिए यह ब्रह्मशिर विद्या उसे भी मिले, इसके लिए उसने पिता से आग्रह किया। द्रोण में पहले से ही पुत्र-मोह व्याप्त है; इसलिए उन्होंने पुत्र के आग्रह को स्वीकार तो किया, परंतु उसके साथ ही कहा, ''पुत्र! इस विद्या का विनियोग चाहे जहाँ नहीं हो सकता और तुम सत्पुरुषों के मार्ग पर रह सको, ऐसा संभव नहीं।'' द्रोण के इस निरीक्षण में पूरी सच्चाई तो है ही, साथ ही व्यथा और तटस्थ भाव भी है। अश्वत्थामा सत्पुरुषों के मार्ग पर रह नहीं सका, इसके उदाहरण अपनी ऐन उत्तरावस्था में उसने दिए हैं। जिस ब्रह्मशिर विद्या का विनियोग वर्ज्य था उसी विद्या का उसने पांडवों के नाश के लिए युद्ध के उन्नीसवें दिन प्रयोग किया और अंत में उत्तरा के गर्भस्थ शिशु का विनाश किया।

अश्वत्थामा कौरव पक्ष में था अवश्य, पर समय आने पर वह दुर्योधन और कर्ण दोनों को ही कटु किंतु सत्य वचन कहने में हिचकिचाता नहीं है। विराटपर्व में जब गौहरण का प्रसंग आता है, उस समय अश्वत्थामा कहता है, ''दुर्योधन! जुए के पासे द्वारा प्राप्त की हुई विजय कोई क्षत्रियोचित विजय नहीं कही जा सकती! जब गांडीव की प्रत्यंचा खिंचेगी तो उसमें से कोई द्यूत का पासा नहीं गिरेगा!'' महायुद्ध के ठीक पहले भी वह स्पष्ट वक्ता की तरह कहता, ''कर्ण, तुमने अभी तक कोई वीरोचित विजय प्राप्त नहीं की।'' और फिर दुर्योधन से कहता है, ''हे राजा! जिस तरह आपने शकुनि को आगे करके द्यूत में विजय प्राप्त की उसी तरह अब अकेले ही युद्ध में भी विजय प्राप्त कर लें! अश्वत्थामा की ये उक्तियाँ उसकी स्पष्ट समझ की द्योतक हैं। इतना ही नहीं, कर्ण की मृत्यु के बाद तो अश्वत्थामा दुर्योधन को अब युद्ध बंद करके पांडवों के साथ सुलह कर लेने में ही समझदारी है, ऐसा कहता है। युद्ध में भीष्म, द्रोण और कर्ण जैसे महारथियों के परास्त होने के बाद पांडवों के विरुद्ध युद्ध जारी रखने में कोई औचित्य नहीं, ऐसा वह दुर्योधन से कहता है।

इसके बावजूद अपनी महत्त्वाकांक्षा पूरी करने में अश्वत्थामा अच्छे-बुरे का

विवेक भी खो देता है, इसका एक अच्छा उदाहरण भी मिलता है। अश्वत्थामा महत्त्वाकांक्षी है और स्वयं को आर्यावर्त्त का श्रेष्ठ धनुर्धारी मानता है। इस श्रेष्ठत्व के आड़े कृष्ण आते हैं, ऐसा उसका मानना है। धनुर्विद्या और अन्य शस्त्रास्त्रों में तो वह स्वयं को कृष्ण की तरह ही बेजोड़ मानता था; परंतु कृष्ण के पास सुदर्शन चक्र था और यह चक्र ही कृष्ण की परम शक्ति थी, ऐसा उसका मानना था। यह शक्ति उसके पास नहीं थी, यही कमी उसे कृष्ण से कमतर बना देती थी। इस मान्यता से प्रेरित होकर उसने एक बार कृष्ण से उनका सुदर्शन चक्र माँग लेने की धृष्टता भी की थी। द्वारका में कृष्ण का अतिथि बनकर उसने यह चक्र माँगा और कृष्ण ने उसे वह दिया भी! सुदर्शन लेने के लिए अधीर बना अश्वत्थामा इस चक्र को उठा भी नहीं सका और इस तरह उसकी असफलता के बाद कृष्ण ने उससे पूछा, ''अश्वत्थामा! यह चक्र तुमने किसलिए माँगा है? मुझसे इनकी माँग बड़े भाई बलराम, पुत्र प्रद्युम्न और मित्र अर्जुन ने भी कभी नहीं की।'' उत्तर में अश्वत्थामा ने कहा, ''कृष्ण, यह चक्र आपके पास से प्राप्त कर मुझे आपको ही परास्त करना था।'' इस तरह अश्वत्थामा न केवल महत्त्वाकांक्षी है, बल्कि अपनी महत्त्वाकांक्षा पूरी करने के लिए वह कोई भी हीन उपाय आजमाने में भी समर्थ है।

युद्ध पूरा हुआ और दुर्योधन का वध भीम ने युद्ध के नियमों के विरुद्ध जाकर उसकी जाँघ पर प्रहार करके किया, इससे अश्वत्थामा रोष से भर उठा है और व्यथित भी हुआ है। तिस पर पिता द्रोण का जिस तरह वध हुआ था उससे वह धृष्टद्युम्न और पांडवों से प्रतिशोध लेने के लिए खुन्नस से भरा था और पिता के बाल पकड़कर उनका शिरश्च्छेद करनेवाले पांडव सेनापति धृष्टद्युम्न के वध के लिए उसने प्रतिज्ञा भी ली थी। दुर्योधन के वध की रात अब कौरव पक्ष में मात्र तीन ही सेनानी बचे थे। उस समय अश्वत्थामा कौरव सेनापति बना और मध्य रात्रि को जब पांडव सेनानी अपने-अपने शिविरों में विजय के नशे में गाढ़ी निद्रा का आनंद ले रहे थे, वह छिपकर धृष्टद्युम्न के शिविर में प्रविष्ट हुआ। उस रात वह जब हताश होकर प्रतिशोध लेने की योजना पर विचार कर रहा था, उसने एक वृक्ष पर बसे कौओं को नींद में ही मार डालते हुए देखा और उससे प्रेरणा लेकर धृष्टद्युम्न आदि को उनके शिविर में ही भर निद्रा में मार डालने का निश्चय किया। उस समय शेष बचे दो कौरव सेनानी कृपाचार्य और कृतवर्मा उसे ऐसा अधर्माचरण करने से रोकने का प्रयास करते हैं तो वह कहता है, ''मैं मानता हूँ कि यह अधर्म है; किंतु पांडवों ने भीष्म, द्रोण, कर्ण या दुर्योधन किस कौरव सेनानी का धर्मानुसार वध किया है? यदि धर्मानुसार ही युद्ध करना हो तो मैं पांडवों को जीत ही नहीं सकता और अब

तो युद्ध में विजय ही धर्म बन गया है।" इस तर्कसंगत दलील के सामने कृतवर्मा और कृपाचार्य दोनों मूक बन गए और उसके बाद अश्वत्थामा ने पांडव शिविर में प्रवेश कर निद्राधीन पांडव सेनापति धृष्टद्युम्न पर लात-मुक्कों से प्रहार कर और अंत में उसका गला घोंटकर उसकी हत्या कर दी। जाग्रत् हो गए धृष्टद्युम्न ने उससे अपने ऊपर शस्त्राघात करके वीरोचित मृत्यु के लिए प्रार्थना की, उसे भी अश्वत्थामा ने स्वीकार नहीं किया। धृष्टद्युम्न का उपहास करते हुए उसने कहा, "तेरी मृत्यु वीरोचित हो ही नहीं सकती, क्योंकि तू इसके योग्य नहीं है। साथ ही उसने द्रौपदी के पाँचों पुत्रों की भी हत्या कर डाली। इसके बाद इन हत्याओं का बदला लेने के लिए अपने पीछे दौड़कर आ रहे भीमसेन पर अश्वत्थामा ने ब्रह्मास्त्र का प्रयोग किया। ब्रह्मास्त्र का इस तरह प्रयोग करना वर्ज्य है और पिता द्रोण ने उसका प्रयोग न करने के लिए कहा था। इसके बावजूद द्रोण की आशंका उसने सही साबित कर दी। वह सत्पुरुषों के मार्ग से विचलित हुआ। उसके ब्रह्मास्त्र-प्रयोग के प्रतिकार के लिए अर्जुन ने भी प्रत्युत्तर में ब्रह्मास्त्र का प्रयोग किया तो महर्षि व्यास ने इस महासंहार को रोका और दोनों योद्धाओं को अपने-अपने इस महाविनाशक अस्त्र को वापस लेकर शांत कर देने के लिए कहा। अर्जुन ने महर्षि व्यास की आज्ञा को स्वीकार किया और ब्रह्मास्त्र वापस ले लिया, परंतु अश्वत्थामा ऐसा करने में असमर्थ रहा। जो ब्रह्मास्त्र, परम शक्ति, विनाशक हेतु के लिए प्रयुक्त होती है वह संहारक ही होती है, परंतु जो शक्ति किसी निश्चित मूल्य के साथ प्रतिकारक उपाय के रूप में प्रयुक्त होती है वह अस्तिवाचक बन सकती है। अश्वत्थामा का उद्देश्य संहार था। अश्वत्थामा का शक्ति-प्रयोग नास्तिवाचक था, अर्जुन का अस्तिवाचक। अर्जुन ब्रह्मास्त्र को शांत कर सका, अश्वत्थामा नहीं कर सका और परिणामस्वरूप पांडवों के नाश के लिए प्रयोजित यह अमोघ अस्त्र अंततः उत्तरा के गर्भस्थ शिशु का नाश करके ही शांत हुआ।

परंतु इसके बाद अर्जुन ने अश्वत्थामा का वध नहीं किया। अश्वत्थामा के मस्तक पर एक अमूल्य मणि थी। वह मणि महर्षि व्यास के निर्देश पर अर्जुन ने ले ली। मणि-विहीन अश्वत्थामा निस्तेज हो गया और मस्तक पर छेद के साथ उसके शरीर में दुर्गंध फैल गई। कृष्ण ने उसे तीन हजार वर्ष तक पृथ्वी पर अकारण भटकते रहने का शाप दिया। और कहते हैं, अश्वत्थामा यह शाप आज तक भोग रहा है।

अश्वत्थामा ने जो कुकर्म किया था, उसका प्रतिघात उसके वध में ही हो सकता था; इसके बावजूद यह आचार्यपुत्र है, यह कहकर उसे जीवित रखने के पीछे

कृष्ण का क्या उद्देश्य रहा होगा, यह प्रश्न पैदा होता है। आचार्य स्वयं वध्य माने गए थे तो फिर आचार्यपुत्र तो क्रूर और घातकी था, उसे अवध्य कैसे माना जा सकता है! ऐसा लगता है कि क्रूर कर्मी और अधर्मी व्यक्ति को, आनेवाली पीढ़ियों को दृष्टांत दिया जा सके, इसके लिए कृष्ण ने जीवित रखा हो। भावी पीढ़ियाँ इस पीड़ित, दुर्गंधयुक्त और निस्तेज, अकारण भटकते रहनेवाले अश्वत्थामा को अपनी नजरों से देखें, जिससे ऐसे कुकर्म करने से झिझकें। मृत्यु कुकर्म का दंड नहीं है। मृत्यु से तो वह मुक्त हो जाएगा। असह्य जीवन तो मृत्यु से भी बड़ी सजा कही जाएगी और कृष्ण इस सजा द्वारा कोई संदेश देना चाहते हैं।

ये तीन हजार वर्ष पूरे हुए हैं कि नहीं, यह हम नहीं जानते। अश्वत्थामा का जीवन और विशेष रूप से उसके अंत के प्रति समभाव संभव नहीं, किंतु उसके जीवन के विकास के साथ यदि उसके जीवन का मूल्यांकन करें तो उसमें क्रूरता हो तो भी अस्वाभाविकता नहीं है। युद्ध में तो कौन क्रूर नहीं बन जाता? और धर्म-अधर्म की विभाजक रेखा तो युद्ध में प्रथम प्रहार के साथ ही मिट जाती है। कुरुक्षेत्र में भी वह मिट गई थी। पिता के वध का प्रतिशोध लेने की उसने प्रतिज्ञा ली थी और इस प्रतिज्ञा का पालन जैसे भीम ने दुर्योधन की जाँघ तोड़कर अपनी प्रतिज्ञा का पालन किया था, उसी तरह उसने भी निद्राधीन पांडव सेनापति धृष्टद्युम्न की हत्या करके की थी, ऐसा अवश्य ही कहा जा सकता है।

लेकिन कुकर्म कुकर्म ही होता है, अधर्म अधर्म ही होता है, फिर वह भीमसेन करे या अश्वत्थामा। तथापि ऐसे आचरण के पीछे के उद्देश्य को लक्ष्य में लें तो भीमसेन का स्वर्गारोहण धर्म्य लगता है और अश्वत्थामा का जीवित अवस्था में निरर्थक भटकते रहना भी उतना ही धर्म्य लगता है।

□

सुबल-पुत्र शकुनि

गांधार अर्थात् हस्तिनापुर से उत्तर-पश्चिम में स्थित पर्वतीय प्रदेश, ऐसा उल्लेख महाभारत में है। आधुनिक अर्थ-घटन के अनुसार आज के पेशावर, मुल्तान, काबुल और कंदहार का क्षेत्र ही गांधार होना चाहिए। शकुनि इसी गांधार प्रदेश के राजा सुबल का पुत्र था। शकुनि का महाभारत में जैसे एक निश्चित स्थान है उसी प्रकार कुछ निश्चित भ्रांतियाँ भी उसके विषय में व्याप्त हैं। शकुनि का पात्र कई अनुत्तरित प्रश्नों का सृजन भी करता है।

राजकुमार धृतराष्ट्र के लिए जब पितामह भीष्म ने योग्य कन्या की खोज शुरू की तो उनकी नजर गांधार-नरेश सुबल की पुत्री गांधारी पर जाकर ठहर गई। भीष्म के इस निर्णय के पीछे का कारण गांधारी की कौमार्यावस्था में महर्षि व्यास द्वारा सौ पुत्रों की माता होने का दिया हुआ वरदान था। अपुत्र राजरानी सिंहासन के लिए कैसी समस्या उत्पन्न करती है, इसका भीष्म को स्वानुभव था, इसीलिए संभवत: वे विवाह के पूर्व ही पुत्र-प्राप्ति की संभावना को सुनिश्चित कर लेना चाहते थे। राजकुमार धृतराष्ट्र दृष्टिहीन था और उसकी दृष्टिहीनता की बात आर्यावर्त में कहीं छिपी हुई नहीं थी। गांधार-नरेश भी इस बात को निश्चित ही जानते रहे होंगे, इसके बावजूद उन्होंने धृतराष्ट्र के साथ गांधारी के विवाह का प्रस्ताव स्वीकार कर लिया। इस बेमेल विवाह के प्रस्ताव को राजा सुबल ने क्यों स्वीकार किया, यह प्रश्न यहाँ उपस्थित होता है। इसका एक संभावित कारण यह हो सकता है कि राजा सुबल भीष्म अथवा हस्तिनापुर के साथ किसी भी प्रकार की शत्रुता मोल लेने में स्वयं को असमर्थ पा रहे थे या फिर उनकी ऐसी इच्छा ही नहीं थी। इसके अतिरिक्त एक संभावना यह भी हो सकती है कि गांधार आर्यावर्त के मुख्य भूखंड से सिंधु

जैसी नदियाँ और कराकोरम जैसी पहाड़ियों के कारण अलग-थलग पड़ गया प्रदेश था। यह राज्य यदि आर्यावर्त के अग्रणी राज्य हस्तिनापुर के साथ संबंध स्थापित कर ले तो उससे आर्यावर्त में उसे अपना पैर पसारने का अवसर मिल जाएगा, ऐसी साम्राज्यवादी सोच के कारण सुबल ने इस प्रस्ताव को स्वीकार किया हो। किंतु ये तो निरी संभावनाएँ ही हैं। महाभारत में ऐसी कोई स्पष्टता नहीं मिलती। हस्तिनापुर के साथ संबंध स्थापित करने के बाद भी सुबल ने कभी आर्यावर्त की राजनीति में कहीं कोई दखलंदाजी की हो, ऐसा एक भी प्रसंग महाभारत में नहीं मिलता।

राजपुत्री गांधारी का विवाह करने के लिए महाराज सुबल ने राजकुमार शकुनि को हस्तिनापुर भेजा था। धृतराष्ट्र के अलावा किसी अन्य राजकुमार के विवाह के लिए कन्या के पिता की ओर से हस्तिनापुर में व्यवस्था हुई हो, ऐसा उल्लेख नहीं है। अंबिका और अंबालिका का विचित्रवीर्य के साथ हुआ विवाह तो अपहरण का मामला है, इसलिए उसका आयोजन हस्तिनापुर में हुआ था, यह अलग घटना है। इसके अलावा किसी राजकुमार का विवाह धृतराष्ट्र की तरह हस्तिनापुर में नहीं हुआ। गांधारी के लिए यह विशिष्ट व्यवस्था क्यों हुई होगी, यह प्रश्न अनुत्तरित रहता है। पति दृष्टिहीन है, यह जानकर गांधारी ने आँखों पर पट्टी बाँध ली। स्वैच्छिक अंधत्व स्वीकार करनेवाली बहन को लेकर शकुनि हस्तिनापुर आया और विवाह संपन्न करवाने के बाद वापस गांधार चला गया, ऐसा उल्लेख है।

इसके बाद शकुनि वर्षों तक महाभारत में कहीं दिखाई नहीं देता। दुर्योधन ने विद्याध्ययन के दौरान भीम को मार डालने के जो षड्यंत्र किए थे उसमें शकुनि लेश मात्र भी कहीं नहीं है। अंत में वारणावत में लाक्षागृह का निर्माण करके पांडवों को जलाकर मार डालने का जो षड्यंत्र रचा गया वह भी दुर्योधन की ही रचना थी। उसमें शकुनि का नाम तक नहीं है। महाभारत के दाक्षिणात्य पाठ के अनुसार शकुनि पहली बार द्रौपदी-स्वयंवर में दुर्योधन और कर्ण के साथ गया है और यहीं उसने दुर्योधन व कर्ण का तेजोवध होते हुए देखा। इतना ही नहीं, अर्जुन और पांडवों को विजयी होते हुए देखा तो पहली बार उसने अपना मुँह खोला है। पांडव द्रुपद की सहायता पाने के बाद अधिक शक्तिशाली हो जाएँगे और यदि यादव भी उनके पक्ष में खड़े हो जाएँगे तो वे अपराजेय हो जाएँगे, ऐसी दीर्घ दृष्टि दिखाकर द्रौपदी-स्वयंवर के समय ही पांडवों को पराजित करने की सलाह देता है। इसमें शकुनि की चकोर दृष्टि और दीर्घकालिक सूझ दिखाई देती है। पांडु-पुत्रों और धृतराष्ट्र-पुत्रों दोनों के हित जब टकराते हों तो शकुनि स्वाभाविक रूप से धृतराष्ट्र-पुत्रों के हितों को ही महत्त्व दे, यह बात समझी जा सकती है।

शकुनि पर जो सबसे बड़ा दोषारोपण लगा है वह द्यूतसभा के उसके कृत्य को लेकर है। द्यूत का सर्वप्रथम विचार उसका था, यह स्वीकार करना चाहिए। पांडवों के राजसूय यज्ञ के प्रसंग में वह उपस्थित था और यज्ञ के अंत में पांडवों की सत्ता और समृद्धि से द्वेष-प्रेरित होकर दुर्योधन ने जब अशांति व्यक्त की तो उस समय भी शकुनि वहाँ उपस्थित था। पांडवों से हीन होकर ऐसी अवस्था में जीने से तो मृत्यु ही अधिक उचित है, ऐसा कहकर दुर्योधन ने हस्तिनापुर जाकर अनशन करने की बात की तो सबसे पहले शकुनि ने ही उसे रोका है। पांडवों के पास जैसे उनका राज्य, सत्ता, सामर्थ्य और सिद्धि है, उसी तरह दुर्योधन के पास भी सबकुछ है। इसलिए पांडवों को उनके प्रारब्ध का सुख भोगने देना चाहिए और दुर्योधन को उनके प्रति अपने द्वेष को त्याग कर हस्तिनापुर का राज भोगना चाहिए, यह सलाह भी उसने दुर्योधन को दी है। यह सलाह दुर्योधन भला कैसे स्वीकार सकता था! उसने जब आत्महत्या करने की धमकी दी तो शकुनि ने भानजे के प्रति अपने प्रेम से प्रेरित होकर पांडवों की संपत्ति हर लेने का मार्ग सुझाया है। उस समय पांडवों के साथ युद्ध करना तो संभव नहीं था; क्योंकि इसके लिए भीष्म, द्रोण, धृतराष्ट्र आदि वरिष्ठ जन सहमति दे नहीं सकते थे। इतना ही नहीं, राजसूय यज्ञ से पांडवों की प्रतिष्ठा और शक्ति जिस तरह बढ़ी थी, उसे देखते हुए युद्ध में उन्हें पराजित करना भी संभव नहीं था। इसके बाद का जो श्रेष्ठ विकल्प शकुनि भानजे के हित के लिए आयोजित कर सकता था, वह द्यूत का आयोजन ही हो सकता था। शकुनि द्यूत में प्रवीण था और युधिष्ठिर द्यूत-प्रेमी हैं तथा स्वयं को द्यूत में प्रवीण भी मानते हैं, इसका खयाल उसे रहा ही होगा। इसके अलावा द्यूत का निमंत्रण क्षत्रिय द्वारा लौटाया नहीं जा सकता, युधिष्ठिर की पागलपन से भरी इस मान्यता से भी शकुनि अवश्य ही परिचित रहा होगा। इस तरह देखने में एकदम उचित, न्यायसंगत और धर्म-प्रेरित दिखाई देती रीति से दुर्योधन की महत्त्वाकांक्षा पूरी हो सकती हो तो इसमें गलत क्या है?

शकुनि का गणित सही भी साबित हुआ है। द्यूत-प्रेमी युधिष्ठिर एक बार नहीं, दो-दो बार पासे का खेल खेलने बैठ गए। दुर्योधन की ओर से शकुनि पासा फेंके, ऐसी 'प्रॉक्सी' की व्यवस्था भी युधिष्ठिर ने स्वीकार कर ली। शकुनि को बार-बार कपटी कहा जाता है। परंतु द्यूत के खेल में उसने कपट किया हो, ऐसा कहीं दिखाई नहीं देता। वह पासा फेंकने में प्रवीण है और हर दाँव कुशलतापूर्वक जीतता जाता है। इस जीत के पीछे का उसका हेतु शुद्ध नहीं। वह पांडवों का अहित करना चाहता है, यह भी सही है; किंतु उसके मन में तो दुर्योधन का हित ही

अग्रस्थान पर है। द्यूतसभा के आयोजन के लिए वह निश्चित ही जिम्मेदार है और धृतराष्ट्र का इस आयोजन के लिए ढाल की तरह कुशलतापूर्वक उपयोग करने का आयोजन भी उसी का था। इसमें उसे कपटी कैसे कहा जा सकता है। उसे कूटनीतिज्ञ या अतिकुशाग्र ही कहा जाना चाहिए और कोई भी कूटनीतिक मलिनता के अंश से रहित तो नहीं होता।

एक बार दुर्योधन के हित के लिए उसने पांडवों के शत्रु के रूप में अपनी भूमिका स्वीकार कर ली तो उसके बाद अंत तक उसने यह भूमिका निष्ठापूर्वक निभाई है। द्यूतसभा के बाद घोष यात्रा हो या विराट नगरी में गौहरण का प्रसंग, शकुनि जाति-जाति के और भाँति-भाँति के विचार करके दुर्योधन के साथ ही रहता है। महायुद्ध का शंखनाद हुआ, तब और महायुद्ध के आरंभ से अंत तक धृतराष्ट्र या अश्वत्थामा तक सभी ने युद्ध से विरत होने की सलाह इस या उस प्रसंग में दी है। शकुनि और कर्ण अंत तक इसके अपवाद रहे हैं। शकुनि दृढ़तापूर्वक इस बात पर अडिग रहता है और युद्ध में सहदेव के हाथों उसकी मृत्यु होती है। द्रौपदी स्वयंवर के समय आरंभ में ही उसने जो आशंका व्यक्त की है कि एक बार पांडव द्रुपद और कृष्ण दोनों की सहायता प्राप्त कर लेंगे तो वे अपराजेय हो जाएँगे, वह सही सिद्ध हुई है। शकुनि यह जानता है; किंतु एक बार उसने जो निश्चय कर लिया, बाद में उससे डिगता नहीं। इसे जड़ता भी कहा जा सकता है और अहंभाव भी बताया जा सकता है। जो दीर्घदृष्टि वह प्रारंभ में दिखाता है, उस दीर्घदृष्टि के अनुसार उसने दुर्योधन को युद्ध से रोका होता तो वही उचित होता। हालाँकि उसके रोकने से दुर्योधन अब रुकनेवाला नहीं था। जो काम भीष्म, द्रोण या गांधारी नहीं कर सके वह शकुनि के कहने से नहीं ही होगा, यह शकुनि अच्छी तरह समझता हो, इसलिए दुर्योधन की नजर में ऊँचा रहने के लिए उसने मौन साधा हो, ऐसा संभव है।

शकुनि के पक्ष में सबसे निकृष्ट कृत्य, उसने शांति का प्रस्ताव लेकर हस्तिनापुर आए कृष्ण को बंदी बना लेने का दुर्योधन ने जो षड्यंत्र सोचा था उसमें साथ दिया, वह था। इसमें दीर्घदृष्टि तो नहीं ही थी, निरी मूर्खता थी और शकुनि के पात्र को देखते हुए वह ऐसी मूर्खता को समर्थन दे, यह विचित्र लगता है। इस कृत्य का अर्थ था कुरुसभा का आत्मघात और शकुनि आत्मघात के इस आयोजन का सहभागी बनता है। कर्ण को अपने सामर्थ्य पर आवश्यकता से अधिक विश्वास था, इसलिए शायद वह इस आत्मघाती आयोजन का समर्थन करता तो यह थोड़ी देर के लिए समझा जा सकता था। परंतु शकुनि तो राजनयिक है, कुछ अंश तक लुच्चा भी है। लुच्चे व्यक्ति में अहं को पिघला डालने की शक्ति होती है। उसने कृष्ण को

पकड़ लेने की बात का समर्थन किया। इसे तो 'विनाशकाले विपरीत बुद्धिः' ही कहा जा सकता है।

युद्ध में वह वीर है, पराक्रमी है; किंतु उसका कोई विशिष्ट योगदान नहीं है। उसने थोड़ी विजय प्राप्त की है तो बार-बार पराजित भी हुआ है।

गांधार राज्य के इस पाटवी पुत्र ने अपना समग्र उत्तर-जीवन हस्तिनापुर की राजनीतिक उठा-पटक में ही बिताया है। उसके पुत्र तथा भाई सीधे महाभारत के युद्ध में कौरव पक्ष में लड़कर मृत्यु को प्राप्त हुए हैं। समस्या एक ही रह जाती है। पिता सुबल की मृत्यु के बाद शकुनि ने अपने राज्य गांधार को सँभालने के बदले हस्तिनापुर में ही शेष जीवन बिताना क्यों पसंद किया होगा? गांधार राज्य को सँभालना उसका अधिकार भी था और कर्तव्य भी। गांधार के स्वतंत्र राजा के रूप में उसे मात्र हस्तिनापुर में ही नहीं, समग्र आर्यावर्त में विशेष स्थान प्राप्त हुआ होता। इसकी बजाय हस्तिनापुर के आश्रित के रूप में सदा के लिए रह जाना उसने क्यों पसंद किया होगा? इसका कोई प्रतीतिकर उत्तर प्राप्त नहीं होता (काफी समय पहले गीता प्रेस द्वारा प्रकाशित 'कल्याण' मासिक पत्रिका में प्रकाशित एक लेख में यह निष्कर्ष निकाला गया था कि उसकी बहन के साथ भीष्म और धृतराष्ट्र ने जो अन्याय किया था उससे शकुनि सतत प्रतिशोध की आग में जलता रहा होगा। गांधारी को अकारण ही स्वैच्छिक अंधत्व के साथ जीवन बिताना पड़ा, इसके लिए भीष्म, धृतराष्ट्र और इस तरह कुरुवंश जवाबदार था। इस कुरुवंश का येन-केन-प्रकारेण नाश करने के लिए उसने लंबे समय की योजना सोचकर उस पर अमल करने के लिए हस्तिनापुर के आश्रित के रूप में रहना पसंद किया होगा! अपने इस लक्ष्य को पूरा करने के लिए युद्ध तो शकुनि के लिए संभव था ही नहीं और उसमें दुर्योधन की महत्त्वाकांक्षा, द्वेष तथा घमंड उसे स्वर्णिम अवसर जैसे उपयोगी लगे हों, यह संभव है। ऐसे किसी सोच से वह हस्तिनापुर में रहकर पांडवों और कौरवों के अंतर-विग्रह को उत्तेजित करता रहा हो, ऐसा संभव है!)

जो भी रहा हो।

यह तो संभावना मात्र है। किसी निश्चित तारतम्य पर आना संभव नहीं। महाभारत एक ऐसा गूढ़ महाग्रंथ है कि जिसमें मात्र 'मुंडे-मुंडे मतिर्भिन्ना' ही नहीं, 'मतिये-मतिये अनेक मुंड' उसमें उलझ जाते हैं! और यही तो है महाभारत का मूल्य! छोटे-से-छोटे पात्र के पास भी एक रहस्य है, एक संदेश है, एक गूढ़ार्थ है। इसे समझने-पाने के लिए उसके पास सुविज्ञ रसज्ञों को घड़ी भर रुकना ही पड़ेगा। □

पांचालराज द्रुपद

पांचाल—अर्थात् निश्चित रूप से कौन सा प्रदेश, यह इस समय तो मात्र अनुमान का विषय है। सौराष्ट्र के सुरेंद्र नगर जिले से लेकर कान्यकुब्ज यानी वर्तमान कानपुर तक के अनेक क्षेत्रों ने पांचाल प्रदेश होने का दावा किया है। इस संबंध में महाभारत में कोई दिशा-निर्देश नहीं मिलता; पर जो प्राप्त संकेत हैं उन्हें ध्यान में रखें तो पांचाल प्रदेश हस्तिनापुर अथवा इंद्रप्रस्थ से बहुत दूर का प्रदेश नहीं होना चाहिए। आज के उत्तरी—उत्तर प्रदेश, हरियाणा या पंजाब—क्षेत्र के बीच कहीं यह राज्य होना चाहिए, ऐसा मानने में कम-से-कम भूल होने की संभावना है।

इस पांचाल राज्य के राजा पृषत् का पुत्र द्रुपद किशोरावस्था में महर्षि अग्निवेश के पास विद्याभ्यास कर रहा था। उस समय भरद्वाज ऋषि के पुत्र द्रोण का वह सह-अध्यायी था। सहाध्याय काल में द्रुपद को द्रोण के प्रति पुष्कल प्रेमभाव और गहरी आत्मीयता थी, ऐसा लगता है। उस समय ही उसने द्रोण से यह भी कहा है कि थोड़े समय के बाद जब वह पांचाल का राजा बनेगा तो तमाम राज-वैभव और राज्य मित्र द्रोण भी भोग सकेगा। सहजभाव से इस कथन को स्वीकार करके द्रोण ने उसके बाद विद्यार्थी काल की मैत्री को याद किया तो द्रुपद ने इस मैत्री को स्वीकार तो नहीं ही किया, पर मैत्री तो समकक्षों के बीच ही होती है, अब वह राजा है और द्रोण तो मात्र रंक ब्राह्मण है, ऐसा कहकर उसने द्रोण का अपमान भी किया। द्रपद के इस प्रकार के परिवर्तन में उसके व्यक्तित्व का दर्शन होता है। महाभारत में मैत्री के दूसरे भी दो-तीन उदाहरण हैं। कृष्ण और अर्जुन की मैत्री, कर्ण और दुर्योधन की मैत्री, महाभारत के थोड़ा बाहर जाएँ तो कृष्ण और सुदामा की मैत्री आदि लोकप्रिय कथानक हैं। इन सभी मित्रों में अपने बचपन के मित्र द्रोण के प्रति

द्रुपद के व्यवहार में शालीनता का नितांत अभाव दिखाई देता है। स्वयंवर के समय द्रौपदी ने कर्ण के लिए 'मैं सूतपुत्र का वरण नहीं करूँगी' या फिर राजसूय यज्ञ के अवसर पर जल को स्थल और स्थल को जल समझकर धोखा खानेवाले दुर्योधन को 'अंधों के पुत्र भी अंधे ही होते हैं', ऐसे अभद्र वाक्य कहे होंगे कि नहीं, इस संबंध में महाभारत के मर्मज्ञों में मतभेद है और द्रौपदी ने ऐसे आभिजात्य-रहित वाक्य कहे होंगे, इस बात को स्वीकार करनेवाले विद्वान् द्रुपद के उक्त वाक्य का सहारा लेते हैं। जो पिता ऐसा अभद्र आचरण कर सकता है, उसकी पुत्री में भी कभी शालीनता का अभाव दिखाई दे तो इसमें आश्चर्य क्या!

द्रुपद द्वारा अपमानित द्रोण ने अपमान का प्रतिशोध लिया। हस्तिनापुर के राजकुमार, खासतौर से कर्ण सहित कौरवों ने जब गुरुदक्षिणा चुकाने के लिए द्रुपद पर आक्रमण किया तो द्रुपद ने वीरतापूर्वक लड़ते हुए उन सबको पराजित करके वापस भगा दिया। इस प्रकार द्रुपद वीर और पराक्रमी तो था ही। किंतु वह अर्जुन के समक्ष टिक नहीं सका। अर्जुन ने उसे बंदी बनाया और आचार्य द्रोण के सामने पेश किया। द्रोण ने अपने द्वारा जीते गए राज्य के दो भाग किए। एक भाग अपने पास रखा और दूसरा भाग द्रुपद को लौटाते हुए कहा, ''द्रुपद! अब मैं तुम्हारे समकक्ष हुआ। बोलो, अब तुम्हें यह मैत्री स्वीकार्य है?'' द्रुपद के सामने नतमस्तक होकर यह अपमान सह लेने के अतिरिक्त अन्य कोई विकल्प ही नहीं था।

परंतु द्रोण द्वारा पलटवार करके चुकाए गए अपमान के इस बदले के साथ ही इस अध्याय की इतिश्री करना द्रुपद के लिए संभव ही नहीं था। अपमान का आरंभ द्रुपद ने किया था और द्रोण ने तो मात्र उसका प्रत्युत्तर दिया था, इसलिए द्रुपद ने यदि उसे एक दुःखद प्रकरण मानकर समाप्त कर दिया होता तो इससे उसका गौरव ही बढ़ा होता। पर उसने ऐसा नहीं किया। द्रोण का सामर्थ्य देखते हुए अब उसे परास्त करके प्रतिशोध लेने का द्रुपद में सामर्थ्य नहीं था, इसलिए द्रोण का वध कर सके, ऐसा समर्थ पुत्र प्राप्त करने के लिए पुत्रेष्टि यज्ञ के लिए वह महर्षि उपयाज से संपर्क साधता है। उस समय ऐसा यज्ञ करने में महर्षि उपयाज अनिच्छा प्रकट करते हैं। पुत्रेष्टि यज्ञ करने के पीछे द्रुपद का हेतु निस्संतान होने के कारण पुत्र प्राप्त करना नहीं था, बल्कि द्रोण के वध जैसे प्रतिशोध-मूलक उद्देश्य के लिए एक साधन के रूप में उसे पुत्र चाहिए था। ऐसे काम के लिए महर्षि उपयाज अपनी विद्या का विनियोग करने के लिए सहमत नहीं होते तो द्रुपद उन्हें लाखों-करोड़ों गायें और अन्य धन-धान्य देने का प्रलोभन देते हैं। इसमें भी द्रुपद का स्थूल और स्वार्थी सौदेबाज व्यवहार प्रतिबिंबित होता है। उपयाज द्वारा अपने इस प्रस्ताव

को अस्वीकार कर दिए जाने पर लज्जित होने के बजाय ऐसा काम दूसरा कौन कर सकता है, यह प्रश्न स्वयं उपयाज से पूछने में भी उसे संकोच नहीं होता। उपयाज उसे अपने भाई याज के पास भेजते हैं। याज के कर्मों में विचार-शुद्धि का पालन नहीं हुआ है, यह जानकर द्रुपद वहाँ पहुँच जाता है और याज उसका यह संकल्प पूरा भी कर देते हैं। अलबत्ता, आज के किसी भी कर्मकांडी ब्राह्मण की तरह पारिश्रमिक के रूप में पर्याप्त धन प्राप्त करने के बाद ही वे यह काम करते हैं।

यज्ञ के अंत में यज्ञदेवता ने द्रुपद को इच्छित पुत्र तो दिया, परंतु यज्ञ में द्रुपद ने कोई पुत्री की कामना तो की नहीं थी, फिर भी यज्ञदेवता ने पुत्र के साथ-साथ पुत्री भी प्रदान की है। ऐसा किसलिए, यह प्रश्न किसी का हो तो इसका उत्तर महाभारतकार हमें नहीं देते। यज्ञ में से धृष्टद्युम्न और द्रौपदी (कृष्णा) ये दोनों भाई-बहन प्रकट हुए। इन दोनों ने कुरुवंश के संहार में महत्त्वपूर्ण भूमिका निभाई है। द्रौपदी के कारण ही द्यूत सभा में भीम की प्रतिज्ञा का प्रसंग बना और भीम ने अंत में सौ धृतराष्ट्र-पुत्रों का वध किया। अर्जुन ने भीष्म पितामह को निःशस्त्र करके परास्त किया, उसमें भी द्रुपद-कन्या शिखंडी का ही योगदान कहा जाएगा। पुत्र धृष्टद्युम्न ने द्रोण का वध किया और इस तरह इस वध-परंपरा में द्रुपद परिवार अग्रणी रहा है।

पुत्र धृष्टद्युम्न की प्राप्ति द्रोण के वध के लिए द्रुपद ने की थी। फिर उसी पुत्र को विद्याभ्यास के लिए द्रोण को ही सौंप दिया है, यह आश्चर्य उपजाए, ऐसी घटना है। पुत्री द्रौपदी के विद्याभ्यास के लिए आज हम जिसे 'प्राइवेट ट्यूशन' कहते हैं, ऐसी व्यवस्था उसने की है। यह भी महाभारत काल की स्त्री शिक्षा के विषय में एक सुंदर संकेत है। धृष्टद्युम्न को शिष्य के रूप में अपने पास रखकर उसे श्रेष्ठ धनुर्धर बनाने का प्रस्ताव स्वयं द्रोण ने ही द्रुपद के समक्ष रखा है और द्रुपद ने यह प्रस्ताव तत्काल स्वीकारा भी है। इस तरह द्रोण और द्रुपद दोनों शत्रु और इस शत्रुता के परिणाम-स्वरूप उत्पन्न धृष्टद्युम्न—ये तीनों पात्र समझ में न आए, ऐसी समस्या का सृजन करते हैं। द्रोण जैसे अपने वध की ही पूर्व तैयारी कर रहे थे और द्रुपद अविश्वास का एक अंश भी दरशाए बिना द्रोण के हाथ में अपना जीवन-स्वप्न ही सौंप देता है।

पांडव जब लाक्षागृह की घटना के बाद गुप्तवास कर रहे थे, उस समय द्रुपद के चित्त में पुत्री द्रौपदी के लिए योग्य वर के रूप में अर्जुन का स्मरण था, ऐसा महाभारत में उल्लेख है। किसी को भी सहज प्रश्न हो सकता है कि जिस अर्जुन के हाथों वह बंदी बना और द्रोण के समक्ष अपमानित हुआ उसी को अपना

दामाद बनाने की इच्छा उसने क्यों की होगी? अर्जुन तो उसका शत्रु कहा जाएगा। लाक्षागृह में पांडवों की मृत्यु हो गई, यह जानकर वह व्यथित हुआ है। द्रौपदी के लिए उसके द्वारा इच्छित वर अर्जुन की मृत्यु द्रुपद को दुःखद लगती है। थोड़ा गहराई से विचार करें तो द्रुपद यहाँ कुशल राजनीतिज्ञ दिखाई देता है। द्रोण हस्तिनापुर के आश्रित हैं और द्रुपद द्रोण की प्रकृति को भलीभाँति समझता है। द्रोण के मन से अर्जुन चाहे जितना प्रिय शिष्य हो और पांडव चाहे जितने बड़े धर्माचारी हों, पर हस्तिनापुर के आश्रय के मूल्य पर द्रोण कभी भी पांडवों के पक्ष में नहीं रहेंगे, यह द्रुपद अच्छी तरह समझता रहा होगा। पांडवों और कौरवों के बीच का वैमनस्य शुरू हो चुका था और भावी युद्ध के पद-रव सुनाई पड़ने लगे थे। इन परिस्थितियों में द्रोण के वध की भूमिका रचनी हो तो पांडव—और विशेष रूप से अर्जुन—अपने पक्ष में हों, यह द्रुपद की विशुद्ध राजकीय व्यूहात्मक गणना रही हो, ऐसा लगे बिना नहीं रहता। अर्जुन यदि अपना जमाई हो जाए तो भविष्य में द्रोण के साथ होनेवाले युद्ध में धृष्टद्युम्न के पार्श्व में अर्जुन जैसा समर्थ योद्धा भी खड़ा रहे, यह लाभ ऐसा-वैसा नहीं कहा जा सकता। किंतु लाक्षागृह में अर्जुन की मृत्यु हो गई हो तो ऐसा संभव नहीं। पांडवों की लाक्षागृह में मृत्यु नहीं हुई बल्कि गुप्तवेश में वे बचकर निकल गए हैं, यह बात द्रोण को उसके पुरोहित ने बताई है। गुप्तवेश में रह रहे अर्जुन को ढूँढ़ निकालने के लिए कदम के रूप में द्रौपदी-स्वयंवर में मत्स्यवेध की शर्त रखी हो, यह तार्किक और अधिक प्रतीतिजनक लगता है। द्रुपद का यह अनुमान सफल भी हुआ। तापस वेशधारी अर्जुन ने द्रुपद की इच्छानुसार मत्स्यवेध किया और द्रौपदी का पाणिग्रहण भी किया।

पांडवों ने इंद्रप्रस्थ को बसाया और उसके बाद द्यूत में सर्वस्व हारकर वे वनवास के लिए गए। इस बीच द्रुपद महाभारत की कथा में कहीं दिखाई नहीं देता। अज्ञातवास का तेरहवाँ वर्ष पूरा हुआ, उसके बाद पांडवों ने प्रकट होकर उपप्लव्य में वास किया और उत्तरा का विवाह अभिमन्यु के साथ किया उस समय द्रुपद वहाँ आता है तो वह अपना मत युद्ध के पक्ष में देता है। सभी पांडव और कृष्ण तक एक दौर में किसी भी मूल्य पर युद्ध रोकने के लिए तैयार हो जाते हैं। परंतु द्रुपद में युद्ध-विरोधी ऐसा कोई लक्षण दिखाई नहीं देता। युद्ध के लिए द्रुपद की उत्सुकता उसके मन में द्रोण-वध के लिए लंबे समय की योजना है, इसका ही संकेत देती हुई सी लगती है। इस योजना के ही एक अंश के रूप में समाधान के पहले दिखाई देते प्रयास के लिए द्रुपद अपने राजपुरोहित को पांडवों की ओर से संदेश लेकर भेजता है, यह घटना भी द्रुपद के लंबे समय के आयोजन का ही एक भाग हो, ऐसी शंका

होती है। पूर्वधारणा के अनुसार ही राजपुरोहित सुलह के बदले युद्ध का संदेश लेकर हस्तिनापुर वापस लौटता है।

इसके पहले भी, राजपुरोहित के संदेश लेकर वापस आने के पहले, द्रुपद ने कृष्ण और पांडवों के समक्ष आर्यावर्त के सभी राज्यों को अपने पक्ष में युद्ध में सम्मिलित होने के लिए पहले से ही निमंत्रण भेज देने का प्रस्ताव किया है। इस प्रस्ताव में द्रुपद की युद्धेप्सा ही नहीं, उसकी दीर्घदृष्टि भी दिखाई देती है। उस समय के राजाओं में प्रचलित रीति के अनुसार रणक्षेत्र का निमंत्रण आने पर उसे स्वीकार करना वीरता के साथ-साथ सौजन्य का भी परिचायक माना जाता था। दुर्योधन ऐसे निमंत्रणों से अन्य राजाओं को अपनी ओर खींच ले, उसके पहले ही अपने पक्ष में करने की यह दृष्टि द्रुपद की राजनीति सूचित करती है।

महायुद्ध में द्रुपद वीर की भाँति घूमा है। उसका दुर्भाग्य यह है कि पुत्र धृष्टद्युम्न द्रोण-वध का अपना जीवन-कर्म पूरा करके पिता को संतृप्त करे, उस क्षण तक वह जीवित नहीं रहता। अपने आजीवन शत्रु द्रोण के हाथों ही वह युद्ध में मृत्यु प्राप्त करता है। जिस जीवन-स्वप्न को उसने वर्षों तक सँजोकर रखा वह पूरा तो हुआ, लेकिन उसका संतोष वह ले नहीं सका। द्रोण भी शायद द्रुपद का यह जीवन-स्वप्न जानते थे, इसलिए अपना वध तो विधि का विधान था, अत: रोका नहीं जा सकता; किंतु इस विधान का संतोष अपने आजीवन शत्रु को न मिले, इसके लिए उन्होंने द्रुपद का ही वध कर डाला।

द्रुपद का व्यक्तित्व पूर्णत: बहुरंगी है। उसमें कहीं-कहीं आभिजात्य की कमी दिखाई देती है तो कहीं-कहीं बहुत ही दूर तक सोच सकनेवाले प्रखर राजनीतिज्ञ की बुद्धि प्रकट होती है। अपने द्वारा रचे गए आयोजन की सफलता के लिए उसमें अपार धीरज भी है, ऐसा स्पष्ट दिखाई दे जाता है।

□

पूर्ण पुरुषोत्तम श्रीकृष्ण–1

'श्रीकृष्ण' इस एक ही शब्द के तीनों अक्षरों की लगभग तमाम रेखाओं में कहीं भी सरलता नहीं है। देखने से ही यह शब्द तमाम जटिलताओं से भरा लगता है। इस नाम के साथ जो कार्य संबद्ध हैं, उनके साथ भी यही विधान लागू होता है। इस नाम या काम से भौमतिक सीधी रेखा की अपेक्षा रखने वालों को निराश ही होना पड़ेगा। कृष्ण का अध्ययन करनेवाले पाश्चात्य विद्वान् रेखागणित को भूले बिना कृष्ण को पाने या समझने का प्रयास करते हैं तो उनके निरीक्षणों में यही कुरूपता प्रवेश कर जाती है। कृष्ण की रासलीला हो या द्वारका के अंत:पुर में सोलह हजार स्त्रियों का निवास हो; द्रोण, कर्ण या दुर्योधन के वध का प्रसंग हो अथवा जयद्रथ-वध का प्रसंग हो—इन तमाम घटनाओं में प्रकट होते कृष्ण को यदि मात्र निरी आँखों से देखें और जो हुआ उस घटना को यदि स्थूलता से देखें तो रैखिक सरलता का यहाँ नितांत अभाव दिखाई देगा। पश्चिम के कुछ नासमझों ने और उनसे प्रेरित हमारे कुछ कथित बौद्धिकों ने ऐसे ही चश्मे से कृष्ण-दर्शन किया है और परिणाम-स्वरूप उनकी गैर समझ ने कभी-कभी उलझनें भी पैदा की हैं। कथाकारों, बाणभट्टों, आख्यानकारों—उन सभी ने भी कृष्ण को उनके यथातथ्य स्वरूप में प्रस्तुत करने के बदले बहुधा मनोरंजन के पात्र अथवा चमत्कारों के देवता के रूप में ही लोगों के समक्ष रखा है, उन्हें आजीविका का साधन बनाया है।

'कृष्ण' शब्द मूल संस्कृत धातु 'कृष्' से संबंधित है। 'कृष्' का अर्थ है—खींचना। इसी 'कृष्' धातु से कृषि अर्थात् 'खेती' शब्द बना है। किसान खेतों में खाद डालते हैं, हल खींचते हैं, यह कार्य इस शब्द में इंगित है। यह खींचना—अर्थात् जो समग्र घटनाओं को खींचता है, भूमि में से जो तमाम सार-तत्त्वों को

गृहीत करता है और जो सभी का वहन करता है वह कृष्ण है, ऐसा एक अर्थ होता है। 'कृष्ण' शब्द दूसरी तरह देखें तो 'कर्षण' से संबंधित है। 'कर्षण' आकर्षण का मूल रूप है। जो आकर्षक है वह कृष्ण, ऐसा भी अर्थ निकाला जा सकता है। कृष्ण माने श्याम, यह तो बहुविदित और स्थूल शब्द है। कृष्ण श्याम वर्ण के थे, ऐसा तो स्पष्ट उल्लेख महाभारत और भागवत दोनों में है।

महाभारत में कृष्ण के पात्र का प्रवेश कथातत्त्व लगभग आधे रास्ते पहुँचने के बाद हुआ है। द्रौपदी-स्वयंवर के समय पांचाल-नरेश के सभा-मंडप में जो राजा एकत्र हुए हैं उनका परिचय द्रौपदी से कराते समय राजकुमार धृष्टद्युम्न कृष्ण, बलराम आदि का उल्लेख करते हैं। उस समय कृष्ण के साथ उनके पुत्र प्रद्युम्न और सांब भी आए हैं तथा प्रद्युम्न का पुत्र अनिरुद्ध भी मंडप में उपस्थित है, ऐसा भी धृष्टद्युम्न कहता है। इसका अर्थ यह हुआ कि कृष्ण पुत्र-पौत्र के साथ वहाँ आए हैं। पुत्र-पौत्र के साथ आए कृष्ण की आयु उस समय पचास से कम कैसे आँकी जा सकती है? उनकी आयु उस समय पचास या साठ वर्ष रही होगी। पौत्र अनिरुद्ध भी कोई बाल्यावस्था में नहीं रहा होगा, किशोर या तरुणावस्था में ही रहा होगा—ऐसी गणना करने पर महाभारत में कृष्ण पहली बार जब दिखाई देते हैं, उस समय वे अपने आयुकाल का लगभग आधा समय समाप्त करके ही आए हैं। उनके आयुकाल के विगत पूर्वार्ध का महाभारत से कोई संबंध नहीं। यह कालखंड श्रीमद्भागवत का विषय बना है। तथापि महाभारत की किसी-किसी आवृत्ति में राजसूय यज्ञ के समय भीष्म कृष्ण की अग्रपूजा के लिए आग्रह करते हैं। उस समय वे कृष्ण के इस प्रारंभिक जीवन की बात विशदता से करते हैं, जिसमें गोकुल में बिताई गई शिशु-अवस्था, मथुरा में कंस-वध, द्वारका के निर्माण आदि का उल्लेख हुआ है; पर महाभारत के अधिकृत पाठ में इसका समावेश नहीं किया गया है। मोटे तौर पर कृष्ण को यथातथ्य रूप में प्रस्तुत करने के उत्साह में किसी ने उनके पूर्वजीवन के कथानकों को भीष्म द्वारा प्रस्तुत करवाया हो, यह अधिक तर्कसंगत लगता है। यहाँ हम जिस कृष्ण की वंदना कर रहे हैं, वे महाभारत के कृष्ण हैं, इसलिए द्रौपदी स्वयंवर से आरंभ होता कृष्ण-दर्शन ही यहाँ अभिप्रेत है।

कृष्ण का सर्वप्रथम दर्शन ही उनके व्यक्तित्व के दो सर्वांगीण लक्षणों का सूचन कर देता है। ये दोनों लक्षण अर्थात् अपार विचक्षण दृष्टि और धर्मानुसरण का आग्रह। सभा-मंडप में बैठे पांडव तपस्वी-वेश में हैं। कृष्ण या बलराम ने इसके पहले उन्हें कभी नहीं देखा है। पांडव लाक्षागृह में जल मरे हैं, यह घटना सब जानते हैं। तथापि ब्राह्मणों के बीच बैठे पांडवों को कृष्ण अपनी विलक्षण

दृष्टि से पहचान लेते हैं। बलराम से कहते भी हैं, ''संकर्षण, यह धनुर्धारी ब्राह्मण अर्जुन ही हो सकता है और वह बलिष्ठ पुरुष भीम के अलावा और कोई नहीं हो सकता।'' इतना ही नहीं, अर्जुन ने लक्ष्यवेध किया, उसके बाद सभी राजा क्रोधित होकर युद्ध के लिए उद्यत हुए तो कृष्ण ने 'धर्मत:' शब्द का प्रयोग किया है। द्रौपदी की प्राप्ति धर्मत: हुई है। स्वयंवर की घोषणा 'किसी भी कुलवान्, रूपवान् और बलवान् पुरुष' के लिए थी। ये तीनों लक्षण अर्जुन में हैं, इसलिए सबकुछ धर्मत: है—इसका अस्वीकार नहीं हो सकता। इस तरह, कथा के प्रवाह में प्रवेश करते ही कृष्ण अपनी विलक्षणता और धर्मभावना के कारण छा जाते हैं। इसके बाद के समग्र कथानक में जहाँ-जहाँ कृष्ण उपस्थित रहे हैं वहाँ-वहाँ इन दो परिबलों के कारण वे सर्वोपरि रहे हैं। और भीष्म व व्यास तक सभी ने उन्हें इसी रूप में स्वीकार किया है।

यह अगम्य और आश्चर्यजनक घटना है कि कुंती कृष्ण की सगी बुआ होने के बावजूद कृष्ण उनके पुत्रों से इतनी अधिक उम्र तक मिले ही नहीं। (महाभारत का यह कथानक श्रीमद्भागवत के कथानक से एकदम अलग दिखाई देता है। भागवत में कृष्ण और पांडवों के इसके पहले भी प्राय: मिलते रहने की स्पष्टता है।) द्रौपदी स्वयंवर के बाद कुम्हार के घर रह रहे पांडवों के पास जाकर कृष्ण युधिष्ठिर को प्रणाम करते हुए अपना परिचय देते हैं, यह अत्यंत आश्चर्यजनक बात है। इसका कोई भी विश्वसनीय स्पष्टीकरण नहीं मिलता। द्रौपदी और कृष्ण भी पहली बार ही यहाँ एक-दूसरे को केवल देखते हैं, कोई बातचीत यहाँ नहीं होती। कृष्ण और द्रौपदी के सख्य की बात जब भी होती है तब यही आश्चर्यजनक लगता है कि दोनों के बीच मिलना और खुले मन से बातचीत करना बहुत कम—मात्र दो-चार बार ही—हुआ है। भक्ति या प्रेम के लिए स्थूल अर्थ में मिलना या शब्दों द्वारा बात करना ऐसी कोई शर्त नहीं होती, इसका ही मानो यह संकेत है। इसका निषेध नहीं है, किंतु यह अनिवार्य भी नहीं है। सख्य का यह सर्वोत्तम शिखर है।

कृष्ण का दूसरा दर्शन इंद्रप्रस्थ में राजसूय यज्ञ की पूर्व तैयारी के समय होता है। युधिष्ठिर को राजसूय यज्ञ करना चाहिए, यह परामर्श कृष्ण का ही है। हस्तिनापुर तो आर्यावर्त का स्वीकृत और सत्ता का केंद्र जैसा राज था। यह राज्य अब दुर्योधन के आधिपत्य में था। इंद्रप्रस्थ तो एकदम नया राज्य था। पांडव समर्थ थे, पर इंद्रप्रस्थ यदि सत्ता का केंद्र नहीं बनता है, समग्र आर्यावर्त यदि उसे स्वीकार न करे तो यह सामर्थ्य बाँझ ही रह जाएगा। इस तर्क के साथ ही कृष्ण ने युधिष्ठिर को राजसूय यज्ञ प्रारंभ करके आर्यावर्त के समस्त राजाओं द्वारा परोक्ष रूप से सत्ता का

स्वीकार करवाने की सलाह दी थी। इसमें विघ्न था जरासंध। जरासंध उत्तर-पूर्व की सत्ता का समर्थ केंद्र था। इतना ही नहीं, मथुरा से कृष्ण समेत यादवों को पश्चिम में द्वारका की ओर जरासंध ने ही खदेड़ा था। स्वयं कृष्ण जरासंध के भय से किस तरह मथुरा छोड़कर द्वारका की ओर चले गए थे, यह बात स्वयं उन्होंने ही युधिष्ठिर को बताई थी (सभापर्व, १४/६७)। इस जरासंध ने आर्यावर्त के गणराज्यों की स्थापित परंपरा को उच्छेद कर छियासी राजाओं को पराजित कर अपने अधीन कर लिया था। इतना ही नहीं, उन छियासी राजाओं को अपने नगर के कारागार में बंद कर दिया था। यह घोर अधर्म था। चक्रवर्ती बनने के लिए कोई सम्राट् अन्य राज्यों को हराए, यह क्षात्रधर्म था; परंतु पराजित राजा को कारागार में डालना धर्मोचित नहीं था। यदि युद्ध में विपक्षी राजा मृत्यु प्राप्त करे तो उसकी पराजय के बाद उसके पुत्र से अपना चक्रवर्तीय स्वीकार करवाकर उसका राज्य उसे वापस सौंप देना, यही उस समय की प्रचलित परंपरा थी। जरासंध ने इस धर्म का उल्लंघन किया था। आज के अर्थ में वह साम्राज्यवादी था। कृष्ण ने उसका नाश करके आर्यावर्त धर्मचक्र प्रवर्तित रहे, इसके लिए राजसूय यज्ञ की प्रेरणा दी थी। राजसूय यज्ञ के निमित्त ही भीम द्वारा जरासंध का वध कराने के बाद कृष्ण ने उसका राज्य जरासंध के पुत्र को वापस सौंप दिया है। इतना ही नहीं, उन छियासी बंदी राजाओं को भी मुक्त करके उनके राज्य उन्हें सुपुर्द कर दिए थे। जरासंध का वध करने के लिए कृष्ण ने अनुचित मार्ग अपनाया था, यह सही है। जरासंध को सीधे-सीधे ललकारने के बजाय कृष्ण, भीम और अर्जुन ब्राह्मण-वेश में जरासंध के पास पहुँचे और उसे वचनबद्ध करके युद्ध की माँग की। ऊपरी तौर पर कृष्ण का यह आचरण अनुचित लग सकता है, किंतु इस घटना के पीछे उनका मूलभूत हेतु क्या था, इसपर विचार करें तो कृष्ण की धर्मभावना कैसी विशिष्ट थी, इसकी झलक मिल जाती है।

राजसूय यज्ञ में भीष्म अतिथियों में से सर्वप्रथम अर्घ्य कृष्ण को अर्पित करने के लिए युधिष्ठिर को कहते हैं। भीष्म के इस प्रस्ताव का शिशुपाल द्वारा किया गया विरोध पूर्णत: द्वेष-प्रेरित था। जरासंध ने जो साम्राज्यवादी धुरी तत्कालीन आर्यावर्त में एक विचार-सरणि के स्तर पर खड़ी की थी उसकी नींव में जरासंध के साथ ही जो जुड़े हैं उनमें कंस और विदर्भ-नरेश रुक्मी के उपरांत शिशुपाल हैं। ये धुरी-राज्य यादव या कुरु या मद्र—उन अन्य राज्यों से भिन्न थे, जो इस तरह विस्तार की नीति नहीं अपनाते थे। ये अन्य राज्य गणतंत्र-प्रेरित भले नहीं थे, पर उनका शासन कुछ निश्चित मर्यादा के साथ प्रजातंत्रीय शासन था। कृष्ण को प्रथम पुरुष के रूप में स्वीकार करना अब इन धुरी राज्यों के प्रमुख बने शिशुपाल के लिए सह्य

नहीं था। जरासंध का कृष्ण द्वारा वध कराया जाना भी शिशुपाल के लिए निमित्त था। जरासंध की कृष्ण के प्रति शत्रुता कंस-वध के कारण थी। इस तरह शिशुपाल के लिए कृष्ण प्रथम पुरुष के रूप में कितने अयोग्य हैं, इसकी लंबी और कुछ स्थानों पर तो तर्कबद्ध लगे, ऐसी सूची भी शिशुपाल ने दी है। कृष्ण ये सारे आरोप सुनते रहते हैं और फिर उसके प्रत्युत्तर के रूप में शिशुपाल का वध करते हैं। इस घटना से दो पक्ष प्रकट होते हैं। भीष्म ने प्रथम पुरुष के रूप में कृष्ण क्यों सबसे अधिक योग्य हैं, यह बात कही है। इसी अर्घ्य के लिए कृष्ण सबसे अधिक अयोग्य हैं, यह बात शिशुपाल ने आक्रोशपूर्वक प्रस्तुत की है। इन दोनों अंतिमों की एक साथ प्रस्तुति अत्यंत रसप्रद लगती है।

इंद्रप्रस्थ की स्थापना और राजसूय यज्ञ के बाद सबसे बड़ी घटना खांडव वन के दहन की है। यह खांडव वन घने अरण्यों से घिरा प्रदेश है। इस प्रदेश में नाग जाति बसती है। ये नाग अर्थात् जिन्हें हम साँप कहते हैं, ऐसा मानना बुद्धिगम्य नहीं लगता। नाग और सर्प इस तरह दो स्पष्ट और भिन्न शब्दों का प्रयोग किया गया है। नाग एक विशिष्ट प्रजा हो, यह अधिक संभव लगता है। आज भी भारत के पूर्व-ईशान प्रदेश में नाग जाति के लोग रहते हैं। उलूपी नाग जाति की कन्या थी और उसने अर्जुन से विवाह किया था। यह देखते हुए खांडव वन अर्थ में नाग अर्थात् साँपों से बसा जंगल—ऐसा अर्थ सही नहीं लगता। इंद्रप्रस्थ नगरी के आस-पास ये जंगल छाए हैं। नगरी की सुरक्षा की दृष्टि से ऐसा दुर्गम वन-विस्तार यदि निकट में ही हो तो कोई शत्रु नगरी के एकदम नजदीक आ जाए तो इसकी भनक भी न मिले। इतना ही नहीं, नगरी पर आक्रमण करके यदि शत्रु इन जंगलों में छिप जाए तो भी रक्षा नहीं की जा सकती। कृष्ण ने मथुरा को छोड़कर जब द्वारका बसाई तो कुशस्थली के रूप में जानेवाले इस स्थान की सुरक्षा की दृष्टि से पूरी तरह से जाँच की गई थी। द्वारका एक ही छोर से जमीन से जुड़ा था और दूसरे छोर पर समुद्र होने से यह छोर शत्रु से निर्भय ही रहेगा। इतना ही नहीं, द्वारका की रचना ही इस तरह थी कि समुद्र के ज्वार का पानी उस भूमि पर भी फैल जाए तो बाहरी शत्रु अंदर प्रवेश ही न कर सके। इस आकलन को ही ध्यान में रखकर कृष्ण ने अर्जुन द्वारा इंद्रप्रस्थ की रक्षा-पंक्ति सुदृढ़ करने की दृष्टि से इस वन प्रदेश को साफ कराया हो, ऐसा संभव है। हालाँकि यह तो एक कल्पना है और कृष्ण के व्यक्तित्व को ध्यान में रखते हुए यह आकलन सही भी है। यह काम सैनिक दृष्टि से व्यूहात्मक हो तो भी खांडव वन के इस दहन के कारण असंख्य निर्दोष नाग अग्नि में स्वाहा हो गए थे। इस घटना को बीसवीं सदी में राष्ट्रकवि मेघाणी ने हिंदमाता के जो पाप गिनाए

हैं उनमें से एक पाप ही सिद्ध होता है। मेघाणी ने 'तारा पातक ने सँभार मोरी मा, हिंद मोरी मा' कविता में इस खांडव दहन को घोर पातक के रूप बताया है।

पर इस घोर पातक लगते कृत्य के अंत में कृष्ण की जो प्रतिमा उभरती है वह पुनः एक बार श्रेष्ठ ही सिद्ध होती है। अर्जुन और कृष्ण पर प्रसन्न हुए इंद्र जब कृष्ण से वर माँगने के लिए कहते हैं तो कृष्ण एक ही वर माँगते हैं—"इस पृथा-पुत्र की प्राप्ति मुझे सदैव मिलती रहे।" यह पृथा-पुत्र अर्थात् जो भक्त है, जो नितांत प्रेमीजन है उसका सद्भाव और प्रेम उसकी सतत अविरत प्राप्ति है, उसका यह संकेत रोमहर्षक है। यदि प्रियजन का प्रेम सतत प्राप्त होता रहे तो उससे बढ़कर दूसरा कोई वरदान नहीं हो सकता। कृष्ण ज्ञानी हैं, वीर हैं, तपस्वी हैं, अप्रतिम हैं। यह सब गौण है—सबसे अधिक यह प्रेमीजन हैं, इसका यह संकेत है।

महाभारत में इसके बाद की सबसे बड़ी घटना द्यूत सभा की है। द्यूत सभा के समय कृष्ण द्वारका में नहीं हैं। वे इस समग्र घटना से अनभिज्ञ हैं। उन्हें जब यह समाचार मिलता है, उस समय तक पांडव राज्य गँवाकर वनवासी हो चुके हैं। कृष्ण वन में पांडवों से मिलते हैं और कहते हैं, "मैं यदि वहाँ उपस्थित होता तो ऐसा न होने देता।" जो होना था वह हो चुका है, पर कृष्ण यहाँ युधिष्ठिर और विशेष रूप से अपमान व लज्जा से क्रोध में जलती द्रौपदी से कहते हैं, "आप निश्चिंत रहें। कौरवों का निश्चित रूप से नाश होगा और आप पुनः सिंहासन प्राप्त करेंगे।" कृष्ण का यह व्यावहारिक आश्वासन नहीं है।

इसके बाद ठीक तेरहवें वर्ष के अंत में कृष्ण उपप्लव्य में पांडवों के पास आते हैं। अज्ञातवास पूरा हो चुका है और अब खोया हुआ इंद्रप्रस्थ राज्य पांडवों को वापस मिले, यह द्यूत की शर्त के अनुसार उचित था। द्रुपद के राजपुरोहित और हस्तिनापुर के दूत संजय इन दोनों का आना-जाना निष्फल गया और अब महायुद्ध अनिवार्य बन गया तो कृष्ण इस युद्ध को रोकने के अंतिम प्रयास के रूप में स्वयं दूतकर्म स्वीकार करते हैं। एक ओर वे युद्ध रोकने के लिए कटिबद्ध हैं, किसी भी शर्त पर यह महासंहार रोका जाए, ऐसी उनकी तीव्र इच्छा है; पर दूसरी ओर रोष से जलती द्रौपदी को यह सांत्वना भी देते हैं, "कृष्णा! जिस तरह तुमने इतने वर्ष रुदन किया है, वह अब समाप्त हुआ है। अब तुम्हारे शत्रुओं की स्त्रियाँ अपने पतियों की मृत देह पर विलाप करेंगी। तुम निश्चिंत रहो।" इस तरह द्रौपदी को तो वे युद्ध के विषय में समर्थन ही देते हैं। कृष्ण की यह दोहरी भूमिका समझने लायक है। कृष्ण वास्तव में तो युद्ध नहीं चाहते। समाधान हो और महासंहार रुके, यह उन्हें प्रिय है; पर अपनी इच्छा वे द्रौपदी के गले उतार सकें, यह संभव नहीं था। द्रौपदी की

अवहेलना अब रक्तपिपासु बन चुकी है। यह पिपासा निरी सांत्वना के शब्दों से तृप्त हो, ऐसी नहीं है। तथापि द्रौपदी की समझ और अपने प्रति उसके प्रेम पर कृष्ण को पूरा विश्वास है। यदि समाधान हो ही जाएगा तो कृष्ण की बात को द्रौपदी ही मान जाएगी, ऐसा कृष्ण को विश्वास है।

दूतकर्म करने हस्तिनापुर गए कृष्ण पूरे कूटनीतिक हैं, इसलिए सतर्क भी हैं। उन्हें फुसलाने के लिए दुर्योधन द्वारा किए गए आतिथ्य के दिखावे का सांकेतिक स्वीकार करके कृष्ण कह देते हैं—''दुर्योधन! मैं दूत हूँ, हस्तिनापुर के अतिथि के रूप में मैं तभी भोजन कर सकता हूँ जब तुमने यह आतिथ्य प्रेमपूर्वक किया हो, अथवा मेरे लिए यह आतिथ्य स्वीकार करने की विवशता उपस्थित हुई हो। तुम्हारे आतिथ्य में प्रेम नहीं है, इसलिए मैं महात्मा विदुर के अतिथि के रूप में ही रहूँगा।''

विष्टिकार के रूप में कृष्ण साम, दाम, दंड और भेद—इन चारों नीतियों का प्रयोग करते हैं। समझौते का प्रयास निष्फल गया और सुई की नोक जितनी भूमि देना भी दुर्योधन ने अस्वीकार कर दिया तो महासंहार के भय के अतिरिक्त दुर्योधन को बंदी बनाकर समग्र कुरुवंश को उबार लेने की सलाह भी कृष्ण ने राजा धृतराष्ट्र को दी है। जिस तरह एक कुलांगार कंस का वध करके यादवों को उन्होंने स्वयं उबार लिया था उसी तरह कुरुवंश के कुलांगार दुर्योधन को बंदी बनाकर महायुद्ध रोकने की दंडनीति भी कृष्ण ने प्रायोजित की है। इसके बाद दुर्योधन ने कृष्ण को बंदी बनाने की बचकानी चेष्टा की तो सतर्क कृष्ण ने इस कुचेष्टा को मात्र निष्फल ही नहीं किया बल्कि उनका विराट् रूप कैसा विनाशक है, इसकी झलक भी कुरुसभा में दिखा दी।

पूर्ण पुरुषोत्तम श्रीकृष्ण-२

श्रीकृष्ण ने अपने सामर्थ्य का महत्तम रूप दो बार प्रकट किया है। पहली बार कुरुसभा में विष्टिकार की भूमिका की निष्फलता के समय सभी सभाजनों को उन्होंने अपनी सर्वतोमुखी प्रतिभा का प्रचंड दर्शन कराया है। उनका यह दर्शन भय-प्रेरित है। भय का सन्नाटा इस दर्शन की पीठिका है। दूसरा दर्शन—अर्जुन को 'गीता' का उपदेश देते समय बीच में ही उन्होंने अपने विश्वरूप का दर्शन कराया है। यह दर्शन प्रेम, ज्ञान और भक्ति से प्रेरित है। यहाँ अर्जुन को इस समग्र ब्रह्मांड के केंद्रबिंदु को पहचानने की ज्ञान-दृष्टि देने का प्रेमपूर्ण प्रयास है। अर्जुन की भक्ति से प्रभावित होकर कृष्ण ने यह कृत्य किया है। प्रश्न यह होता है कि यह विश्वरूप दर्शन अर्थात् क्या? कृष्ण का कुरुसभा का विराट् रूप देखने के बाद दुर्योधन तो क्या कोई भी मनुष्य कृष्ण की सलाह की अवमानना करने की कल्पना भी नहीं कर सकता! दुर्योधन अहंकारी है, पर मूर्ख तो कदापि नहीं है, धर्मशास्त्रों और तर्क से भी निश्चित रूप से अनजान नहीं है। इसका सरल अर्थ निकालना हो तो इतना ही कहा जा सकता है कि दुर्योधन का झक्की स्वभाव और कुरुश्रेष्ठों की उदासीनता पर कुपित हुए कृष्ण ने अपना रोष प्रकट करने के लिए संभवत: कोई संकेत दिया हो। यह रूप रोष और कोप से भरा हो। व्यक्ति जब क्रोधावेश में आता है तो वह चाहे जितना सुंदर हो तो भी भयावह और कुरूप दिखाने लगता है। यहाँ कृष्ण का रूप भयावह है। यह उनके चित्त में प्रकट हुए रोष का आविर्भाव ही हो सकता है।

विष्टि की स्पष्ट निष्फलता के बाद भी कृष्ण महासंहार की चपेट से आर्यावर्त को उबार लेने का जो अंतिम प्रयास करते हैं, वह खासा विवादास्पद है।

इसके बावजूद मानव-कल्याण के भाव से प्रेरित होकर महामानव किस सीमा तक समझौता कर सकता है, इसका यह उत्तम उदाहरण है। कुल मिलाकर मनुष्य के लिए समझौते की एक सीमा होती है। महाभानव इस मर्यादा को लाँघ जाता है। यह अतिक्रमण तभी सुंदर लगता है जब उसका अतिक्रमण करने का कोई निजी स्वार्थ या हित न हो। कृष्ण ने यह विरल भूमिका यहाँ निभाई है। विष्टि की निष्फलता के बाद हस्तिनापुर से विदा लेते समय कृष्ण कर्ण को अपने साथ ले लेते हैं। विदा देने आए यजमानों में से कर्ण को अलग करके कृष्ण हस्तिनापुर की सीमाओं को छोड़ने के बाद भी अपने साथ रखते हैं और मार्ग में साम, दाम, दंड की कूटनीति का प्रयोग करते हैं। कर्ण दुर्योधन के लिए अपार शक्ति रूप है। भीष्म या द्रोण से भी अधिक विश्वास दुर्योधन कर्ण पर करता है। भीष्म और द्रोण दोनों दुर्योधन के पक्ष में हैं तथापि उनकी पांडव-प्रीति प्रच्छन्न नहीं है। इसके विपरीत, कर्ण का पांडवों के प्रति—और विशेष रूप से अर्जुन के प्रति—वैर भी सर्वविदित है। इस तरह कर्ण ही एकमात्र ऐसा समर्थ योद्धा है, जिसके सामर्थ्य पर दुर्योधन आँख मूँदकर विश्वास कर सकता है। इस कर्ण को यदि दुर्योधन के पक्ष से विचलित किया जा सके तो दुर्योधन संभवतः युद्ध का विचार ही छोड़ दे। कर्ण के अभाव में मात्र भीष्म और द्रोण के बलबूते पर शायद दुर्योधन युद्ध लड़े ही नहीं। इस लंबे अंतराल की विचारपूर्ण गणना को दृष्टि में रखते हुए संभावित महासंहार में से सभी को उबार लेने के लिए कृष्ण कर्ण को दुर्योधन का पक्ष छोड़कर पांडव पक्ष में आ जाने के लिए समझाते हैं। उस समझाने के दौरान कृष्ण कर्ण राधेय नहीं बल्कि कौंतेय है, यह रहस्योद्घाटन भी करते हैं और यदि कर्ण कौंतेय होना स्वीकार करे तो राजसिंहासन युधिष्ठिर को नहीं बल्कि ज्येष्ठ भ्राता के रूप में कर्ण को ही मिलेगा, यह अप्रत्यक्ष प्रलोभन भी वे कर्ण को देते हैं। कर्ण की यहाँ महानता सिद्ध होती है और कृष्ण का प्रस्ताव अस्वीकार करते हुए वह कहता है—"कृष्ण, यदि मैं ऐसा करूँगा तो कर्ण न रहकर मैं पांडु-पुत्र बन जाऊँगा। मैं आजीवन राधेय रहा हूँ। कुंती ने मुझे कभी कौंतेय होने दिया नहीं। अब मैं कौंतेय होऊँ तो पापाचार होगा। माता राधा और मित्र दुर्योधन के साथ मैंने द्रोह किया, ऐसा कहा जाएगा।"

यह प्रलोभन जैसे कम हो, इसलिए कृष्ण कर्ण के समक्ष द्रौपदी का भी प्रलोभन रखते हैं। कर्ण यदि पांडव बन जाए तो पाँच पांडवों की पत्नी द्रौपदी छह पांडवों की साझा पत्नी बन जाएगी और छठे भाग की वह कर्ण की शय्यागामिनी होगी, यह प्रलोभन भी कृष्ण कर्ण के सामने रखते हैं! यह अतिशय विवादास्पद कृत्य है। द्रौपदी को उसके शत्रुओं के संहार को समर्थन देकर दूत बनकर आए

कृष्ण ने इस समर्थन के पूर्णतः विपरीत स्वयं द्रौपदी को ही फिर एक बार दाँव पर लगाया है ! पहली बार युधिष्ठिर ने द्रौपदी को दाँव पर लगाया था और अब दूसरी बार स्वयं कृष्ण ने उसे दाँव पर लगाया है।

पर यह दूसरा दाँव महामानव का अद्‌भुत दाँव है। युधिष्ठिर द्रौपदी को दाँव पर लगाकर हारा हुआ राज्य व संपत्ति वापस पाना चाहते थे, एक जुआरी के रूप में अपना अहंकार संतुष्ट करना चाहते थे। कृष्ण इस एक बलिदान से समग्र आर्यावर्त को महासंहार से उबारना चाहते थे। द्रौपदी को उनके द्वारा दिया वचन भले ही मिथ्या सिद्ध हो, पर अपने आप पर कलंक लगना स्वीकार कर यदि विनाश रोका जा सकता हो तो रोके, यही तो महामानव का लक्षण है। ऐसा करने से अपना स्वयं का कोई स्वार्थ सिद्ध होनेवाला नहीं था। द्रौपदी के प्रति अपार प्रेम है और इस प्रेम पर विश्वास रखकर ही कृष्ण ने यह दाँव खेला था। भले उन्होंने द्रौपदी को वचन दिया है, परंतु वे स्वयं उसे समझाएँगे तो द्रौपदी भी इस अग्नि-प्रवेश को स्वीकार करके महासंहार को टालने के कार्य में मेरा अवश्य साथ देगी, इस विश्वास से प्रेरित होकर ही तो कृष्ण यह दाँव लगा सके हों, ऐसा संभव है। युधिष्ठिर द्वारा लगाए दाँव की तुलना कृष्ण के इस दाँव से नहीं की जा सकती। मात्र द्रौपदी के प्रारब्ध की विचित्रता की ओर ही रसपूर्वक देख लिया जाए।

जिस तरह अपनी परम प्रिय सखी द्रौपदी को कृष्ण ने यहाँ दाँव पर लगाया है, उसी तरह अपनी प्रिय बहन सुभद्रा को अर्जुन के साथ ब्याहने के लिए भी कृष्ण ने समझ में न आनेवाला आचरण किया है। बारह वर्ष ब्रह्मचर्य और अरण्यवास इन दोनों शर्तों से बँधे अर्जुन ने ब्रह्मचर्य की शर्त को आधुनिक वकील की तरह शिथिल करके अरण्यवास की अवधि में ही उलूपी और चित्रांगदा—इन दो-दो स्त्रियों के साथ विवाह किया। अभी यह अरण्यवास पूरा हुआ भी नहीं था कि सुभद्रा पर उसकी दृष्टि पड़ी और फिर एक बार वह कामवश हो गया ! कृष्ण ने अर्जुन की इस बदली हुई दृष्टि को तत्काल ताड़ लिया। द्रौपदी स्वयंवर के समय जिसे कभी देखा ही नहीं था, उस अर्जुन को भी यदि वे पहचान गए तो यहाँ उसकी बदली नजर को न पहचान पाए, यह कैसे हो सकता है। अर्जुन यदि इसी तरह जहाँ कहीं भी कामातुर होते रहे, नई-नई स्त्रियों के साथ संबंध स्थापित करते रहे तो आशंका इस बात की है कि उनके भीतर का काम उनके सामर्थ्य को शिथिल कर डाले। जो कृष्ण 'गीता' में 'धर्म-प्रेरित काम मैं हूँ' ऐसा अपने विभूतियोग में कहते हैं, वे काम को नकारते नहीं, उसका स्वीकार करते हैं; पर यह काम धर्म-प्रेरित ही हो, इसके लिए उसके ऊपर कहीं कोई मर्यादा तो रखनी ही पड़ेगी। अर्जुन के लिए यह

मर्यादा-रेखा खींचने का उचित अवसर कृष्ण को उपलब्ध हुआ, ऐसा संभव है। कृष्ण की बहन को पत्नी के रूप में स्वीकार करने के बाद अर्जुन और कहीं नजर डालने तक की भी हिम्मत नहीं कर सकता। उसके काम को कृष्ण का स्मरण सीमा-रेखा बना जाएगा।

एक संभावना यह भी हो सकती है कि आयु के बड़े अंतर के कारण यदि स्वयंवर आयोजित किया जाए तो हो सकता है, सुभद्रा अर्जुन का वरण न भी करे, ऐसी आशंका कृष्ण को हो रही है। अतः क्षत्रिय परंपरा के अनुसार या तो स्वयंवर या तो अपहरण—इन दो मार्गों में से दूसरा मार्ग अपनाने की सलाह स्वयं कृष्ण ही अर्जुन को देते हैं। स्मरण रहे, सुभद्रा की सम्मति से अर्जुन ने उसका अपहरण किया था, इस धारणा का समर्थन मूल कथानक नहीं करता। कथाकारों और दूरदर्शनकारों ने इसे प्रचलित कर दिया है। अर्जुन द्वारा किए गए सुभद्रा के अपहरण से कुपित यादवों को समझाकर कृष्ण ने अर्जुन के चरित्र की शिथिलता पर हमेशा के लिए परदा डाल दिया। इसके बाद अर्जुन के समक्ष दो बार नई स्त्री के संबंध के प्रसंग उपस्थित हुए हैं और दोनों बार अर्जुन ने सौजन्यपूर्वक उनका अस्वीकार किया है। इंद्र के अतिथि के रूप में उसके मनोरंजन के लिए उपस्थित अप्सरा उर्वशी को और अज्ञातवास के तेरहवें वर्ष के अंत में विराट नगरी में उत्तरा के पाणिग्रहण के लिए हुआ प्रस्ताव अर्जुन ने स्वीकार नहीं किया। अर्जुन के इस परिवर्तन को हम कृष्ण-कर्म कह सकते हैं।

महायुद्ध के अठारह दिनों के दौरान कृष्ण की भूमिका अपूर्व कही जा सकती है। स्वयं निःशस्त्र रहने की प्रतिज्ञा युद्ध के प्रारंभ में ही ली है और धर्म पांडव पक्ष में है तथा स्वयं भी पांडवों की विजय के लिए उत्सुक हैं, यह स्पष्ट कर देने के बावजूद अपने सैन्य और यादव योद्धाओं को उन्होंने चाहे जिस पक्ष में रहने की स्वतंत्रता दी है। अपने सैन्य को तो उन्होंने स्वयं ही दुर्योधन के हाथों सौंप दिया है। भूरिश्रवा और सात्यकि—ये दोनों कृष्ण के परम मित्र हैं। भूरिश्रवा दुर्योधन के साथ अपने संबंधों के आधार पर कौरव पक्ष की ओर से और सात्यकि कृष्ण-प्रेम से प्रेरित होकर पांडव पक्ष की ओर से लड़ता है। बड़े भाई बलराम का झुकाव दुर्योधन के प्रति है, पर कृष्ण पांडव पक्ष में होने से कौरव पक्ष की ओर से लड़ने में असमर्थता प्रकट कर अलिप्त रहते हैं। निःशस्त्र रहने की प्रतिज्ञा व्यक्तिगत है, किंतु स्वयं जिस पक्ष में रहे हैं, वह धर्म का पक्ष है और यह पक्ष पराजित होगा, ऐसी जब आशंका खड़ी होती है तो व्यक्तिगत प्रतिज्ञा भंग करके भी पक्ष को और इस तरह धर्म को उबार लेने के लिए कृष्ण शस्त्र धारण कर दौड़ते भी हैं। यहाँ कृष्ण की

धर्म-भावना प्रकट होती है। व्यष्टि की अपेक्षा समष्टि प्रधान है और व्यक्ति अपना भोग चढ़ाकर समष्टि धर्म को बचा ले तो व्यापक धर्म-भावना है। इन दोनों धर्मों के बीच के टकराव, जिसे हम अपने व्यावहारिक जीवन में धर्म-संकट कहते हैं, की स्थिति में हमें बृहत्तर धर्म की रक्षा के लिए छोटे धर्म का त्याग करना ही अभीष्ट है। बड़ा धर्म उसे ही कहते हैं जिसके अनुसरण या रक्षण से महत्तम सृष्टि का हित सधता हो और जिसमें धर्म का अनुसरण करनेवाले को लेश मात्र भी व्यक्तिगत स्वार्थ न हो। कृष्ण के जीवन में अनेक ऐसे प्रसंग आए हैं जिनमें यह धर्म-भावना प्रकट हुई है। उनके जीवन की यह धर्म-भावना यदि एक बार समझ में आ जाए तो उनके जीवन के ऊपर से विसंवादी दिखाई देते कर्म अपने आप स्पष्ट हो जाते हैं।

इस धर्म-भावना की प्रकाश-रेखा में ही भीष्म, द्रोण और कर्ण तथा दुर्योधन के वध का अवलोकन करना चाहिए। ये तमाम कौरव सेनानी इस कथित धर्मयुद्ध में पूर्णत: अधर्म से मारे गए हैं, इसमें कोई संदेह नहीं। युद्ध के पहले दिन तक धर्म की रक्षा कर रहे पांडवों ने युद्ध के अठारह दिनों के दौरान कौरवों से कई गुना अधिक अधर्म का आचरण किया है। इन तमाम अधर्माचरणों को कृष्ण का अनुमोदन भी मिला है। उनके इस अनुमोदन के बिना पांडव अधर्म का एक भी कृत्य नहीं कर सकते थे, यह असंदिग्ध है। कृष्ण ने यदि अनुमोदन न किया होता तो पांडवों की पराजय निश्चित थी। इन कौरव सेनानियों में से एक की भी पराजय पांडव सेनानी न कर सके होते और दुर्योधन विजयी हुआ होता। इस विजय का अर्थ होता धर्म की पराजय और धर्म की यह पराजय कृष्ण कैसे सह लेते? सदियों तक के आगामी इतिहास को और एक तरह से देखें तो समग्र मानव जाति को इससे तो एक विपरीत संकेत ही प्राप्त होगा न। परम धर्म की पुन:स्थापना के लिए यदि किसी अधर्म का आचरण भी होता है तो इसका अपयश कृष्ण को मिलता है तो मिले। अपयश का अंगार घास को जला सकता है, हिमालय के शिखर को नहीं। कृष्ण ऐसे ही शिखर हैं—सूखी घास नहीं।

भीष्म के समक्ष शिखंडी को खड़ा करके, अश्वत्थामा नामक हाथी को मारकर, द्रोण को शस्त्र-त्याग करवाकर और नि:शस्त्र होकर भूमि से रथ का पहिया निकालने के लिए रुके कर्ण का वध कराया—यहाँ तक तो ठीक है, किंतु कृष्ण ने जिस तरह भीम द्वारा दुर्योधन का वध कराया है, उससे तो स्वयं बलराम भी अत्यंत कुपित हो गए हैं। मृत्यु के सम्मुख पड़े दुर्योधन को भी जो कटु वचन कृष्ण ने सुनाए हैं, उसका कृष्ण को शोभा दे, ऐसा तर्कसंगत उत्तर स्वयं कृष्ण भी नहीं दे पाए। दुर्योधन का वध यदि इस तरह न हुआ होता तो अठारह दिनों का लेखा-जोखा ही

बदल गया होता । भीष्म, द्रोण, कर्ण आदि महारथियों को परास्त करके किनारे पर आया पांडवों का धर्मपोत किनारे पर ही चट्टान से टकराकर डूब गया होता। ऐसा होने से रोकने के लिए एक और अधर्म का कलंक कृष्ण ने अपने माथे पर सहर्ष स्वीकार कर लिया।

इस स्पष्ट अधर्माचरण से मिली विजय के समाचार माता गांधारी को देने का दुष्कर कार्य भी पांडवों की ओर से कृष्ण को ही करना पड़ता है। गांधारी की जो व्यथा है, वह पराजय को लेकर नहीं है। पराजय तो उनके मन से अपेक्षित ही थी, किंतु पांडवों का यह अधर्माचरण उनके लिए कल्पनातीत था। उनकी यह व्यथा उग्र रोष का रूप ले चुकी थी। दुर्योधन-वध के बाद मिली यह विजय माता गांधारी का रोष भड़के तो एक क्षण में पराजय में परिवर्तित हो सकती थी। गांधारी के रोष में अधर्म नहीं था, इसलिए इस रोष का वहन कृष्ण को छोड़कर अन्य कौन कर सकता था! जिस कृष्ण ने युद्ध को टालने के हरसंभव प्रयास किए, जिस कृष्ण ने अपने किसी भी हित या स्वार्थ के बिना महायुद्ध में असंख्य कलंक ढोए, वही कृष्ण युद्ध के अंत में गांधारी के रोष को अपने सर्वनाश के भोग पर भी हँसते-हँसते स्वीकार कर लेते हैं। रोम-रोम काँप उठे, ऐसी यह करुणता है! अपने किसी अपराध के बिना कृष्ण गांधारी द्वारा दिए सर्वनाश के शाप को स्वीकार कर लेते हैं। प्रत्युत्तर में रोष नहीं करते। कोई उचाट नहीं, कोई व्यग्रता नहीं, कोई अस्वस्थता नहीं। स्वीकार और मात्र सहज स्वीकार। विजय का शिखर हो या सर्वनाश की खाई, कृष्ण समानभाव से तटस्थता से स्वीकार कर लेते हैं। गांधारी के रोष का यदि इस तरह शमन न हुआ होता तो पांडवों का सर्वनाश निश्चित था और इसके साथ ही हस्तिनापुर का साम्राज्य उजाड़ हो गया होता। अधर्म या धर्म दोनों में से एक भी तुला सुरक्षित न रह पाती।

महाभारत के युद्ध में कृष्ण के बरताव की सबसे बड़ी समझ में न आनेवाली पहेली अठारहवें दिन की रात में सामने आती है। पांडवों की विजय और कौरवों के सर्वनाश के समाचार पिता धृतराष्ट्र और माता गांधारी को देने के बाद वापस लौटते समय कृष्ण जो वाक्य बोलते हैं, उसका रहस्य समझ में नहीं आता। आघात एवं रुदन समाप्त हुए और सांत्वना पुनः स्थापित हुई। उसके बाद कृष्ण धृतराष्ट्र और गांधारी से कहते हैं, ''अब मैं शीघ्र ही युद्धक्षेत्र में वापस लौटूँगा। आज रात में अश्वत्थामा पाप-कर्म का आचरण करने वाला है। मुझे पांडवों की रक्षा करनी है।'' (शल्यपर्व, अध्याय ६३) प्रत्युत्तर में धृतराष्ट्र भी कृष्ण को सूचना देते हैं, ''आप शीघ्रता से जाइए और पांडवों की रक्षा कीजिए।'' इस संवाद में कोई निहितार्थ

ढूँढ़ना पड़े, ऐसा नहीं है। कृष्ण जैसे जानते ही थे कि आज रात में अश्वत्थामा कोई घोर कृत्य करने वाला है और यह कृत्य पांडवों के वध का होगा। कृष्ण ने इसे कैसे जाना, इसका कोई संकेत इसके पहले कहीं मिलता नहीं। अश्वत्थामा के मन में जिस घोर कृत्य का आयोजन हुआ, वह तो अठारहवें दिन की रात में हुआ है। कृष्ण ने जब यह संकेत हस्तिनापुर में दिया उस समय तो अभी रात हो रही थी। संभव यही है कि उस समय तक अश्वत्थामा के मन में ऐसा कोई विचार उत्पन्न ही न हुआ हो। तो फिर कृष्ण ने इसका पूर्व संकेत कैसे पा लिया? किसी अगम्य प्रेरणा से कृष्ण ने यदि इसे जान लिया था तो अश्वत्थामा के इस घोर कृत्य को रोका क्यों नहीं? उस रात पांडव अन्यत्र सो जाएँ और पांडवों के शिविर में धृष्टद्युम्न सहित पाँचों द्रौपदी-पुत्र सोएँ, इस व्यवस्था के क्या सूचितार्थ हो सकते हैं?

□

पूर्ण पुरुषोत्तम श्रीकृष्ण-३

अश्वत्थामा ने निद्राधीन द्रौपदी-पुत्रों और धृष्टद्युम्न का वध किया। उसके बाद जो प्रकरण आलेखित हुआ है वह कृष्ण के जीवन का सबसे करुण पक्ष है। जिसे जनेता, भगिनी, पुत्री, पत्नी और प्रियतमा—इन सभी स्त्री रूपों का योग मानकर प्रिय सखी के रूप में स्थापित किया था उसी द्रौपदी ने अपने पुत्रों की हत्या के समय उसके लिए दोषारोपण करके कृष्ण पर भारी अन्याय किया है। भाग रहे अश्वत्थामा का पीछा करने के लिए दौड़ रहे भीम को कृष्ण रोकते हैं, क्योंकि अश्वत्थामा यदि ब्रह्मास्त्र का प्रयोग करता है तो भीम उसका प्रतिकार नहीं कर सकेंगे और मारे जाएँगे। अश्वत्थामा उस समय ब्रह्मराक्षस बन गया था, इसलिए उसका प्रतिकार केवल अर्जुन ही कर सकता था। किंतु भीम को रोकने के कृष्ण के प्रयास के हेतु को समझे बिना ही द्रौपदी कृष्ण से कहती है, "कहीं आप ही अश्वत्थामा को भाग जाने का समय तो नहीं दे रहे हैं न?" अत्यंत असंतुलित है यह आरोपनामा। गांधारी के शाप जैसी ही है यह घटना। पर कृष्ण यह चुपचाप सह लेते हैं और अश्वत्थामा को जीवित पकड़कर उसकी मणि छीन लेने में अर्जुन की सहायता करते हैं। (यह कथानक भागवत में बिलकुल भिन्न है।) श्रीकृष्ण ने चाहा होता तो अश्वत्थामा का वध करा सकते थे, किंतु इसके विपरीत उसे अभिशप्त करके चिरंजीवी बनाया। तेज-विहीन और व्यथा से पीड़ित यह ब्रह्मराक्षस हजारों वर्षों तक पृथ्वी पर मृत्यु की प्रतीक्षा करता जीवित रहे, इससे बड़ा दंड दूसरा कौन सा हो सकता है। अब बाद की पीढ़ियों के समक्ष पापाचारी और अधर्म के अनुसरण के लिए उत्तम उदाहरण के रूप में यह भटकता रहे, इसमें कृष्ण का भारी कवि-न्याय है। मृत्यु तो एक बार तक ही सीमित दंड है।

कृष्ण के जीवन में दिखाई देते विसंवादों के विषय में सैकड़ों वर्षों बाद की पीढ़ी में यदि कोई प्रश्न खड़ा करे, उसके निराकरण के लिए ही हुई हो, ऐसी एक घटना महर्षि व्यास ने परीक्षित् के पुनर्जीवन के प्रसंग में आलेखित की है। अश्वत्थामा के ब्रह्मास्त्र ने एक अजन्मे शिशु का भोग लिया और उत्तरा के गर्भ में विकसित हो रहे अंतिम कुरु वंशज का प्राण हर लिया तो उसी समय कृष्ण ने अपने संपूर्ण सामर्थ्य को भोग चढ़ाकर इस अजन्मे शिशु को पुनर्जीवित करने का वचन दिया था। उत्तरा का यह पुत्र जब मृत अवस्था में जनमा तो कृष्ण उसे पुनर्जीवित करने के लिए महाकाल से जो प्रार्थना करते हैं उसमें कहते हैं, "हे महाकाल! यदि मैंने कभी असत्याचरण न किया हो, कभी धर्म से विचलित न हुआ होऊँ, कभी युद्ध में पीठ न फेरी हो और कंस का वध भी मैंने धर्म का पालन करने के लिए ही किया हो तो उत्तरा का यह गर्भ जीवित हो जाए!" कृष्ण ने अपने जीवन काल में पौंड्र, भौमासुर, शिशुपाल जैसे अनेक राजाओं का वध किया है; परंतु कंस का वध उनके सिर पर लगा सबसे बड़ा पातक कहा जा सकता है। कंस उनके मामा और पितातुल्य था। मामा का वध पितृ-हत्या का ही पातक माना जाएगा। इस पातक से सांगोपांग मुक्त होने के लिए ही मानो अपने इस कृत्य को कृष्ण महाकाल के समक्ष अग्निपरीक्षा के लिए रख देते हैं। इस अग्निपरीक्षा से वे सफलतापूर्वक निकलकर पार हो जाते हैं। युद्धकाल में उनके द्वारा आचरित जो अधर्म और असत्य दिखाई देते हैं उनमें से जो परम तत्त्व प्रकट होते हैं उन्हें कृष्ण यहाँ साकार करके हमारे समक्ष रख देते हैं। धर्म तत्त्व कैसा 'अणोरणीयान्' है, मानो इसी का यह संकेत है।

दैनिक जीवन की व्यवहार-कुशलता का उत्तम उदाहरण कृष्ण ने महायुद्ध के सोलहवें दिन प्रस्तुत किया है। सेनापति कर्ण के हाथों घायल और अपमानित होकर रोष से भरे युधिष्ठिर शिविर में अर्जुन को खरी-खोटी सुनाते हैं। इस क्रम में वे अर्जुन से गांडीव को तज देने के लिए भी कहते हैं। गांडीव का अपमान करनेवाले व्यक्ति का वध करने की अर्जुन ने प्रतिज्ञा ली है। प्रतिज्ञाबद्ध अर्जुन युधिष्ठिर का वध करने के लिए आगे बढ़ता है। अगर ऐसा हो जाए तो समग्र युद्ध ही निरर्थक हो जाए और पांडवों का यह अंत:कलह अधर्म की विजय में परिणत हो जाए। उस क्षण कृष्ण, अर्जुन की प्रतिज्ञा भी अक्षुण्ण रहे और स्थूल शरीर में युधिष्ठिर जीवित भी रहें, इसके लिए विकल्प ढूँढ़ निकालते हैं। ज्येष्ठ भ्राता से तू-तकार करके बात करना उसके वध के समान ही है, ऐसे सूक्ष्मातिसूक्ष्म धर्म को उपयोग में लाकर कृष्ण अर्जुन द्वारा युधिष्ठिर का अपमान करवाते हैं। इस प्रकार तात्त्विक अर्थ में वध तो हो गया, पर ज्येष्ठ भ्राता का वध तो पितृ-हत्या कहा

जाएगा, इसलिए इस पापाचार से मुक्ति के लिए अर्जुन स्वयं आत्महत्या करने के लिए उद्यत हो जाता है। उस समय 'आत्मश्लाघा आत्महत्या के ही समान है'—ऐसा सूक्ष्म धर्माचरण खोजकर कृष्ण स्वयं अर्जुन को आत्मश्लाघा करने के लिए प्रेरित करते हैं। इस प्रसंग पर अर्जुन जो आत्मश्लाघा करता है और उसके पूर्व ज्येष्ठ भ्राता युधिष्ठिर को जो कटु वचन सुनता है, इन दोनों में उसके अंतर में पड़ी कई गुप्त भावनाएँ मनोवैज्ञानिक रूप से प्रकट हुई हैं।

कृष्ण के मनोवैज्ञानिक अभिगम का सुंदर दर्शन दुर्योधन-वध के पूर्व-क्षणों में प्रकट हुआ है। दुर्योधन सरोवर में जल के अंदर छुप गया है और विजय के उन्माद में युधिष्ठिर किनारे पर खड़े होकर दुर्योधन को ललकारते हुए कहते हैं, "दुर्योधन! यदि तुम बाहर आकर अपने मन चाहे आयुध से हम पाँचों भाइयों में से किसी भी एक भाई को युद्ध में परास्त कर दोगे तो मैं यह जीता हुआ राज्य तुम्हें विजयी मानकर सौंप दूँगा।" युधिष्ठिर की इस मूर्खता पर कृष्ण क्रोधित हो उठते हैं; पर क्रोध में आकर थोड़ा भी समय व्यर्थ गँवाया तो दुर्योधन गदायुद्ध में भीम को छोड़कर किसी भी पांडव को ललकार देगा। और यदि ऐसा हुआ तो एक तो क्या, चारों भाई एक साथ दुर्योधन से युद्ध करें तो भी गदायुद्ध में वह चारों को एक साथ परास्त कर सके, ऐसा समर्थ योद्धा था। इस प्रकार किनारे पर पहुँचा जहाज फिर से डूब जाए, ऐसी स्थिति बन जाएगी। इस संकट के क्षण में एक भी पल का विलंब किए बिना कृष्ण दुर्योधन के अहंकार को ललकारते हैं। जल में छिपे दुर्योधन को सुनाई दे, इस तरह वे भीम से कहते हैं, "भीम, इस समय दुर्योधन पर घोर संकट है। अब वह तुम्हारे बाहुबल से नहीं बच सकता। इस बेचारे को तुमसे लड़ने का साहस ही नहीं है। तुम्हारे एक ही प्रहार से उसे मरा ही समझो।" आदि। दुर्योधन की अहंकारी प्रकृति से कृष्ण अवगत तो थे ही। घमंड इस तरह की ललकार को सहन कर ही नहीं सकता। कृष्ण के ऐसे वचन से तिलमिलाए दुर्योधन ने गदायुद्ध में भीम का ही प्रतिकार करने का निश्चय किया और फिर तो जो निर्मित था वही हुआ! भीम की पराजय को कृष्ण ने विजय में बदल दिया।

युद्ध के बाद के शांतिकाल में अर्जुन ने कृष्ण से एक बार फिर 'गीता' का उद्‌बोधन करने की प्रार्थना की है। उस समय युद्ध के दबाव में था, इसलिए उस समय का कहा हुआ विस्मृत हो गया है, यह कहकर अर्जुन कृष्ण से फिर एक बार गीता का गान करने की प्रार्थना करता है। कृष्ण तो जो थे वही हैं, परंतु अब काल बदल गया है। कृष्ण तो निमित्त हैं और महाकाल ही महान् है, इसकी प्रतीति कराते हुए कृष्ण कहते हैं—"अर्जुन! उस समय जो कहा गया था, उसे तुम्हें स्मरण में

रखना चाहिए था! अब तो उसकी वही बात मैं भी नहीं कह सकता, क्योंकि काल बदल गया है।'' तथापि मानो अर्जुन की तृषा को छिपाने के लिए ही कह रहे हैं, इस तरह कहते हैं, ''ऐसा ही एक दूसरा ज्ञान पहले जो मैंने सुना था वह मैं तुम्हें कहता हूँ।'' और यहाँ दूसरों के संवादों के वाक्य अवतरण-चिह्नों के बीच रखकर कृष्ण अर्जुन को सुनाते हैं। यह घटना, स्वयं कृष्ण भी महाकाल के समक्ष निमित्त मात्र ही हैं, इसी की प्रतीति कराती है। कृष्ण को भी काल की मर्यादा तो है ही। सर्वोपरि तो काल ही है, कृष्ण नहीं! कृष्ण का यह स्वीकार भी गौरवपूर्ण है।

इसके बाद के छत्तीस वर्ष जैसे गांधारी का शाप चरितार्थ हो, उसकी प्रतीक्षा में ही कृष्ण ने बिताए हों, इस तरह निष्क्रिय रहे हैं। इन छत्तीस वर्षों के विषय में विशेष कोई घटना महाभारत में नहीं है। कृष्ण को मानो काल ने ग्रस लिया हो, इस तरह किसी निवृत्त वृद्ध की तरह वे परिवार को कोने से देख रहे हों, ऐसा विषाद-प्रेरक दृश्य ही नजर में पड़ता है। कृष्ण जैसी सर्वतोमुखी प्रतिभा द्वारका में अग्रस्थान पर है तथापि यादव विनय-भ्रष्ट होते जा रहे हैं। कृष्ण की आँखों के सामने कृष्ण के पुत्र सांब आदि यादव दुर्वासा जैसे ऋषि के समक्ष सगर्भा स्त्री का वेश धारण कर उनका उपहास करें, यह घटना परिवार के निपात का ही सूचक है। ऐसा हीन कृत्य द्वारका में ही होता है और कृष्ण के पुत्र ने ही किया है और कृष्ण की मर्यादा का ही जैसे लोप हुआ है! जिस कृष्ण के भय से अर्जुन तक सुभद्रा के साथ विवाह करने के बाद कभी कामेच्छा की मर्यादा नहीं तोड़ते, उसी कृष्ण की आँखों के समक्ष ही पुत्र सांब ने इस अविनय का आचरण किया है! इसके उपरांत सुराप्रिय यादव इस अवधि में ही मद्यप कहे जाएँ, उस सीमा तक स्वैर विहार करने लगे हैं और उनमें स्वयं बलराम अग्र-स्थान पर रहे हैं।

इस अवधि की ही है, ऐसा विश्वासपूर्वक तो नहीं कहा जा सकता, पर इसी काल में ही संभव हो, ऐसी एक घटना ध्यान देने योग्य है। एक बार नारद द्वारका में कृष्ण से मिलते हैं। उस समय नारद और कृष्ण के बीच जो संवाद होता है उसमें कृष्ण रक्ताभिसरण रुक जाए, ऐसा एक विषाद का स्वर छेड़ते हैं। कृष्ण कहते हैं, ''देवर्षि नारद, मैंने आजीवन जो कुछ प्राप्त किया है उसमें से कुछ भी अपने लिए सुवांश रखे बिना अपने परिवारजनों को ही सबकुछ अर्पित कर दिया है। फिर भी ये परिवार जन मुझे ताना मारते हैं। ये मुझसे प्रसन्न नहीं हैं। ऐसा क्यों होता है?'' कृष्ण जैसे महामानव को भी जीवन-संध्या के क्षण में परिवार जनों से ऐसा उत्ताप हो, यह कितनी वेदना की बात है! इसके पूर्व कुरुक्षेत्र में अर्जुन को एक विषाद हुआ था; किंतु यह विषाद योग में परिवर्तित हो सका, क्योंकि उसे कृष्ण का स्पर्श

हुआ था। किंतु यह तो कृष्ण का विषाद है! उसे कौन योग में परिवर्तित कर सकता है? कृष्ण के इस विषाद की बात किसी भी व्यक्ति की आँख गीली कर दे, ऐसा है। नारद के समक्ष यह अंतरतम का गूढ़ प्रकट करने के पूर्व कृष्ण ने कितना मानसिक उत्ताप अकेले ही सहा होगा, यह कल्पना भी करनी कठिन है। इतने-इतने वर्ष कृष्ण इस उत्ताप के बीच ही जिए और कहीं भी इसका आभास तक प्रकट नहीं होने दिया। यही तो कृष्ण का कृष्णत्व है।

सुरा की अधिकता से यादवों को रोकने के उद्देश्य से कृष्ण ने सबके साथ विचार-विनिमय करके द्वारका में मद्यपान पर प्रतिबंध लगाया है। कृष्ण के समक्ष तो सभी यादव इस प्रतिबंध को स्वीकार करते हैं, किंतु यह स्वीकार मिथ्या है और सभी चोरी-छिपे मद्यपान करते हैं। इस सबसे कृष्ण कब तक अनजान रह सकते थे? मद्य का यह अतिरेक रही-सही मर्यादा का भी लोप कर देगा, इस आशंका से व्यथित कृष्ण ने सभी यादवों को द्वारका के बाहर तीर्थक्षेत्र में विहार के लिए जाने का निर्देश दिया। मद्य-निषेध तो द्वारका में था—द्वारका के बाहर जाकर यथेष्ट मद्यपान हो सकेगा, यह सोचकर यादवों ने कृष्ण के इस प्रस्ताव का स्वागत किया और यात्रा पर जाने के पूर्व मद्य का पर्याप्त प्रबंध भी। कृष्ण से यह भी कहाँ छिपा होगा! साथ ही गांधारी के शाप का यथार्थ में परिणत होने का क्षण भी आ पहुँचा था। छत्तीस वर्ष पूरे हो रहे थे और मानो इस आगम का आभास कराने के लिए कृष्ण को स्वप्न में चूहे के दंश का अनुभव होता है। तीर्थाटन पर जाने के पूर्व कृष्ण विचलित स्वर में उद्धव से कहते हैं, "उद्धव! मुझे स्वप्न में चूहे के दंश का अनुभव होता है।" जिस कृष्ण को आर्यावर्त के किसी भी युद्ध में खरोंच तक नहीं आई थी वही कृष्ण स्वप्न में अनुभव किए चूहे जैसे क्षुद्र प्राणी के दंश से विचलित हो जाते हैं, काल की यह कैसी विडंबना है!

अंत में सोमनाथ के समुद्र-तट पर प्रभासक्षेत्र में यादव मद्य के प्रभाव में ही निष्प्रयोजन स्वयं हाथापाई की लड़ाई में एक-दूसरे को मार-मरोड़कर मृत्यु को प्राप्त हो गए! कृष्ण की नजरों के सामने ही यह हृदय-विदारक घटना घटी। महाभारत युद्ध में अठारह अक्षौहिणी सेना के विनाश को भी देखकर शांत रहनेवाले कृष्ण अपने प्रिय परिजनों को इस प्रकार कुत्तों-बिल्लियों की भाँति लड़ते-झगड़ते और अवगति को प्राप्त करते देख कितने व्यथित हुए, इसका अनुमान एक घटना से लगाया जा सकता है। कृष्ण दूर बैठे-बैठे अपने मतिभ्रष्ट परिवारजनों को देखते रहे और असह्य हो जाने पर समीप उगी घास उखाड़कर एक मुट्ठी घास उनपर फेंक देते हैं। रोष बंध्य हो जाने पर कोई हताशा-ग्रस्त व्यक्ति जैसा करता है वैसा ही था

यह व्यवहार कृष्ण का।

इसके बाद स्वयं कृष्ण का अंत तो इससे भी अधिक वेदनाजनक है। जिसके शरीर पर प्रचंड अस्त्र-शस्त्र का भी कोई प्रभाव नहीं पड़ा था, उसी कृष्ण के शरीर को कोई पशु समझकर एक आदिवासी-जंगली व्याध के भोथरे (अनगढ़) तीर का भोग बनना पड़ा! इस घटना के माध्यम से महाकाल ने मानो समस्त मानव जाति को यह सीख दी हो कि मनुष्य चाहे जितना महान् हो, देवतुल्य हो या महामानव हो—उसे अंततः कालवश तो होना ही है और वह भी स्वयं काल द्वारा निर्धारित समय व विधि के अनुसार ही। इस विषय में दया-माया या प्रतिभा का कोई मानदंड स्वीकार्य नहीं। कई दिनों तक, जब तक सारथि दारुक अर्जुन को हस्तिनापुर से बुलाकर नहीं लाता, कृष्ण का निश्चेत शरीर अंतिम संस्कार की प्रतीक्षा में उसी हत्यारे पारधी जरा की देख-रेख में पड़ा रहता है। यह काल की कैसी क्रूर विडंबना है!

कृष्ण का समग्र जीवन ही कारुण्य की कथा है। जन्म कारावास में हुआ, माता-पिता के स्नेह से वंचित हुए, जनेता के स्तनपान से वंचित रहे और निरंतर मृत्यु-भय की छाया में रहते हुए लालन-पालन हुआ। तदुपरांत मथुरा गए तो वहाँ भी मृत्यु का सामना करने के लिए ही! मथुरा को मुक्त कराने के बाद स्वयं यादवों द्वारा दुत्कारे जाने पर द्वारका बसाई, किंतु उसके राजा स्वयं नहीं बने। इस प्रकार उन्होंने अपना संपूर्ण जीवन ही विश्व को स्वकीय बनाने में लगा दिया; पर उनका अंत अतिशय व्यथा-प्रेरक बन गया!

कृष्ण यथार्थ में हुए होंगे कि नहीं, यह प्रश्न अर्थहीन है। वे सचमुच नहीं भी हुए हों, एक काल्पनिक पात्र ही हों तो भी इस व्यक्तित्व की कल्पना तो कृष्ण से भी महान् है। उनके इस परम पावनकारी व्यक्तित्व को और उससे भी अधिक ऐसे व्यक्तित्व को दर्शनार्थ हमारे समक्ष रखनेवाले महामनीषी व्यास का वंदन करके हम धन्य हों। श्रीकृष्ण के चरणों में तो हम मात्र एक अश्रु-पुष्प ही अर्पित करें।

□□□